一蓑煙雨任平生

塵噹 著

謹以此書紀念我已故的老師

九龍華仁書院何鎮源副校長

七一屆學生陳柏齡

何老師（代序）

A chat in the common room.

何師不怒自生威，
鎮日營營正校風。
源源豐盛桃李茂，
師嚴道尊敬心中。

六年前二零一一，九龍華仁書院七一屆香港重聚，我見到了何老師。回家後，老師與同學的影像令我浮想聯翩。近四十年未寫中文了。花了幾天時間，在電腦前敲敲打打，敲出了一篇〈華仁的回憶〉。懷著戰戰兢兢的心情，把文章送給老師與同學們。

老師囑咐，請繼續寫，支持同學會網站。遂遵師命交功課，從此不斷地寫，永遠支持。

只寫了三篇，老師就問：「噹，你這幾十年在做什麼？」

「老師啊，我這幾十年在做 I.T 工作，也人在江湖。雙管齊下，養妻活兒。」

我不是好學生，生性貪玩。老師說，多讀多寫會進步。聽老師的話，為寫文章迫著自己重拾書本，唐詩宋詞，紅樓三國，老殘儒林，溫故知新。

老師是網站編輯，我的文章必經他過目，挑出錯字，撿出言不及義句子。有時候，他還會找到圖片配合，使之圖文並茂。

多倫多九華網站遊覽者眾，老師功不可沒。深夜短訊對話，常對我說，是夢會周公時候了，明天再做。

大師董橋寫他老師八十歲生日：「喜見人老了還有老師在，可以隨時問字。」我也是。這是我的福，我的緣。

老師姓何，名鎮源。我曾經在文章中稱他校長。他更改了，改為副校長。高大壯碩，國字口臉，眉目間自然地傳出教育者的友善，威武中帶著一股文氣。講故事娓娓道來，聲線低而緩慢。那口廣州話，仿佛在兒時聽過，現在已經失傳。

老師西裝筆挺講故事：

「市橋皇帝李朗雞，牌九輸錢問人借『兩雞』，『兩』、『朗』同音，所以叫佢做李朗雞……」老師在講述解放前市橋惡霸，把我帶回我爺爺講故事的年代。

雲淡風輕交往幾年，對老師有更多的了解。他從廣州來，兒時讀沙面小學。他的母親是南海仙崗村人，與我同鄉。

老師愛看體育運動，愛看跑馬，所以關於網球，籃球，跑馬等文章，他必愛。那些故鄉的遊記與回憶，就更不用說了。

時常惶恐寫作的內容不「正確」，有誤人子弟之嫌。但老師確定放行無阻，並且來一句，another good one，鼓勵鼓勵。

有時所寫的確是離譜，文字與內容走火入魔。老師會說：「老師愚邁，這類文章，敬謝不敏。」他勸我，請勿浪費精神，把腦筋放在這些東西上。

匆匆又五年，二零一六。七一屆同學香江四十五週年再會，老師興高采烈參加，準備故地重遊，看看廣州西關。不幸，柴灣拜山摔倒。重歸故里，去尋找老家童年回憶的夢成泡影。

老師在醫院，來探望請安的九華各屆同學絡繹不絕。躺在病床，提起精神與學生們聊天，所講多是九華陳年趣事。幾天後出院，七一屆同學邀請他舊地重遊看跑馬，樂了大半天。

那一天，我送老師往機場。他臨別叮囑，好好保重。看着老人坐在輪椅上，機場人員把他推進關卡，我毫無臨別依依之離情。今天交通方便，幾小時就從洛杉磯飛到多倫多了，那來此去關河萬里呢？我想的是下一篇有何題目交

給他。

　　摔倒後老師不再開車。這對一個好動的人，無疑是大打擊。我則覺得這壞事可變好事，多倫多冬天路滑霜濃，老人開車易失控。

　　近日，我向老師問候，順便告知，正在寫一篇關於他的文章，而且務求寫得正經得體。

　　「I am doing ok. Waiting for your article. Should be fun to read.」

後記

　　陳瑞文同學讀了上文之後，有感而發，賦詩兩首，其一置於篇首，其二則如下：

　　　　　　　　同鄉殊親切，
　　　　　　　　音聲更難忘。
　　　　　　　　老來師猶在，
　　　　　　　　勵策若往常。

　　　　　　　　　　　　　　　　　　　　　二零一七年七月四日

江紹倫教授序

　　近五六年，塵噹寫了一系列文章，一鳴驚人。他心聲高唱，寫作風格極盡逍遙。進入電子通訊年代，人人都泡浸在即時對話的汪洋中，無以或息。可幸，優秀的文學始終砥柱中流，根基永固。噹在我們華仁博客的文章，可證明此言不虛。每當有新作刊出，點擊即以百計。好文章就如人的精神食糧，心靈養分。

　　噹非專業作者，亦非習文出身，他曾受教育於耶穌會華仁中英書院，粗習中英文字。記得噹最初執筆為文，多方探問請教，至今百篇之後，蔚然成書。

　　我讀百篇文章過後，喜見題材豐碩，創意澎湃，妙趣橫生，情真意切。他確實不愧是網球好手，球路靈巧刁鑽，例不虛發。令觀者鼓掌叫好不停。

　　名家寫作，不用筆墨文字，靠的是開放心扉，與眾共享。如今，心理學家都說：情感指導人類行為，遠超智理。在西方，情感被理解為單純的感覺。在中國文化，它涵義更深。漢字的「情」，包含愛戀、感情、同情心、同理心、慈悲、扶助、關懷與關顧。這些都在老子與禪學的睿智中充份表達了。噹的每一篇文章都從心底流露真情。

　　我舜有不解：噹是從哪攝取到這麼深的中華傳統智慧？想是傳承自他的父母，尤其是他那藝術家的父親。國畫用的是空架透視法，捨目視而以心觀物，可畫四維空間，更超越時空。就是他心中的非凡視野，讓噹觀賞和解構他的多方世界；天地、人物與社羣，在美、中、港、澳各地。

　　二十世紀的文學，幸得偉大小說家卡夫卡開拓了全新視域。一九二一年，卡夫卡從朋友那裏聽說，他鍾愛的城市家園布拉格引進了攝像機，為它留造永恆的絕美景象。他聽後當即哀嘆，它將從此失去它的內在美。他推動大眾，以詩詞記述和吟頌該城歷史，尤其是它的靈魂精髓。

　　卡夫卡主張寫情與迷、歌與吟、笑與泣、嘲諷與錄記、挑釁與和諧、往事與願景，一切從心、從知覺、從良知出發。他又主張文學應講些平常的和詭異的、正常的和瘋癲的、幽閉的和風流的事物。我所讀到噹的文章，講述他逃離故土的驚歷、多番回鄉之行見證巨大變遷，以及憧憬著的光明未來。

　　凡作者寫作之前，不免刨根自問：「我是誰？我將是甚麼樣的人？」這尋根過程，對離鄉別井另建家園的人來說，特別艱辛與痛苦。移民內心來回掙扎著一個難題：究竟向誰效忠才對？曾經歷兩個國家的孕育和對碰的作者在尋根

之時，都會格外惶恐，在作品中不時顯露。這患得患失的心情有正反兩面，正的一面使作者更清晰描繪他真正永久的安身立命之地，即以人性為家之鄉。只有把人性的真義表現於胸，才能推動這時代的作者穿透具體物象，着迷於誠摯地還原人性；包含普世價值觀與情懷、願望與圓融、慈悲與共濟，以至宇宙終極中的人的狀況，世代關愛……

嚐選擇了蘇軾的詞句為本書命名。偉大詩人幼年在佛教寺院受教育，其後醉心於老莊崇尚自然及體道歸宿之說。我們用心讀嚐的文章，必能明白他安身立命的歸宿。

最後，我謹以嚐所選用蘇軾《定風波》的末句作結：

歸去
也無風雨也無晴

江紹倫於香港
二零一八年三月三十一日

編按：

江紹倫教授，出生於香港一九六一年獲加拿大渥太華大學哲學博士學位，專長教育及文化心理學。先後在皇后大學，香港中文大學，斯坦福大學，劍橋大學及多倫多大學從事教學或研究工作，曾以社會開發專家身份服務多國政府及國際組織，包括聯合國教科文組織，亞洲基金，世界銀行等。現任多倫多大學終身榮休教授，世界和平獎頒發委員會審裁理事。出版專著四十五部，發表學術論文二百餘篇。熱心社會服務，所獲榮譽包括：加拿大國家勳章，世界和平獎，耶路撒冷聖十字爵士，英女皇金禧獎，俄羅斯社會科學院院士，國際多元宗教研究院名譽院長及多項榮譽博士。

蘇軾《定風波》：

莫聽穿林打葉聲，何妨吟嘯且徐行。竹杖芒鞋輕勝馬，誰怕？一蓑煙雨任平生。

料峭春風吹酒醒，微冷，山頭斜照卻相迎。回首向來蕭瑟處，歸去，也無風雨也無晴。

目錄

何老師（代序）　　　　　　　　　　　　　　　　3

江邵倫教授序　　　　　　　　　　　　　　　　　6

第一章　我家三代　　　　　　　　　　　　　　15

　　母親寫信　　　　　　　　　　　　　　　　16

　　浮生六記　　　　　　　　　　　　　　　　18

　　兩兄弟　　　　　　　　　　　　　　　　　23

　　兒子，網球，與我　　　　　　　　　　　　26

　　父親的詩　　　　　　　　　　　　　　　　29

　　金榜題名　　　　　　　　　　　　　　　　32

　　放生　　　　　　　　　　　　　　　　　　41

　　滑雪　　　　　　　　　　　　　　　　　　43

　　好先生與我　　　　　　　　　　　　　　　45

　　塵噹教仔　　　　　　　　　　　　　　　　53

　　Banff——何妨長作班芙人　　　　　　　　55

　　花旗參煲雞　　　　　　　　　　　　　　　59

　　風城探仔　　　　　　　　　　　　　　　　61

　　Father and Son　　　　　　　　　　　　　66

　　唱粵曲　　　　　　　　　　　　　　　　　68

　　大學畢業　　　　　　　　　　　　　　　　71

　　July 4th 煙花　　　　　　　　　　　　　　76

　　老人院　　　　　　　　　　　　　　　　　78

　　老年游　　　　　　　　　　　　　　　　　81

　　圓圈論　　　　　　　　　　　　　　　　　83

　　戒煙　　　　　　　　　　　　　　　　　　85

　　曼谷按摩　　　　　　　　　　　　　　　　87

　　領養愛犬　　　　　　　　　　　　　　　　90

　　五斗米折腰——小費　　　　　　　　　　　94

一蓑煙雨任平生

第二章　同學少年　　　　　　　　　　　　　　　97

　　舊事如煙話當年　　　　　　　　　　　　98

　　華仁的回憶　　　　　　　　　　　　　　99

　　南北宗　　　　　　　　　　　　　　　　106

　　王宮　　　　　　　　　　　　　　　　　109

　　四百里弔喪祭德爺　　　　　　　　　　　114

　　徵婚　　　　　　　　　　　　　　　　　117

　　世紀之戰最新報導　　　　　　　　　　　118

　　崢嶸歲月　　　　　　　　　　　　　　　121

　　　　賭城奮鬥記之一：前輩，進城　　　121

　　　　賭城奮鬥記之二：工會，工種　　　125

　　　　賭城奮鬥記之三：苦幹　　　　　　128

　　　　賭城奮鬥記之四：娛樂　　　　　　130

　　　　賭城奮鬥記之五：激情，奇遇　　　134

　　　　賭城奮鬥記之六：座騎　　　　　　137

　　　　賭城奮鬥記之七：今天　　　　　　139

　　虎爺　　　　　　　　　　　　　　　　　141

　　春來了　　　　　　　　　　　　　　　　150

　　古琴飯局　　　　　　　　　　　　　　　152

　　僑仔　　　　　　　　　　　　　　　　　155

第三章　吾土吾民　　　　　　　　　　　　　159

　　二零一三中國行　　　　　　　　　　　　160

　　　　花城雜錄　　　　　　　　　　　　　160

　　　　舊鄉新情　　　　　　　　　　　　　163

　　　　同胞共食　　　　　　　　　　　　　165

　　　　又見樟木頭　　　　　　　　　　　　166

　　　　通貨膨脹　　　　　　　　　　　　　168

　　　　叔姪情深　　　　　　　　　　　　　169

　　　　春城美食　　　　　　　　　　　　　172

　　　　葡京教仔　　　　　　　　　　　　　175

一蓑煙雨任平生

屠呦呦，葛洪，大仙崗   178

櫻花園記——青島   181

壽星公   183

神婆通靈解鎖   190

南京南京   192

寒山寺、和合、波樓   194

中國兩省行——二零一四   196

    廣東   196

    浙江之一   198

    浙江之二   200

祖屋重光   203

祖地祥和   204

故鄉的回憶之「對掌」   206

中國行——二零一五   208

    巴音善岱廟   208

    藏女賣藏茶   211

    成都買玉   213

    廣州開車   216

    入九寨溝記   218

    拿車牌記   220

    燕塘拜山   224

    樂山大佛   225

第四章　美國美國   227

英文名——格利哥利   228

長春藤大學見聞   230

遊船河   233

聖誕義演   236

新春趕鬼   239

跑馬   240

空中壓迫   242

寫字　　　　　　　　　　　　　244

絲綢之路　　　　　　　　　　　246

浴足師傅　　　　　　　　　　　248

Old Joe – My gardener　　　　　250

The Beatles LOVE by Cirque Dusoleil　253

皮雅士——新年義演　　　　　255

頭廚　　　　　　　　　　　　　258

釣魚郎　　　　　　　　　　　　260

體育王國　　　　　　　　　　　265

老人與小孩　　　　　　　　　　267

異族婚禮　　　　　　　　　　　269

誠實陪審員　　　　　　　　　　271

LA 賽龍奪錦　　　　　　　　　276

愛麗詩　　　　　　　　　　　　278

香港士碌架波王——姚錦慰（肥 B）　279

網球教練　　　　　　　　　　　286

第五章　球場春秋　　　　　　　289

「南海之龍」網球隊沙漠紀行　　290

International 網球名人堂　　　　295

費天王 (Roger Federer)　　　　297

費天王雞年奪冠_丹鳳來儀-金雞報曉　300

初學高爾夫球　　　　　　　　　302

初學高爾夫之「新手落場」　　　305

女波王　　　　　　　　　　　　308

李娜奪冠　　　　　　　　　　　310

Game 7 NBA Western Conference　312

世界杯憶當年　　　　　　　　　314

網球——天王費特拿　　　　　　317

第六章　吾友才子　　　　　　　321

葡京沙圈行　　　　　　　　　　　　　　322

新版聊齋——才子佳人　　　　　　　　331

舌戰——才子激辯大師　　　　　　　　341

獵狐　　　　　　　　　　　　　　　　344

才子生日　　　　　　　　　　　　　　347

尾聲

賢妻頌　　　　　　　　　　　　　　　350

一蓑煙雨任平生

第一章
我家三代

母親寫信

杜甫說：「烽火連三月，家書抵萬金」。今天的中國人沒受到戰爭之苦。至於家書，現代通訊發達，執筆寫信，把信放入信封，寫上地址貼上郵票，然後萬里飛鴻把信寄出，相信是老人家做的事。

當九十五歲的母親寫信給一百歲的伯父，這就不是老人家事那麼簡單，那是人間佳話了。

「噹，關公的臉孔為什麼那樣紅？」母親吃飯時經常問我，因為她看到玻璃櫥櫃擺的公仔。

「噹，『十年一覺揚州夢，贏得青樓薄倖名』，你去過揚州未？揚州是否好靚？」母親看着掛在牆壁上的父親字畫，也問我。

「噹，什麼是Obamacare？什麼是ISIS？」看到了CNN新聞，又問我。

我對母親說：「老媽子，你已經問過我幾百次。關公的臉為什麼紅我不懂，揚州我未曾去過，Obamacare 不關你事，你什麼卡都有。ISIS 是恐怖組織。」

「你的問題，是restless。最好把心靜下來，不要亂想。」

有時候真希望她有一個宗教信仰，心靈或可平靜。

一年多前，母親喜歡在家中彈彈鋼琴，閱讀報章，現在不做這些了。她只愛看舊照片，回憶往事。「憶苦」莫問，僅有「思甜」。

我想到一個方法，叫她寫信。寫給在澳洲的伯父。

「你可否寫封信問候一下大伯父，他的耳朵不行了，只能看信，不能聽電話。」

「寫信給大兄？寫什麼？」

我教她：「你就寫你每天重複講的說話；你好幸福，兒女聽話，媳婦女婿好，孫子乖……」

「你要把字寫得大一點，太小他看不到。」

母親聽話，戴上老花眼鏡，伏案寫信，她安寧高貴，密密麻麻寫了半頁紙，字跡很小。

「唏，你要寫上日期。」

她問：「今天是什麼日子呢？」

我說：「今天是二零一四年十月二十號。」

「郵票幾多錢一張？」母親什麼東西都要問價錢。

「五元！」她已經失去了銀紙的價值觀念，五元，五十元，fifty cents 是一樣的。

老人家時空錯亂，舊日的事情記得很清楚，最近的事立刻忘記。上月的九十五歲生日慶祝已經忘記得乾乾淨淨。

母親背誦唐詩，一首白居易的《長恨歌》，竟然可以從「漢皇重色思傾國，御宇多年求不得」開始念，中間斷了一下，只見她背上眼睛，含糊其詞之後，又重新上路。一直念到「天長地久有時盡，此恨綿綿無絕期。」

母親最近經常說：「人都是會死的，我就是捨不得你們。」

這善良的老人，有一套自己的人生觀，永遠往好的方面看，就算在無休止政治運動的黑暗年代，也是這樣。她看人老是看到優點，缺點不理。不像兒子，兒子總是看到別人的「古靈精怪」。

現在，她快樂的人生觀發生了變化，她想到死亡。

我安慰母親：「你是萬中無一，享盡人生。你的身體好得很，你聽我話，死不了。」

還是叫她寫信，但寫給誰呢？她的朋友都走光了。去年九十四歲生日會，坐在她旁邊的黃伯母也走了。

我想到了一個更好的辦法。封鎖逝世親友的消息，二表哥，三叔，四舅父，黃伯母……全部活着，斯人常在她心中。那樣，信就可以繼續寫了。

但願母親長久，思甜看舊照，念故傳家書。

二零一四年十一月十日.

浮生六記

前言

　　父親節將至，我想起父親。一九七八年，培英中學的義社同學，在三藩市舉行四十七週年畢業重聚。盛事之後，先父負責主編紀念冊。因為同學們踴躍投稿，詩文並茂，先父為此事嘔心瀝血，編出了一本精美的冊子。

　　《浮生六記》是先父在冊子發表的一篇長文，我時常翻讀。開篇一記，〈西關記幼〉尤引我入勝，因為先父文筆鬼馬，描述人物入微，憶人憶事憶地方：父母親；老同學；仙崗村；舊西關。這些一百年前的歷史，與我有關係。

　　紀念父親節，我決定做些有意義的事情。把先父的文章一個字一個字地抄下來，與人分享。他在天有靈，必笑：「仔，咁大整蠱！」

《義社之浮生六記》——南海塵鑠

　　《浮生六記》作者為沈三白，名復，蘇州人；習幕作賈，也得繪事，在當時併無文名。生於乾隆二十八年（一七三六），卒年無可考。三白筆墨間纏綿哀怨，一往情深，於伉儷尤敦篤。卜宅滄浪亭畔，頗擅水石林樹之勝。（見王韜跋）六記中只存四記。那就是：〈閨房記樂〉，〈閒情記趣〉，〈坎坷記愁〉和〈浪游記快〉。餘兩記下落不明。沈復原無意將作品印書出售，僅傳記

一蓑煙雨任平生

生平之事矣。後楊引傳在都城冷攤中購得浮生六記殘本，於是五記〈中山記歷〉，六記〈養生記道〉遂與前四記成全套。（但亦云五、六記非出自沈復之筆，亦有云乃王均卿尋獲，不論焉。）

沈復決非古代名聞於世之文豪，難與歐陽修，王勃，王羲之，陶淵明，或杜牧，李白，杜甫之詩……等相提並論。然三白之文，易明且情深，在中國文學中，佔傳記文學之首席。《浮生六記》本為其個人自傳，尤為彼一生之哀樂故事。夫妻浪漫恩愛，但不容於家庭。妻名「芸」，夫妻雖然恩愛，不幸被家翁趕出於前，繼而早死。且觀其在〈閨房記樂〉中之句：「伴嫗在旁促臥，令其閉門先去。遂與比肩調笑，恍同密友重逢：戲探其懷，亦怦怦作跳，因俯其耳曰：『妹何心春乃爾耶？』芸回眸微笑，便覺一縷情絲搖入魂魄，擁之入帳，不知東方之既白。」沈復樂而不淫之妙筆也。夫婦之情，「閨房之樂，有甚於畫眉者。」乃張敞之語，然三白更暢所欲言。

余深愛三白之六記，僅借其題，寫我等之〈浮生六記〉，此義社同人之〈浮生六記〉也！

西關記幼

余生於民國丁巳中秋八月十六丑時，明月高懸，蓋十五不及十六圓也。家小康，天之厚我，可謂至矣！時父職於海關，每二三年必調埠，余生於東北哈爾濱，父一表人才，貌美而瀟洒，父曾對余曰：「當夕余竹戰於友家，時已深夜，突心血來潮，忐忑不安。乃策驥歸家，遠見室內燈火通明，知汝母將臨盆矣！」此怪物阿鏷呱呱墜地之時也。余笑告父曰：「母腹大便便，且屬中秋佳節，大人尚竹戰友家，何其風流若此！」父笑而不語。

祖母鄧氏以余兄弟年幼，命媳攜余與兄長伯韜回鄉居住。時余僅三歲，某日伏地嬉戲，老嫗曰：「負此兄弟二人入室一見其母為上。」蓋母患病，呻吟床第。入室，見母抱冬瓜於床。母曰：「予我兩兒以山渣餅。」蓋山渣餅乃服中藥之送口物也。余一生中能記及最早之事，唯此事矣！不幸母竟棄我而去，使兄弟二人，幼失慈愛，余今書此，老淚縱橫。君等今余主編此刊，使余憶寫往事，何其殘忍若是耶！

數年後，祖母命鈴（伯韜），鏷開學，點燭焚香，拜祭關帝於大廟。余鄉

為南海西樵，村大仙崗，為縣中之名村；雖不如三白蘇州之勝，更無滄浪亭之美，然山水秀麗，有長流不息之流水井，幼時常濯足於此，一生難忘。

開學之日，祭桌上有藕，蔥，果品，復有紙章筆墨，余喜甚。入讀於此祠堂，啟蒙館也。僅一老師，學生數十，無今日之小學，乃書塾耳。即學「上大人，孔乙己，手足刀尺」。年後，讀孟子，詩經……但不知其解，只能背誦。讀書不求甚解，實屬浪費光陰。余念詩經：「關關雎鳩，在河之洲，窈窕淑女，君子好逑……」開始略知「淑女」二字，鴻惠曾為余寫〈小記〉：「此君瀟洒風流，為義社之鬼才妙筆生花……」豈如天生此「風流」也乎？果是，亦非余之過也。

一九二七年，父復由天津調五羊城，兄弟二人遂自鄉送穗。繼讀於上九路鶴山會館之書塾，開始作詩，而不知平仄為何物。父以時移世易，將來如無沙紙一張，難以謀生，遂令兄弟考培英西關分校下學期。西關分校小學四年級開始已有英文一科，然余僅讀過四書五經，少少左傳，更不知 A，B，C，D 為何物。父甚嚴，親自教授英文，此洋文也。我難辯 P，q，又讀不正 N，M，頭殼被鑿凡數十次，深夜飲泣。繼而入夜學補習「＋，－，×，／」。入學試到，出括弧題，此種怪物：「｛｝（），＜＞」從未見過，嗚呼哀哉！但英文取得九十幾，老師開恩，兄弟均被取錄，今能成為白綠健兒，實蒙家父所賜焉。

分校主任區茂伴老師及師母尚健在，為此余邀約譚社長專誠拜訪。西關分校設址於興賢坊，為三面過之西關大屋，校分三所，相隔不遠。記憶所及，興賢坊之三十二號為主任停居，校務處在焉。次為廿八及十六號。均為鬼屋，無人敢居，故培英方得租此三宅設校。室大者為教室，其他為宿舍。鑑於潮濕，築略高之木架，床乘其上，住宿生過百，極一時之盛。

時區主任居二樓，有三長女及二子。四兒幼年常患病，時好時壞。正對三十二號之芳鄰，因窗門互對，乃知其詳。有老嫗對師母曰：「此鬼屋也，今郎久病，汝床宜更位，某人曾死於斯床也。」師母篤信基督，不信鬼神，無動於衷。而其他宿舍，入學者至眾，喧擾一時，屬鬼亦退避三舍，安然無事焉。

校始於一九二八年，自小三至初一。教員為劉鳳鳴，區啟賢，劉棟材，梁樹廉，黃浪萍等老師。主童軍為正校派來之何國微，而校醫則為蘇達明。有女教員二，即冼玉清及羅瑞蘭老師，後者為羅英燦老師之小妹，亦賴義輝老師之妻也。其中之一，臭狐甚劇，余時運不濟，被排座於前，金風送爽，「蘇堪

堪」焉。

培英小學，有女生。即歐主任之千金，均讀於斯。「肥蓮」與「玉冰」，天真可人，惟未聞有採蓮愛玉之士，蓋余儕均為君子，遂無「門前騎木馬，巷口撥泥沙，如今成長大，心事亂如麻」之苦。

教室密不通風，拉開天窗，亦無「春光乍洩」可言。蚊隻之多，難以形容。余課室左邊之墙，血跡斑斑，蓋蚊站立於此，紛紛被眾處死。年月日久，此墙遂成蚊蟲之「亂葬崗」焉。

余與「伯父」林良學兄，「高鼻佬」林肇芳之流，常缺席週會，留在課室打波子。「淵DUM，呼勞，」余今竟忘其意。某日，終被區啟賢老師擒獲，「人與波子齊飛，面目共青草一色」，矮仔賢以余等初犯，申斥一番，幸未記過，實則余等均屬「積犯」也。

小學時代，以童軍為校服，全部由「肥羅」度身。每年一度之校祖日，必操到黃沙碼頭，五人一組，乘小艇過海，回花地正校慶祝。整日節目豐富，有畫展，攝影展，有排，足，籃球比賽，理科實驗室開放……，更使余等羨慕者為穿全套白色校服之陸軍團大會操。帽上銀鷹閃閃，威風凜烈，何日能穿此服，均為余儕之「心思思」。晚上復有話劇，音樂會，結他隊表演，盡歡而散。

猶憶當年，露營於白鶴洞山頭，帳幕甫築，天不做美，雷雨交加，盡成落湯之雞。立即遷到協和神學院席地而臥，飢寒交迫，實大鑊也。小學同窗，能忘此事也乎？

興賢坊母校雖小，亦設寄宿。夜間「的得的得」雲吞麵與及橫行之鹵水鴨頭鴨翼，均為上品，同學以此祭五臟之神，亦為大胃王之寵物。

走讀學生，可以搭食。早餐為叉燒飯一碗，惟叉燒僅得數片，蓋於白飯之上。廚房佬刀法如神，叉燒之薄，可因風而起舞。更有進者，先駕臨之同學，每演「時遷偷盜雁翎甲」順手牽叉燒。龍床高臥之輩，到飯堂時，正是：「攻打白飯山」，奈何叉燒大王無覓處！除撈豉油汁外，別無絕招；「騎馬過海」之聲，響徹雲霄。余亦曾捱白飯數次，亦曾照吞叉燒成碗而面不改容者。余為童軍小隊長，童軍格言曰：「智，仁，勇。」余既能智取叉燒，復留白飯諸公，使無飢餓之苦，實已仁至義盡，今日勇於認錯，可謂智，仁，勇全部優等，吾實該被冊封為童軍總司令也。

翌年分校遷多寶路，樓高而闊，且有禮堂，較興賢坊勝多矣。一九三一年

一蓑煙雨任平生

六月，余儕卒業於斯樓。誰謂童子無知？離情別意之濃，不亞於大埔之會，亦有相抱而哭者。蓋畢業轉校者大有人在，而從此隨家他遷者有之，棄學從商者亦有之。年紀輕輕，情義已萌，此為萬物之靈者之天性，幸大部分同窗升母校者至眾，乃成義社之主流。

家父珍藏余儕之唯一照片，為余尋獲。此我社同學唯一之遠年玉照，萬金不售。為認其人，設宴於陋室。永湛，汝謙，文韜與阿鑠四人，為此僅存之童年硯友。宗，驥社長亦臨協助，放大鏡下，明察秋毫。只認出若干人。有至今原封未動之臉，亦有似是而非之君子。且觀當今稱霸美國之白髮翁譚才數學博士，當年僅為「一粒骰」之小動物；而湛兄早已高人一等，鶴立雞群：編者當年被名為「馬騮鑠」，骨瘦如柴，今始知名來有自；而高鼻佬希瑪拉亞山林肇芳，當年之鼻已高入雲霄；「伯虎」良之老成持重已成定局；梁雙喜之硬漢相已成，固不知日後成為名廚也；靚仔宜漳焉知後來會飛上天空？更令人不快者，乃若干同學先後去世，觀此玉照，頗使人感嘆萬千！

余雖年幼失母，似孤苦零仃，與家兄同班，上學放學，互為照拂，且硯友均為至好，尤以汝謙為然，故殊不寂寞。余曾對兄曰：「必須將書讀好，否則不容於家。」此語來因有自，不欲多言，免傷父心。

余每晨返學，必以藤書籃一碰植於多寶路之小樹，時樹僅初植，莖僅如指。樹葉搖動，沙沙作響。今者樹已成龐然巨物，一人雙手，不能圍抱。歲月催人老，此物證也。為完此記，引用歸有光之《項脊軒志》：「庭前有枇杷樹，吾妻死之年所手植也，今已亭亭如蓋矣。」終之。

南海塵鑠　一九七八年十月

一蓑煙雨任平生

22

兩兄弟

　　兩兄弟的年齡隔了三年，哥哥叫「天倫」，取共度天倫之意。弟弟叫「兆倫」，我也不太懂是什麼意思，希望他無邊無盡，千千萬萬的意思吧。哥哥的英文名叫Alan，弟弟叫Adam，這個我懂，兩條As是也。

　　小時候，帶兄弟去理髮。上海理髮師愛逗小朋友，極搞笑能事，稱哥哥為「冠軍」，哥哥從來不笑，也不出聲，坐在椅子上，乖乖地看著鏡子，把頭髮剪完。輪到弟弟，他吱吱喳喳與理髮師亂講一通，上海佬要費一番功夫才完工。

　　在小朋友的遊樂場，兩兄弟都愛爬牆。哥哥勇敢，咬著牙爬得很高，把媽媽嚇死了，大叫：「下來，下來。」弟弟膽子較少，三幾級就不往上爬了。

　　他們都參加了小朋友籃球隊，哥哥的反應較慢，弟弟可以。後來，我教他們打網球，高下立即見到。

　　有一次，一家四口開車郊遊。媽媽幫哥哥溫習數學題，他的回答時對時錯，弟弟插嘴，題題中！我想，弊！小的比大的聰明，要小心應付。

　　一家四口愛看電影。我對 Harry Potter這類魔幻故事弄不清楚。哥哥心裏明白，但是不會解釋。我只好向弟弟求救。

　　哥哥比弟弟更喜歡看卡通影片，也喜歡畫卡通人物。這樣好吧，逢星期六，送他到上海藝術老師那裏學習畫畫，直到高中畢業。

　　弟弟三年級，做手工製作工課，哥哥幫弟弟畫圖，弟弟感激之至。

兩兄弟都長高了，隔一段日子，就在廚房的牆壁上用鉛筆紀錄他們的身高，慢慢地，弟弟比哥哥長得高。

哥哥沉默寡言，弟弟多說話。兄弟吵架總是弟弟用道理勝出。麻煩事來了，哥哥心中不服氣，常常拳頭以對。本是同根生，做父母的確實傷心。

哥哥的房間凌亂，弟弟則井井有條。哥哥算術能力差，弟弟邏輯性強。哥哥在體育運動上欠靈活，弟弟可以。哥哥寫文章不行，弟弟的文章內容和想像俱全。老天爺啊！你怎麼可以這樣子不公平！弟弟把父母親的優點全拿了，缺點都遺傳在哥哥身上。

哥哥有一特點，不愛問問題。他的自信心很足。我教他，不請教別人會吃虧。

與哥哥的父子交流，從來是一問一答，簡單明瞭：

"Are you going to movie？"

"no."

"Are you ok?"

"Yes."

"Can you come home for dinner?"

"Ok!"

"Hey! Watch out, you gain some weight."

"Idiotic!"

兩年前的生日，哥哥請父親吃中午飯。我驚喜地發現，出現了父子促膝談心的一幕。雖然說得慢，他把想法，工作，學業，朋友，什麼事都告訴父親。

從此找到了一個方法，要聽哥哥講近況，父子兩人去餐廳吃飯。

與弟弟交流容易，天南地北，網球足球籃球乒乓球，新聞電影電視流行曲，任爹選擇。

十一年班的暑假，哥哥找到了暑期工作，開車送 Pizza。他高興極了，我高興極了。我想，好樣的，此子餓不死。

我的做人準則，只教仔做人，不教人做人。我對弟弟說，哥哥有許多地方比你強，他膽子比你大，藝術欣賞比你懂。對哥哥說，你應該為弟弟的讀書成績驕傲，遇到困難時應該請教他。

兩兄弟有一共同點：愛護地球。我發覺，喜歡藝術的人更愛地球。

他們都進了大學。哥哥進了洛杉磯的 Ottis College，學藝術的，主修廣告設計。這私立大學學費多，補助少。弟弟進了西北大學，學費多，補助多。

弟弟上西北大學讀書，讓哥哥對他的觀念改變了。哥哥開始佩服弟弟，為弟弟驕傲。有問題，也常常請教弟弟。尤其在英文方面，resumes， cover letter 求弟弟修改。

哥哥大學畢業典禮，弟弟從芝加哥回來參加。弟弟畢業，哥哥也在現場鼓掌。他們變成哥倆好，我們夫妻安心了。

在芝加哥一高級扒房，一家人大吃一頓慶祝弟弟畢業。

我對兩兄弟說：「I treat you brothers the same, I gave Alan 10k to buy a car, I will give Adam 10k to buy a car.」

也不全是一視同仁。我更說，人誰無死，我的財產就是這些，比上十分不足，比下也算有餘。足夠你兄弟倆站穩陣腳。

「But I will give Alan more because it is harder to make money in arts.」

兩兄弟相顧而望。哥哥：「No, I want equally share.」

兩兄弟都找到了工作，哥哥的工作與他興趣有關係，每星期上夜學進修本科。弟弟回洛杉磯做工，原因之一是希望與哥哥搬出家住，互相幫助。

今冬，兩兄弟將一起上雪山滑雪。現在，弟弟的滑雪技巧比哥哥屬害多了，但這已經再不是問題。

這兒的中學開學了。早上練習高爾夫球，開車經過熟悉的街道，看到家長們送孩子上學。走入七仔店買咖啡，那印度店員還在，只是眼眉毛變白了。

送兩兄弟上學的日子已成過去。

二零一七年八月二十一日

兒子，網球，和我

小兒子Adam七歲跟我上網球場。那時候他人細拍大，在球場揮拍走動，天真活潑，每次看到他把球碰在拍中央，擊出一記好球，我就會激動高喊：「good shot。」

我雖非伯樂，但早就看出Adam運動基因雖有，但並不是上乘之選，因為他的腳步不夠快，反應也一般。腳步和反應是天生的，不管後天如何訓練，都不能有多大改進。

我喜愛運動，尤其愛網球。在我一生中，網球是唯一能拿出來獻醜而不失禮的強項。

父親當然希望兒子踏着自己的腳印。跟着父親學球吧，我不能幫助你英文和數理化，唯一能教的是網球。

我教兒子打球，威迫利誘雙管齊下。幾年前孩子放了學，我拿着一籃球走到公園和他練習，講好今天要打幾籃正手，幾籃反手，幾籃網前球，幾籃發球，多打多獎。他打累了，我還迫他再打一籃，用晚餐吃牛扒為利誘。有時候，Adam會發脾氣，和我搞不合作，問我為什麼不把球送到他的面前，我為之氣結，但是又怕把他激怒，一下子把球板扔掉，唯有忍氣吞聲。有時候，他太過份了，我大發雷霆，命令他跑二十個圈，父子倆不發一言，開車離場。

後山公園環境幽靜，時有一對華人退休的夫婦，拖着小狗坐在長凳看我們父子練習。有一天，老人告訴我，以前他也在這球場教他的兩個兒子打球，現在兒子們各散東西，一在紐約，一在東京。言外之意，是要我好好地珍惜這些日子。

我小時候，父親在廣州沙面網球場打球，我跟着他，由於年齡太少，我僅有捉迷藏，玩泥沙的份兒。我的父親從來沒有教過我打球，此刻想來，我是遺憾的，相信我的父親也有同感。

為了提高Adam對網球的興趣，他十二歲的時後，我特別為他組織了小朋友網球隊，找了十個八個和他年齡相近的男孩子一起訓練，我出錢出力出時間，網球隊還進入了決賽。

Adam學校的網球教練是一位嚴格的好教練。但Adam一上中學，我就和他發生矛盾。問題出在網校隊在星期六要練習，時間上和辯論比賽有衝突，不多，一學期三兩次。兒子喜歡辯論，他有辯論課。教練要他二選一，要網球，

就放棄辯論；要辯論，就得放棄網球。在這間中學的網球隊，從來沒有一個隊員可以修辯論課的。兒子回家哭訴，要放棄網球，我聽了之後，無名火起。第二天衝進校長辦公室，告訴校長要轉校：「如果我兒子錯過二次練習，你就要他放棄網球，我從小培養他的心血變成泡影，Adam要轉校。」二年之後，教練任命Adam為校隊隊長。最近，他告訴我，明年入大學的推薦信，邀請教練執筆。

不知到從什麼時候開始，我注意到Adam對我的的網球指導，老是唯唯諾諾，在聽與不聽之間，後來我明白了，兒子認為交了學費的教練才值得聽，只要父親交了錢，他就尊心聽教，專心練球。沒有辦法，做父親的唯有打開荷包，放水灌溉。

去年暑假送Adam去北加州網球夏令營訓練二星期，後來我發現去錯了！父母把孩子送到夏令營，希望孩子的球技在一星期內突飛猛進，他們定會失望。網球夏令營是供孩子們玩的地方，網球放在第二位。

今年暑假，我把訓練的時間表改變。三天是校隊練習，另外二天是在私人訓練班，星期六則有私人教練再操練一個半小時。他上午有五天SAT補習班，下午打球。學校發來警告信，說兒子不交功課，Adam問爸爸，我不夠時間做功課，怎麼辦？我告訴他：「做也可以，不做也可以，先打球。」所以，他的球技越來越熟練，真是天下無難事，只怕心不堅，今天他能在學校做一哥，正是鐵杵磨成針的結果。

最近，和Adam打了一盤單打，我輸了。他的正反手擊出的球都很重，腳步也快了，我已經是招架不住。我輸球給兒子的心情是有甜有苦，甜的是我終於把他訓練成為好波之人，苦的是我的年華漸老。兒子是天天進步，父親是天天退步。

金錢不是萬能這話聽多了會厭煩，但是兒子在球場上給予我的內心喜悅，自豪和滿足，也真是金錢不能換得到的。我還記得他第一次參加小孩子比賽，在網前一記漂亮扣殺的一剎那，我高興得跳起來為他喝采。直到今天還非常清晰地印記在腦海中。

明年秋天，Adam希望到東部讀大學。我教兒子打球的任務也完成了。到時候，我將看到他的房間空無一人，房間裏擺滿了比賽獎盃，我又會有何種感覺呢？是的，我一定會記起，在後山公園看我們父子練習的退休夫婦，和他們一樣，我的兒子也雛燕高飛了。是的，我一定會想到，Adam帶了球拍進大學，這

一蓑煙雨任平生

運動會令他受用一生。

　　上週末，我和Adam參加了一個父子雙打比賽，我們進入了冠亞軍爭奪戰，對手是他的教練父子。比賽很激烈，分數接近，雖然我們最終是輸了，但父子兩人同場競技，有商有量，互相鼓勵。打到第二盤緊張的時候，Adam知道父親氣力不繼，對我說：「爸爸，不要跑那麼多，讓我幫你在後場補住，讓我多跑。」那一刻，烈日當空，我汗流浹背，站在網球場上，精神為之一楞，我感激的淚水從眼角冒出。換場時，Adam把毛巾拋給我：「let's go, dad, still have a lot of games left.」對的，我和他，還有一大段路要走。

　　我多年的心血，一下子全部回報，太值得了。

二零一一年十二月於洛杉磯

父親的詩

　　一年多前，我為小兒子申請大學事情費煞心思。他要寫十二篇文章，申請十二間大學。自由選擇的作文題目令他絞盡腦汁。我提議不如寫一下掛在客廳那幅畫和畫中的詩，那是你爺爺的作品。有點意思。

　　我的父親離世已久，晚年愛畫畫寫字。這一幅，我稱之為《雙鷺逐魚圖》，是我最喜歡的。暗綠色作背景，一片蒼茫蕭殺景像，魚兒游曳水中，有兩隻白鷺凌空飛撲而下，水面浪花四濺，其中一隻嘴叼戰利品。突然間，動感打破沉寂，畫面充滿生機。擊水白鷺栩栩如生，好像可以飛出畫中。

　　畫中有無題詩，詩云：

長江飛瀑不倒流
漁郎不為水深愁
磨刀霍霍男兒志
等閒白了少年頭

　　我懇求江紹倫教授幫助翻譯成英文，好讓小兒明白。教授欣然答應，譯句如下：

The towering currents of Yangtze returns not,

A fisher confronts the deep fearing naught,

Brave in experience a man's will is reinforced,

A lazy life will end up in remorse.

　　父親的藝術基因傳給了他的大孫子，我則是不堪造就。我欣賞的貨色，是在樟木頭火車站擺地攤，叫賣一百元人民幣的大紅大綠鴛鴦兩浴圖。

　　這詩畫有一段故事。當年我在荷李活馬場賭馬，單Q五元exacta，一注中的。六十倍行頭，二十三倍隨後。連贏位派彩二千七百美元。七十年代初期，二千七等於今天的二萬七。我大喜之下，用紅色信封發信告訴父親。現在想來，我實在不應該把事情讓他知道，令他擔心。他可能覺得兒子的行為不妥，故寫畫作詩勉勵。

　　父親下款寫道：

　　此無題材從未見世，余深愛之畫成接吾兒紅柬喜訊，百感交集，成詩以贈柏齡，時已深夜三時矣。丁巳放夏。南海塵瀝。

　　小兒明白了爺爺的詩句。

　　他問：「怎樣寫？」

　　我說：「借爺爺的詩畫發揮！」

　　繼續教仔：「寫東西要圍繞題目寫，要有內容，要溫馨，要想像。你爸爸喜歡加入一些幽默。增加趣味。你自己想吧。」

　　我讀了兒子的文章。覺得可以，反正我也不懂得修改他的英文。小孫子寫素未謀面的爺爺，因為爺爺留下了詩畫。看來我也應該多寫勤讀，把文章留給他們。將來我的孫子也來寫我。我在九泉之下，偷笑。

　　Essay 寄去了 Amherst college，這全美數一數二的Liberal Arts 學校，拒絕了他的申請。兒子申請的多所大學，其中有金榜提名的，也有名落孫山的。送給Amherst 的「爺爺的詩」是敗筆之作。小兒文章如下：

#2. "Literature is the best way to overcome death. My father, as I said, is an actor. He's the happiest man on earth when he's performing, but when the show is over, he's sad and troubled. I wish he could live in the eternal present, because in the theater everything remains in memories and photographs. Literature, on the other hand, allows you to live in the present and to remain in the pantheon of the future. Literature is a way to say, I was here, this is what I thought, this is what I perceived. This is my signature, this is my name."

Ilan Stavans, Professor of Spanish, Amherst College.

From "The Writer in Exile: an interview with Ilan Stavans" by Saideh Pakravan for the fall 1993 issue of The Literary Review.

I never thought much about the Chinese hanging scroll that hung discreetly behind my living room television. I frequently passed by it, but the scroll never caught my attention. As my family moved furniture one day, I happened to take down the framed scroll. My dad looked at me and asked, "Do you know who made all these paintings hanging in our house？"

"No," I replied. He told me that the paintings and short poems that caption them were made by my grandfather. I never met my grandfather because he passed away before I was born. I stared at the fine detail of the painting and the dynamic brush strokes of the calligraphic poetry.

I asked my dad if he could translate the poem on the scroll. He said he would do his best, but that many nuances would be lost in translation. Still, he was able to provide a translation that I deeply enjoyed. The poem was about the Yangtze River and a fisherman, but it was the last line that struck me.

"A lazy life will end up in remorse." my grandfather writes. The veracity of the message and the eloquence of the phrase astounded me. I was in disbelief."Did my own grandfather really write this?" I asked myself. He was telling me to work hard like the fisherman and not squander my time. This man whom I had never met was posthumously giving me advice. The eternal nature of literature enabled me to connect with someone I had never met. My grandfather is able to live on through his writing. As I look at all his other poetry, I realize that they immortalize him. They are his signature, they are his mark on the world. Literature grants writers the power to transcend death.

一蓑煙雨任平生

金榜題名

前言

小兒子Adam今年申請大學。這事情值得紀錄。

我一輩子，只教兒子，沒資格教外人。這是首次嘗試，把自己的經驗和別人分享。

嚐有協助兒子申請大學的經驗。現在寫下經歷與心得。希望文章能有些少教育性。或許能夠幫助別人家庭的孩子，申請大學。

警句

兒子自小立志入美國頂尖學府。首選是長春藤大學。

Adam上小學五年級的時候，學習成績已有傑出表現. 我的舊老闆有二個兒子，分別就讀Yale和Brown，我請教老闆有何秘訣，可讓孩子進名校。

老闆告訴我：「Don, watch out. By 8th grade, the battle is over.」

八年級畢業，the battle 繼續，Adam 的成績越來越好。小學校長對家長們說，我們學校今年收成好（good crop），言下之意，好學生特多。

半年前宴席間與一婦人交談。討論孩子入大學事。婦人有經驗。以專家自居，語氣迫人來。她的兒子去年進了名大學。

婦人問：「你兒子是讀私立中學嗎？」

回答：「讀公立學校。從小學開始就是公立。」

婦人臉色凝重：「祝你好運。公立學校的機會少好多。」

婦人教：「你要請私人輔導，教你個仔如何申請學校，幫助他改essay，應付如何面談。這些顧問收費不平宜。」

我看著她，有點兒不好意思：「哦。但他暑假讀了SAT班，用了我二仟多元。他考得還不錯。」

「幾多分？」

我驕傲地回答：「2280」

她說：「還可以。」

我目定口呆。心裏想，真有那麼困難嗎？他們要什麼樣的學生呢？

A班

Adam是華仁A班仔讀書材料。自從中學第九班開始，在三年半高中歲月裏，只拿過三個B。十年級開始，他一共修了八門AP課程。僅AP生物課拿B。

有父親的悉心栽培，他是學校網球隊長。有母親能言善道的天賦，他自是辯論高手，還曾經殺進了年度加州中學生的辯論總決賽。

Adam SAT 的 super score 是2400。爆棚。GPA 是 4.53。

年初時，各樣的讀書叻獎寄到。突出的有 National Merit Scholarship Finalist 和Presidential Scholars Candidate。這總統獎候選人名單，值得一提。據說是全國高中畢業生三百萬選三千。如果有幸再入圍，進最後一百二十名。總統在白宮接見。

本地區狀元，榜眼，探花，及第進士均奉召到市政府接受表揚。Adam的中學今年成績特別好，有十二位同學拿了National Merit Scholarship Finalist。總統獎候選人僅三名。我想到了Adam的小學校長幾年前的話——「good crop」。本地華人報紙立刻報導。報紙也報導近日新聞，ALANTA三十多名學區領導和老師集體作弊。他們幫助學生的考卷回答從錯變對。競爭之激烈，教育界為提高學生成績，下盡苦心。

Peter是我家鄰居的孩子，日裔。Adam與他在同一小學成長。八年級進中學。我們兩家人決定交替送孩子上學。三年來，每隔一禮拜就分擔責任，早上

一蓑煙雨任平生

六點開車，送兩個小孩上辯論課。日久有感情，我對Peter申請大學特別關心。

Adam考到車牌了。最後一次送孩子們一起上學，我對Peter說：「Uncle Don is very honored to drive two National Scholar Finalists to school. Think, how many parents have the opportunity to do that？」

Peter回答：「Yes, Mr. Chen. Thank you.」

預備

望子成龍，我不敢怠慢。去年五月，我特別約了UCLA的湯維強教授吃午飯。James Tong是我的華仁學長。午飯目的是見見湯教授，一來是請教兒子申請大學事，二來讓他指點一下寫作.

湯教授對我說：「Essay重要。尤其第一段落，必須有吸引力。UCLA每年有十萬學生申請。試問學校要看多少份essays？如果不能讓招生委員會的老師有興趣讀下去。入學的機會就降低了。」

Essays重要。最近看了一篇Dartmouth招生委員會老師寫的文章。講述一女孩子，品學兼優，已經進入了最後的評審階段。她在文章中說自己熱愛音樂，她人生的所有興趣，唯一就是音樂。女孩子所寫，真乃一子錯，滿盤皆落索。招生老師十之八九不滿意女孩子的說法，也是道理。十七八歲的年輕人，怎可以僅喜歡一樣東西呢？

Adam十年級的暑假。讀SAT補習課。我為他挑選了一間由韓國人辦的學校。那兒師資好，老師都是名校出身。我與別的家長carpool，分責任接送四個小孩子上學。

暑假後，打鐵趁熱。孩子們都立刻報名考SAT。公佈成績。Peter得2380分，Adam 2280分。Adam有點不服氣，怎可以輸給Peter？

我笑說：「你作文拿下800分。作文怎可以滿分？你爸爸也在學習作文。如果讓老師打分，你爸爸的文章最多是500分。」

Adam決定明年再考一次.

過了一年，為重考SAT事開家庭會議。我夫婦是不主張兒子重考的，理由是沒有熱身，萬一失手，可能拖累上次成績。Adam不理父母意見，再來一次。結果證明他是對的，雖然英文寫作成績不理想，但英文閱讀和數學每科都是800。滿分。這對私立大學要看的super score很重要。他是2400了。

Adam 在學校創立了「Mock Trial」隊，自任隊長。與別的校隊在羅省高等法庭「Mock Trial」比賽。比賽有正式法官，律師義務為學生當裁判。也真正是似模似樣，小律師互有攻防。Adam 幫人辯護。死也拗番生。法官鼓勵：孩子們比許多現役律師還要好。我想也是，今天從祖國來的法律系畢業朋友，在此地考了律師牌照。很多連英文也講得不清楚，他們僅能幫助新移民填寫表格，怎可以上法庭做辯護呢？

為爭取錄取的機會，Adam 想做暑期工。他問父親有什麼方法，幫助找一份有意義的工作。我立刻去信九龍華仁同學，希望他們能幫兒子找到一份在律師樓或者金融機構的工作。同學熱心幫忙，工是有了，但香港政府不容許，政府要「做工紙」，計劃只好取消了。

暑假前，Adam 找到了工作。他在網絡上找到一份地方法院的義工。每天打著領帶，已開車上班。到法院做半天 filing，老闆有機會就讓他進法庭內看真實的審判。對於我看來，這工作無疑是他人生的一大經驗。他看到了那些犯了交通規則，沒有能力付得起三百元罰單的人，怎樣苦苦哀求法官再多給一個月寬限人情的。他也看到了，刺青人是如何無法無天，打家劫舍而受到法律制裁的。他也看到了兄弟爭奪家產打官司互告的。他開始涉獵人生百態，……比較起花費幾千元的夏令營，飛到非洲看斑馬強多了。

申請

去年十一月五號，Adam 申請了第一間大學。他選擇了 Dartmouth College 作 Early Decision (ED)，ED 是一種申請大學的方法。據了解，學生受錄取的機會能增高數個百份比。但如果學校接受了你，你一定要去。這是 Binding 的。Dartmouth 是一間長春藤大學。夏天的時候我們一家人參觀過，Adam 十分喜歡。

我找了一位英文系碩士老師，修改申請 essay。書信來回幾次。結果 Adam 告訴我：「Dad, It is not worth it. I don't need somebody to correct my grammar. I need ideas.」

我花了 175 美元。

十二月中，消息來了。Adam 沒有受到 Dartmouth 拒絕，也沒有被錄取。他被放在 defer 名單。這意味着他將會在明年一月的普通申請中接受重新考慮。

十二月是寫申請 essay 月。UC 系統二篇共一千字。私立學校系統一篇五百字。這些「共同」文章一經電腦發出，所有申請的學校都會看到。

　　每一間學校再有自己的要求：哥倫比亞要求回答三百字的四個短問題；芝加哥大學要求一千字文章，有多個題目任君選擇。

　　有些題目看似簡單，問學生為什麼選擇這所學校。有些則天馬行空，任意發揮。例如芝加哥大學的「where is Waldo？」有些則虛無飄渺。例如 Williams College 的「望窗外，你看到什麼？」

　　有一半題目，Adam 都問父親意見。我也給了。我的想法他不全部接納。他有自己的主意。Adam 喜歡請教上屆進入了名校的學長。學長的意見更受尊重。

　　文章日以繼夜完成。我時常提醒他：「Faster! 要交卷了。」

　　Adam 的文章我全看了，覺得寫得都很好，父親的英文水準與兒子有大分別，父親的不行。我把文章保存在電腦。說真的，兒子的文章比報紙副刊更有意思。

　　有一天，我幫助 Adam 填寫申請表格。這些表格很煩人，好像祖宗十八代都要知道。

　　Adam 突然問父親：「Why didn't you teach me how to play American football？」

　　「Why？」我反問。

　　「Because tennis and Asian, piano and Asian. They are stereo types. There are thousands of Chinese kids like that.」

　　他再說：「It would be wonderful if I had a Cuban or a Burmese last name，I guarantee I can get into whatever school I apply to.」我無語。

　　我為兒子申請的所有大學，準備了一份 spreadsheet，把重要的資料放進去。例如報名日期，essay 是完成否，學校的電話，地址，所需學費等等。

開榜

　　二零一三年三月廿八號，星期四是開榜日。全美國大多數的私立大學都在此日的東部時間十一點放榜。UC Berkeley 也在同一天。好學生們稱這一天為 Super Thursday。

二天前，Adam 已經得到消息，Northwestern 和 UCLA 都收了他。全美排名十二的 NW，更是令他雀躍。但也有失望的，芝加哥大學把他放在 waiting list，UCLA拒絕了他的好朋友 Peter，我為Peter不值。UCLA 是進入更出名學府的起碼門檻，如果進不了 UCLA，其他學校的機會就低了。Adam中學排名一到十的好同學，還沒有一個獲得錄取進入自己理想大學的。有幾位給芝加哥大學，MIT，Northwestern拒絕了。

Adam申請了十五間大學。Yale，芝加哥，Columbia，U Penn 是他 wish schools。Northwestern，Johns Hopkins，Cornel，Georgetown 是他的middle schools。UCLA 和 UC Berkeley 是他的safety schools。還有四間 liberal arts 大學，如 Williams，Amherst. 都是頂尖學府。

申請費每間平均八十元，有一間學校免費申請。

是緊張時刻。Adam 打完校際網球賽趕回家。和父親說聲「hi」之後就匆忙把房門關閉。立刻上網看開榜。這是父親的指示，因為父親迷信。Northwestern就是這樣開的。我坐在客廳沙發，他一人在房間。

我把大門打開，讓陽光和春風進屋。前園杜鵑花嫣紅盛放，過年前從 Costco 買回來的一盆柑桔沒有應節，但現在確長得果實累累。我感覺這是個好日子。應有好消息。

我已經告訴兒子，今天你是坐亞望冠。UCLA 和 NW 都是好學校。但人望高處，Adam 希望在長春藤。

「I got Berkeley!」Adam 聲音從房間喊出。

「Great!」我回答。

「Got Georgetown!」

「Good」我毫無驚喜。仔你快往上看。如果連 Georgetown 都不收，Yale 就免問了。

Adam 看榜。從 US news and world report ranking 排行最低的往上看。奏一曲廣東音樂「步步高」。

「I got Johns Hopkins!」房間又傳來聲音。

「恭喜你！」父親聽放榜不忘記教家鄉話。

再下來是一遍沈寂。我把耳朵貼在房門，聽到兒子敲打鍵盤的聲音，也顧不了內子的家規，把一支萬寶路點燃。在客廳來回踱步。香煙把我燒得五臟俱焚。我心急！

十分鐘後房門打開，Adam 失望地對父親說：「I got rejected by the Ivy League schools. Wait listed at Williams and Amherst.」

他滿面沮喪。這聰明的孩子表面謙虛，但內心好勝。進長春藤學校的願望，今天破滅。

父親搭著兒子的膊頭，輕聲安慰:「Dear son, You have tried your best. You have gotten into some very top schools. 」

跟著忍不住再加一句向藤校致意：「%x#& Ivy League！」

免費申請的學校拒絕了Adam。

二天之後，Adam的心情平靜了：“Dad, I got what I deserved. I did not get short-changed. Many good kids in school got short-changed , they did not even get into their safety schools."

收獲

私立大學學費驚人。每年學費連住宿伙食，約美金六萬。但獎學金來了，Northwestern，Georgetown，Johns Hopkins 都給予每年四萬元以上的獎學金。他們會計算，中等家庭子女，父母理應有能力，有責任，繼續供養四年。母親服務的公司也獎了六千元，媽媽在公司真驕傲。

學校送來回機票，免費住宿，邀請 Adam 參觀，碰碰新同學，拜見教授。學校作了決定接收，就千方百計吸引學生就讀。他們也在搶學生。

Georgetown 校長的邀請信比較特別。信中寫道：「The admissions was particularly impressed with your involvement in tennis. We recognize that this sport requires year-round training, and we commend you for your ability to find the balance between academics and athletics that inspires the motto of Georgetown athletics, mens sana in carport sano. 」

Georgetown 是一所天主教耶穌會大學。我希望Adam 選擇Georgetown，父親有華仁的經驗，這樣的學校不會錯。

生意人，好友壽星公的兒子道賀：「恭喜！你個仔未曾出道，已經幫你搵咗十幾廿萬。」

老實說，這點我真的未想過。

心得

The battle is over. 與 Adam 一起清理戰場。父子倆有如下心得，供將來申請大學的同學和家長參考。

一：SAT score 不是最重要。達到一定的程度便可。2200 分左右已經很理想。不必追求超級分數。例子是Adam 的同學Peter，SAT 2380 進不了UCLA。Adam super score 2400 進不了 Ivy League。 SAT 的數學與閱讀能力是在考 IQ，考平時學習的積聚。尤其數學，必有幾考題整蠱考生。Adam說， 文可以讀，因為有Formula寫。（我不明白）.

「Math and Reading, You either have it or you don't，」Adam told me.

二：Extra Curricula 人人有。不重要。千萬不要以為暑假到醫院做了一百小時義工，或交大錢夏令營，環遊看世界。那就可以讓學校另眼相看。沒有這回事。除非你的課外活動很特別，例如辦了一本全國出名的學生雜誌，或者創造了什麼生意模型，可以賺錢。當然會為入名校加分。

三：體育運動有幫助。但如果想用運動出人頭地。拿獎學金破格錄取。亞洲人難矣。這事情女同學較男同學容易。建議女同學從小學習一些奧林匹克的冷門的項目，例如劍擊，柔道，跳水等。Adam 有一女同學，成績平常。因為會跳水被Princeton 優先綠取。

四：Interview 不重要是學校說的。這不同於畢業之後找工作的 Interview，Adam 有三次 interview. 每此回來都說很好。結果三間學校都不要他。

五： GPA 與 AP課程重要。因為那是決定孩子的學校排名。排名越高當然越有機會。要在全級 1% 以上。Adam 評: Peter進不了UCLA， 是GPA與essay關係，他在學校六百多畢業生中僅排三十多。

六：Essay 重要。申請好學校的辛辛學子，每個是讀書才俊。學校如何挑選呢，此事真頭痛。從申請者的文章，他們可以看出學生的性格，想像力，心靈，抱負等。這些東西GPA和SAT是反映不到的。有說；不可以請consultant槍手嗎？笑話！Consultant的腦袋是十七八歲孩子的腦袋嗎？十七八歲孩子可以寫葡京沙圈行嗎？建議：利用孩子上一屆進了好大學的同學，他們的意見比任何人都有價值。

七：Essay 重要，很重要。Adam對我說：「Dad, you are right. Somehow, the admission people can see into you from your essay. I think I messed up on the essays to U of Chicago and Dartmouth. 」我重讀兒子寫給Northwestern的文章。 他寫得

真漂亮。父不能為也。

　　八：Essay 重要，很很重要。與 Adam 一同進入了總統獎候選人名單的一位女同學。Adam 曾經對我說：「Dad, watch out for this girl. She is very smart. She writes in a different level. Though she only ranks 12 in school.」這位女孩子的母親是新移民，英文可能不懂。開榜，女孩被 Princeton 及 Yale 錄取。我信了，女孩子筆桿會飛。我替她母親開心。

感想

　　朋友來信報告。他友人的兒子在深圳讀中學。考取了 Berkeley，父親高興得如中了六合彩。深圳這所中學今年一共有十三名學生進了 Berkeley，我聽到後感覺到這世界越來越小。競爭越來越大了。申請美國大學的學生來自四面八方。在我進大學的年代，那裏有這樣的事情呢？我更想到與 Adam 從小長大的好朋友 Peter，他被 Berkeley 拒絕，一定是讓這一班深圳好學生躋出去的。

　　承蒙 Fr Finneran 照料，我靠打網球在華仁 D 班胡混了三年，會考勉強合格。Calif State LA 畢業後再讀半年電腦，那時候美國遍地工作機會，我與好先生艱難地周旋幾年，然後一路走來，事業也算成功。但我相信，年輕的一代是此路不通了。

　　今年暑假之後，Adam 雛燕高飛。做父親的任務完成了嗎？唉，他進了大學，我起碼鬆了一口氣。他說要讀歷史，將來想做律師。他要為人民伸張正義！再說，讀書好不等於會做人。Adam 將來踏入社會，成敗再論英雄吧。

　　人生漫漫長路。正如江紹倫教授對我所說：「The rest, leave it to 天。」

後記

　　三年前回鄉下廣東南海西樵大仙崗，我站在陳氏宗祠的神主牌前上香燭，拜祭祖先。

　　「祖先啊，噹希望小兒能成大器，如果他考試 multiple choice 不懂，你就讓他亂撞中的吧。」

　　今年我一定返鄉，多謝祖先。

　　　　　　　　　　　　　　　　　　　　二零一三年四月八日於洛杉磯

放生

　　孩子還小時，我花五元錢，在唐人街買了一對小龜給他們玩。小龜很小，孩子的小手掌可以把它拿起來，從這邊拿到那邊，讓小龜在廚房爬行蠕動。小龜有生命，比較起積木玩具，新鮮多了，好玩極了。

　　小孩子的玩具在我們家，平均二個星期就會玩厭。隨著年齡增長，玩具從小到大。太太把過時玩具存放在一個大紙箱裏，裝滿了，紙箱進車房，再找一個大紙箱擺玩具。

　　小龜的命運可不同，它們住入了廚房的金魚缸。金魚缸不大，但裏面有石灣假山，有釣魚翁，有南京雨花臺的石頭。沒有金魚。

　　才幾天，孩子們就無興趣玩龜了。他們要養金魚，我不容許。我想，龜與魚怎可同缸。

　　小龜找到了好居屋。每天都有人餵食。食物豐富，有冷飯，也有從寵物店買的「龜食」。冬天時候，龜不吃東西，它們喜歡睡眠，動也不動。屋子是要打掃的，我們時常把龜拿出來，清潔金魚缸。

　　寒來暑往幾年，小龜好吃好住慢慢長大。剎那間，它們變成了中型龜。其中一隻，長得較大。怎會這樣子？不是同種嗎？

　　再過幾年，龜越長越大，尤其那隻巨型的，我一把掌拿它不下，小子把頭伸出來，張牙舞爪，好像要咬人。它們把石灣公仔推倒了，搞破壞。

　　金魚缸再不是適合它們居住的地方了。它們被關在籠子內，空間小，動彈不得。

　　那兩年，我的運氣不大好，許多事情都有阻滯。聽人說，放生可以轉運。真有此事？不妨試試。莫問出於自私心或是惻隱心，我決定放生玩養多年的龜。

忘記是那一年，在一個冬天週末早上，天寒地凍。一家四口渡天倫。把大龜中龜放在水桶裏，開車往近郊公園的人工湖放生。

　　走近沙灘，大兒子天倫拿著水桶，把龜子放出來。立刻，大龜行頭，中龜跟隨，走啊走，往湖水的泥沙里鑽，往自由奔去。轉眼之間，我們的龜子不見了。Bye bye，一家人一起說再見，心中都感到無限舒暢。

　　「萬類霜天競自由」，野鴨飛翔，魚游淺水，老鷹盤旋，北風吹雁。今天，這郊野湖泊多了兩隻龜。

　　也是神奇，放生之後，我的情況轉「順」，許多希望都心想事成，孩子健康長大。到現在，他們學業有成，大的在工作，小兒也將進入社會了。我時常開車經過那公園，會想到那兩隻龜，它們生活得好嗎？

　　近日讀一則大陸新聞。瀋陽善心人做功德，買了二百箱泥鰍苗，放生十萬條泥鰍到江河里，不料慘遭路人瘋狂捕捉，泥鰍魚當晚成盤中餐。

二零一七年四月七日

一蓑煙雨任平生

滑雪

昨日南加州的「風暴」，來去匆匆。加州少有真正的風暴，與芝加哥連天風雪咆哮，真乃小巫見大巫。

晚上一場大雪，大熊湖位於海拔七千呎的 Snow Summit 平白添多了三呎天然雪，雪降落至三千五百呎的高度。無論走哪條路，開車上「雪峰」都需要雪鍊。

利用孩子放寒假之便，我們一家四口上山滑雪。這是我家的傳統，孩子幾歲大的時候，我就帶他們上山玩雪，渡天倫之樂了。

今日，加州滑雪勝地大熊湖紅裝素裹；碧藍色的天空，清新的空氣，友善的滑雪人，好客的生意人，令我感覺得這個世界真美好。

夫妻倆站在山腳，手拿著立刻就會冷卻的熱朱古力，口中呼出熱烘烘的暖氣，看白雪皚皚，滑雪健兒從山頂踏雪飛下來，雪花飛舞。他們的動作矯健，色彩繽紛的雪衣把這林海雪原襯托得生機勃勃。有長毛歌者奏出最流行的動感音樂，高音大喇叭把他的歌聲響徹山頭，長毛要將山神喚醒。

這年輕人的運動，我十年前已經宣告退役，我的老婆今年也退役了，她不再想跟著兒子從山上滑下來。我倆在山腳尋找兒子們，舉頭望穿秋水，偶爾看到他們雄姿英發，左閃右閃地飛滑下來，夫妻倆興高采烈地大喊：「Alan, Alan ! Adam, Adam！」他們哪裏聽得到。

還在不久之前，我曾經在山腳的小斜坡下接兒子，他們坐在大輪軚上滾下來，那紅通通可愛的小面孔，小手戴上小手套……

兒子告訴我，東部的同學愛 ski，西部的同學愛 snow board，東部的同學認為 ski 才夠 class。我教兒子，高級低級全要懂，ski or snow board 兩樣都要會。

「天階夜色涼如水，坐看牽牛織女星。」天還沒亮，夫妻在湖邊散步，夜涼人靜時看繁星流動。積雪成霜，腳一滑就摔交，如果跌到湖裏，那可不是講玩的。

太陽出來了，晨曦讓星星消失在天際。大熊湖碧波蕩漾，野鴨覓食。有一善心少年在餵鴨子。陽光照耀下，鴨頭可以變色，由綠變藍，又由藍變成綠，漂亮極了。這兒的野鴨與人和諧共存。人站在鴨群中餵食，就像在鄉下餵雞。

突然間想起多年前在西雅圖。秋季開獵，我穿著深綠色的軍服，隱藏在近郊印地安人水塘的蘆葦中，等待一群群水鴨從天邊飛來，它們飛得真快。霎時

間槍聲四起，我仿佛聽到人們在放鞭炮，獵鴨人歡天喜地迎接新年。「啪啪啪！」，我在寒風凜冽下舉槍謀殺，水鴨悲鳴，掉落塘中，身旁那訓練有素的 chocolate lab 應聲撲出，游到水中央把獵物用口擔回來。我記得那水鴨的品種正是今天湖邊的野鴨。

雖然趣味不同，狩獵與滑雪都是很好的運動。而今我年華漸老，趣味改變了，狩獵與滑雪已不再是吾之所好。反而清晨湖邊餵鴨，更有「禪意」。

一家約定明年冬至時候，聖誕節來臨前的週末，再來大熊湖。他們來滑雪，我來餵野鴨。

二零一三年聖誕節前

好先生與我

詩云：

先生姓Good我姓陳，

相逢共事費精神。

無中生有施詭計，

勸君得勢且饒人。

時過境遷年已老，

回首恩怨似浮雲。

異國謀生非容易，

和而不同路可行。

先生姓Good，名Bob，Bob Good。我稱他好先生。好先生是我大學畢業後的第一份「正經」職業的老板。

好先生從內布拉斯加州來，母親是愛爾蘭人，父親是德國人，開一部舊pick-up，穿牛仔皮靴，戴牛仔帽。講話帶有濃濃的鄉下音，典型農家子弟出身。先生身高六呎二，紅光滿面，精力過人。很不幸，他自小得有小兒麻痹，所以胳膊短而扭曲，上身闊大，下盤不大穩健。走起路來踏著匆忙小步，和他一起走路，我總是聽到先生在後面那急速而有節奏的腳步聲，感覺到他的短手在擺動著，氣呼呼的，好像在催我走快點。

好先生是一個窮苦學生。畢業於USC「南加州大學」數學系，他用了六年時間才修讀完這學士學位，因為他是半工半讀。

第一份工

我年薪二萬，工作從早上七點開始，到下午五點下班。但經常是要到六點半才能離開的，回到家已經是晚上七點了。因為好先生是工作狂，如果看到我

按時走，他會滿面通紅，不高興。一如在廚房工作的打雜，下班的時間到了，頭廚還沒走，做打雜的怎好意思離開呢。好先生的工作時間不固定，有時候三更半夜，通宵達旦編寫電腦程式，為電腦螢幕跟總機拉線，跑遍了工廠的每一角落，試想想，有這樣的老板，他怎能讓他的助手偷懶呢。

我每天第一件事，就是把晚上電腦印出的報告，用小推車送到各車間的部門經理，他們在等報告，似乎看不到報告，整天的工作便不知如何開始。

七十年代，還沒有個人電腦，管理工廠的製造系統還是剛開始。好先生的工作壓力是很大的，當電腦突然發生故障壞掉，要維修。在修理期間，我會接到不停的電話，問電腦何時UP，好像沒有電腦螢幕的數字，整個工廠都要停頓下來。普通工人倒無所謂，經理們是很緊張的。

我和好先生在同一辦公室，我的辦公桌就在他的旁邊。可想而知，這份「正經工」是如此艱辛，比在不正經」的餐館工辛苦多了。

在風和日麗時，好先生會稱呼我"Don"，或"Mr. Chen"。他教會我很多東西，經常諄諄善誘地告訴我，要到車間走走，和工人打成一片，留意物流，看看貨倉，發貨和收貨部門是如何運作的。去問估計報價部門的朋友，是如何報價的，合約是如何競爭的。一整天坐在辦公室編程式是學不到全面製造系統的。那些高薪的工程師，你大可不必去理會他們，他們和我們的系統沒有多大關係。

工作不順利或者電腦失靈的時候，好先生會遷怒於我。我如果有錯失，他便大發雷霆。踏著小步，擺動短手，像熱鍋上的螞蟻，在辦公室裏來回走動。那時候，他會喝我「chen」。請注意：「chen」，「chin」，可以同音。

有一天夜晚。狂風暴雨，我和好先生都在辦公室，他辦公桌上的舊款收音機播放著抒情的鄉村音樂。他心神恍惚，面色陰沈沈的。較早前，電腦down了，維修技工正在修理，不知道何時可以修理好，我們準備通宵工作。

接下來發生了我終生難忘的事情。

「Chen，跑到質量檢查部門，問湯姆師傅借left-handed monkey wrench[i]，我要用。」湯姆是夜更老技工，白人，五六十歲。

「甚麼？」我問。

「Left-handed monkey wrench。聽到了嗎？」好先生認真地說。

我快速地跑去質量檢查部門，問湯姆，好先生要借用 left-handed monkey wrench。

湯姆回答：「沒有。」

我走回去告訴好先生，說沒有。

「Chen，你會英文嗎？left-handed monkey wrench，你再去！」

來回走了二次，結果一樣，好先生說有，湯姆說沒有。

第三次，好先生發脾氣了：

「chen，你連這樣簡單的工作都不能完成，我要你何用？給你多一次機會，如果你這次還拿不到wrench，我要炒你魷魚。」

我懷著戰戰兢兢的心情，再去問湯姆，這次我說得特別清楚：

「LEFT-HANDED MONKEY WRENCH」

湯姆大笑回答：「沒有！」他開心地笑得要用紙巾抹眼淚。

我從走廊慢慢地走回去，走廊的一邊是落地玻璃牆，外面有一棵大樹，種植了花草樹木。極盡綠化的能事。雨越下越大，雨水打在玻璃牆上，水花四濺。我低頭邊走邊想：好先生在攪什麼鬼？我聽錯了嗎？

突然間，我看到好先生站在我前面，捧腹大笑，在我後面不遠站著湯姆，他笑呵呵地對好先生說：「Mr. Good，你太過份了。」

好先生笑到不能出聲：「Chen，you stupid %#%@ Chinaman.」

天昏地暗，我腦袋滿天星斗，看先生面目憎獰地笑個不停，我強忍著淚水，極不自然地擠出我可悲的笑容，傻乎乎的陪伴他們笑。情況異常弔詭，在這異國他鄉的走廊中間，四處無人的夜晚，大雨滂沱，天長路遠魂飛苦，我被兩人羞辱，我恨不得躲到玻璃牆外的大樹後，讓大雨淋頭，仰天長嘯，老天爺啊！天涯有路，你為何讓我闖進這個鬼地方。

四年之後，我對這電腦製造業系統已經大有眉目。從購買、製造、估價等等，所有的子系統我都有經驗了，這些知識，書本上是沒法得到的。我終於離開了啟蒙老板好先生。

人在征途

我進入了一間大廠工作，工作量比好先生的公司輕鬆多了，我感到新的工作環境十分和諧，新老板也是白人，對我很好。我從普通的電腦編程師，一路平步青雲，最後做到部門經理。

公司從接近二千人的大工廠，每年都在裁員，他們要把這工廠搬家，移到

南部，因為那裏人工較便宜。

有一年夏天，裁員風潮又來了。我們部門的一位女秘書不幸遭解僱，她幫公司做了四十年，無丈夫無子女，孑然一身，公司就是她的家。她經受不起打擊，晚上用塑膠袋包頭，自殺。公司為我們部門請來了心理專家，開解大家，進行心理輔導。

我的心情沉重，這個善良的老女人，我們部門的小管家，早上開工前喜歡跟我聊天，有時候還跟我倒杯咖啡，她為何如此看不開，我至今還不明白。

二星期後的一個晚上，狂風暴雨，這次輪到我操刀。我坐在自己的私人辦公室，準備明天的裁員工作，我要重新規劃分配人手。這責任是件棘手頭痛的事情，我思考著如何去跟在裁員名單中的三位員工解說。這時突然有人敲門，進來的是湯姆，一個從內布拉斯加州來的中年白人，在手下眾多員工中，他給我添最多的麻煩。

「陳先生，請問明天我的名字在名冊上嗎？」

我沉默地看著他，腦海裏突然閃現我剛剛出道時的一幕，也是一個狂風暴雨的晚上，好先生和技工師父把我夾在走廊中間恥辱的一幕，Left-handed monkey wrench。

「我枕頭底有一支M44，希望你不要告訴我，我要用到它，了結自己。」湯姆顫抖地繼續說。

大雨如注，淅淅瀝瀝的打在窗上，把我的思路攪亂。一下子，我回到現實，我打量著湯姆，心裏想，今晚我真是幸運，名單上沒有他，這個有兩小孩的父親，如果他在名單上，我要如何應付呢？他是否會先把我幹掉，然後再了結自己呢？

我很平靜地回答：「沒有，你不在名單上，我們大家都同在一條船上，我希望你好好工作，don't rock the boat。」

雨停了，在駕車回家的路上，我的腦海裏有一點邪惡的滿足感：今天我操生殺大權，甚麼仇都報了。但立刻又想，這世界紅黃藍白黑各種膚色人民，都在為自己的生活而拼命，人要有上善若水情懷，我應該相逢一笑，四海之內，皆兄弟也。相煎何太急呢？

每隔兩三年，聖誕節前夕，我都會相約好先生碰面一次，共進午餐。他常感嘆科技的日新月異，自己有跟不上的感覺。他也提醒我，不管科技如何進步，生意還是生意，人還是人，我們做的是支持部門，幫助公司準時出貨還是

最重要的。他又喜歡說：「Don，他們越來越給我多錢了，我真不好意思」

三十年河東

十八年後，我所在公司只剩下一百員工，快關門了。這一間有著光榮歷史的公司，荷里活曾經在這裏拍攝「The Hunt for Red October」（獵殺紅色十月）的實景，將要完成她的歷史使命了。

正在徬徨之際，我接到好先生的電話，「Don，你可以回來幫我收拾這攤子嗎？他們要把我的電腦系統移到東部，你是唯一的人有能力管理這舊機器的，也可以幫助他們把電腦資料轉移，我不能承受看著我一生的心血讓他們毀滅。」

及時雨好先生，我接受了他公司的高薪邀請，重返我人生路途「正經」工第一站。

我坐在好先生的辦工桌上，環視四周，一切都和十八年前一樣，沒有什麼大變化。在我旁邊的是一位白種年輕人，這是他大學畢業後的第一份工。在辦公室外，還是這部門的三位老員工，他們對這位舊相識，新老板，恭敬有加。他們萬沒有想到，當年被好先生罵到狗血淋頭的中國年輕人，會重返舊地，領導這部門。

我們用了三年時間，把系統轉移。在這段時間，我每隔二星期就出差，往中南部走，那裏的人，鄉下口音比好先生更重，我聽到這種口音，會有一點親切感。

我親手關機，看著工人把那笨重的機器搬走。我沒有捨不得，只是感覺到一個時代的結束，新時代已經來臨。

再過二年，印度I.T.兵團殺到，我成了全球經濟一體化下的犧牲品，提前退休了。

三十年前，在我剛來工作的時候，I.T.行業全是本地人，許多中國人選擇了這行業，把本地人的工作機會搶走了，三十年後，印度人來了，把中國人踢開。三十年河東，三十年河西。這世界本來就是這樣，這制度是殘酷的，我明白。

這間以製造飛機升降系統出名的公司，我第一次進來的時候有員工三百五十人，每年銷售額三千萬。我第二次進來的時候。公司發展到員工六百人，年銷售額七千萬。我幫助他們把系統轉移，把知識轉移給印度人（美其名

曰 KT-knowledge transfer），自己變成了「多餘」的人。

我昂首闊步離開，沒有埋怨，也沒有遺憾，這地方給了我機會，我從這兒開始我的職業的生涯，走了一大圈，最後在這兒結束，人生多奇妙。

探訪故人

去年聖誕節前，我收到好先生發給他各親朋好友的郵件（我在其中），講述他在十月份，在Walmart門前心臟病發，被保安救起，此刻在康復中。他的老婆Ruth.患老人癡呆症，經常認不出他是誰。

我立刻回信，告訴他我將帶兩兒子來探望他，下款：「Your slave Chinaman, Don.」

他回我信：「Chen, you don't know what a slave is.」

好先生的家座落在太平洋的海邊，離我家有一小時車程。在車上，我跟孩子說，今天介紹爸爸的舊老板給你們認識，不要整天講爸爸沒有白種人朋友，好先生是你爸的好朋友。

好先生坐在電動輪椅上，艱難地站起來，開門歡迎我們。幾年沒有見他了，他的面色還是那麼紅潤，但看他舉步艱難，我是心酸的。我扶著他走進書房，幫助他坐在一張很大的太師椅上，我坐在旁邊，兩兒子坐小凳，就像學生留心聽老師訓導般。

寒冬時節，書房的窗全關著，窗帘緊閉，房間顯得幽暗，柔和的燈光又令人有溫暖的感覺。牆壁上掛滿舊照片，除了家庭照外，多是大學的舊照和內布拉斯加州平原農場的風景畫。我注意到一幅，是一排整齊的藍色的電腦，好先生站在旁邊，那是他心愛的系統，他為這些機器留下許多心血。牆壁上還掛有一棗紅色USC校旗，房中擺有一新款大電視，先生喜歡看足球，他的最愛隊伍是USC和內布拉斯加州大學足球隊，這二隊都是大學勁旅。

他仔細地問孩子的學校、功課、將來要做什麼等等問題，看得出，先生是十分關心後輩教育的。

我問先生：「明年大選，黑人總統還可連任嗎？」

他感嘆：「我的共和黨沒有人材，這國家好難搞。」

我想到他一生克勤克儉，買了三棟公寓收租。多年前，他想去中國的長江三峽看看，現在這樣的身體情況，不可能去旅行了。

「旅遊過長江嗎？」

「還沒有機會。」他有點兒惘然。

我笑問：「你有那麼多錢，準備留下來給誰？」

他回答：「一部份給孫子們，其餘送給教會。」

我看出他疲倦了，需要休息。我問孩子們，還有問題請教Mr. Good嗎？

小兒子Adam小聲說：「how about left-handed monkey wrench？」

好先生好像聽不到，跟著大笑：「那時候，你爹爹不想換工作，我已經再沒有新東西教他了，我要他走出去學新東西，看看這世界。我要把你爹『趕』出去。」

今天回想，沒有他的「趕人」，也許我不能有今天的生活。沒有他對我的磨鍊，我也不會有在大國企業內「逢山開路，遇水架橋」的本領。在我日後所遇到的老闆們，比較起好先生來，每一個都是好人。我對他們由衷尊敬，而且努力為他們工作，這從心底裏的感受，作不了假。這也許是我以後工作順利的原因吧。我衷心地感謝好先生。

臨走前他問我：「現在你不做工，在忙什麼？」

我告訴他：「一星期打二次網球，幫助一下孩子。啊！還有，學習寫作，正準備寫你。」

「用英文寫還是用中文寫？」哈！這是什麼說話，我的爛英文，先生太看得起我了。

他鼓勵我：「好！希望你靠寫維生，賺大錢。」

我心裏笑，好先生永遠都不會忘記錢，太重要了。

一抹夕陽，照在好先生的面孔上，白裏透紅。老人站在大門前，左手按住枴杖，右邊短手揮動，向我們說再見！

當晚，我接到好先生的來郵，如下：

Donald:

Thank you. I very much appreciated your visit and seeing your young men.

You and your wife can be very proud. You raised two nice young men.

Ruth & I really enjoyed your pastries.

Take care.

Bg

後記

　　文章完成，打開電視，看到CNN在報導佛羅里達州槍殺黑人小孩的新聞，攪到全國風風雨雨。再想近期林仔打NBA的故事。無限感慨。我是樂觀的人，但對大國這種族問題，我是悲觀的，再過一百年，還是一樣，沒有辦法改變。

　　但人要往好的地方看，這國家的好處，還不少。

二一二年三月於LA

[i] left-handed monkey wrench definition

a nonexistent tool. (New workers are sometimes sent to fetch nonexistent tools.) e.g.
Hand me the left-handed monkey wrench？

一蓑煙雨任平生

52

塵噹教仔

Adam 仔本學期選修一科中國歷史。從一九一一年開始到現代。

昨晚與他FaceTime。

"Dad, the class is very interesting. Professor is very good."

"White man?" I asked.

"Yes, he said we should not use simplified Chinese. 繁體字 has beauty."

"I learnt Sun Zhongshan, Yuan Shikai and Lushun."

"Wow! You should learn to write these names in Chinese."

教仔！我跟著打短訊給他：

「孫中山 = father of China.」

「袁世凱 = tried to become an emperor again in new era.」

「魯迅 = famous author = 阿Q正傳」

Adam said: "I get a reading assignment. The true story of Ah Q."

"Oh, that is wonderful. English right？"

"Yes."

我說："He is a renowned writer in that era, on Mao Zedong side. Famous for his satire writing, like 阿Q正傳. Some say, if he lived till Mao's time, he would be purged."

"Dad, do you know the story of 阿 Q？"

"Some."

我說："阿Q on nun: how come the monk can touch your head, but I can't."

廣東話補充：「尼姑個頭，點解和尚摸得我唔得。」

我看到Adam仔在FaceTime笑了。

"Son, if you are able to read story of 阿Q in Chinese some day, you will be able to read my writings. I will be happy."

Adam 再問："How about his quotes?"

我說："I know some. Couple of poems too."

"Poem: 橫眉冷對千夫指，俯首甘為孺子牛。"

"Poem: 心事浩茫連廣宇，於無聲處聽驚雷。"

"Poem: 度盡劫波兄弟在，相逢一笑泯恩仇。"

"Poem: 躲進小樓成一統，管他春夏與秋冬。"

"What does it mean? Translate, please."

"I don't know how. Ask your teacher. I have paid him money. Well, the third one I know a little. It is about brotherhood. You know the song: he ain't heavy, he is my brother? You know the Chinese phrase: 打死不離親兄弟？ You and your brother should have this spirit."

"Ya ya ya.....".

我問Adam: "How is the weather in Chicago ?"

"Great!"

我告訴他："You better go out to hit some tennis balls. Lushun says. If one only reads books, one becomes a bookshelf."

二零一四年四月十三日

Banff——何妨長作班芙人

前言

母親九十五歲，三番四次向我推薦Banff那地方，因為她年輕時（約七十歲）曾經去過，美麗的景象記憶猶新。

二零一四年，我嘗試了「中國兩省行」，小兒子在柏林逗留了兩個月「讀書」。暑假即將結束，我召集家庭成員，去加拿大國家公園，Banff渡假。

友人夫婦，近日參加了LA七天的加拿大「夢幻旅程」巴士遊，行程包括Banff。他們甚滿意。我知道，這樣子遊玩孩子們是不會開心的。試想，把兩只馬騮關在籠子里，到時候放出來跟大人一起看景點，聽導遊講解，馬騮必然作反。

移民四十年，我已成了「土人」，孩子們是「土著」。何必坐巴士。我決定網絡操作，訂機票，旅館，租汽車。我們直飛Calgary，自駕一個半小時到Banff。在那裏住足五天，三天Banff，兩天Lake Louise。

天倫無價

風景有價，因為機票，旅館，租車與飲食有價。與家人共度快樂時光無價，天倫無價。

不坐大巴士的目的就是自由行，盡量與孩子們參加活動。這裏的戶外活動可多了；爬山，騎單車，騎馬，釣魚，漂流，獨木舟……當然還有與老伴散步在落霞裏。可惜我越走越慢，有甩拖的危險。

既然孩子們有攀登珠峰的凌雲志，那就climb rock吧。

爬石是這裏戶外活動的新項目。國家公園也是生意，勇敢的工人一步一腳印在山石上釘上鋼梯，直至頂峰，極驚險而跌不死人能事。爬石者全副登山武裝，由職業登山人帶領。四小時來回的費用不平宜，每人加幣179。請早訂位，名額有限。

我怕死更怕氣力不繼。微風細雨，遠望孩子們越攀越高，消失在大山深處……

四小時後，一隊人馬英雄式歸來。

大兒子天倫說：「We saw a grizzly。」

我問：「Did you touch it？」

我曾經是騎單車高手，現在還是雄風依然。春風得意，帶著他們在沒有盡頭的羊腸小道上飛馳。但我可以和他們漂流嗎？

孩子啊！機會難逢，父親要嘗試。我身體的機件在歲月中老化，但願機件一齊慢慢地衰老，不能先壞一件。

七人在橡皮筏上，我與大兒子坐船頭。掌舵年輕人Jack，從愛爾蘭來，小帥哥的口音就像華仁神父。Jack四歲跟著父親撐船，十六歲已經拿到高級rafting牌照，他父親是做這行生意的水上人家。有番鬼蛋家仔掌舵，我立刻放心。

一個半小時的急流險灘，從高而下。我接受了Ice Bucket Challenge洗禮，冰冷河水從頭淋落，直流肚腩。水噴進口腔內，把沉睡多年的爛牙叫醒，痛凍難忍。度天倫之樂，痛亦何妨。

小兒兆倫叫：「Alan, watch out for dad!」

天倫把我wet suit拉鍊封緊。寒冷中，我心中升起一陣溫暖。

很久之前有一部金像獎電影「Deliverance」，講的就是漂流。電影中，天山童姥怪孩用banjo奏出一曲，音樂如行雲流水，抑揚頓挫，我至今不忘。故事從快樂開始，以悲劇收場。

向孩子們推薦這電影：「You must see this rafting movie. There are good rivers and mountains. There are also not so friendly ones. Don't go where hillbillies are.」

湖光山色

加拿大洛基山脈的Banff國家公園，是世界自然遺產。小城鎮Banff人口一萬，往西五十多哩是著名的 Lake Louise，湖光山色的自然景區，果然名不虛

傳。

這兒松柏參天，溪流不息。要呼吸天地之靈氣，與野鹿同在，不如一頭轉入森林里，去尋找唐朝詩人王維的意韻：「古木無人徑，深山何處鐘，泉聲咽危石，日色冷青松。」。

這兒的山脈連綿，怪石嶙峋。山瘠經過千萬年的雨打風吹，仿佛像是被屠龍刀斜斜劈開，變成倚天劍插向雲霄。仰望山巒，見到一頭雄偉的山羊傲立。山風吹拂下，走進另一境界。毛澤東的《十六字令三首》：

山，快馬加鞭未下鞍。
驚回首，離天三尺三。

山，倒海翻江卷巨瀾。
奔騰急，萬馬戰猶酣。

山，刺破青天鍔未殘。
天欲墮，賴以拄其間。

哈哈，我何來王維清靜恬淡的「禪意」，更無主席與人鬥樂無窮的「霸氣」。

人傑地靈

我不愛與人鬥，我愛與人和平共處。美麗自然景色，需要友善的人襯托。Banff人和睦可親，有一種在鄉村生活的純樸。人們禮讓駕駛，悠然自得，每人都享受著這環境。

在Banff午餐晚飯，幾位友善鄉村姑娘waitress的氣質令我心中舒暢。想起近兩年在網壇冒起的加拿大妹妹，Eugenie Bouchard。世界女子排名第八。她青春陽光自然，身材一流，正反手有如讓子彈飛。我認為她的掙錢潛力勝沙娃。希望她在美國網球公開賽有好的表現。

小兒用生硬的普通話跟我說：「爸爸，這裏有很多亞洲遊客，沒有墨西哥。」

我用普通話回答：「對的。有些印度人，你媽媽的同事……」

停車拍照。景點俯視Banff downtown。真是「一片孤城萬仞山」，心曠神怡。

有一大學生模樣的中國年輕人問：「爸爸，這裏的風景怎樣？」

中年人回答：「還可以，還可以。」

「還可以？」我心想，這種人真難服侍。朋友，我去過香格里拉，兩地景色各有千秋。

余晃英師兄（六一屆）最近旅遊Banff，作詩云：

麗日藍天路豁開，
風馳電掣不快哉。
湖光山色飽饗眼，
人間仙境入鏡來。
七月繁花不沾塵，
好山好水倍銷魂。
解道此身非我有，
何妨長作班芙人。

套用一句加拿大人的常用話：「Awesome!」

但最後這句「何妨長作班芙人」，我確是有點意見。尋尋覓覓，去那裏吃碗港式「清湯腩麵」呢？

二零一四年八月二十七日

花旗參煲雞

　　從來愛食「粗嘢」。鮑參翅肚這四種貴價海產，我欣賞鮑魚。海參，魚翅，魚肚對我無大吸引力。就算是「天九翅」，吃來也不外如是。當股票市場狂飆時，人們愛用魚翅撈飯。在我看來，這些東西不及一碟咖喱牛肉飯，一碗上湯雲吞麵，一客上海排骨菜飯，一碟肉絲炒麵來得實惠好味道。

　　最近打球越來越缺氣，今年腳步又慢了幾拍。雖然說每星期打三次網球，每次二個set，但我在球場上始終是吹水多，運動少。

　　想到了補身，想到了偉大花旗國的花旗參。

　　立刻上網查詢。花旗參果然奇妙，此植物能醫百病。更有讓人「年輕」的功效。

　　我的爺爺活到過百，九十九歲時打麻將腦袋靈活，還會打隻三索落下家的靚太：「嗱，俾隻靚牌你上啦！」老人家的手不經意地碰觸靚太太戴著玉鐲的手，笑咪咪。他九十八歲時，在廣州文化公園的中心台，一曲徐柳仙的《再折長亭柳》驚四座，中氣十足地唱廿分鐘。我替爺爺喝采。

　　爺爺的長壽秘訣：一，少食多餐。二，輕量運動：步行，唱粵曲，打麻將。三，花旗參煲雞。

　　我向來重視中華文化。「補身」乃中國人傳統。我要繼承家風，現在開始適量進補。

　　我決定「花旗參煲雞」。

老婆湖北人。她不懂進補。她問，到底在中國，除了廣東人，其他省份有沒有進補這回事。

拜託識貨家庭主婦去買了六十美元一包仔花旗參。上網搜尋煲雞指南。辦法不外如是：黃毛雞飛水去皮，花旗參切片，湯落滾水，加幾粒紅棗杞子，幾片薑，鹽少許。煲之。

二小時後嘗試雞湯。不錯，有濃濃的雞味，還有些藥材味道，甘甘的。雖然不及羅宋湯，但為了補身，無妨。

晨運需要有持久性才見功效。想來花旗參煲雞也是，不會飲一二碗就可以增加氣力打三個set。煲雞湯梅花間竹，一次用雲腿乾貝求好飲，一次用花旗參紅棗求補身。

我要煲我爺爺煲的補身湯，學習唱粵曲。不唱悲傷的《再折長亭柳》，唱才子曼殊的《雄風依然還舊國》之〈一柱擎天欲何求〉。

二零一五年六月十一日

風城探仔

（一）

Windy City 芝加哥的四月，還有雪花飛舞，從密歇根湖吹來的寒風刺面。春天未到風城，楓樹如柴無新葉。我們夫妻兩來一個「風城探仔」。

一轉眼就三年。二零一三年，我們陪兒子到這「西北大學」之後，就再沒有來過了。那「金榜題名」的日子已經過去，現在離開畢業典禮越來越接近。這世界再無「畢業分配」，只有「畢業找工」。

兒子邀父母來探望他，理由是：「Every time my buddies parents come to visit them, they buy me dinner. It is time to repay them.」

父母探兒的理由不言而喻，尤其母親。

「Son, can we come on Spring Break？」

「No, I am going to New Orleans with my 兄弟會.」

他們兩部大車，經田納西州玩到最南部的紐奧良。

「Dad, I visited the country music hall of fame, and Elvis's home.」

「I listened to your favorite song "The Gambler".」

我問他：「Did you go to Bourbon Street?」

「Yes, it is a wonderful place.」

「Did you see girls flashing?」

「No, hahaha.」

我說：「I did...」

出發前，兒子來短信：「I scheduled Saturday lunch with one group of friends, and Saturday dinner with another group, then Sunday lunch with my roommates parents, if that's okay。」

我回答：「That is wonderful. We have credit card...」

（二）

比起三年前，這西北大學又多了一間新的MBA教學大樓。傍水而建，宏偉壯觀。兒子說，他的學校有許多舊同學捐款，endowment 全美列前茅。我想也許是，他的校長是募款高手。我每星期平均收一封學校寄來的電子郵件，要求家長「幫忙」，我無錢幫忙。

我們參觀了音樂學院的音樂廳，Kellogg School of Management 大樓，兒子的歷史系課室，兄弟會的宿舍。我還是喜歡去看看學生的室內活動場地，那些網球場，游泳池，還有一排又一排的跑步機，學生們對著窗外那茫茫湖海，戴上耳機，邊跑邊聽音樂，汗流浹背。

父母遵命，請兒子的好朋友吃中飯和晚餐。

希臘裔 Micheal 仔，三年前找 roommate 在 FB 與兒子結緣，從此同房，同兄弟會，同一籃球隊。這富三代，給我印象深刻，將來醫生帥哥談吐得體，衣著普通，一條Kmark 牛仔褲，T-shirt，開一部舊truck。唉！我們祖國的富人兒女真要向 Micheal 仔學習。Micheal 的父母都是醫生。我感謝他們每年的復活節請兒子到 Indiana 的鄉村房子渡假。

另外一位女同學 Amy 也在讀醫。但做醫生不是她的首選，做小提琴演奏家才是。她批評朗朗演奏時的表情太誇張。並且告訴 uncle，她的一雙手買了保險。我祝福這有四分之一愛爾蘭裔，其餘中國裔的活潑開朗女孩成功。暗地裡告訴兒子，做朋友可也，你搞不掂她。

西北大學所處的小城 Evanston 吃東西價錢相宜，東南西北中食物齊全，「順化牛肉粉」，「成都水煮魚」，「Salmon skin roll」……任君選擇。有信用卡就可以了。

（三）

講到信用卡，自然會想到妻子的智能手機。這二年，她每收到信用卡公司的深夜短信，通知她有人擦卡，用了一元八角，二元，四元不等。無需是福爾摩斯，也知道是兒子傑作。他在學校的圖書館讀書到天明，時常愛吃零食，在 vending machine 買「垃圾」。

競爭激烈，要找到理想工作，就要爭取「見工」，就要在暑假做 internship 爭取工作經驗。怎樣辦？他毫無實際的工作履歷，那 resume 可寫的僅有學習成績。成績亮眼雇主才見你。

所以他寒窗溫習至黎明，拿著包薯片走出圖書館，睡三小時上考場。他有些同學聰明透頂，不必捱夜也可拿高分。人，是沒有公平可言的。

兒子說，當考試期間，圖書館開通宵，同學們都在那兒溫習功課。我說，有絕少數情侶同學為情捱夜，其中一位是「陪讀」另外一位才是真正讀書。

（四）

每年早春，許多美國公司進駐「名牌」大學選才，招聘實習生，為公司輸入新血。三年級的學生此時緊張得像考大學，他們作準備，如臨大敵。

McKinsey， Bain， Boston Consulting Group and Deloitte 這些我聞所未聞的 consulting firm，在我兒子心目中已經變成三年前的 Columbia， Yale， U of Chicago and U Penn。

在二百五十名三年級求職學生中，兒子是被挑選入 Deloitte「strategy and operation」的唯一學生。

他開心得像考入了 Columbia，我是千里迢迢走來向他道賀的。

媽媽評論，兒子入西北讀書是力所能及，剛剛好。因為排名比「西北大學」高的學府沒有一所收他，在西北以下的大學全收。這次找工作，則是相反。大公司小公司沒有一間要他，山窮水盡時，Deloitte 要他了，這是運氣。

我說，這是家山有福。去年，廣州的陳家親戚，把鄉下用來養雞的舊屋修葺，裝上祖先牌位，燒了串大炮仗，或許是原因。

（五）

我們三人在學校的星巴剋飲咖啡，開家庭會議。

「How can you be so lucky? Got the internship and the company you want.」

兒子說：「No kidding, I am really lucky. The English boss likes me.」

他見了五次 Deloitte 的人。有 case interview，有 behavioral interview。 Case interview 是叫一個廿一歲的年輕人，出謀獻策，去解決任何行業的生意問題。Behavioral interview 是天南地北聊天，了解求職者。

「We talked a lot about my Europe trip.」

二年前的暑假，兒子在德國讀書（玩？），他那經歷記憶猶新。

明白了。他與英國老板的 interview，從丘吉爾講到皇馬足球隊，從 fish&chips 講到倫敦橋……他可能會說，真的倫敦橋從倫敦搬了來美國羚羊谷。

我告訴妻子，我們的兒子開始進入社會，不可用考試成績衡量。人生路途多變化，有幸有不幸。「The rest, leave it to 天。」

「Dad, I will graduate one quarter early. I plan to use that time to take the MBA exam.」

嚇我一跳，二年前不是說不讀嗎？怎麼現在改變主意了。

「I want to work three years, then off to study for full time. I want to go to Stanford. Otherwise not enough education.」

我立刻上網查詢就讀史丹福MBA 的條件，GMAT 800 分滿分，史丹福入讀起碼720分以上。

「Can you do it?」

「沒有問題。」兒子用國語回答。

（六）

夫妻商量，要讓兒子知道世界艱難。從今年的六月十五號到八月十五號，斬斷他的經濟來源，長江截流。

「Son, you are going to support yourself this summer for two months. Rent, food, transportation, concert... , you take care of your own.」

他皺眉頭：「What?」

「What? You are making good money as an intern this summer. Budget yourself, you should have money to put away. Don't use mom's credit card.」

「ok ok. That is fair.」

不願意也要願意，無人情講。

（七）

在開往機場的巴士站，兒子摸摸我的臉，說：

「Dad, your face looks a little dreary.」

國語回答：「我感覺有一點兒累。」

我突然想到幾件事。

「Son, listen.」

「Yes, Daddy.」

「When you get your first big fat check after you graduate, buy me a golf set.」

「You got it.」

「Play some tennis for me. You need it in the future.」

「Don't get injured when play basketball. I'm lucky, never get any major injuries playing sports.」

「Come back to west coast to work if you can. I don't want to visit you in Chicago.」

他找了一個析衷的辦法：「I go to SF, not LA.」

太好了，我想。

「Lastly, stay focused. No girl friend yet. Don't let the hormone get a hold of you.」

巴士來了，兒子害羞了。搖頭晃腦，雙手遮顏：「yayaya, byebye.」

在巴士上，我慶幸兒子被那處在荒無人煙的 Dartmouth College 拒絕。我喜歡人煙稠密的地方。

二零一六年四月十八日

一蓑煙雨任平生

Father and Son

　　暑假旅遊Banff，父親開車，兒子坐車頭。兒子的任務是看著手機的GPS點路，與父親聊天。

　　世間那有絕對聽話的兒子。他還要用智能電話「打機」，還要看小說。

　　「What are you reading?」

　　「Anna Karenina by Leo Tolstoy. It is a required reading for next quarter's Russian literature class.」

　　我立刻沉默，兒子在讀托爾斯泰名著。請快把小說讀完，不必與父親聊天了。

　　年輕時讀過大文豪的《戰爭與和平》，現在輪到兒子讀文豪的《安娜卡列尼娜》。

　　……

　　兒子在Northwestern U 讀 double majors，一是歷史，另外一個是MMSS (mathematical method in social science)，這科要讀很多數學，什麼big data的，我搞不清楚。

　　他來電說有緊要事與父親商量。

　　"Dad, I am going to drop the Russian literature class."

　　"Why? What did you get in the mid-term？"

　　"I got a 89. but my math class is 48."

　　"Good for you! Finally get a difficult class."

　　"You @$@$@ need to bite the bullet. Russia has produced many good writers. You need to read their books. In the future, when you talk to people about literature, you know some great Russian writers；otherwise you only know 'A Tale of Two Cities'."

　　"I do not like the professor. Plus I need to put more time on the math class though all my buddies got lower grades than me."

　　"What is the average grade?"

　　"56, but a Chinese kid from China got 96. Few white kids got 80 some."

　　"You need to be friends with those kids. Let them teach you! You cannot study with your buddies；the blind leads the blind."

　　"I do not like to beg."

　　"I do not care. Sometime you need to bow to get through."

66

"The reason I take the class is that if I take 4 classes each qtr for 3 years, I can graduate earlier. We can save one qtr tuition, about $2000."

"I do not want you to graduate early. I want you to enjoy school. HK plane round trip ticket is almost $2000. Dad doesn't have good University memories because Dad had to be a full time waiter. You do not need to be a waiter! Just study and play in school. Chase some girls for me."

"Drop it then!"

Adam, "Ok, I will make good use of my time. I will take the Russian literature class next qtr."

"You just learn the saying in your Chinese class:「前人種樹，後人乘涼。」"

"You are doing 乘涼."

"Ok! Thanks，Dad."

……

以上與兒子的對話發給了幾位同學與校長。有同學給了我一個「讚」，並且說我非「tiger dad」云云。校長則要我整理一下，他想要更多人分享。

在這香港名校的舊生會網站。我班門弄斧，講教育！現發出如下謬論：

什麼tiger dad？世界上最笨是迫仔女讀書的父母。講human right？你有乜權利剝削他們少年成長時開心快樂的日子，關起來讀書八小時，彈鋼琴八小時？我做不到。

有就有，冇就冇，迫不來。如果「有」，恭喜，你是家山有福。如果讀書普通，「冇」，也無所謂，做個電工，修理水龍頭一樣可以快樂人生，而且大把工作。況且一世人流流長，許多變化。千萬唔好培養個秀才。除非他學院派，一世人在大學做research，環境幽靜安全。但是大學教授一樣有鬥爭，他們不是聖人。如果是其他，出到社會，好似傻瓜，剩識讀書，人情世故，一慨不懂。有些剩係識做好好先生，見人會膽怯；有些則惡到死，驕傲，看不起窮人與無教育的人。我問你點搵食？除非老豆大把水。

做父母的要「do their best」，兒孫自有兒孫福，「The rest, leave it to 天」，江紹倫教授送給我的。

一蓑煙雨任平生

唱粵曲

　　四代人，隔代唱粵曲。我祖父是粵曲票友，父親對粵曲無興趣，我正在學唱粵曲。小兒則對我說：「Dad, I like many Chinese things. Cantonese opera is not one of them.」

　　友人夫婦回流洛杉磯退休。他倆愛唱歌，曾經唱盡省港澳的卡拉OK。現在棄流行曲唱起大戲來，還參加了學習班，成了發燒友。

　　學習班設在洛杉磯華人住宅區，後屋的車房安裝了分體冷氣，牆上貼了這粵劇社演出的宣傳海報，中央擺一揚琴，十多張摺椅圍著，老師打琴學生唱戲。老師是粵曲前輩的女兒，四十來歲，在洛杉磯粵曲界有名氣。學生約十人，多為上了年紀的夫妻檔，少見單身男女。每逢星期一，七點到十點學唱大戲。下堂後，學生老師一起吃夜宵，車子發動，呼嘯而去。像一隊年輕人。

　　「聲色藝」乃歌者受到粉絲喜愛的原因。老人家唱粵曲，三者皆欠，他們憑著一鼓興趣與熱情，自得其樂。

　　退休友人夫妻檔唱粵曲多年，婦唱夫隨在台上表演。他們出錢出力出時間，興趣與公益結合，為海外華僑增添快樂，也為保護中華文化傳統盡一分力，值得表揚。

　　唱粵曲有點兒像唱美國的鄉村音樂，每一首歌都在說故事。唱古老的愛情故事，幽怨動人。許多曲子是男女對唱，男無奈女淚盈，愛恨情仇哀傷。年輕人唱這些歌，腦袋瓜會亂。

　　上了年紀的人可不同了。他們全情投入。有七旬男學生對我說，邊唱邊回憶過往事，那些抑鬱從曲詞中吐出，舒服。

　　他會唱：「狀元歸里空歡笑，冷雨秋燈對寂寥，可憐簫管不成音，聲沉影寂佳人杳。」

他會唱：「一曲鳳求凰，化作了離鸞哀調。悲鏡破，月下花前盟誓約，轉瞬已雲散煙消......」

惆悵還依舊，老人家吐盡一肚子烏氣。

舊時粵曲的歌詞，寫詞人中文功底深厚。我想，那班秀才是在鴉片煙床上想出來的。我要學習，當然不是學抽鴉片，學他們的中文。

唱粵曲可增加肺活量。益壽延年。最好的例子是我活到一百零一歲的祖父，還有我九十七歲的母親。粵劇大師紅綫女與新馬仔也是例子。今年冬天，在家鄉大仙崗看到了往日名伶白超鴻，林小群夫婦粉墨登場，一曲《平貴別窰》令人讚嘆，讚嘆九十二歲高齡的他，八十四歲高齡的她，老當益壯，歌聲繞樑。健康啊！

嶺南文化受西方影響深遠。伴奏粵曲的樂器百花齊放，除傳統的二胡，揚琴，笛子，琵琶，鑼鼓......。還可用小提琴，大提琴，小號。結他我也見過。

多年前，我在廣州的大同酒家，聽粵曲午間茶座。聽眾多為老廣州，嘆著一盅兩件，欣賞歌者上台表演，十元八塊的小費便可點唱。表演者在茶座與聽眾打成一片。我曾一時興起，打賞了那男歌者五十元小費。他的回答，至今難忘：「先生，咁大鼓勵。」

這樣的粵曲茶座在廣州少見了。生意難做，人們列出的理由許多，有一點較為有趣：老人家聽戲時愛玩手機，精神不夠投入。

粵曲式微？我看不會，因為有一批人在支持著。他們是興趣廣泛的退休人士，在學習西方高爾夫球之餘，還學粵曲。

那些年，紅綫女高歌經典名曲《荔枝頌》：

一騎紅塵妃子笑！
早替荔枝寫頌詞。
東坡被貶嶺南地，
日啖荔枝三百餘。
......
換來萬紫千紅，
枝垂錦彈懷春意，
隔山隔水心連心，
獻給四海五洲兄弟，

萬般情意，

情如荔枝甜⋯⋯

但願粵曲是嶺南佳果，永遠甜!

二零一六年十一月二十九日於廣州

大學畢業

（一）

我對兒子說：「Don't like her as a Commencement Speaker.」

「Haha, it's ok. She was a tennis star.」

我立刻上網找到了 Dustin Hoffman classic movie "Tootsie"，把電影宣傳照傳給他。

And I said：「The Speaker.」

Son：「hahaha!」

半個月後，六月十五日，夫婦與大兒子飛芝加哥，參加小兒西北大學 Class of 2017 的畢業典禮。

（二）

今天，芝加哥 Evanston 這大學小城迎來了一年一度的盛事，在他們最愛的 Wild Cat Home Field, Ryan Field 舉行畢業典禮。莘莘學子，博士生，碩士生，大學生，穿著紫色長袍，戴上黑色方帽，排隊進場。管弦奏樂，響徹雲霄。看台上，家長們的掌聲此起彼伏。哥哥站起來為弟弟喝采。講養育孩子成人，我夫婦能夠把二人感情培養好，成為「打死不離親兄弟」，最是成功。

我跑到最下邊，與一白婦母親憑欄等兒子進場，心情焦急想捕捉這難望一刻。

婦問：「What is your son's major?」

回答：「MMSS and History.」

「Alright, my son is in MMSS too. He got a job in Apple.」

回答：「Congratulations!」

婦人繼續：「Four years ago, he wanted to study psychology. I told him no way! When I pay this kind of money.」

「After you learn something useful, you can read as many psychology books as you want later.」

我說：「Yes ma'am.」

哈哈哈，這中國家庭的教育想法，我在他鄉找到知音。

家長多元化。我聽到了廣東話，上海話，墨西哥話，日本話，德國話……還有些黑人韻律的語音我特別愛聽。當然，主要還是英國話。

校長上台祝賀，鼓勵一番。他希望大家毋忘母校，要參加同學會。將來事業有成，伸出援手幫助幫助。

介紹 Commencement Speaker 的是一位品學兼優的應屆畢業生。他是個同性戀俊男。演詞振奮動人，好！

Billie Jean 的演講內容豐富，主題正確。她鼓勵學生們繼續努力，為那些受歧視的人奮鬥。可惜，演講稿組織欠妥，左跳右跳。兒子說，她在 rambling。演講完畢，十來個網球隊員，揮拍把有她簽名網球打到觀眾席上，全場雀躍。

據說，她半小時的演講費是十萬美元。我說，我的演講費是一碗牛腩麵，定會更有趣味，或許也有些少教育性。

今天小城的交通繁忙。Uber 司機特別禮貌，一家大小甫上車，司機必然一句 Congratulations，暖人心窩。

猶如廣州交易會，這小城的酒店漲價了。五百多元一晚的希爾頓早訂滿。假日酒店也要三百五十元。也難怪，爺爺奶奶，爸爸媽媽，兄弟姐妹，姨媽姑姐全來了。

第二天，畢業典禮繼續。各學院舉辦自己的活動，自然再有演講者上台發言恭喜鼓勵一番。我們參加了兒子「MMSS」本科典禮。這 Major 每年只收三十個學生，所有同學已經被企業招聘了。時代不同，他們沒有選擇「老工業」，例如 GE 等公司。有一位亞裔同學繼續深造，他直接進入史丹福大學修讀經濟學博士。

（三）

　　三女四男，七位同學蝸居爛屋，友好相處一年。希臘裔，猶太裔，愛爾蘭裔，中國裔，德國裔。他們有讀音樂的，工程的，化學的，數學的，物理的，生物的，歷史的。我稱他們為少年「竹林七賢」，怎說？因為我知道，他們週末肯定對酒當歌，管弦和唱。現在我懷疑他們在爛屋內抽大麻。

　　絕對不否認他們三更苦讀。今天畢業，這辛苦捱過了，值得。繼續努力吧，人生漫漫長路才剛剛開始。祝福他們一路順風。

　　五位同學都已經找到了理想的工作，臨別依依，各奔前程，他們約好了明年冬天聚賭城。

　　小兒攀友，希臘 Michael 仔沒有找工作。這位富三代，將要留校繼續讀生物碩士。那位富二代，學音樂，雙手買了保險的亞裔女孩 Amy 也沒有找工作，她繼續學習音樂，不做小提琴演奏家誓不還。其他同學取笑他們，沒有勇氣面對社會。

　　也有立即要急著上班的。德國仔卡特機械工程畢業，父親早死，做托兒所老師的單身母親帶大他。兒子說，卡特連交爛屋的押金都有問題。他不做行嗎？

　　六月底，爛屋將會交還屋主，他會清理乾淨，迎接下一批「竹林七賢」。五千多元月租年年增加，屋主年年笑。他為培育英才盡了一番綿力。

　　大學畢業需要處理一些事情。買來的舊家具，風扇，單車……要賣掉。我告訴兒子，賣便宜點，幫助學弟。有些東西要搬回家，例如筆記與書本。他是讀書人？

（四）

兒子的畢業論文，選擇了美國六十年代關於民權運動的題材。找資料研究當時南北媒體的報導。結論，南北媒體報導數據無分別，只是社論有別。問兒子，fake news 今天才有？他的論文拿到 A-。教授評，如果繼續深入研究，此題目可作博士論文。兒子得意之至。

兒子好運氣，提前畢業了一個學期。Deloitte 公司，又讓他推遲至明年一月才上班，他差不多有一年時間可以游手好閒。

「欲買桂花同載酒，終不似少年遊。」他計劃遊歷世界四大洲。

（一）歐洲遊蕩。整整一個月，自費背包遊蕩歐洲各國。剛剛回到芝加哥參加畢業典禮，我鬆了一口氣。

（二）非洲學習。畢業典禮之後，將起程去加納某村莊，邊學習邊工作十個禮拜。因為那兒睡覺要用蚊帳，所以花了數百元打針防瘧疾。啥玩意？現在鄉下大仙崗的農民也不用蚊帳了。啥玩意？我從來未聽過做義工要交一萬美元的，這樣的費用父親是不會付的。既然堅決要去，那就叫大財主Warren Buffett幫助五千，自費五千吧。

（三）亞洲學話。九月份要父親帶他到中國教別人孩子英文，向別人孩子學習普通話。這個太容易了，不必預防針。

（四）大洋洲農民。十一月，準備申請往紐西蘭體驗一下農村的生活，學種有機食品。雇主供食宿，機票自費。

「Dad, this is my opportunity to experience the world. Once I start work, I have no time.」

說得有理，《金縷衣》：

勸君莫惜金縷衣，
勸君惜取少年時。
花開堪折直須折，
莫待無花空折枝。

兒子這些願望，父親應該支持。

（五）

　　從金榜題名至大學畢業，忽忽四年。我問兒子，可有後悔選此學校。

　　「No, I pick the right school, because of its multi ethnicity and its NCAA big time sports.」

對的。小學校沒有三月瘋狂，沒有美式足球比賽。這是美國大學文化，這人生好經驗父親沒有。啊，還有，他認識了一個中東王子同學，告訴他如何走到市區大檔玩 poker。

　　我送給兒子的畢業禮物，是一隻精美的金戒指。西北大學做生意的紀念品。想當年留學美國時，我的父親也送給我一隻相同的戒指，上面刻著一個「D」字。

　　「Dad, this is expensive. Are you sure？」

　　「Yes, it can keep some value. Some day, you might have to take it to the pawnshop；it might buy you some meals.」

　　世途險惡，但願兒子不要把戒指當掉。

後記

　　在芝加哥飛機場等候回洛杉磯的班機，接到兒子短訊：

　　「Happy Father's Day Dad! Thank you for coming to graduation, and thank you for all your support these past 22 years. I'll see you soon, love you!」

二零一七年六月十九日

一蓑煙雨任平生

75

July 4th 煙花

　　我看 July 4th 放煙花像慶祝春節燒炮仗。記憶兒時過年，父親帶我倆兄妹買炮仗，小孩子特別開心。燒炮仗聲音劈啪作響，什麼驅魔去鬼破舊迎新，全不是我的關注，只有手中燃燒「滴滴金」的火花和口袋裏的紅包，才是過年的精彩。那些甜蜜的記憶每年都會在 July 4th 重新點著，在心田深處亮起。

　　兒子們還小時，我心裏想，如果我也像我父親一樣，每年的美國國慶日，都跟他們一起在家門口放煙花，他們長大後同樣也會記得起我。或許，他們也會帶領我的孫子放煙花，一代一代的傳下去。這叫家庭傳統。

　　每年的 July 4th，路邊擺賣煙花的攤檔必勾起我一段回憶，引起我內心微笑。我想起了多年前父子的對話。

　　那年 July 4th，我們一起去買煙花。父子三人在車上。大兒子天倫七歲，小兒子兆倫四歲。

　　我說：「We are going to buy firecrackers to celebrate July 4th.」

　　小兒無知：「What is July 4th?」

　　大兒子答：「That is America's birthday.」

　　小兒想母親：「Who is America's mom?」

　　大兒子毫不猶豫：「She is Uncle Sam's wife.」

　　多麼天真無邪的對話。它給了我很多快樂。男人，是應該建立家庭，養育孩子的。

　　今年暑假，小兒在芝加哥做實習工。July 4th 前夕，他寄來了他平生所賺的第一張支票傳根。

他說：「Uncle Sam took some money away from my check.」

我回他：「Happy July 4th. Go watch the fireworks.」

二零一五年七月三日

老人院

　　二零一四年尾，陰雨紛紛。九十六歲母親的風濕骨痛來了，失禁，不能走路，需要人餵食......兄妹二人決定，時候到了，送她進老人院。

　　早有預備，要入老人院，先進急診室。她擁有紅、藍、白，醫療卡。白卡是卡中之皇，她是「任我行」。但「任我行」也要先經急診室才進老人院。

　　救護車把她送醫院。檢查結果，醫生說：「She is not qualified to stay in the hospital tonight. She is healthy.」

　　我立刻生氣：「Doctor, what do you want me to do? You want me to call the ambulance again to send her home？」

　　「Calm down, Mr Chen. I have a mom too. We are looking for a nursing home nearby for her, waiting for the insurance company's approval. Nowadays, you know how the insurance thing is."

　　......

　　老人院有幾種，如 Independent Living，Assisted Living， Long Term Care。母親進入了Long Term Care， 那是最令人傷神的一種。

　　老人院的停車場不大，難泊車。經常有救護車停在大門口，阻塞交通。

　　老人院有一個物理治療室。治療師在那兒幫助幾個老人伸展手腳做運動。

　　老人院的男女比例失衡，女性較多。

　　走入這種老人院，見到老人們的殘弱身軀躺在床上，坐在輪椅上，或低頭

昏睡，或仰天呆望。他們在走廊邊，在大廳裏，電視機上的影像對他們毫無意義，悠揚的音樂讓他們睡得更香，望得更入神。偶爾會有人大喝連連，召喚護理，如哀歌。哀歌沒有打擾大家的安寧，他們繼續睡，繼續呆望。

我的母親不唱哀歌，她愛唱"One Day When We Were Young"：

One day when we were young,
That wonderful morning in May,
You told me you loved me,
When we were young one day!

Sweet songs of spring were sung,
And music was never so gay,
You told me you loved me,
When we were young one day ...

每次見她必問我：「噹，你用了什麼方法，把我送進來？這兒真干淨，人又好……」
她數手指，一，二，三。

「還有三年，我就一百歲了。」

總而言之，她回憶一生，一切都好；沒有什麼時候是慘的，她對人只有愛沒有恨。

我服了！我回答：「你一世夠運！」

最近抽高爾夫小白球多了，把手指弄傷，要用膠布包著。母親看到，拿著我的手問：「有冇灌膿？痛不痛？」

「綿綿母子情，永恆不變。」

不夠三十秒，她又低頭睡著了。

我和妹妹每星期進院三次探望母親。開始時，我有感淒涼。慢慢地，我習慣了這環境，像是在這兒工作的人，懷著愛心，從他們的身邊經過。

有一天，我們帶妹妹的孫子，韓國裔「金巨羅」來看母親。十五個月大的小孩子可愛，牙牙學語，剛剛學走路，跌倒再爬起。老人家們看到這孩子在大廳裏蹦蹦跳跳地來回走動，他們把眼睛都睜大了，坐在輪椅上，就像殘障人士運動會，參加者在追逐這「金巨羅」，可惜力不從心，只能說：「How cute! How lovely!」

我走近一黑人老婦，俯身對她說：「Once upon a time, you were like him.」

「Yes, yes, yes.」

甜美的回憶，她隱約見到自己孩童時的影子。老婦笑得真開心。

見一台山老伯，年齡近百，頭髮稀落，眼睛淌淚，佝僂的身軀倦伏在輪椅上。他每天等著老伴來餵食。老伴年過七十，中午前必拖著拐仗來見他，老伯見妻眼睛立刻光明。他的晚飯由護理照顧。聽說，老伯不喜歡，經常叫喊：「老婆，老婆，老婆……。」

記得那天，我帶了些牛肉球來探望母親。臨走前，牆角邊傳來一陣聲音，把音樂聲掩蓋：「I love how the Chinese take care of their parents.」

那是一白人老婦大聲說出的。她有點兒生氣。我頭也不回走出老人院。事後想起，她是對的。探望老人家的多是亞洲人，還有墨西哥人。

近日讀散文家梁實秋一篇講老人的文章。他說：「老不必嘆，更不必諱。花有開有謝，樹有榮有枯。」話是這樣說，當我這年多來目賭這老人院景況，老人們入住在人生最後一個旅館，他們又有多少人像我母親呢？

又想起了吾友才子，他時常勸人，要及時行樂。看來，才子對極。

二零一六年二月二十六日

老年游

何肇鏗傳來黎繼明同學的噩耗，我心底裏立刻想問的是：「自從五年前的同學會，走了幾個？」

李榮康，胡可禮，姚志江，到現在的黎繼明，都相繼離開我們了。之前的還有黃國石。休提起，我的老友，「神打家」陳雄森，太久遠了，招魂無望。

我不認識黎同學，如果他不走，應該屬於今年十一月聚會的「舊同學、新朋友」。

陸家冕與他熟，告訴我，黎繼明是俊男，態度和善，好靜，運動免問。他導演了好多電影。我少看香港片，陸兄所列之許多繼明作品，我是「聽都未聽過」。那又何妨？「I am proud of him.」他是才俊。

華仁七一屆的才俊可多了！醫生，科學家，生意人，管理專才，法律界，財經界，文豪，娛樂界......

相信還有大批「平民」同學，我就是。

才俊是怎樣練成的？那就要想想我們九華的老師與神父，還有那優美的學習環境了。

「欲買桂花同載酒，終不似，少年游。」*

今年十一月，四十五週年之聚會，是我們重溫少年游的機會。香港籌備委員會的同學們，落足心機準備。遠在天涯海角的同學，希望支持，來一個開開心心「老年游」。

再沒有第二個四十五年！

世事無常。前陣子，何Sir車禍，人仰馬翻之後安然無恙。今日，黎同學突然乘鶴西歸。絕無資格教人做人，但這「珍惜今天，珍惜情誼」是我的心裏話。

我的父親在世時愛讀《紅樓夢》，他特喜一詩。今重讀此巨著，抄〈好了歌〉送大家。

曹雪芹借跛足道人告訴你的〈好了歌〉：

世人都曉神仙好，惟有功名忘不了！

古今將相在何方？荒冢一堆草沒了。

世人都曉神仙好，只有金銀忘不了！

終朝只恨聚無多，及到多時眼閉了。

世人都曉神仙好，只有嬌妻忘不了！

君生日日說恩情，君死又隨人去了。

世人都曉神仙好，只有兒孫忘不了！

痴心父母古來多，孝順兒孫誰見了？

二零一六年九月二十日

編按：原句出自與陸游，辛棄疾同時代的南宋詞人劉過的《唐多令》：

蘆葉滿汀洲，寒沙帶淺流。二十年重過南樓。柳下繫船猶未穩，能幾日，又中秋。

黃鶴斷磯頭，故人曾到否？舊江山渾是新愁。欲買桂花同載酒，終不似，少年游。

圓圈論

前言

今年暑假一家人旅遊北加州的紅木森林，途經三藩市與舊友們茶聚。我大發謬論，且用二大圓碟作示範，圓碟相互碰撞，鏗鏘有聲……

圓圈論

退休宏觀調控，「圓圈論」乃為針對險惡夫妻關係而設計的。

顛簸六十多年，時波濤洶湧，時春風化雨。今日，朋友們的雙親多蒙主寵召。我母親風燭殘年，住在老人院，睡覺多回憶少。我不像某些哲學家，專業講悲苦。我退休了，許多朋友也退休了。美國的經濟情況欠妥多年，創出未達退休年齡就要退休的人甚多，有被炒魷魚裁員的，有被老闆迫成神經的，有被同事害的，有做生意失敗的，有跌落金融風暴泥沼的。例如我在美國的兩位好 roommate，才子著草廣東樟木頭，崩牙仔突然在大陸發達，與北地姑娘諧美眷，生了小寶寶，現在做老人與小童。

這些人青山依舊，腰骨未曲人未老，是生猛海鮮。

我的圓圈論精彩。可以讓退休生活幸福，身心愉悅，夫妻之間和諧，看著孩子們長大成人，建立事業。孔子教你如何做人也不外如是。

圓圈有兩個。老婆一個圈，老公一個圈。

老婆的一圈老公不理，她種花，shopping，與女人八卦，囉嗦如舊……

老公的一圈老婆不理，老公在打球，鋤大弟，與好友吹水，互相交流與老伴的煩氣……

二圓圈經常重疊。夫婦一起去街市買菜，去飲茶，去旅遊，與孩子們渡天倫之樂。週末到禮拜堂 chitchat 下，各誕日定時去上炷香。我則同老婆打網球，但永

不與她拍檔混合雙打，嗌交太多，缺乏互相鼓勵。

我的圈子比較精采，圈子內有一班損友，枯木寒岩笑傲美加。

我老婆的圈子是中國的舊同學。他們經常結伴旅行。我不參加，因為我的普通話有點兒問題（這句請用京腔捲舌念）。

再過十來年，生老病死，不能威了。腰曲耳聾，聲音變細，那時候，球不能打，歌不能唱，牌也不會派。大家同愛人擁抱，或者她推我輪椅，或者我推她輪椅。地老天荒，共看夕陽餘暉，雙圈合璧渡晚年。

圓圈論實踐

綜觀友人夫婦，適合採用「圓圈退休法」之人，首選「始創者」塵嚀。也有絕對不可用此法的，身體健康欠佳者，老婆惡者，沒有私人儲蓄者。還有那些性格保守的朋友，結婚幾十年，天性就愛與老婆圈在一圈，未曾跳出過半步，就如終生慢跳四步。真羨慕他們這些老鴛鴦。我比較喜歡跳扭秧歌舞，時時常跳出圈子外。

有些朋友未有資格用圓圈方法，因為他們未有老婆。只有一圈的花甲老翁不必學習圓圈論。希望他們多加一圈找個伴侶，時候無多，找到伴侶後雙圈立刻重疊，共看夕陽。

其餘人等，皆可考慮此法，let's try，走出去捉下棋。那些以前沒有機會學的玩意，不妨學習。學唱戲，學打高爾夫球，臨老重新讀書寫字，同朋友飲兩杯紅酒學幻想……一步一步開始。

「圓圈論」益壽延年。祝看官家庭和睦。

二零一六年十月六日

一蓑煙雨任平生

戒煙

四月春花驕，喵哥定戒煙。

今天吸煙族，不許過城池。

第一天：週末星期五，醫生開了兩個星期的尼古丁「膏藥」藥方。我在韓國燒烤館向一家人宣告 breaking news，我要戒煙。全家雀躍。在停車場猛抽幾口才開車。回家，兒子幫我貼上「膏藥」。

第三天：實在難熬。胸口絕對空虛，喉嚨似有蟲蟻爬行。買了香口膠和花生米，用來彌補「膏藥」的不足。

第七天：睡覺怪夢連連。晚上常常紮醒。食慾增加，打球有氣。

也曾嘗試戒煙，那是廿多年前的事了。停止吸煙一個月後，被公司派往煙草產地俄亥俄州出差。坐在禁煙區，與同事共進晚餐吃牛扒。禁煙區形同虛切，「扒」後一枝煙，感覺良好。一群人去看脫衣舞，那裏煙霧瀰漫，飲了兩啖啤酒，眼迷迷看舞孃。此情此景，戒煙事已煙消雲散，戒煙人丟盔拋甲了。

彈指廿年過去，社會在進步，人們的生活習慣有了很大改變。抽煙對身體健康有害這一思維已經深入人的腦袋。香煙被看成毒品。另一方面，抽大麻煙證明可以治病，合法了。

二手煙是有害的，抽煙人成了不受歡迎的人。近日，所住小城立法，距離餐廳二十尺內禁止抽煙，結果抽煙人只能躲在屋簷下，草叢中，恐懼地抽煙，似是小孩子偷吃零食，怕被大人知道。作客友人家，走出門口抽煙，千萬注意環境衛生，煙頭不要亂扔。

祖地廣州，以前有煙民千千萬，現在不見了。二等茶樓的大廳爆滿，不見煙民，只有三幾位阿伯在洗手間門口抽煙。下一輩的子姪無人吸煙。同輩的全都戒煙了，連那位只剩四顆煙屎門牙的堂弟也戒了。

吸煙對自己的健康有害，對別人的健康有害。這是社會共識，不吸煙者是時尚人，吸煙者是反潮流。我從來不做反潮流，我愛跟隨大伙兒一起走。

好友聽到消息，多作鼓勵。有人更說這事「了不起」。兒子開出獎勵：「If you can quit, I pick a day on the weekend to play tennis with your friends.」

今天去理髮。把戒煙事情告訴相識多年的上海理髮師傅 Jack。

壞人講「怪話」，他正經地說：「陳老板，你抽了一世煙，戒掉可惜。減

少抽就可以了。更何況，學了的東西放棄多可惜。我們當年學抽煙是很辛苦的，又流眼淚，又咳......」

Jack 舞動理髮剪刀，繼續講道理：「我有個朋友，戒煙四年，體重增加四十磅！」

「嘩！」我不經意地摸一摸肚皮，Jack 沒說錯。

難忘一人，他享受香煙就像品嚐高檔茅台。那時候大陸物資貧乏，好多吸煙者要拾煙頭，把煙絲拆出，用煙紙再卷成煙。這叫「搓蜢」。樓下林伯是搓蜢人，瘦削矮小，臉色枯黃，煙精也。飯後一枝煙，他把卷煙抽至接近煙尾，長吸一口至肺腑，煙從口中緩緩吐出，雙指夾煙，慢慢地把手一翻，眼睛迷糊地看著指縫中點燃的卷煙，細心欣賞，長嘆：「好煙啊！」
我非梁伯。但戒掉煙會失去一種享受確是事實。清晨書房寫字，斜陽後院讀書，過往都有咖啡和香煙陪伴，現在少了一樣，令人不習慣。

不分晝夜，花甲之年與煙魔戰鬥，還未知鹿死誰手。

二零一八年四月十五日

P.S. 尼古丁貼藥似乎無甚作用。全靠意志力。

一蓑煙雨任平生

曼谷按摩

（一）

曼谷自由行，感受到的是泰國人好客之情。無論是入住酒店，享受美食，參觀廟宇，合掌道謝無處不在，讓遊客有溫馨的感覺。

旅遊城市大多溫情好客，居民好像知道，同城找生活，遊客是他們的經濟命脈。拉斯維加斯是一例子，曼谷更上一層樓。

合掌道謝是泰國的特色。遊客受到這特殊的尊敬，會倍感溫暖。合掌道謝最多的地方，是按摩院。

（二）

曼谷市區的交通糟透了。塞車狀況可奪世界冠軍，廣州只能屈居第二。的士走進了橫街窄巷，開入了一間大屋的花園，似是富貴人家住所，小橋流水，綠樹成蔭，好一個安寧和幽靜的地方。

的士司機的態度如蓮子蓉，與廣州的士司機態度相比，是天與地。如此禮貌，用小人之心計算，他應該拿到佣金了。按摩院經理與泰女列陣歡迎，恭敬地奉上茶水和熱毛巾。首先看看那印製精美的價目表，中英並重，種類繁多。

（三）

綠洲嬌養系列是水療按摩。那是一種完全沒有色情服務的按摩。據說，英女皇也光顧過。

收費二千七百銖，服務二個半小時。

「按摩」有許多名稱，可稱為「推拿」，也可稱為「馬殺雞」，香港人稱之為「揉骨」。「揉骨」分正邪兩種。「邪骨」不可說不可說。我現在講的是「正骨」。

按摩小姐穿制服，姿色平庸之極，估計是水療館老闆精心挑選出來的。醜不行，怕客人離開。美的更不行，免得任何男人有非非之想。

在按摩女帶領下,步上台階踏入空中樓閣。房間內有花瓣點綴,香飄滿房,擺著三張按摩床和一個大浴缸,浴缸有花朵裝飾。綠化房採光好,絕不幽暗。按摩小姐合掌道謝,服務開始。

首先是更衣,換內褲。按摩小姐給了一條用玻璃紙包著的藍色內褲。那是一條袖真型「維多利亞秘密」內褲。

「Mr., please change. I go out for 5 minuets.」

(五)

第一次全身推油,俯臥再翻身。力量不大不少的化骨綿掌絕對不碰敏感部位。這油有點兒特別,好像有些沙粒或是煮熟紅豆混在一起,令我感到有躺在沙灘上的享受,很舒服,安然睡著了。

「Mr., I go out for 10 minutes, you take shower」。

去完沙灘游水之後要沖涼。我把沙和油洗掉,換上新 Victoria secret 維多利亞秘密內褲。十分鐘後,進行第二次推油,沒有沙的油。

我沉睡。不久,她又說出去十分鐘。是洗澡兼換維多利亞秘密內褲時候。按摩女回來,再次合掌道謝。進行大結局服務。

(六)

摸臉孔按摩。我閉上眼睛。讓她用小布加油摸臉。油手游走在鼻孔前，感覺有點痕。冷熱冰火摸臉孔，重複再重複。我全程閉眼。最後她用幾塊毛巾包頭，我肯定自己似恐怖分子，又似夜行僵屍，好恐怖。我感覺有哈密瓜封我臉，涼且沉重。

朦朧中，按摩女說離開十分鐘。回來，解封重見光明。我打賞二百銖給她。這一次，按摩女誠心合掌道謝，她又黑又扁的臉孔笑得像盛開的向日葵。

洗澡穿衣，步出空中樓閣。綠洲嬌養結束。

這二個半小時的按摩服務，包括有三次按摩小姐離開，洗澡，沖洗那些推滿全身的油和沙粒。當然，還有合掌道謝。

明年要帶太太來試試。

二零一七年十一月十六日

一蓑煙雨任平生

領養愛犬

（一）

孩子們還小的時候，我聽人說，養狗在家中是好事，一來可以和孩子玩，培養愛心。二來可以看門口，防盜賊。

夫妻跑到老遠的地方，買了一隻純種朱古力色 Labrador，起名 Pongo。從滿月開始，一養十五年，直至終老。牠完成了與孩子一起成長，看護家門的任務。

我對 Pongo 一直是耿耿於懷，試想，把一隻天生愛打獵，愛在蘆葦叢中幫主人尋獵山雞水鴨，愛翻山涉水狂跑到不知去向的狗，我把它放在不大不小的院子里，渡過一生，確實是浪費生命。

孩子們長大工作了。他們想起了 Pongo，要養狗。

接下來的「領養經驗」，值得紀錄。

（二）

Humane Society 在電視上的廣告令人慈悲心發。我們去參觀了兩個領養狗的地方，規模都很大，有義工有工作人員也有狗顧問。一隻隻平常蹦跳活潑的狗被關在籠裏，眼睛呆滯，似是乞求人把它帶回家中。

我們在 YouTube 看中了一隻三歲大的 Huskies，名叫 Berg，決定領養。這狗可愛極了，尾巴擺動，向高跳躍，與工作人員十分親熱。

電話來回幾次，被詢問家庭情況，平常家中有無人在？有沒有養狗的經驗？欄杆有多高？並且寄給屋子前院後院照片。最後，他們要派人家訪。

July 4th 早上。終於可以去見 Berg。女狗顧問看到我們父子三人，搖頭：

（英譯中，較為傳神。）

「啊！Berg 是好威猛的，好難搞。你們無經驗，一定搞唔掂。」

「Berg 要練狗師傅帶走才行！」

三父子互望眨眼，非常失望。

狗顧問穿長筒水靴，獵裝，為人友善。她看得出我們失望。

「Berg 是不必看了。不過我們還有幾隻狗，溫順好多。讓我帶出來給你們看看。」

帶出來的狗也真是好，友善溫和。正要領養一隻帶回家。

「你們家中的院子圍欄有多高？」

回答：「四呎。」

「Oh, No, 四呎太矮了，起碼要五呎，這些狗是好聰明的，長大了可以翻過四呎欄杆。」

「把你家的欄杆加高再回來吧。」

回家路上，我心中咕嚕：「什麼東西！是不是像美國人回大陸領養孤兒，要查三代？如果我們一家是窮人，住一房一廳小柏文，更無希望領養了，這些家庭的小朋友就更失望了。」

（三）

領養愛犬絕不氣餒。過不了幾天，兒子們又在 YouTube 看到了一隻小狗。這次是一隻白色的 German Shepherd，僅三個月大。此狗豎起筆直的耳朵，一根尾巴左右搖擺，滿身短白毛，嘴巴到處嗅。除非你憎恨動物，這小狗應該是人見人愛了。

領養的地方叫做：LA Animal Services，在洛杉磯市中心不遠的不毛之地。這狗剛剛被收留，要五天之後才可以見面。想來必是怕牠的主人正在找，況且小狗還要做身體檢查，保證新主人不會領到一隻「病狗」。

LA Animal Services 八點開門。我們父子三人七點半已經來了。星期天市區寧靜，但這裏可熱鬧了，排在我們前面的有四個家庭，都帶有小孩子。互道早晨之後，才知道都是為了這 German Shepherd 而來。跟著又再來了兩個家庭，也是為這小狗來的。

大家都有點兒緊張，七伙人來領養同一隻狗。會花落誰家呢？

辦公廳堂擠滿了我們這些「領養」家庭。小朋友看著爸媽：「爸爸啊，我們一定要帶牠回家。」

工作人員有條不紊，各就各位。他們的早餐還沒有吃，咖啡還沒有機會飲，大清早就被這班愛狗人士騷擾，快點兒把他們打發走好了。

小狗是不必帶出來給大家看了，反正你們看過 YouTube，那是一隻少有的白色 German Shepherd。

「當多人參加領養，我們的方法是公平競爭，價高者得。我們採取 close bid。」

一總管型男人說話，他拿著一叠紙，上邊寫滿規例。

「你們讀清楚後，然後把你願意出的價錢寫在上面，寫上名字，簽名交給我。」

那有人去讀那些規例。每個家庭都在角落裏舉行家庭會議，就像籃球比賽，教練叫停商量戰術。

我用廣東話與兒子們說，你們講中文，不要讓別人聽到。

「我最多出四百，但這是你倆兄弟的決定，我不出錢。」

「將來看獸醫，打針，洗身，帶狗散步，全是你們的事。」

「環顧形勢，看不到他們開一架好車。四百應該 ok 了。」

兄弟倆志在必得。他們要出價八百！每人出四百。

「You guys are crazy.」我說。

不夠一分鐘，總管大聲說道：「Congratulations! The Chen's family has it. They outbid Roberto family by 200.」

握手道賀。

Roberto 舉起大拇指，向我們致敬。但他的兒子確是傷心透了。我也向他致敬，六百元不是個小數目。他已經盡了做父親的力量。

時間是早上八點半。眾人離開之後，小狗出場。不得不承認，我們沒有領養錯。

有華仁同學說，此白色 German Shepherd，在多倫多要價加幣千三。

為小狗起名字，兒子們選名 Artemis，短叫 Arte。有位好英文同學改稱：Adonis Plus。

後記

洛杉磯收養流浪犬有兩種地方。一是由愛護動物的富貴善心人開的，他們的收養條件嚴格，家中的圍欄要高五呎。華仁同學笑稱，那是 Fencist。一是由政府開的，價高者得，不必量圍欄，no fence needed。

長者過六十歲，如果領養的狗超過五歲，免手續費。否則請交一百三十九元。

二零一八年七月二十日

五斗米折腰——小費

Put a lil of my own money in the tip jar to get the ball rolling

BEAVER CREEK

　　去年冬天，兒子跑到科羅拉多州的 Aspen 滑雪聖地做工。那地方非富則貴，許多荷李活明星遠道而來渡假。

　　「Hey, dad, I got 100 dollars tips by helping a rich man fit his boot.」

　　「Merry Christmas Son.」

　　講起小費，那是正中父親的知識範疇。首先聽聽兒子是怎樣說的。

　　「一般來說，女人吝嗇，男人慷慨。」

　　父親補充：「醫生吝嗇，斷袖分桃人士慷慨。」

　　「有錢人較為闊綽，他們當五元錢不是一回事。」

　　「How do you know they are rich？」

　　「By their clothing and ski equipment.」

　　小子學會了「先敬羅衣後敬人」。他還沒有遇上江湖客，「仗義每多屠狗輩」，他們的打賞最豪爽。靠拿小費作為薪水主要來源的客人，也很闊綽。「服務重要，細心，客人會多給小費。」

　　他說到了重點，這才是能拿到好小費的關鍵所在。

　　移民異國他鄉，需要入鄉隨俗，吸取別國文化。有些國家，給小費是禁忌，等同貪污。但給小費是美國文化。我甫一上岸便學習。

首先學會怎樣拿小費，慢慢地，學會怎樣給小費。

賭城拉斯維加斯凱薩皇宮的咖啡店是拿小費的啟蒙地，從 waitress 的手指縫中拿到幾元錢。然後在荷李活「雅芳餐廳」大展身手，左手托盤右手拿茶壺，如托塔天王。那時候，輪到我給小費了，從手指縫中給幫忙收拾盤碗的新進學生幾元錢。

在美國，凡是服務行業的工作都有機會拿小費。理髮師，代客泊車，旅館侍應……餐飲業的企枱們，主要靠小費收入。

立法者曾經嘗試，把時薪提高，消除小費。不得民心的立法當然過不了關。

如今在賭城看表演，門票有平有貴，對號入座，平票坐後面，貴票坐前座第三行。往時看表演，用打賞方法，打賞越高座位越好。

曾經在賭城看貓王皮禮士的表演。進場時有 Major D 帶位入座。他身材高大，風度翩翩。穿一身燕尾服，就像貴族的管家。我準備了幾個五元籌碼，首先「握手」一個，座位不滿意，再度「握手」一個，仍然不滿意，三度「握手」，滿意了。他笑我也笑。「Enjoy the show gentlemen.」我比較喜歡這樣的入座方式。

小費是血汗錢，如果服務到位，是應該得到的。

父親生前有麻將友人差利 uncle，在香港開高級白牌車為生。

打牌前，父親問 uncle：「差利，今日貼士如何？」

「我被個孤寒鬼佬灑了幾粒『神沙』。」

曾經服務一桌客人晚餐。節日餐廳忙，我用盡全力招呼，客人讚口不絕。埋單一百元，小費零元。這在餐飲行業叫做「黑枱」。台山老闆心腸好，他放了十元在杯盤狼藉的枱面上。

今天在洛杉磯做浴足，價錢是二十元。如果客人只給五元小費，那是不合市價了。聽說，有師傅走出門口，把五元小費還給客人。多年前，想要在此地夜總會倚翠偎紅，小費每位二十。這是公價，請勿搞亂市場。也有「集腋成裘」的例子。在那徬徨愛小賭的日子，在賭城玩二元一注的廿一點。贏了廿多元，離開時，不好意思地打賞了荷官一元。他說：「Thank you Sir. Every little bit helps.」

再講小兒雪山賺小費，他把五元錢放在桶內，希望引來小費。我告訴他：「好！好個乞兒技倆。」

二零一八年三月三十日

一蓑煙雨任平生

一蓑煙雨任平生

第二章

同學少年

《舊事如煙話當年》

故園四十九年前
依稀舊屋太平橋
少年不知愁滋味
家有餘蔭可逍遙
文攻武衛大時代
光身赤足下田苗
同學驕陽緣依始
師表牛棚教育天
慈母今天忙批鬥
孩兒明日串聯囂
久聞東方明珠亮
伶仃洋外可船搖
人生難得幾回搏
怒海孤舟首度漂
仙人指路天堂夢
餓馬搖鈴地府招
寒雨連江夜入港
回首望鄉煙水迢
親朋私語平安報
高堂喜悅淚眶澆
一生路途從此改
獅子山下乾坤調。

塵噹於二零一七年聖誕

華仁的回憶

先獻上歪詩一首：

> 華仁師友尚難忘，
> 憑網寄情傳各方。
> 信是有緣今未盡，
> 四十週年聚一堂。

From The Shield 69-70
Donald, our star player. 4D

機緣

這次見面，勾起我對那段同學少年日子的回憶。

四十年了，驀然回首，輕舟已過萬重山，我跟各位有緣。想當年，如果不是Finnern神父熱愛網球，我怎樣能夠認識你們這班精英。Finnern在南華早報看到我，叫一就讀中五的華仁仔到南華會找我來華仁讀書。同學姓蕭，也在南華學打球。我把消息告訴父親，父親笑說，你點有本事讀華仁？

中三插班，學校要求我考入學試，我數學和中文合格，英文肥佬。何副校長多年後告訴我，考試後，Fin神父進入副校長辦公室，問一句：「What do you want to do with this boy?」今天想來，就算我三科不合格都照入華仁.

蕭君日後成為我好友。冥冥之中，他指引我入讀華仁書院，令我受用終身。

學校

學校的一草一木，人和事，還依稀記得。那時候，我坐七號巴士返學，下車之後沿着長長的石樓梯一步步走上去。石樓梯筆直，每天上演一幕少年登山記，背著書包艱難地行完石級，上了山崗，眼睛豁然開朗。中間是寬大的廣

場，左邊是一排兩層高的校舍，課室窗明几淨，右邊是學校禮堂，校園樹木婆娑，鳥語花香，給予學生一個幽美的學習環境。

學校裏有一天主教堂，供神父和學生祈禱，懺悔。在學校，神父都穿著白色的長袍，白袍在風中飄逸，看上去神聖而高貴莊重。同學們對他們都有一種莫名其妙的尊敬。

學校有網球場，籃球場，足球場更是綠草如茵。到今天，我還想不到有哪所香港中學有如此好的運動環境。

放學後，我到京士柏南華會練波。如果袋中有錢，就坐的士，否則就行那安靜的衛理道。星期五下午，一班同學遊蕩於旺角和尖沙嘴，穿著華仁校服，好威水。遇見其他學校的學生，我心裏會想，你們的籃球場在天台，怎樣和我們比較。

在華仁書院讀中學，怎不為自己感到自豪自信呢？這自信的感覺，我到今天還有。

老師

副校長姓何，花名咖喱，咖喱何人如其名，對學生夠辣。我進入學校，首先經過副校長的辦公室，如果遲到，就要躲避副校長的犀利眼光了。同學對何副校長是最敬畏的，遠遠地看他站在那裏，自有一種威嚴，令人望而生畏。他能看穿班反斗仔在搞什麼鬼。我不認識有那一位同學是不害怕他的。奇怪的是，直到今天，我已經兩鬢斑白，敬畏之心還隱約存在。這次同學聚會和副校長舉杯對飲，相談快樂，就像朋友一樣。但站在他的面前，我永遠是學生，行為舉止不能有差錯。朋友，你有這感覺嗎？

我對華仁的老師記憶不多，腦海中僅有FIN神父教我世界歷史，Kennedy神父教聖經，誰教數學，英文，地理，我已經很模糊。

但我的中文老師給我很深的印象，先生姓劉，名繼業，中等身材，雙目炯炯有神，頭梳得光滑明亮，愛抽煙，寫得一手漂亮的黑板字。有一天，他興致到，幫學生睇相，我們爭先恐後要他贈番幾句，輪到我翻開手掌。

先生看兩看說：「幾好，唔錯呀！」

我問先生：「阿Sir，有人話我眼大無神，好大鑊嘅。」

先生回答：「亂講，你殺人都夠膽！」

蓑煙雨任平生

幾十年後，我還是不明白眼神和殺人的關係。學生生性仁慈，殺雞不敢，先生錯矣。學生雖然不懂相術，但看先生神采奕奕的眼睛，不至於短命，怎可以走得那麼快？

Kennedy神父的課室亂過七國，大家好像對聖經不感興趣，上課時各適其適地玩自己的東西，KEN神父身材高大魁梧，只顧前排同學，後排反轉左，他視而不見。現在想來，對他有點不好意思。我記得同學們都很喜歡他。神父有一部心愛的電單車，我們聽到馬達隆隆之聲，就知道他到了。

我大學畢業之後，第一次從美國返香港，獨自到學校探望Finneran神父，我還是選擇那長長的石級上華仁。他老人家消瘦了，但還很精神。寒暄幾句之後，神父就問：「你在美國賺多少錢一年？」我告訴他，他用口頭慣語誇讚：「good man。」就像當年打贏波落場和他握手沒有兩樣，他總是那句：「good man。」那是我最後一次看見他，FIN神父現在已經投奔天國，和主在一起。錢多少已無什意義，他召我到華仁讀書，對我的一生都有影響，我對他有無限的追憶和懷念。我在學校讀了三年，幫他老人家贏了三年，年年打低拔萃，喇沙，還有KG5班鬼仔，也算報效得體，對得起他老人家了。

最近，我遊覽Finneran神父的網站，把他的一生了解得清楚，當我知道他帶領九龍華仁網球隊，在香港校際比賽中連勝十年，這記錄可比美世界上任何運動教練的成績。我的眼睛為他流下了開心的眼淚。

同學

我們班反斗仔多，同學有一位叫陳熊森，Eddie，是我老友。有一年大考前夜，我在他旺角家中溫習聖經，三更半夜，他突然說：「噹佬，我要請齊天大聖孫悟空上身提下神，你唔洗驚。」說時遲，那時快，只見他手握一枝香燭，眼睛微合，口中念念有詞，一下間，斗室內仿似起了風，Eddie雙眼發紅，左串右跳，抓耳撓腮，他變了隻馬騮精，嚇到我縮落牆角，越看越臉面青，兩三分鐘之後，一切回歸平靜，他出了身汗，好像甚麼都沒有發生過，拿起聖經，重新溫習……此刻想來，我餘悸猶存。多年之後，聽說Eddie已作古，我不勝唏噓，那夜晚一生難忘。我現在懷疑古惑仔Eddie扮鬼扮馬嚇我，但又不像，因為他再沒有提起，好像不想傳開。現在他走了，我不能再有機會問他，到底是真神打還是假神打。有一次，Eddie整個月沒有返學，回來後，看見他剃光了頭，

精神憔悴，變得沉默寡言。大家都知道發生了甚麼事，我和Eddie從此逐漸疏遠，華仁的環境和神父不能幫助他改邪歸正，好難救了。寫下這些記憶，是我對荃灣四大飛Eddie的懷念。

Peter Wei，魏徵旦，上海仔，同我都住在尖沙嘴，經常一起坐巴士返學，久而久之，做了老友。此君人聰明，鬼主意多多，Peter教我賭狗，要買一、二號，內欄有着數……搞到我晚上有書不讀，在被窩內聽逸園賽狗消息。收音機廣告多，記憶中非常清楚的是那句「食煙仔牙，百萬金啦」的香煙廣告，現在還聲聲入耳。會考放榜那天，我倆戰戰兢兢，先到家父飲早茶的彌敦道新樂食早餐，Peter沒有胃口，他告訴我父親，如果會考不合格就跳樓。回到學校，看到有人歡喜有人傷心，華仁叻仔多，當然是歡喜的同學多。我僥倖，五科過關，中文和中史還拿了「優良」，回頭尋找Peter，他已不知所蹤。返家，父親問：「Peter有冇跳樓？」答：「唔知，搵緊佢。」這是我最後一次和Peter在一起，從此和他失去聯絡，這次同學四十年一聚，我一直在留意他的音信，結果他沒有出現，他是在玩人間蒸發？有人說Peter在美國德州，但願他安好。

我班還有一同學，鍾建邦，此君官仔骨骨，長得皮光肉白，舉止斯文。他不愛運動，沉迷玩鬥金絲貓，每天都跟我們講鬥金絲貓的故事，講到眉飛色舞。遺憾我至今沒看到金絲貓長相，能有如此香艷的名字，肯定好玩。

李宗漢，Pius，是我班的乖孩子，今天他已經是大會計師，活躍於此地的香港同學會，屬半個羅省社會賢達。多年來他和我生活在同一城市，各自奔波，同學會活動我少有參加，故而少見面。他是我和華仁的唯一連絡，我能和各人相聚，首先要感謝他。

相遇

今年初，我路經香港。有幸參加了這次聚會的籌備工作午餐會，何肇鏗同學（David）是領頭人，陸家冕同學（Steve）是我班的代表。

何同學作風民主，態度認真，把各人工作分配好。自己坐鎮中央，擺好手提電腦，將整件事情當作大工程處理。據了解，David週末從澳門趕來，工作會開到下午三、四點。到傍晚，他已經把會議紀要整理好寄出，所有問題，必須下次會議之前解決。我心裏讚同學，果然有葡京I.T大總管的風範。

那天，陳家禧同學（John）會報了關於挑選餐廳事宜，陳同學是打了很多

電話，跑過很多地方，利用了很多關係才作此報告的。他仔細地想到價錢，地方，菜色質量等等問題，也考慮老師和神父們交通上的困難。看得出，他希望做到完善。

午餐會上，我認識了梁梓堅同學（Terence），他義務管理此次大會的財務，此君為人友善，聽說他在印尼開礦。回美後，我把參加此次活動費用，用美金支票寄他，告訴他如何打點。他竟然把一分錢都計算清楚，做人如此仔細，值得發達。

我還見到了廖榮定同學（Stephen）。這位大會計，太平紳士，區議員，記憶力強，還記得我。當我知道他因為經濟原因，中學畢業就進入社會工作，沒有能力就讀任何大學，今天所有執照，全部工餘苦學，自修得來，我對他肅然起敬。同學中出了個貧窮學子的榜樣，而且投身公眾事業，是我的榮耀。

我看在眼裏，想在心裏，他們的熱誠感動了我，我一定要再在坐十五小時飛機回來，這聚會我不能缺席。

重逢

不出所料，四十週年聚會是成功的。

宴開六席，每席十四人坐滿。參加同學五十四人，連帶家眷和義工，共八十四人。還健在的十二位老師和神父全到。何副校長從加拿大趕來，這貴賓使晚宴更有「人齊」感覺。

我班有十位同學參加，有幾個和我一樣，從外國回來。同學的面孔，我要想很久才記起，如果不是有這次機會，在馬路相遇，一定是如同陌生人了。就此一點，我已經要感謝在香港的幾位籌備工作同學，他們的功德無量。

我的班主任Coghlan神父為大家飯前祈禱，他鄉音無改，愛爾蘭口音還是令我撓頭。同學們全部低頭聽謝主隆恩，我也低頭，低頭看著那剛剛擺上來的豐美冷盤。當年這位九龍華仁最年輕的神父，已經七十八歲。和許多神父一樣，他千里單騎離鄉背井，無欲無求，投身教育，把一生貢獻教廷，貢獻香港。如果有人說這班神父的不是，我必定會拍案而起。

晚宴席上，我非常幸運，黃展華老師坐在我的旁邊，這位「番鬼佬唱大戲」大師，桃李滿天下，我仰慕已久。他年過九十，精神矍鑠，中氣十足。這硬朗的身體想必是唱歌的關係了。我愛聽粵曲，大師告訴我近期作品，是新版

一蓑煙雨任平生

英文帝女花。與老人家一席話，受益良多。

大會挑選了兩位同學做當晚司儀，我們班的李志明同學是其中一位，他口齒伶俐，談吐得體，風度翩翩。我忘記問他做盛行，如果他不做教官，是浪費了人才。在我腦海裏，李志明身材矮小瘦削，細路哥一名，幾十年不見，他忽然長高，又忽然變帥，真是不單女大會十八變，仔大也會十八變。

當晚最欣賞的一道菜是清蒸老鼠斑，原因不是魚蒸得好，而是難能可貴。食老鼠斑不算難，有錢就可以，難在可以同時找到六條，尺寸斤兩要接近。梁梓堅同學有門路，海產佬是朋友，就算如此，到最後一刻，朋友還是不能保證是麻斑，東星，還是老鼠。同學們有口福，吃到了老鼠斑。

大會精心製作，播放了學生時代的照片錄影，配以七十年代音樂，引起同學們陣陣喝采，把晚會推上高潮。我留意到一張照片，籃球比賽開波，二中鋒面對面跳球，一少年在右邊全神貫注盯著籃球，做好姿勢作搶球狀。我老眼昏花，不敢決定那少年是我否。回美用Youtube再看，要兒子認人：「這人是你爸爸嗎？」兒子充滿信心回答：「YES!」「喂！阿仔，你唔好認錯老竇！」

同學受贈水晶紀念品，上面刻有每人的名字，物輕情意重。大會想得周全，散會時為神父和老師配備私家車，把老人家們送到門口。

最令我難忘的是參觀學校，我又重回到同一教室，同一坐位，同學們各就各位。我仿佛看到Kennedy神父的龐大身軀在前面教聖經，我們班娃鬼在後排作反。

有些事情，講就容易，做起來就難。例如辦這類活動，大至財務管理，小至坐位安排，都要落盡心思，有辦得好與不好的分別。

這次九龍華仁四十年同學聚會是空前成功。

精英

上次回港，陸家冕同學誠意拳拳地招待我，在灣仔海旁咖啡店，談了二三小時，他告訴我這幾十年的遭遇，帶我參觀了他的全新辦公室，閒話了近期香江哨牙聰鮮為人知的故事。

和陸同學一起的下午，我得到如下結論。

華仁培育香港精英。華仁的英才，大多數生長在社會草根階層，今天各位有如此成就，醒目聰明故然。但歸根究底，是屬於每人自己的努力。四十年，

香港幾經風雨，各同學際遇不同，當然是有幸有不幸。一生中有幾個人能一帆風順的，不用猜也知道你們有跌低再起身的拼搏精神。你們土生土長，緊貼香港社會，挾出身名校的威勢，同學有位居要津者，互相關照，互相提攜。恭逢盛世，你們沒有浪費機會。

結語

那天夜晚，曲終人散之後，我和鄔友德同學一起過海。這位頂級反斗星今天是生意人，和我生活在同一國家。

香港週末的夜晚，街道行人熙攘，車水馬龍。我倆選擇坐巴士，汽車在長長的窩打老道緩緩行駛，車上擠滿乘客。黑暗中我再次看到我的華仁書院，寧靜地轟立在山崗上，天長地久，作育英才，永遠存在。

瞬那間，我聽到車聲隆隆，這輛巴士像行駛在時光隧道，把我駛回那個年代，一九七一年某日，我和鄔友德擠在車內，放學歸家去。

往事如煙，再獻上歪詩一首：

成敗貧富不輕狂，

本性無改續炎黃。

知汝安康吾所願，

福音盼得謝上蒼。

二零一一年十二月於洛杉磯

一蓑煙雨任平生

南北宗

序言

明朝書畫大師董其昌說：中國畫有南北宗。

我對書畫無研究。只覺得「南北宗」三字夠氣勢。如武俠小說之南拳北腿，各有所長。

記憶四十多年前，在南加州 Glendale College 讀二年制大學。兄弟姐妹半工讀兩年之後，少年同學前途迷茫，星光慘淡。為求學，兵分兩路，平凡人留在洛杉磯，精英人串上北方柏克萊大學深造。出現了「南北宗」。

人有人運，地有地運。命運好的人多會跑到將會走運的地方。

南宗

八十年代初大家相繼大學畢業，正值南加州國防工業騰飛。遍地芬芳，工作機會尤如春天的花朵，隨處可摘。有些朋友經常轉公司，為那多二千元的年薪再走一回，《洛杉磯時報》星期天的招工廣告厚厚的，TRW，波音，洛歇……向我們招手。在小弟服務的潛水艇公司，我曾經看見三個工會工友，芝麻椰子芒果，黑白黃三色雪糕，如此這般工作，黑人揸穩長梯保安全，白人爬梯油牆，黃人揸住個油桶攪攪下。一幅小牆被這三寶貝油了二天完工。小弟則時常偷雞，飛車到馬場賭三場馬，見見同行友人。那時候是打工仔的好日子。

記得友人那十來張桌子的中餐廳「日月園」，就在我公司的附近，經常光顧。午餐繁忙。我忍不住，起身幫忙收拾盤碗。幫老友翻枱多做幾桌。到而

今，那兒生意慘淡。老板精明，賣了生意好久。他做了其他生意老板。

好日子過了十來年。雷根政府花大錢，搞一個「星球大戰」令到蘇聯解體。從此美國天下無敵。九十年代初，南加州的國防工業開始裁員。不多久便屍橫遍野。首先是吾友才子，波音公司不需要他修理那太空穿梭機的黑盒子了，告老歸田吧。然後是小弟部門那位孤苦伶仃的女秘書，她知道自己被裁員，當晚自殺。公司請來心理輔導，勸導大家少安毋躁，不要自殺。

人值中年，孩子要養，房子要供。怎麼辦？

突然之間，南加州的朋友出現了「地產經紀」，「進出口貿易商人」，「day trader」，「舊屋翻新」……如此一來，就有才子曼殊深夜電台講古，就有皮包公司跑往中國大陸，就有一班同是天涯淪落人，大清早躲在山谷大道的金魚缸賭大細，炒長短線股票期貨的日子。

北宗

同一時候，北加州少有國防工業。那兒是微型電腦的發源地。蘋果第一部電腦就在此地發明。Graphic design，Ethernet，laser printer……這兒更是高科技的發源地。

八十年代初，在柏克萊畢業的朋友大多投身在北加州的半導體行業，聰明加上勤奮，這小小的半導體可以導人成為大富豪。

時移世轉，地運變化。不知從哪裏吹來了一陣投資風，那是偉大資本市場

的創業基金，也稱為風險投資，那是沙漠甘泉。就像開發西部的墾荒者遇到泉水，可以紮營開天闢地。風險投資鼓勵著年輕有為的人勇敢地發明創造。北加州新科技騰飛，谷哥，萍果，FB……等龍頭科技公司在哪裏成立總部，一間又一間，聞名世界的惡人谷悄然降臨。

流串到北部的朋友日子欣欣向榮。幾十年前他們用三百五十元月租一房一廳居所，幾十年後他們出租自己的一房一廳，月租三千五百元。房子升值，買一間屋等於南加朋買二三間。更有朋友勤儉成性，屋子買完再買，現在已經可以用租簿做枕頭睏覺，安然入睡。

北部風景優美，雪山河流古木海灣。很容易讓人更熱愛大自然，自然就有「王宮」，「巨廬」的建立了。

好友劉學士畢業後選擇返港工作。近日想回美國退休。他要加入南宗還是北宗？當然南宗，原因是房價。

總結

南北宗，從Glendale College 出道幾十年，全退休了。與千萬華人一樣，大家都把下一代培養成對社會有用的人。不同以往，這下一代沒有經過父母輩的艱辛。他們應該知道，父輩們賭城工作之崢嶸歲月。

每年南北朋友重聚，喜見故人來。故人吃得越來越少，走得越來越慢，頭髮越來越白……，談笑風生舉杯對飲，勝利的歌聲從心底唱出來。

財富有別，樸素依舊，友誼長存。

正是：

春夏秋冬六十年，
東南西北永留情。
三元在手今朝事，
四喜臨門南北宗。

二零一七年十二月八日

一蓑煙雨任平生

108

王宮

前言

我大學時代的兩位 roommate，才子和崩牙德。我一視同仁地全部掃射，三舊時蝸居同學，德的經濟環境最富裕，但誰最happy，有商榷。

王宮

多年前有一位打煲呔的白人老闆跟我說：「Don, men have to learn to enjoy some finer things in life。」我在似懂非懂之間想；他在教我去學飲紅酒，如何用適合的酒杯；抽古巴雪茄，如何挑選精美的打火機襯托；聽音樂，如何欣賞貝多芬的命運交響曲。

德爺姓王，我稱他的豪宅「王宮」。進入「王宮」，這些「finer things」全部在。

「王宮」在北加州較為新的城鎮 Pleasanton。汽車出freeway，沿著林蔭街道向前駛，路窄車少，右邊是鄉村俱樂部綠草如茵的高爾夫球場，退休人士揮桿自如，悠閒地享受著這環境。遠方的來客立刻會有感覺，到了富人區。

還沒有走完高爾夫球場，「金鷹山莊」就在左邊。入口大門氣勢非凡，金黃色的門牌，寫上「Golden Eagle Estates」三字。光輝燦爛。「王宮」便是座落在「Golden Eagle」半山上的豪宅。

世事不能完美。我吹毛求疵；「金鷹山莊」守門口的白人老婦，假若換了穿紅色制服的包頭摩邏差，那就更有派頭了。

這是我第四次來這地方，一次比一次喜歡。我就是愛這新潮流風格的家園。這兒每一間屋都很新，建築材料和質量一流。屋與屋之間隔離很遠。建築師的精心設計表露得淋漓盡致。每間都各有千秋。和 track home 比較，傻瓜也懂得「finer things」了。

這個大花園，有高爾夫球場，網球場，游泳池。德爺的鄰居多是企業的 CEO，大工程師，大教授。但也有退休人士，如德爺和美式足球教練 John Madden 等。

我看不到鷹，但不時會看見幾隻野火雞，散步在馬路邊覓食。不知道從那裏竄來兩隻鹿，鹿看到人不陌生。在這兒，動物有它們的世界。

「金鷹山莊」花草處處，每家每戶都把自己門戶的花園打理得整整齊齊。可惜樹木還未長高，假以時日吧，待到樹木成蔭，這裏會更漂亮。

平生愛食人間煙火，這地方絕對適合我。

小家伙和祖國媳婦 Elaine 開大門歡迎光臨。我彎腰問小家伙：「還記得我嗎？」他想了想之後回答：「當奴叔叔。」

臨來前，我便有預感：主人一定會為我們準備豐美中午飯。作客「王宮」，為食而來？才子 roommate，快快來食啊！

午飯菜式果然豐美。主打菜是南京鹽水鴨，一整隻鴨子放在青花大碟子上，有頭有尾。配襯檸檬片捆邊，再撒少許蔥花。分明是盛宴出菜款格。女主人為這鹹鴨準備了幾多時候？鴨肉不軟不硬，鹽水味恰到好處。紅燒獅子頭用黃芽白包，取其甜而有口感。德爺念舊情，當然知我所愛。特別吩咐老婆炒一道涼瓜。智是食家。他讚涼瓜炒得很到家，爽而沒苦澀。港式咕嚕肉是甜酸，為小家伙而做。紅黃綠辣椒絲炒蘑菇，色香味皆全。上一道子蘿牛肉，薑芽鮮嫩脆口，不酸。是我當天最愛的一道菜。廣東老火湯是冬瓜乾貝煲雞，火候足夠。我喝了三碗。

飯後吃甜品。女主人捧上來的是一碟和高級酒樓同一賣相的馬蹄糕。同來劉老浩不愛吃甜。我們的打橋牌朋友羅醫生曾贈他佳句：「You don't know what you are missing.」我看不到他品嚐馬蹄糕，如他錯過，我僅能說：「He doesn't know what he is missing.」

馬蹄糕是自製，材料是用新鮮馬蹄。入口清涼甘潤，一粒粒的鮮馬蹄甜而爽口。各位。這清甜不同於老美公司炒魷魚，說再見時食個大蛋糕的狂甜。金庸筆下的黃蓉好像沒給洪七公做甜品。如有，我今天是吃到了。

不見有一級金華火腿燉的雞鮑排翅，清蒸深水老鼠班或極品佛跳牆，故不能稱為豪華私房菜。但也絕非家常便飯。女主人的心思和廚藝。令人讚美。

餐桌所用餐具器皿，是上等磁器。德爺拿出幾瓶好酒，有紅有白有烈，讓客人挑選。這屋子大，天花板高，何懼屋外夏日炎炎，不需用冷氣，這飯廳也感清涼。光線柔和。把酒言歡，菜香四溢，好不快樂。

朋友，你現在明白何謂「finer things」了嗎？

席間，德爺對我們說：「我有血壓高。也真想不通，我毫無擔憂，現在什麼事情都不管。何來血壓高？」

他說得也是，此舊時蝸居同學，柏克萊大學讀物理。一生學習物理，熱愛物理。一直到現在，家中的物理科學書籍還隨處可見。我不懂物理，但我懂「勿理」。德爺今天玩兒為樂，幫小家伙打機，閒來讀讀物理，其它的不要理，老婆在打理。

農民晚上趕來相聚。此朋友生活簡樸，性情豁達，永遠都是笑呵呵的。「哈哈哈！」地開懷大笑是他的 trade mark。

農民對我說：「哈哈哈！呢間屋正呀，真係正！」

圍爐聚舊，主人奉上功夫茶。我對飲茶一向沒有研究，像我的祖父，茶有顏色就可以。但德爺這樣的品茗，沖泡技術，茶具的講究，確令我想起一段故事。

一九六八年冬天，在海陸豐汕尾一帶小村子的後山破廟。那是個月黑風高的夜晚，破廟內寂靜無聲，一少年驚恐地等待著。在黑暗中，少年看到三個鄉下佬，蹲在地下用小茶壺，小杯子喝茶。少年從來沒有見過如此飲茶法。想來，德爺現在是學他們罷了。那夜晚風雪山神廟，少年最後怒海孤舟，逃出生天，終身不忘。飲茶會給人帶來幸運，人們應該放棄咖啡，學飲茶。

朋友，你現在明白何謂「finer things」了嗎？

德爺的兒子小家伙已經五歲，當年老爸為他起英文名字傷腦筋，最後放棄了Gregory，取名Ryan。他真聰明，我下五子棋輸給這小子。

智說：「這小家伙講話文縐縐的。」

我倒不覺得文縐縐，講話有條有理倒是。

他對我說：「當奴叔叔，你為什麼抽煙，老子現在也不抽煙了。」

母子兩人稱呼德爺「老子」，老子前老子後的國語話，把這「王宮」的大王捧起，小家庭溫馨無限。

豪宅後院的山坡上，種了一排又一排的葡萄樹，井然有序。這地方離Napa僅一小時車程，水土氣候最宜種釀酒葡萄。他們家養了兩隻貓咪，一來可以治鼠，二來可與小家伙玩耍。德爺告訴我，他後園的老鼠有大有小，小的如手指頭，不小心就可以把它踩死，很討厭。

　　劉老浩對我說：「哈！我可以在山坡高處的樹下，葡萄旁搭蓬參禪。」

　　智兄詩評劉老浩：「出入百家尋本我，願證菩提法自然。」我想這這事還要小心，這裏的小老鼠和中國的大蟑螂有異曲同工之妙。不能讓鼠輩打擾清修。

　　從窗台向外眺望，天高雲淡，山下一馬平川，蔥綠蒼茫。我同宗陳子昂的千古絕唱：「念天地之悠悠，獨愴然而涕下。」那來涕淚？請他翻生問問我兩位 roommate，德爺和才子吧。這世界美好得很。

　　才子神遊「王宮伴客情」：

廣廈花彩中，

千里月玲瓏；

蝸居雙對飲，

自在廣寒宮。

　　三十八年前的一晚，我和德，才子三人看完電影《驅魔人》回家，因為鬼上身轉頭顧女孩的寢室和我的相似，我驚嚇不能睡眠，跑到他們兩人中間打地鋪安寧入夢。到而今，那同學少年時光不會再度來臨，我們三人分別生活在世界各地，但還是好 roommate，天涯若比鄰呢。再奉獻才子一首詩，最能描述我們三人的近況。

三十八年好同窗，

回首前塵鬢已霜。

雄風依然還舊國，

贏得美眷又從商。

騰蛟起鳳今朝事，

筆走銀蛇憶同窗。

風流才子成佳話，

不枉餘生在五羊。

時間匆匆，在「王宮」僅住了一晚。下次有機會，等他們一家人返中國，在那殘紅亂舞，黃葉飄零的秋天時節，我來住上一星期，直指心緣，見性成佛。在葡萄樹下，邊吃葡萄邊學參禪。

　　早上八九點鐘的陽光，照耀在小家伙天真的臉孔上，朝氣蓬勃。德爺夫婦拖著兒子，揮手向我們說再見。

二零一二年九月於洛杉磯

四百里弔喪祭德爺

二零一七年一月二十號九時半，正在看布蘭普登基大典，突然接到矽谷友人寇富電話，德爺走了。

我淒然淚下，什麼歷史場面，什麼政權交接，全無興趣了。心裏想到是德爺的孤兒寡婦，她們如何應付。

這位「王宮」的主人，我的大學同房。才子說得好，當年三劍折其一。「德願兒孫永繼，懷望後代長傳。」他的名字叫王德懷。

來美國讀書的第一年，經富豪巨介紹認識了他。與才子三人找了個棲身之所。幾十年後，好友農民帶病幫忙他尋找長眠墳地，大家送他一程。

懷念那青春火紅年月，你買了一部舊跑車，紅色開蓬小Fiat在那幽靜的讀書小城跑來跑去，那麼威風；你告訴我，三更苦讀，才子不專心，拿著本書眼光光學幻想，你則是伏案溫習到天明，那麼勤奮；你騙同學，用公仔麵雞精代洗頭粉，令才子洗髮頭癢，那麼開心，那麼頑皮……

懷念那中年各自奔波年月，你在JPL，在三星，之後看準市場，在矽谷創業。我在餐廳彈子房，在工廠的電腦室，一事無成。那一年在上海，你請我到台塑黃永慶的牛排屋大吃一頓，開上等紅酒助興，那麼友情……

懷念那退休後的安靜日子，近幾年，我一家四口二次下褟「王宮」，東道主熱情款待，你還帶領我們參觀Napa Valley酒莊，那麼快樂。

祖國媳婦Elaine選擇佛教儀式，為亡夫舉行喪禮。高僧擇日子於年三十，否則要延遲到新歷二月十九日。

一年之計在於春。年三十是重要節令交替的時刻。萬物復蘇春來了。突然之間，一團黑氣侵來，何來如意吉祥？

講意頭的人大喝一聲：大吉利是。

賣花的華人鋪頭，勉為其難送花圈，邊送邊大喝：大吉利是。

徵求意見辟邪。友人在自家後院摘了一袋新鮮碌柚葉，送給所有「信邪」的弔喪朋友。

租了一部七人座，車頭放上一枝碌柚葉，夫妻兩與三友好，年廿九驅車四百里，開往矽谷。

當晚下褟富豪巨豪宅。早上起床踏出大門，路滑霜濃，在斜坡上一不小心，人仰馬翻，「嘩啪」一聲，後腦著地，帽子飛得不知去向，四腳朝天猶如

從雪山仰臥滑下來，滑落十丈遠。

心中咕嚕，碌柚葉何用之有？德爺你搞啥玩意？朦朧中仿佛看到他，站在遠處的草叢中抱腹大笑……

這是個密宗葬禮儀式。大和尚面孔慈祥，身材渾圓飽滿，眼睛明亮，披一袍紅黃袈裟，手敲木魚啲啲聲響。有二位俗家女弟子在旁邊幫忙。靈堂小，拜祭人多，堂外堂內花圈滿佈，每一個花圈掛著挽聯。在花團錦簇，香燭繚繞中，和尚誦經，人們沉浸在呢喃聲裏，或低頭懷念，或看著分派的十幾頁紙「經書」。我讀書，我想知道大和尚在說什麼。

喃喃誦經超過一小時，輪到子女上前悼念。我代表舊同學們，從劣文「王宮」中抽出幾段，上前懷念德爺。孤兒寡婦坐前排，突然其來的打擊讓她變得如此滄桑。小傢伙Ryan穿著黑西裝，看著安祥地躺在棺木裏的父親，往日那天真精靈的面孔消失了，爸爸幾天前才教自己滑雪，怎麼會這樣子？小傢伙目光惘然。我心中湧起一陣莫名的悲涼。

「會搬離『王宮』嗎？」

「不會，這是我與阿德一看就喜歡的房子。況且，學校好，小孩子讀書重要。」祖國媳婦回答。

我再問：「那麼大，房產稅好重。」

她回答：「是。將來能否繼續住下去，要看小孩子的本事。」

情深義長，祖國媳婦。

我恭敬地向德爺三磕頭。暗地說，你一生熱愛物理，計數奇準，但人生無常，你未算出自己何日歸天。阿德你一路好走，你的寶貝兒子，有你老婆照顧。他將來的成就，必超出你。

密宗儀式，蓋棺之前先蓋「福被」。被子顏色不同。首先由兒女蓋，然後未亡人蓋，最後由大和尚蓋，那是一幅金黃色的布，輝煌閃耀，蓋在德爺身上，作祈福之用。

戴著白手套，與富豪巨，寇富等八人扶靈上山，入土為安。

這是個風水寶地，對著波濤洶湧的太平洋，漂洋過海便是德爺的祖家湖北。北風凜冽，天蒼蒼野茫茫，不遠處便是柏克萊大學。那大學教育了讓德爺成功的知識，如今他在此地長眠。

同宗陳子昂的千古絕唱，「念天地之悠悠，獨愴然而涕下」。我今天愴然涕下矣。

喪禮完畢。開快車回洛杉磯，所住華人小城張燈結綵，喜氣洋洋地慶祝春節。我們沒有立刻回家，跑到繁忙的商場轉一圈，吃了宵夜，消費了扶靈利事。歸家，用「碌柚葉沐浴」。

　　阿彌陀佛！

二零一七年二月十八日

徵婚

癸巳年初七，同學相聚，有好人而單身者一。有健筆者，為功德完滿，揮筆成《徵婚》一稿，冀其成事。

小生姓周，鬼名 Robert，年齡六十。生肖屬蛇。今年撞正太歲。

從來未結過婚。只恨姻緣運未至。但我仍然有信心，我的愛神必然降臨。

原籍香港。現居大國，拿雙重國籍。母語廣東話。可操流利華仁神父所教英文。自學國語，勉強可以同大陸人交流。聲綫斯文沈穩。

地址：大國西岸太平洋海邊高尚區。

職業工程師。服務大國政府凡廿多三十年。Pension 可食過世。儲蓄豐厚。身後如無老伴，銀紙可能要交還政府。

身體健康，無不良嗜好，平生愛運動、潛水、射箭、高爾夫、保齡球等皆是高手。近年沉迷扒龍舟。現在負責坐龍舟尾，做 skipper。

我愛好收藏真槍。家有名牌槍多支。

我揸一手好車，曾經用二個半鐘風馳電際LA到賭城（一般人車程四個半鐘）。無他，開快車尋找刺激，個腦唔駛想女人。

我是一位好廚師。中西美食都有研究。無他，子曰：「食色性也。」，冇女人就搵其它嘢食。

我還是一位handyman，家中修理事：電器，水龍頭，通坑渠，我都會做，而且愛做。

雖然我是華仁天主教學校出身。但冇信任何宗教。信烏利單刀唔知乜嘢教。我喜歡「瞓教」。

還沒有搵到伴侶之前。我暫時叫我個幾十吋Sony電視機做老婆。我每天用不少時間看老婆。抱住電視瞓。

父母親年過八十，健在。他們每年從香港飛來探仔一次短住，我擔保老人不會煩我將來伴侶。

我本性善良，好脾氣。

我求伴侶的條件好簡單：些少學識即可。樣貌普通即可。但最緊要生得性感。

年齡條件，最好六十除三，年齡除二加七也可。殺！

Robert敬啟

二零一三年二月十九日

世紀之戰最新報導

大會　　舊同學談經書論道理進入人生虛無界

小組　　老校長教國粹評馬匹闖蕩雀館實有緣

塵噹千里單騎　敗走香港麥城

二零一三年四月十三日下午。銅鑼灣某大廈「怡南」會所雀館。

一眾同學飽餐戰飯於利舞臺。雄糾糾進戰場。有掌櫃婦人親切招呼雀王J：「肥佬你好！」鬼佬 on first name basis 的稱呼不夠中國人「花名」親切。噹與肥佬同行，倍覺有臉。

幾十年前，雀王J大學畢業出嚟搵食，在香港金融界大施拳腳，闖蕩江湖。廿年有多了，這地方是他平時放鬆身心之耍樂場。

雀王來到這別有洞天的地方好像返屋企。此地每一角落，樓上樓下，橫門側門。他如入無人之境。

塵噹初來步到。有點「鄉里」。門口供奉著的關帝。確勾起了噹的舊情懷，這些地方好像以前曾經來過，這兒有一種味道，好像以前也聞過。mount 在牆上的冷氣機是七十年代模樣，虎虎生風。誓要把香港的潮濕吹乾。

這地方的侍者，每個都是虎背熊腰的高大中年婦人，老闆聰明，半偏門生意可以employment性別歧視。這些女人「做得」，而且對麻甩佬們有一點說不出的溫馨友善。

今晚房間爆滿。人們竹戰四方城。有娛樂人也有搏殺人。房間的隔音好。在走廊行動，我聽不到打麻雀聲，也聞不到人聲。這裏真安靜。

此地不理會禁煙令。煙霧迷漫與空氣清新房間和諧共存。沒有人在埋怨吸到二手煙會死人。

書僮才子與梁梓堅同學也來了。兩年前他們在葡京沙圈聊天。討論紫微斗數。今次再見面。當然更熟落。他們談論氣功，八段錦，測字等。

我語才子：「你聽明否？唔明就問。我這位 Terence 同學有料到！」

才子話：「明，明，明。」

茶水，煙灰缸擺好。四人坐落，先分籌碼再而執位。雀王每一樣事情都做得快而準。如岑兄忠言評論，此兄乃「一週七」操練人。工多藝熟。

比賽開始。大總管D沉著。雀王興致高。史提芬陸病。史兄患了感冒稍好（H9N7？），已經食了幾服中藥，抱病上陣舍命陪君子。

頭四圈。應驗了「趁佢病，攞佢命」賭博家名言。史兄僅食糊一舖。雀王J在上家時常提醒他：「你醒咗未？」

後四圈，互有勝負。我心想：班友仔不外如是。打牌四海之內皆一樣，旺就是贏家。偏章第四隻七筒一樣照摸。

雀王J的自創番數。比較複雜。嗰食糊時，必須由他幫手計番：

「Don，你放開隻手。」

他將五指放平，把麻雀牌從這邊撥過那邊，跟手再撥一次 make sure，幫每人計算番數：

「獨獨，兩番。無字花三番，一般高 X 番，二八眼 Y 番，......再加一條龍......一共三十三番！」

雀王計算，冇人駁嘴，但可加意見。「速速磅！唔好兩頭望！」

不時有婦人入房添茶清理煙缸。傍晚五點，有點兒肚餓。大家叫杯奶茶，整件油多嘆下。朋友。美加有此享受。

才子奇人。梁同學走後他就坐在那裏。沒有起身看打牌。跟住沉沉入睡。食飯叫醒佢。

飯後再戰。重新執位。我赫然發現。我個位對正洗手間。

我說：「打最後四圈好唔好？我雙眼有點累。昨晚落機沒睡好。」

我暗想，頭八圈上落不大。和和果果。最後四圈阿sir趙完鬆！

我愛聽 Kenny Rogers 名歌，the gambler: never count your money，when you're at the table......未打完，我好少數籌碼。

「好！你話乜就乜。」同學們同意。

風雲突變。三條大鱷頻繁自摸。而且食得越來越大。

雀王開始串人：「你講打last 四。你死矣。入直路我地加鞭，快馬過終點。」

三條馬鞭揮舞，塵土飛揚。嗰揸住條水鞭；刁民國人語：「不管用！」

戰意正濃時，總管D發言：「我打大牌同打細牌同樣認真。」

雀王不同意：「點會。我打大認真好多。」

嗰同意雀王。玩泥沙咩？但做事情無論大小都要認真，才能管理。否則點能夠上位升級大總管呢？

跟住雀王又話：「你d牌技唔係唔好。但比起你d『廳彌史』技術，差好遠。」

幾個鐘頭之前，還在跑馬地天主教墳場拜過Fin叔。喂！Fin神父你保佑我。噹有你心。清明時節，千里迢迢來看你，你俾我摸番幾鋪得唔得？

神父在天聽不見。Fin叔不愛這遊戲，他有可能在責備我。

就這last四，我唔見三仟。埋單。用美金找數。四百四美金。抵玩之至。人人為我，我為人人。剛才那條清蒸老虎斑，鮮味可口。書僮才子連汁都撈理。

雀王J：「乜紙都收！」這人好似識晒香港d銀行。

噹暗想：「陰司紙收唔收？」

埋單千五。抽d水唔夠飯錢房租。差二佰。雀王大贏家豪爽江湖。包晒尾數。他今晚保住雀王寶座，衛冕成功。可喜可賀。

總結失敗原因：一，jet lag。二，後四圈個位對住個屎坑。

局散已過深夜。邊渡坐地鐵過海？史提芬陸叫停的士，給了的士佬一百元，向他說了幾句話。

他一定是跟的士佬說：「幫我送兩個金山阿伯到九龍沙士大酒店。」

噹不與史提芬計較這一百元，領情了。I say thanks.

香港的夜晚真漂亮。舊同學的友誼更漂亮。噹銘記在心中。

敗北之恥也記心中。不日。從大陸返港。再次挑戰三大鱷。唔通「輸完又嚟輸過？」噹唔信鏡。

二零一三年四月

崢嶸歲月

賭城奮鬥記之一：前輩，進城

「往日崎嶇還記否，路長人困蹇驢嘶。」

僅以此文，獻給和我共同渡過那炎炎夏日的朋友。

二零一三年八月於杉磯

楔子

今年的夏天特別熱。大清早，德爺拖著小家伙在「王宮」的花園散步。昨晚剛買了新款iPhone，他想試試那FaceTime feature。

「嚐，見到我嗎？」德爺問。

「見到了，還有你個仔小家伙。」我回答。

「唉，天氣真熱，熱死人！」講電話就是說這些無謂東西，我還有什麼可說。

德爺笑：「比較當年的 Vegas，不算什麼。」

他繼續：「你最好寫一下我們那年代賭城打工故事。可能比『沙圈』更有趣味，更有意義。」

電話斷綫。FaceTime 沒有了。

才子曼殊詩云：

祖國大地志難伸，

尋覓他鄉倍思親。

忽聞歐美傳佳兆，

激起鷗鵬躍入雲。

賭城紙醉金迷夜，

羅省勤工儉學辛。

南鱗西走四十載，

不負當年重耕耘。

一蓑煙雨任平生

那是一個令人懷念的的夏天，那是一個令人懷念的地方。沒有激情燃燒凌雲志，也沒有兒女私情，更沒有可歌可泣的事跡。一班「同是天涯淪落人」的中國年輕人；香港來的，台灣來的，大陸來的。有緣相遇在這罪惡之城，他們為同一目標而來：「打工賺錢交學費！」

前輩

關慧，這就讀加州州立長灘大學的留學生，是我們這群人到賭城打工的前輩。這位先知先覺、文革爆發前就已捷足先登到香港的大哥哥，吭幾句粵曲有板有眼，他的舉手投足，自有一番世家子弟風範，因為他是佛山梁園的後人。

關慧來了三年。去年，他跟三兩香港同學到過賭城做暑期工。看著一個個陸續到達異邦的小弟弟，他們無親朋，學費無著落，英文是有限公司，前途迷茫。大哥哥義氣干雲，能幫助，能指教的，他都毫無保留。

關慧一雙慧眼看著我們，出一招仙人指路，老成持重的前輩口吻安慰：「唔駛驚！美國遍地黃金，只要肯做肯捱，一定有前途。趁著未開學，到賭城賺你們的學費吧！那兒有工作。」

進城

一九七四年的暑期，嬉皮士風潮到達尾聲，大國流行起裸跑風，報業大王的千金被共生軍洗腦，到處「鬧革命」。汽油每加侖三毫七，賭城兩房柏文租金約一百二十元。港元美元對換率，是五對一。道瓊斯指數是八百多點。

他們是哥倆好，棋王與農民從香港來到LA沒夠一個月。

棋王已經做過兩份工，因為他講英國話如講客家話，收拾盤碗工作做不了一星期，立刻被炒魷。他帶了九百元美金來美，花了六百多元買一部舊福士甲蟲，七挪八用，口袋剩下一百多元，是山窮水盡的時候。

取其樸實憨直，大家叫他農民，其實他是城市人。農民逃出大陸僅兩年。因為天生是讀書材料。無驚無險就在香港中文會考中拿了四優一良。他的性格開朗，永遠都是笑呵呵的。這樣性格的人最容易遇到貴人。

貴人關慧告訴農民賭城好找工。

「賭城在那裏？」農民問。

「離LA四百公里，東北方向，五小時車程。那兒工作容易找。」

「當真？」農民驚喜。

「如假包換，當然是真的。我去過。」

他們不假思索，匆忙在七仔店買了些乾糧，便宜罐頭，汽水之類。打點行裝。哥倆趁天未黑上路。棋王開車，農民看地圖。在人生路不熟的地方，五小時到賭城的車程走了十小時。農民帶錯了路。應該往東北方向到賭城。他們往南走。去了聖地牙哥再回頭。

福士車在州際公路上飛馳。棋王不發一言，心事重重。

棋王是梅縣客家人。生得國字口臉，身材健朗。眉宇之間，自有一派正義感。他是我們之中唯一進了大學又立刻輟學的人。文革開始時，武鬥盛行。他為了保護自己，食過幾晚夜粥，懂點真功夫。棋王出身在知識份子家庭，父輩都是放洋留學之人。他從小在廣州東山富人區長大。也是奇怪，他講的廣州話還帶有濃濃的客家口音。

那年代，知識越多的人越是牛鬼蛇神。棋王一家也不例外，被鬥得辛酸，全進牛欄。棋王自己落荒而逃到東莞樟木頭當農民。客家人天性愛遷徙，這廣州東山最後的貴族怒海重生，游到香港時兩手空空，僅剩一條底褲。

農民愛講故事，描形繪影是特長。身體充滿幽默細胞的人，看東西另有一套。在旁邊不斷講開心事讓棋王打醒精神。

「聽聞賭場的busboy不會被炒，如果想，可以有終身制。」

「聽聞在賭場掃地，可以掃到錢。」

「聽聞在賭場工作的工資是每小時二元，比唐人街的老闆每小時付七角半多好多。」

棋王不為所動，他是性情中人，容易高興，也容易悲情。此刻破車在高速公路上飛馳，路茫茫黑沉沉，感懷身世，今晚夜雨行乾淚，離家鄉浪跡天涯，荷包縮水。真有「風蕭蕭兮易水寒」的感覺。

這福士甲蟲車不吃水，甚是硬朗。不停地走了九個多小時，機器毫無問題。車子過了山坳，兩人往前一看，聲音從他們心底裏發出，嘩！嘩！嘩！這是個甚麼地方？

遠望去有如魔幻世界，一輪明月高掛天空，黑夜中耿耿星河，銀光閃爍。隱約見到數不清的酒店，像是蓬萊宮殿，色彩繽紛的霓虹燈是錦旗飄揚，歡迎遠方來客。

棋王與農民看到的更精彩，幻象中他們看到一座寶山金城，美金紛飛落花片片，等待他們去撿。

這城市叫拉斯維加斯，賭城，在火焰山般天氣的內華達州。一九四七年，黑道大蠱惑開荒牛Bugsy Siegel在這乾涸涸，一無所有的沙漠中央建立了第一間像樣的賭場Flamingo Hotel & Casino。四十年過去，這兒發展成為世界近代建城第一奇蹟，深圳僅排第二。

他們進城了。棋王把車駛進一個公園，深夜二點鐘，公園靜靜悄悄的鬼影不見。

棋王把車子停在草坪上，是吃晚飯時候了，他倆拿出從七仔店買來的乾糧，做罐頭肉三文治，飲可樂，就地野餐。

怎麼了？這罐頭肉有點兒不對勁，美國人的口味真與我們差別那麼大嗎？飢不擇食之下，農民還是用手電筒仔細看看這罐頭是什麼東東，不看由自可，一看，是cat food……

「Tomorrow, it is another day.」他們在車上沉沉入睡了。昏睡中，有大光燈對著他們照射。

「Get out of the car, raise your hands!」黑衣人大聲呼喝。

「What are you boys doing here? You cannot sleep in the park!」

棋王慌張回答：「Sooorry, sooooory. Sir.」

荷槍實彈，高頭大馬的警察叔叔檢查證件後，放人。

事後想來有原因。那時候，共生軍帶領千金小姐流竄西部，打劫銀行。國家安全機構正在上演一跑《蕩寇誌》。

二零一三年九月九日

一蓑煙雨任平生

124

賭城奮鬥記之二：工會，工種

工會

在賭城工作，無論賭場大小，都需要被踢入會，入工會。Union due 每月廿三元。

工會總部在downtown。兩層高的建築物好像是政府部門。找工的地方就是在這地方的二樓，那裏有大堂專作job dispatch用。

簡陋的的地方有如大陸的飯堂，擺了幾張長板凳和桌子，天花板掛有吊扇，燈光半明半亮，牆上貼了些宣傳文告，宣傳工會是工友的靠山，福利好，近視人有眼鏡配。文告沒有說：「沒有工會，就沒有工作。」到這裏來的求職者就如駕駛需要交車牌費，真也好，假也好，立刻交錢。物有所值啊！

Job dispatcher 座鎮中央的太師椅上。他的穿著與簡陋的擺設大相徑庭，大熱天時，他穿紅格仔西裝外套，白西褲白皮鞋，衫袋掛了個 Ray-Ban 黑眼鏡，頭戴紳士帽遮擋太陽。

此人鷹眼鈎鼻，身材魁梧。給人的第一印象，就是電影《教父》中的打手殺人王。他拿著一叠小紙張，雙腳懶洋洋地放在辦公桌上，眼睛往大堂掃射，以鄙視的眼神看著一班「求職者」，求職者有黑有白，有黃有紅，有老有少。

「Don CHIN！」鈎鼻佬大聲喊出。

「Here！」我大踏步上前，奉出雙手：「釘橋，釘橋，釘橋。」我連聲thank you。

「Here you go, boy.」他把小紙張遞給我。

我找到了Caesars Palace 的 busboy 工。明天報到上早班。

工會真正好，尤其是對於那些初來步到的無知人。

今天想進工會，難矣！我認識一位「長堤」工會朋友，連加班費年薪十八萬。他是成功人士。我也想到在「好先生」年代，公司的三位工會工友，一爬梯油牆，一扶着長梯保安全，一拿棍仔對住個油漆桶「搞搞震」的「辛苦」場面。一幅小牆被這三寶貝油了兩天完工。

工種

世界上各行各業各工種，父親曾經講過「工作無分貴賤」，讓我介紹一下美國博彩業的下層工作吧。

掃地——在賭場內做掃地工是有地盤的。楚河漢界，掃地人不容許別人超越城池半步，因為這是利益相關事。細心埋頭掃地，默默耕耘，可以掃到寶藏。

地盤在角子老虎機週邊的，有銀仔。年輕人眼睛虎視眈眈，幽暗的地下，就算dime也可看到。地盤在賭桌週邊的，發達矣。經常會掃到五元紅色的籌碼，運氣好的時候，廿五元綠色的也會碰見，那是一天的工錢啊！有人曾經掃過一百元黑色的金牛，他一定是連掃帶踩，高興心情不言而喻。

「掃錢第一，掃垃圾第二」是掃地工心中的口號。朋友！請勿笑。這世界路不拾遺的人是道德榜樣，是人中龍鳳。在那年代，我們袋中的銀子是鳳毛麟角，你要我們如何選擇呢？

Busboy——收拾盤碗的工作辛苦。我在凱薩皇宮的coffee shop有此經驗。我做早班，早班特忙。一個busboy幫助兩位waitress清桌子倒咖啡。收工的時候，她們把所賺的小費，每人分給我大約百份之十。我平均會得到六到七塊錢的小費。我曾經拿到過十元的小費，那是一個很煩忙的早餐了。

也有驚喜的時候。客人看見年輕人勤快添咖啡，大發仁愛心腸，偷偷地塞兩塊錢進我口袋。我最高拿過十元的籌碼。

Change boy——這份是好工作。試想：工作人腰間掛著黑色的錢袋，有點像日本餐廳的壽司師傅，袋內有三幾筒quarter，dime，和Nickel。

終日遊蕩在角子機的矮樹林裏，無所事事，與客人聊天做找續，學英文會話。

突然間，鈴聲叮噹作響，紅黃藍彩燈有如警車亮燈抄牌，轉動翻騰，震人心絃。客人中了jackpot！年輕人一個箭步，蓮子蓉面孔：「不許動，這幸運客是我的。」

列位看官，客人中了五百元以上的jackpot需要change boy簽名才能夠派彩，這是賭場的規定。客人啊，保佑你高中，越大越好，要將jackpot踢爆，你贏得越多，賞賜boy的機會就越大啊！

經常有賭客向change boy問路。那一部老虎機最hot？這班傻瓜，那有這回事呢？來一招亂點鴛鴦譜，反正中了jackpot，是boy的功勞。

Bellboy， waiter，showroom busboy——這些是高不可攀的好工作。後來我們聽說，這些工作是要用錢買來的。一份bellboy 工的價錢是三仟元。這些工作小費好，回報率高。鈎鼻佬有錢買西裝了。不必大驚小怪，市場經濟本來就是這樣，何物無價？

二零一三年九月十三日

賭城奮鬥記之三：苦幹

我們七個人蝸居在同一屋簷下。月租一百四十元兩房一廳的栢文，水電全包。冷氣廿四小時不停地開著。在賭場做工，伙食無憂且好營養，我們少用廚房煮食。

每星期五天的工作，每天八小時，有早午晚三班。這制度讓苦幹人有機可乘，他們可以交叉連續做兩份工作。大多數人是做兩份工的。

蝸居朋友中有一信徒，他的名字叫 Isaac，是香港人。此人溫文儒雅，穿著整齊乾淨。房間地鋪旁邊擺了一本聖經，聖經上插了一個耶穌頭像的書籤。信徒很快就在這陌生的城市找到了教堂。他喜歡大清早在栢文小花園來回踱步，沉思。雙手把聖經放在胸口，仰望天空，晨曦下念念有詞。一派與世無爭的樣子。Isaac 做兩份工，但他從不埋怨，也不覺累。我堅信他是找到了力量的泉源。

世界上就是有這樣的一種人，天生愛搞蛋。崩牙德屬於這類人物的典型。這位香港左派中學的朋友，愛幫助別人。他人聰明，鬼主意多多，沒有學到憶苦思甜，僅做一份工，但腦子裏確充滿整蠱人的主意。越把人攪得狼狽他越是快樂。他甚麼人都夠膽整蠱，就是不敢碰信徒，因為信徒做人確實太完美了，好像有一光環覆蓋全身，無人能動。

同屋的一位台灣南部來的朋友。他的英文發音特別注重尾聲。此君在Silver Slipper賭場做 busboy。

我問他：「你在哪兒工作啊？」
他回答：「司哩波事哩婆時。」
「思呢沙啦」連續講幾次之後，我才明白。

他在台灣念 food science，但他對自己這主修科的英文發音大有問題。他老是說「忽得晒唔袋士」。我們尊稱他「忽得」。

忽得當過兵，黝黑強壯，不苟言笑，甚有紀律感。他告訴我們，沒有當過兵就會感覺辛苦，如果當過兵，閒事而已。

崩牙德趁忽得睡覺的時候，用忽得的牙刷在他的腳底撓癢，結果被忽得追兩條街喊打。

另外一位是在台灣大學修讀政治系的博士生。他的身材瘦削，背微駝，面

容蒼白，眼睛永遠掛着一種無奈的神情。「咳咳！咳咳咳！」博士慌忙把手掌掩蓋嘴巴，不時幾聲乾咳令人心寒，我們懷疑他患有肺癆病。整個夏天，他都穿著白襯衫黑西褲，衫褲一整月沒洗，口袋墨水筆的幾滴墨水把襯衫染黑了。黑皮鞋看來已經穿了好多年，鬆鬆的，倒也舒服，放工回來雙腳一踢，就可蒙頭大睡。

　　博士不開車，他是苦行僧徒步上班人。早班做掃地，晚班做busboy。他已經連續工作了十六小時，每天正午拖着蹣跚的腳步回家。一百二十度的高溫下，日照香爐，像火一樣的陽光燃燒在沙漠上，滾滾生煙。遠看他猶如看到電影江湖伏霸中的獨行俠，人從迷濛濛中出現，黃沙渺渺俠客行。突然間，他的小個子變大個子。屢弱變強壯，一個悲涼的英雄形象，鋪天蓋地向我走來。

　　苦幹是會結果實的。艱辛一個暑期，賺到的錢可以交一年學費和應付生活。朋友們咬著牙也要幹。況且，年輕人爸爸們的話在他們耳朵中迴響：「做，是不會死人的」。

二零一三年九月二十一日

賭城奮鬥記之四：娛樂

工作不忘娛樂。賭城的娛樂，以賭博居首。

禁賭不是戒律。這些遊戲五花八門，鬥智力，比運氣，真乃趣味無窮，凡人愛玩。贏錢可以令人雀躍，輸錢可以力挽狂瀾。沉迷賭博，佛祖難勸。幸運我們捨不得把辛苦錢花在這種賭博遊戲上。

（一）

肥仔歐是例外。這位從香港來的同學，身材短小精悍，一點不肥，小鬍子，小眼睛。笑起來眼睛瞇瞇成一線，講話經常帶句英文。他待人禮貌謙虛，少有反對意見。這人好像對任何事情都有辦法，是俗稱的「世界仔」。

肥仔歐中學時從香港波樓學會了 betting，此愛好要他命，出糧不到兩天，口袋已經空空如也。世界仔果然醒目，他找到了一個解決之道。想把銀子留下，就要杜絕這不良嗜好，辦法是一出糧就立刻把錢借出去。

他要把錢借給一位叫孔太醫的人。他看中了這孔太醫，因為這醫生不懂得洗啤牌。

這孔太醫，做人有諗頭，對飲食衛生尤其注意：「要多吃蔬菜，少吃肥豬肉。」這些今天流行的飲食法，四十年前我的太醫朋友已經跟我們說。日後他熟知中國醫術。對氣功有研究。不無道理。

太醫告訴肥仔歐，他不能再借錢了，他周身債務。

肥仔問：「點解？」

太醫解釋：「因為我來美國的水腳還未還清，剛剛又借了人家五舊水買車。再借你的錢，點還？」

肥仔一副可憐相哀求：「求求你，我不是借錢你，我確實太愛玩廿一點了，不能自拔。晚上作夢也見到隻葵扇煙同隻one eye jack排排坐。」

「咁都得？」太醫不解。

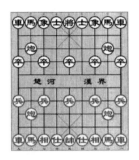

肥仔苦笑：「那one eye Jack還同我眨下眨下隻眼添。我是希望你幫我保管銀子，當我離開這城市的時候交還給我。」

（二）

娟居地方沒有電視機，那年代的賭城，見不到中文報紙。夏日炎炎，日啖西瓜三個下火，家事國事天下事，事事不關心。

我們愛下中國象棋娛樂。

挑戰棋王。要認真對付。他擺盲棋擂台一對二。這位剛下班，僅有幾小時休息就要起身工作的人，癱瘓在床上，但眼睛還睜得大大的。我趁他累，增加贏棋機會。肥仔歐是下棋新手，棋王根本沒有把他放在眼內。

兩棋盤擺在客廳的桌子上，煙灰缸堆滿煙蒂，客廳內煙霧迷漫。有三兩人在旁邊指手劃腳。

噹：「砲二平五。」跟棋王下棋，他永遠讓我先行。砲二平五開局最穩妥，有攻有守。

棋王：「馬二進三。」喊棋聲從房間來，響亮清晰。

肥仔歐開局：「象三進五。」

棋王：「炮八平六。」

走著走著，他提醒肥仔：「喂，肥仔，你的車在我的馬口。」

酣戰中，廝殺得沙塵滾滾。突然。棋王氣急敗壞：「噹！我的車在二五

位，你不能走那步！」

我出貓，把他的車移開了。已經輸了他很多西瓜，輸完又來再輸。

我以後每和人談及下象棋，就會津津樂道我的棋王朋友。這世界怎有如此好記憶力的人。

（三）

Colorado River，如銀蛇般蜿蜒，波濤奔騰，橫跨亞利桑那與內華達州，最後流入加州，灌溉萬頃良田，讓加州人有水飲。

Lake Mead，就是Colorado River Hoover Dam的大水庫，離賭城僅四十五分鐘車程。去 Lake Mead 必經過 Hoover Dam，看到那鬼斧神工的水霸，你不能不佩服開發美國西部的先行者，你會為那勇敢的，百拆不撓的牛仔鬼精神致敬。

我們不是來致敬的，我們來捉鯉魚。

Lake Mead 碼頭的鯉魚真多啊，就如今天大陸的旅遊景點，到處有錦鯉魚池，花二元人仔買些麵包糠餵魚，魚兒蹦蹦跳跳躍龍門，漂亮極了，「觀魚勝似富春江」呢。

我們不觀魚，我們要食魚。食薑蔥焗鯉魚。阿巨已經準備好薑蔥燒酒，他的烹煮技術是一流的。

眾人看著生猛湖鮮毫無辦法。原因：第一沒有捕魚工具，第二無證捉魚是犯法行為。被game warden 看到，一條魚罰五百元。

採取刁民行徑是辦法。

好棋王，一位文武雙全的落漠英雄漢。只見他鼓了一口氣，說時遲，那時快，棋王使出一招金針指法，一插一扣，雙指如金鈎，他把整個身體趴在岸邊，頭部入水。天曉得是真功夫還是好運氣。他的手指竟然插中了魚嘴巴，深入魚咽喉。棋王竟然把一條三斤重的鯉魚活生生地用手指鈎了上岸。魚牙鋒利，把棋王的食指割傷，血流滿地。

肥仔歐立刻脫下T shirt，把鯉魚包起。農民已經發動汽車，一干人等，揚長絕塵而去了。

正是：

八月山花紅爛漫，

平湖錦鯉躍眼簾。
垂涎三尺焗薑蔥，
金針二指扣咽喉。
落漠刁民踩高峽，
造化乾坤是乞兒。
崢嶸歲月還記否，
莫等閒白少年頭。

二零一三年九月二十二日

賭城奮鬥記之五：激情，奇遇

激情

博士文質彬彬，理論篇篇，說起話來慢條斯理，清楚分明。他愛討論政治，一有空就教育我們三民主義。身抱悲天憫人的情懷，他希望挽救大陸同胞於水深火熱。「反攻大陸」，「委員長」，「把共匪殺盡」的話掛滿口。

朋友們慢慢地開始對他的言論感到煩厭。尤其是肥仔歐，他在香港就讀「模範」英文書院，上波樓打士碌架比上學多，讀《龍虎豹》比讀《數理化》多，好像沒有聽過甚麼三民主義的：「你講乜Ｘ！」（國語，博士不懂粵語，肥仔歐不懂國語）

博士迷茫，怎可以沒聽過三民主義的。他脾氣好，呆了呆心裏想：「曲高和寡」乃尋常事，繼續講。

棋王確實忍耐不住了。這客家人比我們年長幾歲，大家尊稱他 uncle。那年代，出生在知識份子家庭的孩子能考進大學，證明他是一位超級讀書人材。

棋王反唇相稽：「我聽說『三面紅旗』比『三民主義』厲害。」

看到有人與他辯論政治，政治博士精神振奮，猶如哲學人愛與人討論虛無飄渺，粵曲人愛與人講「唱嘢」，體育人愛與人「講波」沒有兩樣。

「三民主義是挽救中國的唯一主義！三民主義是挽救中國的唯一主義！三民主義是挽救中國的唯一主義！」

博士連續三句，越說越開心，自然而然地哼唱起《三民主義》。

棋王的中文根基好，在大學時曾經寫過大字報。從小就接受國家政治教育，此刻與人辯論政治，想不到三幾回合，就感覺有點兒招架不住。

事實擺在面前，那時候，台灣的中國人比大陸的中國人生活好多了，更不用說什麼「亂講」說話了。

但棋王心有不甘，那生於斯長於斯的地方是他的國家，他對那地方有無限的感情。棋王自己可以大罵家鄉，但絕不容許別人評頭品足。可況眼前的台灣博士，左一句「反攻大陸」右一句「水深火熱」，真乃是可忍，孰不可忍。

棋王唱反調。用「解放台灣」應付「反攻大陸」，用「三面紅旗」應付「三民主義」，用「永遠跟共產黨走」應付「效忠黨國」。

旁人看到他們在為這些事情吵架，甚是納悶。尤其是肥仔歐，他完全不明

白怎會為無關痛癢小事吵架。他一生與人吵架兩次，一次是為了打麻雀的番數計算，一次是為了爭女仔。

他勸架：「你們不要吵了，come on！食西瓜！」

吵架繼續。而且越吵越發不可收拾。

棋王用劉三姐唱山歌方法應對。唱一首「社會主義好」混戰「三民主義」。

博士看見棋王把君子之辯變得蠻橫。他用諷刺的口敏說：「如果那麼好，你又何必萬水千山逃亡呢？」

這句話一箭穿心，把棋王氣得滿面通紅，一時間無言以對。想到家鄉父老，想到少年同學，想到美好童年。確實按捺不住，一股「國破山河在」的悲情在胸口翻騰。

他把手指著博士，面孔緊繃：「$@？#%，好好好！你好嘢。今晚放工十二點，在凱薩皇宮的 parking lot 見。」

顯然，棋王要使用武力出一肚烏氣。旁觀人都替博士擔心。癆病鬼怎能與食過夜粥的人打架，簡直就是細路哥憳想挑戰巨人。

出人意料，博士毫無怯意，他昂起頭來，無奈的眼神閃爍光彩，堅決地回答：「好的！我接受你的挑戰，今晚十二點凱薩皇宮的 parking lot 見。」

博士為信仰打架，棋王為激情打架。

這場架沒有打成，棋王退出了，因為他害怕一拳就會把博士打到吐血而死。

奇遇

希爾頓賭場晚上的演唱會剛結束，人們魚貫離場出 showroom。今晚的天皇巨星是貓王 Elvis Presley。一如往晚，觀眾享受了一場精彩的演唱。這巨星的體力已大不如前，汗流滿臉地坐在凳子上唱。散場前一曲瘦皮猴的"My Way"，更是令人如癡如醉。

「Elvis has left the building.」在人們耳朵中迴響。他們依依不捨離場。

我在這裏做 change boy，游蕩於角子機叢中做找續。散場的人群湧入賭場娛樂。我看到一對中年亞洲夫婦盛裝而行，他們手牽手，如新婚，走在人群中。霎時間，婦人往左轉進入洗手間，男的立刻向右轉，如脫兔般匆匆向我走來。

我暗想，必定是來向我問路，或者是問那一部老虎機夠hot。

來人向我拱手作揖兼磕頭發問：「ex q s me, may may I ah ah ask question?」他的英文生硬，但態度恭敬。

「Yes Sir.」我禮貌地回答。

「Where where can fine wu wu woman?」

「What?」我迷惘，真不明白他在說什麼。

「Where girl, girl, girl?」他有點兒心急。

我明白他的意思了：「Oh, I don't know, sorry, sorry, I am new here.」他失望。

受好奇心驅使，我忍不住問他何國人也：「Are you Japanese?」

「Yes, Yes, I am Japan.」

婦人從洗手間出來，向他招手，他二話沒說，急速跑回婦人身邊，繼續手牽手，消失在人叢裏。

多年後每想到此事，我都會笑。我笑㗎仔的虛偽。我笑㗎仔色膽包天。AV女優出產自日本國，風行在日本國，不無道理。今天東莞十八式是從東瀛傳入，也是道理。我也想到我的母親。香港淪陷時，她受了日本憲兵一記耳光的恥辱。

性趣味強暴，變態的民族，腦袋必然強暴。

二零一三年九月二十五日

一蓑煙雨任平生

136

賭城奮鬥記之六：座騎

「路長人困蹇驢嘶」八十年代初的新車每部約五千元，我們買的舊車每部約五百元，阿巨買到的舊車是區區五十元。

這阿巨小弟弟，樸實厚道，相貌無特徵，不起眼。但看得出來，朋友們對他有三分敬意。大家都知道，阿巨內心有一股義薄雲天的正氣。還未滿十八歲的他，能把抽筋不能動的棋王一手拖著，刮八級颱風的情況下艱難地游到香港，就是「救人一命，勝造七級浮屠」。

日後阿巨成就輝煌，冥冥之中是報答（「失耕牛，多情村女通風訊。置死地，義氣少年結伴逃。」是阿巨與棋王患難與共的故事，再說。）。

和藹可親的白人夫婦喜歡阿巨，認為他是一位有上進心的年輕人。把一部巨無霸型舊Oldsmobile半賣半送給了阿巨。

老人家在LA工作了一輩子，告老歸田返家鄉，家鄉在亞利桑那州。那裏的房子僅售一萬元，他們賣掉LA房子所得的金錢，在家鄉可以買六七間。

那時候的美國老百姓，對新移民特別友善，尤其對年輕人最有愛心。他們這助人為樂的善心不知什麼時候開始轉變，我說不清楚。大概是在富二代上岸依始，就買寶馬開平治的時候吧，又或者，「東方子弟太多才俊，金榜提名冒犯了太歲」，把好學位都搶走了。

阿巨的Oldsmobile一直開到轉學柏克萊才賣掉，他賣了一百元。

那時候，日本車還未成氣候，美國三大車廠佔領市場。我們擁有三大車廠的巨無霸。

我開一架六六年福特 mustang，如果此車留下到現在，必然是一部價值不菲的 classic 了。

農民開一部Lincoln cougar，他喜歡車頭燈有自動罩，機器一發動，燈罩就會打開，農民感到這自動式車頭燈讓他威風凜凜，沒有講價就買下這五百元的車子。他自信是「執到寶」，結果車罩沒兩天就不動了。

肥仔歐的車最有型，他的座駕是「有尾」雪佛蘭，尾巴雙翼齊飛，雙邊鋒在馬路上奔馳。

學駕駛首先要考取「學車紙」，考卷只用英文。什麼中文，墨西哥，那些亂七八糟語言的考卷，免問。

棋王是天生的考試專才。他義務幫助朋友們代考筆試。阿巨懇求他多走一步，他需要棋王代考路試，因為巨考了兩次路試都肥佬，再頑強也捱不起走路上班，打兩份工了。

　　啊！那是一個多麼 honor system 的年代。申請學車表格不必手指模，不必相片，簽個大名就可以了。

　　年老考牌官對棋王說：「Wow, kiddo, how can you improve so much in two days？amazing!」

　　「You drive stick shift better than automatic, do you?」

　　棋王至今還想起那考牌官的慈祥臉孔。他現在覺得，這老人家是半閉眼，讓年輕人過關，讓年輕人容易一點「搵食」。

　　Timing chain，water pump，starter 等這些今天想也不會想的汽車毛病，常令我們頭痛。慢慢地，我們每人都懂得對住出了問題的汽車指手畫腳，都成了修理汽車專家。

　　暑假結束了，上大學了。

　　大多數坐巴士進城的朋友，離開時開著車回去。他們艱辛一夏天，驕傲地擁有了自己的座駕，口袋裏還緊緊地，平安地多了二十多張一百蚊紙。也有傷神的例子，某朋友開著車來做工，坐著巴士回去，因為他把車子輸掉了。

　　明年吧，明年再見賭城。

二零一三年九月二十八日

賭城奮鬥記之七：今天

德爺在「王宮」花園的葡萄樹旁，看著小家伙追逐貓咪嬉戲。這懶洋洋的夏日黃昏，他囑咐噹寫的〈賭城記〉初稿寄來了。

品嚐朋友送來的西湖龍井，他細心閱讀與自己有關的回憶。

在心領神會微笑的同時，德爺有幾分唏噓。

關慧英年早逝。畢業後返港工作，沒多久就因心臟病走了。慶幸他趕上了中國的改革開放，這「食家」臨走前大快朵頤，享盡珠江三角洲美食。我們十分懷念他。

啊！三十多年彈指過，那家鄉河，變變變！從清澈變污染再變成還可以。滾滾珠江水向南流，流到那白浪滔滔的伶仃洋。「流到香江，去看一看。」嘻！大丈夫，從來不多愁善感，但讓我向那些葬身魚腹的人們哀悼。唉！小丈夫，何物壯志豪情，容許我向那些怒海重生的人們敬禮。

「等閒識得東風面，萬紫千紅總是春。」

前幾天，棋王與農民來探望他。大家想起肥仔歐，那位柏克萊同窗，杳無蹤跡，但願他安好。

棋王改下五子棋，逗小家伙。他剛抱孫。一對優秀的兒子，大的是蘋果公司操作系統工程師，小的服務杜邦公司研究化學。他們不可能「克紹箕裘」，經營幾間酒鋪了。

農民剛退休，老想著與太太遊船河。也算異數，他是我們中唯一能為同一公司服務幾十年，而安全退出的工程師（妙！又是 Berkeley 出來的）。

德爺想到阿巨。阿巨的豪宅離開他家四十五分鐘車程，佔地九十七公頃。他的「王宮」與「巨盧」互相輝映。這位與他在矽谷同一領域奮鬥成功同學，最近少見面。阿巨退休後婦唱夫隨，熱愛粵曲，巡迴世界各地為華人唱戲。

孔太醫還沒有退休。他是管理 LAX 的高級技術員。如果喜歡，政府工作可以做到終老。太醫選擇繼續工作，一定是與身心有關。

德爺也想到了信徒 Isaac。信徒的學術成就最高，他是東部某大學的藥劑學教授。

我們的台灣朋友呢？博士和忽得在哪裏？他們在大學教書？還是各為其主，在為藍營和綠營助選呢？

我估計，博士看破紅塵做了和尚，芒鞋破缽千山行，為打救大陸同胞念經去了。

　　我自己呢？梅蘭菊竹永留情，我要參加多倫多麻雀比賽，捧華仁同學會場。

　　「往日崎嶇還記否」，我們這班人，飲得杯落矣。

二零一三年八月

一蓑煙雨任平生

虎爺

前言

　　移民異國他鄉，際遇各不相同。一路走來，少有一帆風順者，大多數人都捱過艱苦。但是要落到這種田地，而且一捱就二三十年，看不到喜色，是百中無一。

虎爺的遭遇，從雞同鴨講的情緣開始，到今天身陷「囹圄」，墮入網中，令人感慨。

　　每人都有自己對事情的看法。有人批評這文章是種族歧視，又有人覺得，這是在鼓勵分妻，干卿何事！

　　作者認為，這是一個活生生的，「一生兒女債，半世老婆奴」的移民故事，他心有不甘，不吐不快。

　　僅以此一文，為虎爺祝福，也為自己能有今天的生活感到幸運。

多年心願

《如夢令‧憶友人》：

「怒海投奔風驟，半生異域杯酒，朱萸少一人，友朋常思故舊，知否？知否？雖非花人亦瘦。」

　　深秋之夜，在L城的高尚區，四人圍爐話舊。主人「建設王」拿出白切雞，鹹脆花生佐酒。他是專業舊屋翻新的實幹派。其餘三人，一乃「舊時王謝堂前燕」，人稱「詩人」的梁先生。另外一年齡較長者，對哲學大有研究，渾號「思想家」。最後一人，姓波名王，波王，人稱波少。

　　波少六十出頭，神采飛揚。他的料最少，話最多。

　　波少：「虎爺近日怎樣了？有見他嗎？」

　　建設王：「沒有，我已有一年未曾見他了。」

　　夜晚九點半，大家坐下之後，四人都惦記到虎爺，這是他下班的時間，能否參加幾個舊朋友的深夜談呢？建設王拿起電話，懷著七上八下的心情邀請虎

爺，講完一輪之後，答案是可以的，但他沒車，要朋友去接。眾人大喜望外，詩人帶路，波少開車，立刻起程。

虎爺的外賣餐廳離建設王的家不遠，波少沿著二街一直開。那夜晚冰涼如水，月黑風高，烏鴉都回巢了。大國小城鎮的街道夜晚，用機關槍也掃不死人。波少一邊小心地開車，一邊盤算著虎爺條命，為什麼如此坎坷？今晚名醫會診，朋友能否為他指點迷津，對他當頭棒喝，為虎爺力挽狂瀾於既倒。波少的精神為之一振。

同學少年

蕭瑟的秋夜，黃葉飄零。這A鎮邊緣的小商場燈光幽暗，能租出的店舖多已打烊。波少遠遠望見一矮小老頭站在餐館門口，抽著煙，背微駝。波少知道這人是虎爺，是他四五十年的朋友。一瞬間，某種莫明的悲涼湧上心頭。走近，波少看到了一張飽經風霜的臉，虎爺瘦骨嶙峋，目光渙散，深陷的眼睛帶着憂愁，戴着天使隊棒球帽，帽子遮蓋不住滿頭蒼蒼白髮。怎麼了，怎麼一下子就老去了。

「波你好。」虎爺緊緊地握著波少的手，盡在不言中。

在那同學少年，風華正茂的日子，這虎爺，全身散發着音樂藝術細胞，虎爺能唱一曲好歌，能拉一手好琴。在大陸的時候，被選入了廣州市紅領巾合唱團。在香港，他終日與音樂人為伍。香港管弦樂團的首席小提琴手是他的至交，他還差點進入了樂團。波少不懂音律，不敢評論虎爺音樂造詣。但波少懂體育，虎爺打籃球彈跳力強，腳步靈活。他更是體操好手，因為他身材均勻，不高，四肢結實有力，正是體操運動員身段。在小學時候上體育課，同學們排隊翻跟斗，波少敢肯定，虎爺可以凌空翻滾而落地無聲。

波少認識的虎爺，是一個性格外向，活潑開朗的人。他真誠，助人為樂，成熟中有幽默，穩重中有頑皮。虎爺愛吃，愛吃沒甚麼特別，有那一個廣州人不愛吃呢？波少想說的是，虎爺和他們一樣，凡夫俗子一名，波少問自己，怎樣了？虎爺還像當年嗎？他是波少所有同期朋友中最潦倒的，他還能保持自己嗎？很快就會知道，讓在下把故事細細道來。

墨國情緣

這故事要從墨西哥姑娘維珍利亞說起。

天外有天，國外有國。四十年前，當虎爺剛剛踏入這異國他鄉的土地，腳步還沒站穩，就萍水相逢，邂逅了這異國情人，而這異國確不是美國，而是美國旁邊的墨國，異上加異！

名曲有唱：「South of the border, down Mexico way, that is where I fell In love, when stars came out to play.... 」那時候L城的downtown，還沒有被墨國人淪陷，年輕漂亮的墨國姑娘不多。桃花時節，虎爺頭頂的桃花星，星光閃耀，毋須跑到墨西哥，就獲天賜佳人，他們在downtown相遇。維珍利亞姑娘少女情懷，含苞欲放，他年輕力壯，大愛無疆。朋友羨慕虎爺，因為維珍利亞長得豐乳肥臀，兩片薄薄的紅唇溫潤，一對西洋大眼睛像水蜜桃般甜蜜。

波少聽不懂維珍利亞的說話，只是常常聽到她溫柔地喊虎爺：「hu, hu.」有點兒像說捲舌頭的北京話。

波少的記憶模糊，但對虎爺說這話很清楚：「虎，你的英文是有限公司，她比你更差，你倆雞同鴨講，如何溝通？」

虎爺回答：「波，情人要用眼睛溝通，我現在比任何時候都幸福，放工之後坐下，拖鞋就擺在面前，維珍利亞幫我脫鞋襪，穿拖鞋，跟著調水溫洗澡。」

現在想起來，虎爺當時已經被荷爾蒙侵略全身，浪漫的愛情烈火在燃燒。假如有人問虎爺父親貴姓？是姓虎還是叫荷西？他可能不大了了。

他們都是第一代移民，父母多希望，兒女能在他鄉，找到同文同種的伴侶，他們這班人都能做到了。大家也知道，這事情輪到下一代，就很難說了，屬非戰之罪。有道：「兒婚女嫁神庇佑，配錯生番淚兩行。」但這虎爺，第一代已經堅守不住，舉起白旗，和番去了。

共偕連理

他們結婚了。歲月如流四十年，在這四十年，波少和虎爺生活在同一城市，各自奔波，見面次數寥寥可數。幾年前，聽別人講，虎爺的兒子可以飛身扣籃，朋友輩不可想像，大家為他開心。老子能跳，兒子超越老子了。墨國文

化愛多生養，維珍利亞幫虎爺生下的二男一女，不算多。孩子長得像虎爺，人們可以從他們臉型看到虎爺的影子，也是唯一影子。他們墨語流利，中國話一句不通，他們身上流着墨人的血，中國血僅有點滴。

多年前在KMART，波少遇到虎爺一家和他的一大班墨西哥親朋好友，男的頭戴sombrero，腳踏尖嘴皮靴，女的穿著五顏六色，節日打扮。匆忙中他告訴波少，現在要去Danny's午飯。

波少問：「為什麼不去飲茶？」

他回答：「我好久沒飲茶了，他們不喜歡。」

愛自己兒女是人的天性，虎爺喜歡小孩子是出了名的，自己的兒女那就更不用說了。他為兒子買最貴的喬丹籃球鞋，為兒子的汽車安裝四條大車軨。虎爺是十四孝父親，一切都是兒女行先，自己衣衫檻褸就不計較了。波少知道之後，心裏感到微微不妥，墨國先用未來錢，有多少花多少的文化在腐蝕虎爺，遲早出事。

苦幹夫妻

虎爺的外賣餐館起名「筷子」，夫妻倆一腳踢，開雞切肉斬瓜菜，聽電話送外賣，洗盆碗搞衛生，他是大廚兼打雜，虎爺煮的東西，尖嘴中國人不大吃，所以客人是鬼多人少。每星期做六天半，從早到晚，打風下雨未停過，剩下半天在自家花園割草。就這樣，虎爺一做就十七年，還沒有一絲絲停下來的跡象。

有一次，波少路經虎爺的餐館，衝入廚房，找不到人，結果他從爐頭下爬出來，篷頭膩臉，他正在通坑渠。

波少對他說：「為何這樣辛苦？」

「我不是你，沒有生意，自己不做找誰做？」

餐館請不起人，繁忙的時候，孩子也會來幫手，但要出人工，這是大國文化。

壞消息來了。餐館捱不住，交不起租，業主要封鋪。波少做過餐飲生意，深知不容易，精神上的壓力比體力的支出更辛苦。波少從來沒有問他如何度過難關。虎爺是一個驕傲的人，也是一個堅強的人。

隔絕中國

人誰不老，如花美艷的墨國姑娘漸漸喪失往日風姿，變得臃腫肥胖，這樣的墨國中年婦人，在L城的跳蚤市場處處可見。維珍利亞也受生活的折磨，她也為兒女擔憂，不老才怪。

不知道是什麼原因，也不知道從何時開始，維珍利亞逐漸把虎爺隔離於中國人的圈子外，請虎爺入甕，入墨西哥甕。

首先，虎爺慢慢地失去了他的餐飲同行朋友，然後，他的兒時朋友也開始疏遠，大家都不敢和他見面，因為怕看到他老婆的眼色。

虎爺喪失了自己，他生活在另外的世界裏。被維珍利亞網著。有人說，虎爺爺把一張一百元紙幣放在鞋底，怕她看到。

兩年前的一晚上，建設王約好了他下班之後喝咖啡，因為夫婦倆只有一部車，波少到餐館接他。

九點半，虎爺走出來跟波少說：「很對不起，我不知道為什麼老婆是這樣的人，下次吧。」

去年，詩人生日。他一早和虎爺說好，在他的餐館聚會一次，詩人準備斬料，請波少，建設王和思想家三個家庭，帶孩子們一起聯絡感情，慶祝生日。到時叫虎爺煲個湯，做個咕嚕肉，炒個菜，幫襯他，也可讓虎爺和他的孩子們有機會一起參加，可謂用心良苦。生日前兩天，接電話，不成了，老婆不准，計劃告吹。

波少最後一次進入虎爺的餐館，是在最近，波少安排朋友的汽車放在他家裏，虎爺很熱情地幫忙。波少看到了維珍利亞，她見波少如見盜賊，趕緊把銀櫃的現金拿進口袋，返回廚房。波少是不敢再進入虎爺的餐館了。

波少感嘆，此墨婆是使用甚麼法術，把虎爺網住。也許也許，這網中人，能從夢魘中醒來，逃出生天。

名醫會診

一碟白切雞，一盒鹹脆花生，虎爺自酌自飲，吃得津津有味。寒喧過後，波少開門見山，首先發言：「今晚好難得和虎爺坐下來聊天，我們不要浪費時間講飲講食，大家都是幾十年好朋友，有什麼不能說的。虎爺，你有什麼困

一蓑煙雨任平生

難，擺出來，讓朋友幫你出下主意，或分擔一些你的憂愁，吐下苦水，儘管解決不了問題，也許會令你放開下，我們幾個都不是蠢人，一兩條好計可能點條生路你行。」

虎爺用冰冷的眼神看著老友們，眼是紅色的，泛泛淚光，他站起來，手裏拿著酒杯，輕飄瘦削的身體在微微抖動，他出聲了，聲音激動：

「唉！#%@#$xyz，總之一命二運三風水，四積陰德五讀書。路是自己選擇的，偷渡是自己選的，來美國是自己選的，從三藩市跑到L城是自己選的，老婆也是自己選的。我找了個野人，現在是啞子食黃蓮，好痛苦。唉！冇X辦法，還有個女兒要我供，馬死落地行，條命就是這樣。」

虎爺攤開雙手，悲憤陳情，大家都不插嘴，讓他喘了下氣，慢慢地繼續講。

虎爺的兒女都長大了，大兒子廿八歲，小的也廿四歲。他們都在工作，大的做政府工，搬出家住，小的在小學教體育。女兒在UCSF讀藥劑師第三年。

他繼續說：「我的女兒還要我幫忙，她在SF要交租，借錢讀書又借不夠。餐館生意好差，下降30%，以前租金八百，現在千六，我兩公婆賺不到二份人工……」

建設王是最切實際的人，他對虎爺說：「有甚麼可能借不到錢，又不是學唱歌，讀藥劑師專業，要幾多有幾多，一定借到。」他還舉例說明。

詩人沒有講話，他做人穩重，想得一清二楚再發言。他是很了解虎爺的，因為詩人跟他聯絡最多。

思想家出聲，他永遠有入世和出世兩方面。

先講入世：「虎，你已經還了兒女債，美國社會，尤其是經濟拮据的家庭，孩子到了十八九歲就應該讓他們自己幫助自己，中國人不同，但讀完大學也就應該自己照顧自己了，虎，你已經完成做父親的責任，你已經盡了力。」

再講出世，思想家數下數下手指：「廿多年前，我無意中跟你算過命，你條命是七殺入申宮，我一生僅認識二位朋友是這樣的命，都算，算辛苦，所以我後來把紫微斗數扔掉，不再算命，太可怕。」

思想家繼續說不停，某某哲學家講過，人會很自然地尋找自己本身認為最舒服，最安全的環境生活。一切都是命運注定，冥冥之中，走來走去，都會行回原地。思想家言下之意，虎爺跳不出墨甕，也不想跳出墨甕，因為在裏面最舒服安全。這位大悲派，總愛發表人生下來就在苦海裏游泳，游到死了那天為

止的言論。

波少不同意思想家出世之說，波少想到下象棋，「一子錯，滿盤皆落索」。

詩人終於發言了，他說來有條有理，八點意見，聽者折服。

一，同意建設王說法，六十歲到七十歲是最寶貴時光，如果可以，留一些時間給自己。

二，捱下去，對你健康沒有好處，你不是在辦公室，你是在廚房，萬一跌低病倒，你不單幫不了你家人，還會連累他們。

三，從經濟角度來說，把餐館賣掉，你夫妻倆出來幫人打份工，更化算。

四，如思想家講，你還了兒女債，兩個兒子已經自立，屋應該由他們供，一頭家，燈油火蠟，還要地稅保險，好難支撐，你應把屋送給他們，讓他們維持。

五，如果你是痛愛老婆，不說。但你又不是，又說她野人，又啞子食黃蓮，你不解決這問題，好難。帶回廣州，請她入廣州甕，騰籠換鳥，如果不跟去，你自己走人。

六，講到拆數，在美國最怕你有錢。你現在一條身，有四個車轆，最多給她二個。

七，你不是沒有出路，你唯一的親姐姐剛從委內瑞拉打電話給我，她廣州有屋，你可以回去住，你現在有能力給你女兒多少錢一個月？一百，二百？一條數，還有兩年，我擔保，你如果出聲，你姐姐二三萬沒有問題。但長貧難顧，你要斬纜。

八，你有過千元社會保障金，大陸豐儉由人，還有班老友，你為何要弄成這樣子。

詩人說完，大家都不哼聲。

詩人：「前陣子我寫了首詩給你虎爺。」

建設王：「念來聽聽。」

詩云：

情陷難知所以然，

逝水韶華血汗錢。

靈心付託繫兒女，

坐困愁城避忠言。

殘軀苦幹高危路，
善得餘生了孽緣。
家鄉魚米湖光色，
召汝回歸享晚年。

波少暗想，好詩！思想家則不置可否，他少讚人。

波少心裏有點氣憤：「虎爺，你要作反，不能夠被她關在籠子裏。」

「怎樣作反？」虎爺問，他是被關久，人變馴服。

「慢慢來，首先每月放工之後出來同班兄弟飲一次咖啡。」波少不敢要求他出來二次。

他們講了很多各人的近況和活動，例如去年一班朋友到阿拉斯加遊船河，還有大陸香港的見聞，講廣州吃新鮮土鯪魚，聽到虎爺蠢蠢欲動，眉飛色舞，好像解放了。到底不是墨人，他是中國的廣州人。

講不多久，虎爺又平靜下來：「哎，你們不明白我，我要把我的家好好收場，再等二年，女兒畢業了，我才放心。我個死鬼老豆教過我，做男人要有能耐，一命二運三風水，四積陰德五讀書，你們有心，好多謝。」

哈！杜牧詩：「勝敗兵家事不期，包羞忍辱是男兒，江東子弟多才俊，捲土重來未可知。」

他的思想混亂，有點語無倫次，一些東西，還停留在那個非常年代，喜歡用舊時術語說話，什麼又紅又專，兩條腿走路等。

波少對他說：「虎爺，你腦亂。」

「你說得對，我的腦亂了。」

波少和建設王走出門口抽煙，這次輪到波少嘆氣。

他對建設王說：「你有沒有注意，四積陰德五讀書，虎爺把讀書二字說得特別重，好像是遺憾當年沒有好好地再讀書。」

波少想了想再說：「假如虎爺像你，多了些你的衝勁，或像其他人，少了一點責任感，那就好了。」

建設王瞪著大眼睛回答：「很對。」

晚上一點半，散會。波少義氣仔女之情猶然而生：「虎爺，如果你想返去玩下，那張飛機票是我的。」

虎爺再見

再見！詩人開車送虎爺回家。波少和思想家一部車，波少突然之間把自己的層次提高，對思想家說：「虎爺的情操夠高尚。」

思想家不加思索：「對！」

夜更深沉，波少把汽車的收音機關掉，不自覺地哼起一首八十年代的歌，那是香港電視劇《網中人》的主題曲：

回望我一生
歷遍幾番責備和恨怨
無懼世間萬重浪
獨怕今生陷網中。

誰料到今朝
為了知心我自投入網
人在網中獨回望
世間悲歡盡疑惑⋯⋯

太久了，波少忘記了整首歌，他只能重複地唱這幾句。

在那段日子裏，虎爺經常和他們在一起。人過中年，這些歌詞特別有味道。

二零一一年十月

一簑煙雨任平生

春來了

「竹外桃花三兩枝，春江水暖鴨先知」

啊！春來了。在這萬物復甦，綠野仙蹤的季節。陽光軟綿綿的，微風撫摸在行人的臉孔，真舒暢！更吹皺一池春水蕩漾，驚弓之水鳥在池塘貼水飛翔。仔細地觀察吧，在穴洞冬眠的小昆蟲爬出來了，它們也為這大地回暖探出頭來，偷看世界。

春天就是一個少婦，她是出水芙蓉，她是楚腰纖細，她是千嬌百媚。她總是令人陶醉。

號角響起，炊煙裊裊。北美多倫多 Woodbine 村落，九華一位長者春郊試馬。老人家身材魁梧，愛烹飪。昨晚為一屆又一屆，春秋復春秋的學生們精心泡製了一鍋咖喱雞，他想出了新主意，加幾滴越南華僑發明的新潮辣椒醬「事拉差」，咖喱香飄四處，垂涎八方。

這一生從事教育的老人，有教無類，教育出不同基因學生桃李滿天下。一鍋咖喱雞引來百侶同遊：大會計，大司儀，大律師，大西醫，大IT人，大文豪，大學士，大科學家，大生意家，大宗教家，大政治家都在高唱，歌頌春天。

大會計儒者風度，腰掛寶玉，羽扇綸巾，提著半部《論語》，微笑著走來了。他的夫人蕭姐姐與珊妹穿著新款式的衣裳，手拖手嫣然而至。

九紋龍史提芬陸半赤膊九條青龍僅露三，沐浴在春光下，聚神收呐吐氣，地上擺了一本武功秘笈，晨操「詠春尋橋」鍛鍊身體。

書包裏藏有李時珍的《本草綱目》，大西醫剛剛從山中採藥回來，奧巴馬醫保網站令他神經失常了。他改行做了中醫。

雀王笑呵呵的，肩膀背著一枝長長的毛筆，左手拿著一副「台灣牌」，右手舉雀籠。雀籠內裝了一隻新開喉的金絲雀，吱吱喳喳地叫。金絲雀會講人話：「發新年財埋便，開枱囉，開枱囉。」

柏年君精神抖擻。他剛下機，王者歸來自澳門。柏年為教育事業代課於「澳門中學」教econ101後再到「金沙賭場」玩德州撲克，小勝。

皮雅士西裝筆挺，褲袋有一個小白球和一本score card，以柴代棍，隨時準備 tee-off。塵噹是他的caddie，噹破壞了樹林，上山斬了幾條柴讓同學揮桿。此乃網球串人沙塵噹「揸條柴都照贏你」經典語錄出處。皮雅士手提ipad卡拉ok

伴奏，邊走邊唱，哀歌新唱變賀歲曲：《英文帝女花》。

輕舟順流而下。撐艇者是龍舟兄，徵婚免矣賽龍繼續。他的二撇雞配光頭越留越有型，今年春天過後，就會更似四條眉毛的陸小鳳了。

搜仙兄風塵撲撲，他剛剛從城市森林獵狐歸來參加盛會。他肚子餓了，狼吞虎嚥吃三碗咖哩雞飯。獵衣有味度：「咖喱」味，「仙」味，「腥」味，三味架夾雜。任君選擇。

大司儀沒有興趣獵狐。大約在冬季的時候，他榮登香江「獵頭人」協會主席。將要領導成千上萬獵戶，搜捕天下英才，貢獻社會。

最後，大學士拿起配有「長短火」鏡頭的Lica相機，召喚同學們拍一張集體照片送給老人家，希望他把相片登上網站。大學士將會精選一張參加「沙龍」攝影賽。在花團錦簇中，眾人笑得像花兒般燦爛。

多倫多的早春二月，還是雪花紛飛。老人已經許久沒有晨運了，今早頂著寒風春郊試馬，不自覺地想到自己和自己的學生：人生在世，選擇了做教育這行，最快樂的是訓練出「靚馬」。看到悠悠歲月中在身邊走出來的學生們各顯風騷，他心中有春天的溫暖。

春節將至，梅花盛開。老人家愛詩詞，一首毛澤東的「詠梅」湧上心頭：

風雨送春歸，飛雪迎春到。已是懸崖百丈冰，猶有花枝俏。
俏也不爭春，只把春來報。待到山花爛漫時，她在叢中笑。

是的，待到山花爛漫時，他在叢中笑。

二零一五年二月十二日

一蓑煙雨任平生

151

古琴飯局

前言

開始時是舊同學，新朋友。轉眼幾年，變成了熟朋友，有些還成了好朋友。究其原因，實乃拜社交媒體所至。Whatsapp 有照片，有聲音，有視頻。還可以天涯海角亂吹一通：勁歌金曲；時事評論；職業生涯；旅行出差；家庭孩子......應有盡有。到 最後，同學間互相調侃，哈哈大笑起花名：狀元，一公，大學士，鐵路家，雀王，神醫......我被群內的真博士冠以「塵扑士」之名，我欣然接受。當不了博士，當「扑士」也好，念高一個音而已。

人們說「患難見真情」，我們這代人沒有走過日本，也無經歷內戰，何來「患難」？那就無友情了嗎？當然不是。且看「古琴飯局」。

飯局

二零一七年九月三日，星期天，葉博士設宴灣仔「古琴」潮州酒家，龍爺開車過海，接兩父子赴宴。

甫一坐落，便要起身。因為葉博士數錯人頭，侍者要更換大圓桌面。

熟朋友都來了，偕妻攜女出席。更喜見大病初癒的史提芬陸也來了。

紅酒助興乃是不在話下。天南地北，龍門列陣開懷講！

首先捧小兒出場，站起來向世伯介紹自己。甚麼歐洲遊蕩，什麼加納農村聽雞啼，現在去中國學話，然後明年一月工作。

雀王幾年前曾為小兒起名字，「疊女」。今晚他更上一層樓。

「此子可代表九華七一屆，報當年開派對，DGS 女生不睬華仁仔之仇。派 Adam 仔出去掃盡 DGS 女！」

講一下為何我要選「亂講廿四」，「怪胎」做總統。我說，美國有大半華人都選了他，我無啥特別，你問他們啦。同學總結，他是 opportunist，機會主義者。

關心澳門的颱風災難。大家都看到了那「刀仔鋸大樹」救災視頻。令人哭笑不得。

一蓑煙雨任平生

問坐在身旁的梁儒家，他識睇相，看氣色的功夫了得。

「特首個樣生得好蠢。要換個人做。」

「對的。」

IT 何經理有美陪伴N次了。Kiri 斯文淡定，與經理匹配無雙。博士問何時給她「名份」。大家都希望有情人終成眷屬。我則更望他早日實踐我的「圓圈論」，遲了，則要雙圈合璧立刻渡晚年。

旅行家何沛樹坐高鐵，遊遍中國名山大川。近期更去了西藏。放眼世界，聽說他要去南極探險。老實說，西藏與新疆我是不會去的，一怕缺氧，二怕恐怖。

港大理工科教授李榮健，敬業樂業在港大教書幾十年，到而今一星期只教兩堂課。他是我們七一屆同學會的義務會計，為我們活動款項和捐贈資金計算。此君愛微笑，說話時笑，沉默時也笑。想來，給學生 A 時笑，給 F 時一樣笑。

我們談到了養生保健。有人提到，這年紀最怕「生蛇」，痛不欲生，好難好。葉博士說，他生過，差點兒破相。那麼「生蛇」英文如何講法呢？博士想了一陣子：「shingles」。

窗外大雨滂沱，古琴餐廳內大圓桌聊得興致濃濃。龍爺幾次起身要下樓為咪錶加錢。後來不去了，說香港警察晚上落雨不抄牌。

我們也談到不在場的同學。溫哥華劉狀元，熱心同學會事務，他將負責組織2019年坐火車遊班芙。五年太久，來一個迷你重聚是大家的主意。

劉狀元生性純良，練就了一棵愛地球，愛人民的慈悲心。

群內吹水，有人說：「My weakest point is cannot resist temptation.」

劉狀元說：「魔鬼對我不感興趣。」

此人教不壞，難得。

說到火車，我們還聊到另外一位同學。姓白，花名天佑，白天佑，Wilson。此君在美國的鐵路公司工作幾十年，越做越勇，從工程師做到 sales 經理，推動公司的大輪轉動。他見證了中國這十來年高鐵的發展，分析獨到中肯。還出差世界各地，從非洲到亞洲，從南美到歐洲，各地的風土人情全在腦海裏。對於美國redneck之了解，尤其深入。讓我有了知心人，有「嗱，不是剩係我說的」之感。

白天佑幽默風趣，寫英文之快，令人招架不住。他喜歡用 haha 做 full stop.

近日，天佑兄發來照片。他代表公司單筆與俄國鬼簽生意合同。他提醒我們，不要看他，要看站在後面的俄國金髮嬌娃云云，haha。

兒時，家對面有位老牙醫，午飯必飲五加皮二杯，飯後吟《前出師表》，搖頭晃腦，悲從中來。吟誦完畢，常常來一句：「大丈夫不可一日無權無勇，小丈夫不可一日無銀紙。」

多年以後，我覺得此話甚有哲理，這中國 words of wisdom 實在應該告訴兒子。

請教鑫公即時翻譯，他是七一屆英文精英。

鑫公厲害，不假思索：

An honourable man should not go without power and valour any day.
An ordinary man could not go without money even for a day.

全枱鼓掌，給鑫公十個讚。

兒子問：「什麼是潮州菜？」

我告訴兒子，廣東有好多菜，潮州菜，順德菜，客家菜……啊，還有麥當勞，肯塔基。這次你都有機會吃到。

先嘗嘗這「古琴潮州酒家」的潮州菜。

糯米百寶炸子雞

潮州蠔仔煎蛋

潮州水瓜烙

滷水鵝肉併盤

普寧炸豆腐

鹹菜胡椒豬肚湯

灌漿蘿百酥

四合一甜品：反沙芋件、黃金炸油粿、琥珀合桃等

二零一七年九月十七日於廣州。

一蓑煙雨任平生

154

僑仔

董橋談回憶：「人不要亂採記憶的果實，怕的是弄傷滿樹繁花。有些記憶刻得像石碑，一生都在；有些記憶縹緲得像煙水，似有似無；另一些記憶卻全憑主觀意願裝點，近乎杜撰，弄得真實死得冤枉，想像活得自在，而真正讓生命豐美的，往往竟是遺忘了的前塵影事。那是潛藏在心田深處的老根，忘了澆水也不會乾枯。

摘錄《董橋七十》

少年友人「僑仔」，與我分開五十年，今天在故鄉廣州重見面。他在我腦海中的記憶是「潛藏在心田深處的老根，忘了澆水也不會乾枯。」

「僑仔」非華僑。當年我和他在東山打露天羽毛球，僑仔腳步靈活，反應快，彈跳力強，且有印尼華僑般的姿勢和技術，故大家稱他「僑仔」。

今天的僑仔是香港人，也是成功的生意人。二兒一女事業有成，一家五口其樂融融。

事業的成就讓他有機會發揮與生俱來的天賦。他是一個畫家，是一個藝術家。在建國六十年週年全國美術展中，他入選一張《綠肥水瘦》的環保畫；一九七九香港現代藝術雙年展，創作一幅《紫荊花》入圍；他的一幅水彩畫入選美國水彩畫協會年度最佳作品之一；他的一幅《知青的回憶》被美國華人高價收購；他在省港兩地開私人畫展；從二零零七年開始至二零一零年間，他已經出了《心靈的刻錄》、《再現陽光》兩本畫集，第三本畫準備在2016年問世。

僑仔是老師了。

此君文武雙全，曾經當過廣州羽毛球協會副會長。現在還堅持每星期打三次羽毛球，當了業餘教練，教退休人士打球。

與僑仔摸杯底回憶前塵往事，他的話就像長江滔滔水，說不盡的酸甜苦辣。

作家董橋寫記憶，「有些記憶刻得像石碑，一生都在」，我腦海中浮現的他，有點兒像董橋的描述。

「噹，你記得我們在華僑新村的『華僑小學』打室內羽毛球嗎？」

我當然記得，還把那些正式「僑仔」打敗呢。

「嗱，你記得怎樣幫羽毛球插毛嗎？」

我忘了。

「就是把打到沒有毛的羽毛球重新修理，把羽毛重插。」

「嗱，你記得抽捲煙嗎？」

我那時候未曾抽煙。但知道有「蟲」，拾煙頭捲煙這回事。

「就是把抽完煙頭的煙絲利用。」

「我同虎爺老友，他母親被鬥，他沒有地方住，睡我家。二人誰有錢就誰買煙，回家扔進掛在牆角的籃子裏，沒了又買。」

「嗱，你知道什麼叫『pan 琴』嗎？」

「就是與虎爺一起去東山，虎爺與東山仔『鬥』拉小提琴，我與人『pan 波』。」

「哈哈哈，@h$@x..」

「我落鄉去鶴山，廣東最窮的農村。」

命運到如今，兩個患難兄弟，一偷渡成功天涯作客琴音已杳，另一個逃跑不成，成了富貴港人做了畫家。

在香港半工半讀，僑仔完成香港理工學院（即今理工大學）的「室內設計」專科。從畫電影宣傳畫，到做裝修工程，趁著大陸改革開放的大環境，遠跑到東北承接大型裝修工程，騰出時間做一下羽毛球用品的買賣，最後，在老家廣州開了一間最大的齋菜館。一路走來，幾度艱辛幾度開心。回首過去，眉宇之間表現了藝術家的驕傲。

藝術家疏狂放任，反潮流行駛。這樣的人我一生只見過兩個，第一個廣州音專高材生，古箏高手阿關。阿關後來當了「麗的電視」音樂總監。可惜愛賭博毀了前程。

僑仔是第二個這樣的人，但他精明幹練，奮發向上。

我參觀了僑仔的畫室。室內除音響設備外全是他的作品，畫架子重重疊疊。我猶如走進了一個藝術殿堂，室內迴響著貝多芬的音樂，伴隨我欣賞他的畫作。我的心靈霎時間高尚了。

他每年寫畫約四百張，不畫人物，愛畫山川湖泊，小路欄柵，特愛畫薑花。

他把三張薑水彩作品並排陳列，向我「解畫」。

「嗱，第一張花兒怒放，有陽光朝氣，代表我下鄉時的心情。拿著紅寶書

一蓑煙雨任平生

充滿希望。」

「第二張見烏雲浮現，花已經不復過往風采，是氣餒時候。」

「第三張烏雲壓頂，花兒凋謝，去農村尋希望破滅，就快死了。」

他贈送我兩畫作，並且按照我的意思簽名留念。

僑仔說：「二零一六年出畫冊，你幫我寫幾個字在前面，南海塵噹打頭陣。」

我說：「奇怪你講，不在故鄉作畫，沒有靈感。在香港，在美國，在加拿大，英國都不行。」

這話引起僑仔大發議論，我全記錄下來了。

「故鄉是靈感的土壤，藝術家的心緊貼著土壤，創意方如泉湧不斷。」

「藝術的創作離不開民族性及故鄉情。」

「一個畫家，不斷有新的感覺，不斷產生新的作品，說明這個畫家的才情未衰。如果一個畫家天天都在重複自己，說明這個畫家的藝術生命已到盡頭。繪畫如是，其它藝術亦然。」

「畫雖可賣錢，但對於我確不是最好的欣慰。創作時的情趣，快感，怡情以及得到知音的賞識，才是我作畫的最大的喜悅。」

二零一五年七月廿九日於廣州。

一蓑煙雨任平生

第三章
吾土吾民

中國行二零一三

少小離鄉老大回。

每次返穗都有些新鮮感。這次決心把所見所聞所想記錄。也許是愛看千奇百怪事，眼睛所見的，心中所想記錄的，多為人們的怪行徑。回美後重讀記錄，我赫然發現，自己寫下了一連串瑣碎事，文章的題目可以稱之為〈內地同胞系列〉。

無意得罪我的同胞兄弟姐妹。你可以說這些是嶺南鄉土文化，也可以說這是十年浩劫留下來的悲哀。我只知道，如果不是四十多年前幸運逃出，我也是內地同胞。

花城雜錄

（一）

深圳灣入香港境排長龍。一婦人手拿最新款式iPad mini 玩「殭屍食腦汁」game，婦人是玩game高手，食指快速按屏幕。Game玩完後，婦人有禮貌地問我：「先生，可否幫我填寫入境表格，我不會填。」

（二）

廣州龍津東路新開酒樓「點都德」下午三點仍然爆滿，顧客如雲。我與友人等位，錄得對話如下：

一枴杖老叟火氣盛，大喝前檯小姐：「有冇茶飲？貴唔貴？」

小姐禮貌性回答：「阿伯，要等位。」

老叟大怒：「要等？你估我係乞兒咩？佢唔X知。我去問部長！」

（三）

與朋友搭的士。到步落車。朋友把喝空的礦泉水瓶留後座。「喂！咁都得？」友人不好意思。

（四）

在番禺祈福新村坐巴士往地鐵站。問一等候巴士的朋友：「點解地鐵唔經祈福，咁多人住？係唔係老闆孤寒，派唔夠錢？」

朋友破口大罵：「%$#!@ 地方政府。他們專門把地鐵修到冇人到的地方，這樣地價才會升。」

（五）

與一對母女搭枱，在祈福的「東北餃子館」吃碟頭飯。母親大罵小女兒，小女兒嚎哭，驚心動魄：「番茄煮蛋你都唔食！你要食乜？越嚟越嘴尖。乜都冇你得食。你去食屎啦！」

食客少理會。大家好像聽不見。

（六）

老實人民。巴士爆滿。前車門不能刷「羊城卡」上車。司機開中間門讓乘客上車。乘客上車之後。自覺地把「羊城卡」分經幾個人的手接力傳上司機位「刷卡」，再而把卡傳回卡主。

（七）

國泰航機安全降落LAX，飛機在跑道上緩慢地taxing，一身穿黃色鱷魚仔衫，腕戴閃爍「金勞」壯漢，已經急不及待拿起LV行李包。

壯漢喝仔：「兒子，走！」他倆衝出機倉走道。

空姐立刻把她的安全帶解下，站起身制止。壯漢與兒子乖乖地坐下來。

喵評：要闖「關東」嗎？

（八）

廣州沙面結交狐朋波友。他們多退休老廣州。球打得很不錯。打完波夾錢

食飯，講笑，談話內容與香港及美國球友差不多。但有一樣不同，此班波友的粗口完全走在時代的最前端。嘗返回兒時玩泥沙地學話去。

二零一三年五月

舊鄉新情

　　廣東南海西樵大仙崗與我有不解的情結。我每次回廣州都去看看我的祖屋，緬懷爺爺和父親。他們曾經在這地方生活成長。這清朝同治三年建立的青磚大宅，現已老舊得天殘地缺。聽說，這鄉村成為了政府一級文化保護村。兒時我每年返鄉，舟車勞頓大半天才到，現在從廣州返鄉僅需四十分鐘車程吧。

Following is what I recorded this time:

　　與堂細佬返大仙崗陳氏宗祠拜祖先。順道感謝祖先讓小兒Adam仔考選擇題瞎猜中的，適逢「太公分豬肉」，陳氏媳婦十幾人在祠堂內洗菜煮飯準備晚間廿幾席飯菜。陳氏兄弟一眾男丁則在祠堂大門旁賭博，圍觀人指手畫腳，人民幣滿地，他們在玩「鋤大弟」。在我的鄉下，家中事情都是女人份內事，男人少有幫忙。有幫忙者，是堂兄弟農民頭阿寶，他以利刀一張，在魚塘邊劏雞，利刀往咽喉割，拖刀，單手拿着雞翅膀，滴雞血於魚塘，跟住順手一揮，把死雞扔到另外的大竹籠內。有兩隻投籃擦邊不中半生不活的雞在地上翻騰叫救命。冇事！鄉下婆立刻拿進祠堂滾水拔毛。廿幾隻雞項，被寶弟弟三兩下手勢搞掂。他還邊殺雞邊用西樵話大談「H9N7」，像個流感專家。

　　鄉下婆們燒四籮元寶拜祭祖先，祠堂內火光紅紅。他們愛戴祖先，永遠不

一蓑煙雨任平生

破除迷信。文革進行得如火如荼時，香燭絕市。清明時節，鄉人偷偷地上山，燒羊城晚報拜山祭祖。破四舊？見鬼去吧！

我們沒有留下來吃晚飯。添了五百元香油錢，分了太公的燒豬肉，先行離鄉。

二零一三年五月

一蓑煙雨任平生

同胞共食

五月十二日晚。佛山鹽步平地水產市場。

山海城海鮮酒樓。人頭湧動。沒光顧請勿把車停在車場。車有被畫花的危險。

與堂兄弟柏華，柏昌一行七人坐落。有略帶鄉下味的女部長過來招呼。生意好，她對客人精神不集中，有點兒愛理不理。這種女人don最愛。因為最有家鄉味。比在東部Dartmouth Ivy League名校看到的waitress鬼婆來得更親切。

閒話少講，先去街市買海鮮。嘩！好不熱鬧。

這是資本主義自由競爭的市場。買東西的一不小心，立刻受騙。象拔蚌會灌水。

好啊！那有自由市場不騙人的。我要這樣的自由市場。不要人人一樣叻，也一樣傻的市場，世界那有坦蕩蕩的地方會進步？朋友，請勿過橋抽板，撫心口自問銀子是怎樣賺來的。

Unit measure 市斤。

北極貝刺身。一斤。八十元。十八元加工。

油泡筍殼魚。一斤七。一百元。

原隻奄仔膏蟹。二斤七，九隻。一百三十五元。

白灼花螺。一百元。二斤。

椒鹽賴尿蝦。一百元一斤半。

象拔蚌刺身。四斤四。四百三十元。

象拔蚌絲瓜滾湯。

白灼蜆蚶。十元一斤。二斤。

鹽水菜心。

例牌燒鵝。

端來三支啤酒共醉今朝。陳柏昌是大陸咕喱頭，他由改革開放時喜歡飲雙蒸，到今日改飲A貨白蘭地。是時代的進步。

埋單連加工費一千五百蚊人民幣。

食得真開心。菜心嫩是水土原因，這菜心在美國種不出。蒸嘢多。不害怕地溝油。燒鵝好嘢！甚麼是「H9N7」？這樣子燒法就算「H10N8」都會燒死。

二零一三年五月

一蓑煙雨任平生

又見樟木頭

奇城！樟木頭的downtown我來過N次，每次都有一些新觀察，新感想。這次看得特別清楚，忍不住落筆描述，加入在這〈內地同胞系列〉，讓朋友也能親臨其中。

樟木頭的中心地段沒有什麼家具城，電器一條街，也沒有什麼海產市場，食街，金融街。四綫城市沒這事兒。這地方沙塵滾滾，什麼生意都有；地產經紀，茶餐廳，酒樓，服裝店，字畫古董，涼茶鋪，銀行，擺地攤賣玩具，東北餃子館，回民飯店，新疆燒餅，McDonald，生果店⋯⋯不能細列。

當然還有夜總會卡拉OK，骨場，洗腳店。還有路邊乞食人。真手快！兩年前才子帶我閱兵的胭脂街已經搬走，變成商場了。想閱兵，走遠點吧！她們等候首長說：「女同志們辛苦了！」

「生意興隆通四海，財源茂盛達三江。」

這地方看似雜亂無章，其實井然有序。人們各有生計。為活得好一點各出奇謀，辛勤工作。

永遠有民工在掃地清潔，他們的掃把總能剛剛好趕得上收拾行人亂扔的垃圾。

這裏不是三岔口，也不是十字街頭。這裏是五條馬路交接的地方。公交車，摩托車，私家車，的士，白牌，單車與在馬路橫行的人民匯合。「和諧」火車就在街角不遠的鐵軌上呼嘯而過。爺爺拖着孫子過馬路，花街神女更如過江之鯽，三三倆倆拖手仔撲面游來。

奇怪！這地方沒有交通燈，沒有交通警。路旁有一公安哨亭，但我從來沒有見過站崗人。在那裏可會找到公安？我真不知道，更不用說那些車頂會著火的警車了。這裏人車互相「禮讓」，我來此地N次。沒看到過交通意外，也沒有見到大塞車。

問才子：「老實告訴我。這裏發生過大意外未？」

才子說：「未見過。」

Don讀過芝加哥大學trickle down 經濟大師 Milton Friedman 的「Free to choose」兩次。他是自由市場學派鼻祖，主張政府越少干預市場越好。極端的例子是：開摩托車不必規定戴頭盔。死得人多人們自會戴！

樟木頭這五條馬路交叉口是一個好例子。唔死人。沒必要設立交通燈，拖慢traffic。

有朋友每逢看到我寫大陸的人和事，不管是好是壞。必加單單打打評論。不必了。我幫你說：「這是腐敗政府與黑社會勾結的三不管地帶。」

　　朋友。未曾見過撈偏門的地方不要打通脈絡的。是否要幫你問一下，此地做夜總會生意的老闆娘們。

　　我看到的是：這五叉路口是樟木頭物阜民康的面貌，正催趕我享受這太平盛世的市集繁華與略帶妖氣的溫柔。

　　你看到的是：污穢得不堪入目胭脂地，箇中腐敗，激起你胸中千般憤恨。

　　我完全全沒有你這感覺，Sorry！

　　送大家一首柳永的詞。他寫當年宋朝的杭州。借古用今，柳永好像在寫樟木頭這沒有交通燈的交通要塞：

　　東南形勝。三吳都會，錢塘自古繁華。煙柳畫橋，風簾翠幕，參差十萬人家。雲樹繞堤沙。怒濤捲霜雪。天塹無涯。市列珠璣。盈羅綺競豪奢。

　　可惜的是。樟木頭沒有自古繁華。曾幾何時這裏是下鄉務農知青的悲傷地。今天在嚙筆下成為奇城。參差十萬人家！養活很多人啊朋友。請勿口輕輕。你來管下！

　　再見樟木頭！

二零一三年五月

　　編按：柳永這首《望海潮》的下半片為：

　　重湖疊巘清嘉。有三秋桂子，十里荷花。羌管弄晴，菱歌泛夜，嬉嬉釣叟蓮娃。千騎擁高牙。乘醉聽簫鼓，吟賞煙霞。異日圖將好景，歸去鳳池誇。

通貨膨脹

　　家鄉物價大漲。樟木頭的「洗，剪，吹」理髮服務價錢竟敢由十五元升到廿元！

　　才子有的是時間，眾裏尋芳。找到了一間還未改價目表的「理髮店」。十五元「洗，剪，吹」。

　　女髮型師穿藍色短旗袍，戴眼鏡。有點像托兒所老師。她玉手纖纖，儀態含蓄。花露水香氣四溢。她幫才子按摩額頭，有意無意間，酥胸貼背。

　　才子問：「你幫客人理幾耐髮？」

　　她不甚好意思的回答：「兩個星期。理得不大好。你滿意嗎？」

　　「滿意滿意。十分滿意。我成個個精神晒。可去飲矣。」

　　「你剪的怎樣都好，這裏僅有一人會剪髮。不作第二人想。」才子超級普通話讚美。

　　Don 立刻想到兒時看粵劇名角文覺非的《拉郎配》。文覺非臨急抱佛腳，做「D打佬」拉郎。

　　大老倌唱：「學過兩個月，識得八個音吖吖。」

　　女髮型師也想「拉郎」。

　　才子打賞五元小費精神煥發出場。共用了廿元，beat inflation。

P.S.　　市場調查。祈福新村「洗，剪，吹」四十五元。西方款式，酥胸貼背免問。

二零一三年五月

叔姪情深

我的三叔包生仔，他有四個兒子：柏華，柏昌，柏英，柏東。因為人口政策，四兒子不能繼續乃父雄風，他們每人僅能生養一個孩子，所以我有四個姪子，三男一女。

很不幸，在三年時間內，我的堂弟弟走了兩個，而且是最年輕的兩個。剛五十出頭的他們，都因為癌症去世了。

咕喱頭陳柏昌兩杯雙蒸暖肚，戙高單腳，無限感慨地說：「都係多年來在外捱世界，食得地溝油多的原故。」

阿昌一棚煙屎門牙僅剩三顆，他是一位不愛站，不愛坐，而愛蹲在路邊抽煙的老煙槍。回憶頑童年代，這小弟弟曾經與我一起跳落珠江游泳。因為工作關係，長年飽受風吹雨打，僅六十歲人，已經有佝僂龍鍾之態。燒酒一入愁腸，阿昌又可以變得容光煥發，開心事滔滔不絕。多年來，我和四個兄弟在廣州的大排檔飲過無數雙蒸，如果講食地溝油，應該他最多，為何他可以神彩飛揚呢？

四姪子有三人是大學生，都在工作。其中一人服務美國公司，他最舒服，每星期工作五天。其餘的連進修時間在內，每星期僅休息半天。

阿昌的兒子洪仔沒上大學，但他是最成功的。洪仔一表人材，是絕對美男。

我笑昌弟：「你咁嘅貓樣，點解會生個靚仔？」

洪仔應驗了我朋友的讀書無用論說。他廿歲時讀書不成。開始做玉石sales，足跡遍及大江南北，長城內外。十年之後，洪仔在廣州華林寺旁邊的華林玉器城有了自己的鋪面。

有一天。我沿著康王路往沙面網球場方向走。天空突然下起大雨，停下來抬頭看，我發現自己站在華林玉器城週邊。

「大伯爺，你企定，我來接你。」洪仔在電話裏說。

三分鐘之後，他打着雨傘，幫忙拿着我的網球袋，帶領我參觀他的珠寶店。

邊走邊談，他為我介紹這玉器城和這門生意。

「這邊是福州幫的店舖，那裏是新進湖南幫的，本地人和香港人的店舖最靠近華林寺。」

華林寺是菩提達摩到中國傳教的「西來初地」，香火鼎盛，知客滿堂。寺門有一對聯：

華嚴世界觀十萬諸佛

林籠鷲山隱五百應真

可能是未入佛門。我想像到的是「十萬通靈寶玉，五百個體戶生意興隆。」

我說：「養活好多人啊！」

洪仔改正：「養活好多家人。」

他說得對，每個店舖都是家庭生意。全是個體戶。這裏沒有國企玉器商店。

我問：「你要交買路錢嗎？」

「什麼？我去緬甸和雲南標石，千里之外運回來開石加工，全是膽搏膽。走了眼或運滯時，血本無歸，還交什麼買路錢？」

洪仔說行家話教伯爺：「不是你懂看石頭，而是石頭看中你。」

我心想。此姪子成功的原因，努力精明固然，但多年來「石頭看中他」功不可沒。

雨停了。他開一部「激死外母型」新款藍色開蓬寶馬送伯爺往沙面。廣州老城區車多路窄，開蓬跑車在大街上緩緩行駛。

我笑問：「你在這地方開這種車，是否太過張揚？」

洪仔答：「怎會呢。班揭陽仔有兩輛林寶堅尼在停車場。一些大老細還有勞斯萊斯呢。」

洪仔喜歡跟我講英文，而且發音很標準。這八十後的年輕人，上進心強。他告訴我，這裏做玉器生意的商人，十之八九，最多初中畢業。這孩子斯文有

禮貌，不講一句粗話。而且對人生有自己的看法， 思想有些哲理，他跟我說"賺錢多也不能保證快樂"這些伯爺也不會理解的話。

晚上，我發短訊給洪仔，感謝他汽車接送，祝福他事業更上一層樓。

洪仔回我：「伯爺，這是姪兒應做的本份，多年來為生活到處走，你每次回來都沒有好好地接待你。今後一定改進。」

在洪仔身上，我看不到一點兒不良行徑。

二零一三年五月

春城美食

　　與L君約會在廣州「天河書城」。書城旁邊的星巴克咖啡香飄處處，把城內的書香味完全掩蓋。

　　嚐自小不愛讀書愛打球，老來有變化，變成不愛讀書愛吹水。在香濃咖啡引誘下，當然不可能踏入書城半步，謝謝L君賜latte一杯，兄弟二人便在星巴克門口「龍門列陣開懷講」了。

　　本期所講：從行者無疆切入地方文化風情。主講者：L君。

　　因為工作上的需要，L君這十年八年跑過許多地方。他不只跑遍全中國，他跑遍全世界。

　　L君教我，世界上有一個地方不能去，此地方以強姦著名。讀者朋友，哪是什麼地方？你們自己去想吧！

　　Don：「我們這班人，我看你是走得最多地方的了。」

　　L君謙虛：「可能是，我運氣好.」

　　再下來L君講述各地風土人情。談到飲食文化，他有一遭遇堪稱吹水最佳故事，令Don拍案驚奇，決定揮筆成文，取題「春城美食」。

美食

　　話說當年L君在廣州做大總管，他不可能僅用電話和電腦遙控天下。做人也是辛苦，一年十次八次，總得扮演欽差，巡視世界各分部。

　　某年冬天，地點是中國吉林長春市，L君攜來三兩查數佬兼女秘書，到長春分部查數。

　　那夜晚天寒地凍，白雪皚皚。Don懶得用腦。

　　照錄友人，詩句云：

　　瞧，那潔白無瑕，千姿百態的雪花，猶如頑皮的小精靈到處亂竄……

　　瞧，一座座大大小小的房屋，像被施了魔法似的，屋頂變成了白皚皚的一片……

　　Let us come back to reality，嚐never「瞧」過魔法似的雪花？……

一蓑煙雨任平生

172

長春芝麻官賜宴 L 君，希望雞髀打人牙較軟，查數半閉眼。

列位看官，吉林鄰近朝鮮，大韓民族愛食狗肉，舉世皆知。當年有愛護動物小貓小狗西人，舉旗反對。偉大的韓國人民採取睬你都傻政策，關起家門養 St. Bernard 食。好樣的！韓國人不是奴才。

他們一行人車隊到達食狗勝地，此乃長春最豪地段之高級韓國餐廳，以賣狗肉出名。

大冷天，是「狗肉滾三滾，神仙企唔穩」的食狗好時節。

「朱門『狗』肉臭，路有凍死骨」，杜詩人總喜歡無病呻吟，倒人胃口。

「狗肉穿腸過，佛祖心中留。」才是詩句。

白居易問劉十九：「綠蟻新醅酒，紅泥小火爐。晚來天欲雪，能飲一杯無？」快快快！兩杯威水落肚，快拿狗肉上桌！

「來……了……」侍應應聲回答，他把東北話拉長喊出，特有地方風情。

第一道菜：清湯狗腩。

第二道菜：kimchi 狗腸。

第三道菜，L 君看得不大清楚，只見有一打如海參模樣的東西，用青綠芥蘭花墊底，賣相甚佳。L 君一生品嘗美食不少，食海參多過才子食香蕉，但他可從來未見過如此勁抽的海參！

再仔細看，此十二根傢伙有如黑蔗。L 君兒時咬蔗，曾經咬崩過牙，但此時擺在面前的黑蔗模樣物，又有軟綿綿被老火炆到「淋」的形狀，不會咬崩牙。

L 君問：「請問這是什麼東西呢？」

芝麻官答：「回大人，這是韓國菜之中的極品。這東西是狗那話兒，此店用上等貨源，他們選用十二隻壯年 St. Barnard 的話兒，用李錦記鮮味蠔油泡製而成，我們請大人吃飯，不論價錢。」

L 君心中震撼，好傢伙！原來是十二條「狗鞭」。

同行女秘書立刻雙手掩面，花容失色，嬌嗔驚叫：「好肉酸啊！咁粗咁黑的傢伙，點吞得落喉嚨？」

L 君從來識做人。今晚夜「紅酥手，黃滕酒，滿城春色官牆柳。」芝麻官盛意拳拳，出來行走江湖豈能掉人美意，更何況以形補形，此食物不得錯過。

「好啊！Let me try，家鄉廣州人說：「老狗嫩貓兒，食死冇人知。」人們只會食話兒初長成的黃狗仔，我未曾食過大隻狗，何況是大狗鞭。

L君小心咀嚼，發現此物好味道，有口感，軟骨也能落肚。他喜出望外，連續吃了三條狗鞭，方始罷休。

　　從此以後L君滿面紅光，把青春留住。今天他年過六十，還不知道偉哥是什麼顏色。

　　才子感嘆：「L君人靚仔，生得後生，我用盡花款都拍馬難追，與他同行交女友，是執輸行頭，慘過敗家矣。」

　　Don 將L君保青春秘密公諸天下。某年某月某日的白雪紛飛夜，L君風雲際遇芝麻狗官於東三省之吉林長春韓國餐館，他能夠有今天的好日子，是吃了三條巨型狗鞭的原故。

後記

　　L君知道我會把故事描形繪影。道別之後text我，「吉林的『長春』」，他在補充資料。我深深知道，朋友是鼓勵我把事情寫下，現文章完成，希望L君喜歡。

二零一三年七月一日

一蓑煙雨任平生

174

葡京教仔

詩云：

偕妻攜兒逛葡京，
養魚塘水莫太清。
兒承父教能隨俗，
博彩怡情似用兵。
強國人民狂潮湧，
萬貫纏腰在今朝。
千秋功過人修路，
百業興衰鬼印銀。

一家四口進葡京，我們從舊葡京入，繞道沙圈。

老婆驚呼：「真想不到老公寫的東西如此逼真，做夢也想不到世界有如此地方。」

小兒看到女孩子們與他年齡相若，問父親：「Are they on summer break?」

大總管何同學盛意安排，我們下榻新葡京六星級酒店。房間極盡奢華，一聽音響便知龍與鳳。我見識淺，這樣的房間，一生只住過兩次，兩次都是在拉斯維加斯的凱撒皇宮。

我又氣憤又自豪：「他媽的！有什麼了不起，我的第二故鄉，美國，也有這種房間，不過我們發達早，你班友仔發達遲！」

陳家的傳統應該遵循，噹學足父親，帶兩條「煙屎」之一的大仔 Alan 到賭場賭博。這文化要從小薰陶，否則就像才子uncle，連啤牌都不會洗，失禮陳家。

校長四十年後重執教鞭：「要從偏門進，可減何生殺氣。入場買二，三，骰寶，狗，馬，皆宜。」

從最簡單的中國遊戲教起，先教玩大細，四到十是小，十一到十七是大，一賠一。僅防圍骰大小通吃。

敝家伙！所有大細枱的 min bet 是三佰港元，賭場客滿，賭客不缺錢。

噹咬緊牙關示範兒子，進門要買大，五百元下注「大！」

買定離手，搖骰盅，娛樂人把眼睛睜大。開！一，五，六，十二點大！短

曲高歌，亮燈兼派彩！

「See, son, look how simple and easy it is. We got 500 more in our wallet.」

中年女荷官面孔如撲克牌隻我Queen，毫無表情地看著我們父子倆，她正在懷疑這北佬從那省份來，點解D普通話咁刺耳。

「Let's go, son. We go play blackjack.」

散家伙！所有 blackjack 枱 min bet 全是五百，注碼越大越多人賭。搞什麽鬼？現在父親賭波下注極限也是廿元美金。

Blackjack 枱客滿，還有三兩塘邊鶴站在後面搭下注，我們倆仔爺守尾門。

發牌，莊家二仔面，我們十二點。各門決定完畢，輪到我們作決定，父子商量，決定遲死好過早死，不要！

莊家公仔底。他開始要牌：

眾人無需介紹，無分黨派，無分種族，同仇敵愾對著莊家有節奏地呼叫：「公！公！公！」

莊家滑稽，他故作玄虛，慢條斯理地一張牌一張牌地打開。

第一張牌：「A」。

第二張牌：「A」。

「公！公！公！」眾志成城。

第三張牌，開！「公！」。

掌聲雷鳴，皆大歡喜，莊家廿四點，莊家爆煲！

有坐頭門朋友向我們父子倆豎起姆指：「頂瓜瓜，守尾門有功。」

此人有點像老總模樣，或者是慣於嘉許下屬，他的態度自然。

「老總，你落注五仟，我倆仔爺落五百，但大家的緊張高興心情是一樣的。」

排隊把籌碼兌換現金。前面一觀音頭掃把腳婦人，腳趾公有如沙膽王薩達姆的伊拉克蜜棗。她把賣豬肉手一揮，輕輕彈出三幾籌碼，數錢！八萬多港元。

父搭着仔的膊頭走出賭場，坐下來傳授陳氏家訓：「你的爺爺，我的爸爸教落，玩下可以，不能搏命！賭錢是永遠不會贏的。我可以告訴你賭到家破人亡uncle的故事作借鑒示範。」

兒子好像聽懂了。

耳邊響起了才子的聲音：「唉！他們有錢，他們有錢！」噹今天也有同

感，他們是有錢。

Las Vegas 的凱撒皇宮，min bet 廿五美元，生意差時降到十元，新葡京不做這芝麻綠豆生意。中國人好賭乃民族性，不然那來一邊剝蘭豆，一邊數蘭豆賭番攤的台山阿伯與窮苦學生呢？那還是不久之前，在那崢嶸歲月半工半讀時呢！

瞧啊！滿城盡帶黃金甲，三層金光閃閃賭廳的新葡京；伯爺公婆，販夫走卒，勤勞精明生意人。他們組成螞蟻兵團，進軍葡京，在何老闆和他的二萬員工眼中，皆是豪客。

同學說，澳門一年的賭場生意額（不算飲食與其他），是 Vegas 的六倍，今年可望破七。

活用毛伯伯詩詞：「蕭瑟秋風今又是，換了人間。」

朋友！請勿罵貪官，貪官大多躲起來了！要罵，請你們罵你們的祖宗爛賭！俾何生贏晒。還有金沙賭場個猶太鬼老闆，此君有眼光，把賭場開到濠江來，身家冒升。

在此刁民如麻國度，天氣又熱又潮濕。不如歸去！不如歸去我的第二故鄉，那兒的天氣真漂亮，還可以呼吸自由空氣，不如歸去 LA 的 ABC cafe，見見那些有得撈越南華裔生意人，台灣浪人，香港過氣精英人，祖國新移民等此類草根人民。顧及舊情誼，飲咖啡還有一兩位還未死去的餐館台山舊同事。我愛與那些還有工作能力但已經沒有了工作的「退休」朋友一起，每人八皮美金吹水半天。休養生息，明年再見刁民。

旁邊桌子有一位五十來歲男人，身穿緊身花條球衣，胸口掛了一塊方型玉牌，隱約中聽到此人在傳授氣功，指氣治病救人言之確實，同枱聽者全神貫注，仰慕之情溢於言表，看來他們是相見師傅恨晚。噹驚嘆：「嘩！是江西王林大師壓境？」

走出餐廳，赫然發現 ABC 的停車場內，有三五成群蹲在地下抽煙的無業人正用捲舌普通話聊天。更有一婆娘目中無人，豎腿盤腳而坐，她在幫自己修腳甲。

強國人語：「我的天啊！幹啥玩意！」。

這世界不管走到那裏，都見內地同胞。

隱約聽到少年時國家教育：「不要得，不要得，這是地方主義作祟。」

我可能要接受國家的「重新教育」。

二零一三年七月十一日

一蓑煙雨任平生

177

屠呦呦，葛洪，大仙崗

屠呦呦

二零一五年，中國出了個諾貝爾醫學獎得主，她的名字叫屠呦呦。從文革時期開始，在屠呦呦領導下的研究團隊經過多年奮鬥，在中國生草藥的青蒿植物中，提煉出青蒿素，抗瘧藥。此藥物在世界上的落後地區，蚊蟲孳生之處，救了千萬人性命。

公道在人間，諾貝爾獎委員會的評委們，承認屠呦呦的研究成果，把獎項頒給她。她是第一個受中國本土教育而被國際認可的自然科學家，也是首位亞洲女性諾貝爾得主。

青蒿乃一種草藥，盛產在四川成都。中醫早知此藥能醫瘧疾，一向應用。但原藥效力低，提煉出青蒿素治療效果好。

屠呦呦團隊千煉百煉，還是煉不出有效的青蒿素。她們在中國古代醫書中，細心翻找，最終，在千年煉丹大師葛洪的《肘後備急方》中獲得寶藏，聊聊數語讓她醒悟：「青蒿一握，以水二升漬，絞取汁，盡服之。」她立刻改變煉取方法，另闢蹊徑，採用「水煎法」低溫進行實驗，取得成功。

葛洪（二八四──三六四）

葛洪，東晉人，中國著名醫藥學家，醫生。因為他精於煉丹，所以他也是化學家。

葛洪一生從事煉丹和醫學，寫書無數。尤其那本《肘後備急方》，更是家居旅行安全必備好書。如果要學做神仙，則讀《抱朴子》，《神仙傳》。他是中國道教的重要人物，哲學家。這位葛仙翁，自己有一套成仙理論。主張神仙養生為內，儒術應世為外。

朋友，現在讓我偷偷地告訴你們，以上所寫，那些關於葛洪的東西我都不懂，華仁老師未曾教過，上大學也未接觸過。資料全是在谷歌搜索總結出來的。我可煉仙乎？

大仙崗

南海丹灶大仙崗我懂，因為那是我的故鄉。

千多年前，就是這位葛洪大仙雲遊至南蠻不毛之地，在羅浮山隱居修練。他與夫人鮑姑路經此村莊，逗留採藥煉丹。不久，葛洪成仙歸去，村民立廟祭拜紀念他，並命名此村為仙崗村。葛洪大仙還在當時的金蜂崗煉丹成功，後人把那煉丹聖地改名：丹灶。

有物為證。在南宋時，仙崗村民在大塘挖掘出一重四百斤巨鉢。上刻著「丹鉢」二字。那是水成岩石鉢，重約四百斤。葛洪在此煉丹，做化學實驗，毫無疑問矣。

仙崗村前的大塘荷花盛開，塘邊有兩眼流水井，名為蟹眼井。蟹眼井分為公井，母井，千百年來長流不息。傳說，葛洪大仙就是用此井水煉丹。

流水井的井水清涼且甘甜，泡茶佳水。不少外地人開着汽車來此取水食用。

孩童時與兄弟返大仙崗，嬉戲在流水井，捉井內的小魚蝦，蠑螈。在陳氏

大宗祠前的曬谷場上用彈叉打麻雀。到而今，麻雀仍然成群，它們把我兄弟所種，未上果的果樹一下子「搞掂」了，小魚蝦還在井內。很可惜，蜆蟥已經不見蹤影了。

　　仙崗村佔地近三萬平方米，這裏保留著珠江三角洲傳統的建築風格。今天，政府把仙崗村選為佛山南海「十大古村落」之一。不可亂拆也。我每次返鄉，在拜祭陳氏祖宗之後，都會走去參觀一下這葛洪大仙的文物，想想歷史。與時共進，現在多想了一樣，會想想奪得諾貝爾獎的屠呦呦女士。

　　在北宋時代，我們的祖先被奸相蔡京迫害南遷。來到我這代，已經是廿六代人了。我的曾祖父本屬「興業堂」，但他把我爺爺和二個叔伯過繼給「彝德堂」。

　　今年初，廣州親戚把仙崗的祖屋修葺，我一時興至，撰聯賀之：

　　仙鶴南飛　興業彝德堂堂正正
　　崗村永存　陳氏族人歲歲年年

二零一六年八月

櫻花園記・青島

　　白居易：「人間四月芳菲盡，山寺桃花始盛開。長恨春歸無覓處，不知轉入此中來。」　　四月之時，我信步閒庭，無怨無恨，由本地人黃君帶領，一頭轉入了青島的「中山公園」。

驚艷櫻花綻放，重重疊疊。如此花海我是素未謀面，無法想像。更懷疑自己去了日本，那是朋友推薦欣賞櫻花的地方。

　　騷人墨客，自古對花有無限感情，詠花詩詞無數。曹雪芹借林黛玉那多愁善感的性格寫下《葬花吟》：「試看春殘花漸落，便是紅顏老死時。一朝春盡紅顏老，花落人亡兩不知！」

　　哈！我完全沒有這樣的情懷。花兒美麗，隨風旋舞，我想到最近仙逝的同屆同學，武俠小說大師黃易作品《尋秦記》，主角與二武士對劍，大師如此描述：「兩人魂飛魄散，正要抽劍退後，劍芒暴漲，兩名武士一起濺血跌退......」想象中，此劍擊場面就在這櫻花樹下，人影劍影隨花飛舞，甚是淒厲。

　　我愛這兒的花，更愛這兒的人。黃昏時分，入園賞花的人稀落。爺爺奶奶拖著孫子在公園遊玩；退休人與老伴在散步；新娘子冒著朔風，白色婚紗拖泥土，在櫻花樹下拍照，情花吐艷，留下那青春歲月甜美回憶。

　　青島的姑娘臉孔乳白，如櫻花。幾個姑娘濃妝艷抹，體態輕盈，笑得像花兒般燦爛。她們在花前玩「自拍」。我在花叢間，找到了一個翻版范冰冰。

一蓑煙雨任平生

乳白色的櫻花叢中，突然冒出一樹桃花怒放，紅白相襯，枝幹筆直。尤如北京土產，冰糖葫蘆。

　　友人黃君介紹青島。一八九七年起，德國人佔領青島共十四年，留下了很好的基礎建設，搞了個好品牌青島啤酒，還建立了一個跑馬場。德國人離開，日本人來到。日本人在這兒種下了一遍櫻花樹。

　　第二天，參加本地一天遊。我與年輕的導遊提及櫻花事。她說，不可能，日本侵略者哪來這樣的好心腸。我想，她是錯的，黃君是對的。

二零一七年四月二十一日

壽星公

前言

受朋友所託，為他父親百歲壽辰寫文章以致慶賀。朋友是洛城網壇相識，我認識世伯也有多年了，雖然和老人家少有說話，但每次看見他，他總會伸出一雙柔軟如綿的手握住我，和我道好。老人手長過膝，手心紅潤，手背黝黑，好一雙飽經滄桑，勤勞勇敢的手。他的手握得強而有力，神彩飛揚的眼睛注視著我，顏容已改，童心未泯，那躍躍欲動的頑皮孩子樣令我對這老頭感到無限興趣，這百年人瑞，我真想把他的一生了解清楚。

我欣然接受了這寫文章任務。

香港

朋友安排訪問他的父親。有一年沒有見老人家了，他坐在輪椅上，身形更顯消瘦，更不愛講話，我俯身和他握手，感覺他的手力大不如前了。

問世伯：「Uncle，你在香港那所中學讀書啊？」老人家在我的耳邊大聲地回答：「華仁！」

老人姓蔡，名念因。廣東三水獨樹岡人氏。生於一九一四年，在鄉下讀小學，少年隨父到香江，就讀華仁書院，畢業年日不詳。

那年代，普通家庭的兒女，讀完中學已算有學識，年輕人畢業後立刻投身洋行打工，華仁神父送他一技防身闖世界，高材生的英文琅琅上口，與番鬼交流自若，加上人聰明，工作勤奮，深受老板賞識，不久便在公司上位。

法國洋行代理從荷蘭進口的國外雜牌煉奶，年輕人挨家挨戶推銷，日久有心得。為更容易推廣此一產品，毅然向老闆提議，可否為雜牌煉奶取上自家牌子銷售：

老闆問：「你要取個什麼名？」年輕人充滿信心回答：「壽星公！」從此以後，有歌唱，「壽星公，壽星公，你係好公公」，「壽星公煉奶」降臨世界。

似乎也是天意，也是偶然。這「壽星公」八十年之後，確孕育出一個如假包換的壽星公。

海防

「壽星公煉奶」正在走紅香港、廣州，續漸進入東南亞市場的時候，日寇已經侵犯中國，香港也淪陷了。公司為開拓東南亞市場，派年輕人擔當大任，在這風雨飄搖之際，先生舉家移往北越海防。

在越南，先生騎單車賣煉奶，把「壽星公煉奶」賣到家喻戶曉。「壽星公煉奶」是：越式法國咖啡必定要加，早餐多士面包必定要搭，小孩子成長必定要食的營養品。

先生在海防長袖善舞，交游廣闊，而且愛做善事、不久便成了社會名流。

時日本皇軍已經在那裏安營紮宅，他們懷疑先生和「重慶」方面來的人做潛伏工作，把他抓起來，先生銀鐺入獄。

一關半年，飽受嚴刑迫供，先生誓死不招供，日本仔嚴刑不行，改用禁食，每天喂他小半碗豬糠粥，把他折磨成半條人命。先生為了活下去，晚上從睡覺用的草蓆，抽草根咀嚼。以食蓆維持生命。出獄時，先生已是望之不似人形了。

走筆到此，我心潮澎湃。那時候在中國，是十萬青年十萬軍的激情年代，在異邦，也有中國人憤而反抗日本。天地有正氣，想不到眼下的垂弱老人，當年是個鏽鏽漢子，抗日志士。

日本仔投降後，好景不長，北越赤化，先生多年打下的江山一朝付諸東流，生意財產全部收歸國有。一九五五年，先生執起包袱一家逃離北越，跑到南越的西貢，重謀東山再起。

西貢

一切從新開始。先生借助「壽星公煉奶」牌子威勢，三五年時間在西貢艱

辛的耕耘，最後更開了牛奶加工廠，集資創建了醫院。先生又成一條好漢。

先生與友人合辦的「中正醫院」，在西貢大名鼎鼎。先生任兩屆董事長，醫院的宗旨，賺錢其次，那是先生發財之後回報社會，濟世扶貧的地方。

先生生性外向，做就了一個成功的推銷員。他風流倜儻，豪爽江湖，家中門庭若市，富商巨賈，文人雅士，販夫走卒，皆是朋友。風流花相人生，世間上有多少人羨慕。

我訪問了先生的一位朋友，老人告訴我一件關於先生在西貢的趣事，最是突出先生那愛站在舞臺中央，「出風頭」的外向性格。

有一年夏天，西貢舉辦女子渡江比賽，先生雖然是男人身，但堅持要參加這項活動。他一生熱愛運動，尤愛游泳。這表演機會怎能錯過。主辦單位礙於先生是社會名流，不便拒絕。渡江那天，碧海藍天，岸上歡聲雷動，一聲槍響之後，參賽者一起下水。看江上銀光閃閃。先生是浪裏白條，當然獨領群雌，二百多條美人魚跟隨浮動，正所謂美人如玉劍如虹。最後先生首先上岸，在臺上高舉獎杯，多謝各位父老鄉親。

情痴

人生自是有情痴。朋友特別提醒，一定要把他父親的愛情故事紀錄。這正印夫人的小兒子，多年以後，想法經過時間的洗滌，恩怨似浮雲。我對朋友的胸襟情懷，實在贊同。

先生十九歲那年，在父親安排之下，和隔村的李氏女子成婚，李夫人為他生下五男四女共九個孩子。夫人是賢內助，一生跟隨丈夫南征北戰，活到九十多歲在洛城終老。

先生四十八歲，時值壯年，事業如日方中。在越南邂逅廣東南海才女張紉詩，驚為天人，他決定忘記盲婚，嘗試自由戀愛。苦戀三年，簾卷西風，人比黃花瘦，尋愛足跡遍及東南亞，歐美澳。終於贏得美人歸。

這裏有一段好文字：

漫步長洲「宜亭」南國千秋回首望　詩壇第一女才人

作者郭志標在二零零八年七月在香港報紙發表，寫下這故事，我借花獻

佛，照抄兩段，供大家欣賞。

　　宜亭是由越南壽星公煉奶廠創辦人蔡念因為紀念亡妻張紉詩夫人而建。張紉詩小名宜，又名換轉，南海人，故鄉獅山江尾，世居廣州西關。廿八歲歸中山唐氏子，後來夫婦仳離；從此潛心文藝，兼法鍾王，秀拔灑落，畫以牡丹為擅場，詩詞則神采飛揚，骨格靈秀。據說她曾師事清代翰林桂南屏，工書法，於詩歌研究頗有心得。

　　據二零零四年三月二十四日本報副刊「思旋天地」，有文章講述蔡念因是一位為情癡，蔡先生在越南發達，七十年代越南戰亂而移居香港，在「九七」陰影下他又西移美國，在美生意總代理越做越大。當年清明老人已八十多歲，仍情深款款從美國洛杉磯返港，到他畢生至愛紅顏知己、一代詩人、名畫家張紉詩之紀念宜亭緬懷傾訴一番。據知蔡先生數十年營商乳酪，事業有成，且樂善好施，為公益不遺餘力，平生有三好：好詩詞、好攝影及好運動，人皆稱之為北美當今之奇士，著名善長仁翁，九十一歲時還榮任晚芳社社長。

　　文中女詩人張紉詩葬於距離宜亭不遠的長洲墳場，墓旁輓聯：

　　宜樓相守吟詩書九載無猜願來世再為連理樹
　　漁舫初逢知肺腑百年有數到今朝休問牡丹花

　　朋友告訴我，父親到今日，還經常喃喃自語，朗讀前妻詩句，天長地久，此情綿綿無絕期。我挑燈夜讀老人在十多年前為亡妻編輯的詩詞文集，女詩人生平留下詩作二千餘首，隨意翻讀，詩句多是描述香江和嶺南舊事，我腦海浮想聯翩：廣州西關人家，青磚老宅，石板街巷，八和會館，陶陶居，我祖父涌邊街的舊屋和他的首本粵曲《再折長庭柳》。深深感受到了這舊時先鋒女子的才華。現獻上張紉詩女詩人一首，《初冬荔灣泛月》以資紀念：

　　重向灣頭對月圓，
　　竹橋南望兩村前。
　　夜寒絃語風蕭瑟，
　　隔水人呼賣粥船。

寒宵月共耽沈寂，
徬水人家好夢時。
萬慮欲隨繁響盡，
歸舟獨唱杜陵詩。

好一句「隔水人呼賣粥船」，令我回憶起我的父親，孩提時代父子倆泛舟廣州荔枝灣，招手呼叫賣粥船，食碗艇仔粥的情景。

我心裏想，先生打造和諧家庭，把家人說服後再明門正娶張紉詩，和今天的包二奶行為，真有等級層次的大分別。今人行為，下九流也。

洛城

一九七五年，西貢烽火危城，先生在越南的事業再次化為烏有。他跟着美軍一起撤離。

漂洋過海壽星公。套用毛澤東兩句：「雄關漫道真如鐵，而今邁步從頭越。」從香港開始，到北越的海防，再到南越的西貢，最後落足北美洛城。先生的生意深受戰爭的連累，每一次都要從頭做起。

八十年代初在洛城，先生重操舊業，賣煉奶。他帶小兒子出道，走遍各地大小超級市場，餐館。父子兩攜手打開南加州市場。先生那老一輩的推銷手法，深受買家欣賞，天生執著性格，對每一機會都不言放棄，而且對客戶了解關切，做完生意，變為老友；與今天缺乏人性化的機械銷售方式，不可同日而語。據悉，他喜歡要求超市老板，將「壽星公」煉奶擺在顯眼的地方；他更親力親為，搬運貨物。這時候，先生已接近七旬了。

美國「新興」食品公司成立於一九八一年，總部設在三藩市，由蔡先生的外甥，鄧世澄先生掌管。鄧先生是管理專家，一開始就打理公司的內部事務，蔡先生打理銷售，這一對生意伙伴，關係維持了大半世紀，配合得天衣無縫。到而今，鄧先生，當年這個跟隨舅舅一起在越南打天下的美少年，已經是年過八十的老人了。人們說，夥伴生意最難維持長久，我說，有例外的，看這一對老人，不是最好的典範嗎？

今天事實擺在人們的眼前，幾經艱辛從頭越，先生的「壽星公」和「黑白牛」煉奶已風行美加。他的「新興」食品公司業務蒸蒸日上，安排妥當之後，

先生已到達了可以「不管」的超然地位。

朋友強調，父親的一生坦蕩蕩，愛把自己的事情公開，毫無隱藏，是一位不折不扣的公眾人物。

我參加老人家的壽宴多次。慶祝從早上開始，洛城文化人萃會，老人將自己的詩作，攝影作，就像開展覽館般的讓人欣賞，書畫家即席揮毫，詩人吟詩作對祝賀。我的才子老友，份屬洛城晚芳社詩人，必定在場。好生熱鬧。這慶祝生日的節目，已經成為洛城中國文化盛事。

先生不是甚麼左派商人，但他一生人走遍中國的名山大川，尤其改革開放以後，他的攝影作品和詩文多為中國的大好山河而作。老人深厚的中國情結，可見一斑了。

有朋友評論，蔡念因是儒商，我不以為然。儒家主張中庸之道，安身立命。大學生意課開篇有講，商人為利潤而來，何儒之有？

我細心再想，先生座上高朋，多是文化人。看他一生奮戰不懈，愛人愛己愛家庭，更熱愛中國文化，我的想法有改變。

其實中國傳統儒家思想和現實世界營商之道有不少矛盾之處。不能諱言，營商以逐利為主。要懂得迎合市場需要。絕不能食古不化。另一方面如果太重利而不擇手段，則是為奸商了。

老先生能在儒與商之間不偏不倚取得平衡，以商養儒。以營商所得回饋社會，促進文化，實不容易。況真正的儒商要具深厚的文學根基，良好的品德修養。絕非現今一些只會炒賣藝術品圖利，附庸風雅之徒可比。

壽宴開始，全場張燈結綵，喜氣洋洋。老人穿一身紅彤彤長衫，緊身黃金馬褂，頭戴烏黑色清末民初時代瓜皮小帽，座鎮主席台中央、有十二金釵，在台上載歌載舞，台下宴開百席。洛城社會賢達、文人雅士、政治家、宗教家、公司員工、子孫，上台祝賀。壽星公安穩地坐在那裏，笑呵呵的，伸出雙手。理所當然接受八方來朝。

朋友告訴我，今年十一月的百歲生日慶祝，「壽星公」的書畫攝影展覽，要在洛城長青文化中心連續展覽一星期，到時必將比往年更熱鬧。這壽宴已經成洛城佳話。

我已經收到壽宴請帖，請帖上印有老人家所寫感謝長聯，現在獻上開頭四字的「念因滿百」以饗讀者。

念正培元每籍清閒度日
因思保健常憑活動怡情
滿天鳳舞眼前瑞靄繽紛
百奏龍吟耳畔韶聲繚繞

這樣的人，還不是「公眾」人物嗎？

後記

我的朋友蔡德榮，是壽星公的小兒子。大學畢業後就跟隨父親在洛城為生意打拼，在他的身上，我看到了他父親的影子，卻看不到一點公子哥兒的味道。今天他掌舵新興公司洛城分部，把生意打理得有聲有色。

蔡朋友誠懇邀請我寫他的父親，我感到榮幸之至。深入查究資料，知道這悠悠百年歲月，我沒有能力把老人一生寫盡。僅有在重點事著筆。但他是我華仁書院隔代學長，這文章就有雙重意義了。再有甚者，我要向廣東南海三水獨樹岡的蔡氏鄉親報告，他們村在太平洋的彼岸，出了個北美奇人「壽星公」。

野人獻曝，草成一文。希望世伯兼學長，多多包含，有無禮之處，請原諒。

我恭祝你老人家「福如東海，壽比南山」。

婆通靈解鎖

廣州有神婆可以通靈。信者花費百多元人民幣，便可聽到仙逝父母講話，神婆是媒介，為生離死別的人傳音信。

友人喪母。據她說，慈母行落地府時，落到第九層被鎖住，不上不下，動彈不得。友人悲傷不已，請來神婆，為娘親「解鎖」。

神婆穿著光鮮整齊，樣子有點兒像老牌香港演員陶三姑。嘴巴翹起，一雙眼睛戚戚焉。

神婆在死者房間點香燭作法，眼睛微合。頃刻之間，她的儀表翩翩有禮，舉手投足十足友人娘親風度，就像是一位斯文的老太太。霎然間，神婆如跑馬上山坡，身體抖動。

不久，嘴巴出聲，噴出地府之音。

如何驗證來者是娘親呢？

友人問：「你個乖孫喜歡吃什麼啊？」

神婆回答：「他喜歡吃雞仔餅。」

友人問：「你個女喜歡穿什麼衣服啊？」

神婆回答：「她愛著迷你裙。」

奇準確，驗證通過。來者確是娘親。

友人神經緊張，靜聽娘親吩咐。

最後，神婆咕嚕咕嚕的說話，語音似國語，又似順德話，更似南海話，隱約中說，多謝乖女，現在媽媽身體鬆綁，可自由飛翔。娘親臨走時更說，將會保佑子孫云云。

友人也成身鬆綁。

神婆精神平淡，飲茶解渴。收費一百二十元人民幣。

另外一朋友父親去世，也被鎖住。找神婆幫忙，不靈，驗證失敗，至今仍

然未曾解鎖。

　　吾友才子研究玄學多年，陰陽五行；紫微斗數；穿道袍道冠驅魔捉鬼；無所不精。但這「解鎖」事情，確是頭一回聽到。通貨膨脹令美元失去往日威力，才子為了在大陸退休生活寬裕點，決定活到老學到老，要去學做「神公」，幫死人解鎖。

　　正是：

　　歌唱胭脂扣
　　筆書解鎖人
　　神公腳撲朔
　　神婆眼迷離
　　孝子賢孫意
　　休言怪力神

二零一七年十月六日

一蓑煙雨任平生

南京南京

　　拜謁國父孫中山，要去南京中山陵。那地方需要走許多級石級，上了年紀的人，也真要有點敬慕之心才會走上山頂謁陵。開始時，石級斜而不陡，貪玩的我還可以跑幾級上山，至山腰，石級筆直且長，與許多人一樣，我要休息換氣再往上慢慢地走了。

　　時值初秋，紫金山的松濤仍是鬱鬱葱葱。楓樹開始染紅，楓葉與松柏紅綠相影，景色更顯嬌嬈。遙望蒼翠的金陵城，迷蒙蒙的，是似曾相識？

　　是舊時相識，這地方我到過，那是在孩提時代，結伴同行是我南京的堂兄弟、陳東與陳衛。那時候，我們蹦蹦跳跳地跑上去。幾十年未見陳東了，兄弟南人北相，真好相貌。自小一方水土長大，他變成了外省人，南京話是他的鄉音了。這念親情的導遊只能夠帶我們來到山底，不能上山，腿不行。

　　兒子要求去參觀南京大屠殺紀念館。我想，也好，既然在美國土生土長的張純如可以寫出《The Rape of Nanjing》，兒子也應該知道一下這慘事。他對歷史有興趣。

　　日本仔殺中國人三十萬，鮮血淋漓，歷歷在目，這歷史悲劇已經正式入了聯合國史冊，不能抵賴。「殺人填命，欠債還錢。」這是江湖規矩。當今世界講的是毋忘歷史，罪惡不可忘卻，但可以寬恕。

　　國軍守南京英勇戰鬥，尤其光華門一役，打到血肉模糊，人人承認。

　　當年，住在南京的外國人，救了約二十萬南京人。伸出援手者有傳教士，這又令我想到華仁神父。最重要的是，這些人記錄了當時情況，鐵證如山。

　　趁著機會，讓兒子學習中國近代史，像看連續劇一樣，中山陵之後，他的心情被大屠殺紀念館振撼一下，再跑去抗日領袖蔣公的總統府參觀。這比去明孝陵，參觀帝王墓地強多了。

　　乘坐高鐵往武漢，與外母祝壽。下午，帶兒子參觀了辛亥革命紀念館。他看得仔細，我在館外休息時，他還在館內。

馬不停蹄走了四個與中國近代史有關的地方。他學了多少？我相信，有一人物他肯定記得，那就是孫中山，參觀廣州的孫中山紀念堂已有介紹，為了讓他對國父的印象更深刻，我應該帶他去孫中山故鄉，廣東中山翠亨村吃紅燒乳鴿。

　　一九七七年，有一個禮拜假期，決定取道臺灣回香港。

　　結果被有瓊瑤色彩的寶島狐狸精勾魂。魂魄身軀兩留連。

　　「落花人獨立，微雨燕雙飛。」我被狐仙鎖住。

　　有兩天，踏著蹣跚腳步走入故宮博物館。參觀了國軍的抗日戰爭紀念館，國軍那英勇抗敵事蹟是血染風采。我深受感動，熱淚盈眶。

　　從此以後，寶島的狐狸精與抗日戰爭時期的國民黨軍隊皆成為吾之所愛。

　　香港？我沒有去。直接從臺北飛回洛杉磯。

　　今日的感覺與幾十年前無異，大屠殺紀念館讓我熱淚盈眶。只不過同行者是兒子，不是狐仙。

二零一七年十月十日

嗎按：

　　晏幾道《臨江仙》：

　　「夢後樓臺高鎖，酒醒簾幕低垂。去年春恨卻來時。落花人獨立，微雨燕雙飛。記得小蘋初見，兩重心字羅衣。琵琶弦上說相思。當時明月在，曾照彩雲歸。」

寒山寺、和合、波樓

《楓橋夜泊》：

月落烏啼霜滿天
江楓漁火對愁眠
姑蘇城外寒山寺
夜半鐘聲到客船

唐朝張繼考試落第，黯然來到寒山寺，感懷身世，一夜難眠，被寺內傳出來的夜半鐘聲敲出這四句詩。不得了！此詩有聲音有顏色，借景生情的佳句令到這寂寂無名廟寺成為古蹟。千百年來，慕名到此的騷人墨客，寫詩和之，但總不及那句「夜半鐘聲到客船」有意境。

寒山無山，平地一片。寺廟香火不盛，中國人沒有興趣在這兒上香。倒是日本人喜歡在此膜拜。他們認為寒山寺是日本佛教的發源地。

寒山有鐘，聲音悅耳。每年歲末，人們排隊在此交錢敲響鐘聲；小敲一百，大敲一萬，迎接新年。

此寺得名有原由：唐朝時候，寒山與拾得兩位大和尚曾經在廟裏做廚子。他們行跡怪異，言語驚人。喜歡吟詩作對。在佛學、文學上造詣很深。後來皇帝把寺名改成「寒山寺」。

張繼的《楓橋夜泊》千古傳誦，但人們少知道他晚年舊地重遊，再寫了一首。詩云：

白髮重遊一夢中
青山不改舊時容
烏啼月落寒山寺
倚枕尚聽半夜鐘

這四句不能成經典。看來詩，還是要下重「愁」味才行。

我路過一石牌，赫然見到刻有「和合」二字在上。我立刻知道這是和寒山與拾得兩位大師有關係的。他們是「和合二仙」。

廿多年前在LA開波樓（彈子房），風水先生要我們擺「和合二仙」於收銀機旁。旨在和諧，望蠱惑仔不要搞事。十多年過去，波樓沒有開過槍，只是打過二次架。「和合二仙」的公仔起了作用，我敲鐘收兵，全身而退了。

二零一四年六月十六日

一蓑煙雨任平生

195

中國兩省行：（一）廣東

西風將就入東門
走馬還尋去歲村

改蘇軾大詩人一句詩，向各位招手，報道一下今年大陸行之花絮。

（一）

從番禺祈福新村坐七元村巴到沙面「陶然軒」飲茶。六二三路站下車後行路過西橋。人有三急，我看到橋邊有一公共衛生間設在樓上。抬望眼，樓梯狹窄筆直上，就像是九龍華仁書院返學的石級。

我背著旅行袋，不假思索，舉步上高樓。艱難地行完第一層，我赫然發現，還有第二層梯級，之後再有轉彎角位蜿蜒上。

我望公廁輕嘆：高高的雲梯，長洲搶包山？況且異味漂浮。廉頗老矣，I give up！行返落去較為容易。大丈夫可以忍。還是急步過橋去「陶然軒」的冷氣洗手間吧。

（二）

廣州環市路興悅酒家。先上四百元一窩雞鮑翅，再來每人三百元一隻三頭吉品鮑魚。上湯浸番薯葉，泡飯。正嘢！

與壽星仔一起享受美食。此仁弟承受了壽星公遺產，但「皇帝褲浪」節約旗確是迎風飄揚。我們採取AA制。書僮同行。一世人兩兄弟，請埋才子！

千萬莫說鮑魚是假的，我做了十幾年粵菜餐館，兼職廚房。請教我如何欣賞紅酒，不必教我如何欣賞鮑魚。我最愛食鮑魚。

（三）

中國數月前的掃黃行動，搞到屍橫遍野，血流成河，一句話：「冇陰功。」

旺角上火車，徒步過羅湖，再坐和諧號，前後一小時，我已經踏上樟木頭這祖國胭脂地。

書僮才子在車站接我，行到 downtown 五叉路口。慘矣！人車大減，今天這地方有加拿大小城鎮的安寧。（請看劣文〈內地同胞系列之再見樟木頭〉）

才子首先報告消息，樟木頭的成人娛樂事業，從幾個月前的偃旗息鼓，不日將匍匐前進，重新開業。

才子奇人奇事。下崗之後就開始幻想，慢慢地幻想成真，現在則是昏睡在春夢笙歌裏。他的iPad所載，全是又平又靚的「情人」玉照。

才子對人生的看法：「對酒當歌，人生幾何」，要及時行樂，過去了就沒有了。這次掃黃，他又找到了最新證明：東莞鶯燕重起舞，但沒有當年蠱惑。掃黃之前的最新發明「牛魔王」他未曾嘗試，現在作業者已經將此一項目刪除，不復幾個月前的囂張了。

嗚呼才子，我要變魔術：我will raise Fin叔的網球拍，把你當頭拍醒，將你變成小沙彌，廿四小時念佛，看你如何是好。

（四）

探望「西關會」網球朋友。天空突然下起了雷暴雨。球不能打了，眾人在說笑。

某君：「黃老闆間鋪俾人『拉布』，因為佢冇出糧。」

黃老闆：「我去拉人布。我交咗錢xyz公司，佢地唔交貨我。@&$&@.」

看來「拉布」已經成為兩岸三地的流行活動了。

二零一四年七月九日

中國兩省行（二）浙江之一

（一）交通

人潮湧動。早上九點，從廣州飛往上海的A380滿座。中午十一點，從上海開往蘇州的高鐵要買頭等位。乘客多是人，少見鬼。

想起了西片「Butch Cassidy and the Sundance Kid（港譯《神槍手與智多星》」中的精彩對話。

Butch：「Who are those guys？」

The kid：「You are the brains, Butch.」

我加台詞。

Butch：「I can't answer. Where do they come from？」

The Kid：「Wow，so many people.」

（二）官腔

「朋友們，熱烈歡迎你們。你們來自五大洲四大洋，為同一興趣相聚在球場上，以球會友。我們十分榮幸能夠做東道主，為網球運動盡一分力。我們的國家，我們的政府，對此活動十二萬分重視......」

好多年未曾聽過官腔，這次在台州聽見。演講人當然是官。他字正腔圓，喜歡把話拖得慢慢的，好像隨時等待人們拍手。

這二十分鐘的開場白，對像是領隊。悶親加州領隊。

瞌睡中被掌聲驚醒。我連忙起立拍掌。官腔完畢。

（三）鱅魚

巧遇大總管何同學於上海徐匯區，跟著華仁仔上高級館子品嘗江浙菜，大總管出差中國乃是尋常事，他對外省菜有研究。

「噹，讓我推薦一道『豆腐燉白鱅』，這鱅魚是中國四大家魚之一，好正！」

「好啊！我好像未吃過鱸魚，不妨試試。」

上菜，白豆腐配白鱸魚，少許綠色蔥花灑落，好賣相！

魚香撲鼻，急下筷。喂！這是什麼魚？如此多骨，小刺比家鄉的土鯪魚還要多，我需要挑刺撿魚肉，一不小心，立刻「啃骨」。

還是把目光轉向那有一斤膽固醇，甘香可口的「東坡肉」吧！

（四）混雙

加州隊與馬來西亞的混合雙打比賽一邊倒，加州隊贏。

打混雙的公開秘訣，是攻擊女方；男的攻女的，女的也攻女的。

馬來西亞隊的男球手是一個經驗豐富的老波骨。雖然大肚腩沉甸甸，行動緩慢，但他掌握了「削」球技術，這樣子的打法已經在年輕一代失傳。

一上場，我就知道麻煩。他左「削」右「炒」，球兒飄忽有「西」，令到加州隊的女球手失誤頻繁，三兩下子便敗下陣來。

祖國借將溫州姑娘對我說：「噹哥哥，不能怪她，咱們女同志特怕這種球。」

「沒關係。咱們男同志也怕這種球。」

二零一四年七月九日

一蓑煙雨任平生

中國兩省行（二）浙江之二

書法家

導遊女帶領我們參觀「伍子胥紀念館」。

導遊女是上海人。媚態萬千，講一口上海音的普通話，就是黃鶯開喉唱歌。呢喃軟語，令人受落。

她不跟我們介紹伍子胥，這姑蘇城的營造者不重要。她跟我們介紹一位書法家，據說是中國書法協會的副主席。

「曲徑通幽處，禪房花木深。」穿過廳堂，進入一大偏間。這房間古色古香，青磚綠瓦，天花板甚高。牆上掛滿各樣的字體：篆書、隸書、行書、草書，應有盡有。字體有大有小，那些字我是有懂有不懂。不用說，這是某人的書法。

敞大的書桌擺設簡單，上放文房四寶，桌子邊的青花瓷插了小五星紅旗。

中央坐有一人，此人留平頭，穿一身白色唐裝，生得國字口臉，氣宇軒昂。手握一本古書，正在低頭細讀。他對旁邊事情不聞不問。好像是諸葛孔明在讀《孫子兵法》，運籌帷幄，決戰千里。

Wow! I am impressed. 他是伍子胥不成？

我坐在最前排的長板凳，面對大師。其他人紛紛坐定，像小學生留心聽老師講話。

老師把頭慢慢地抬起來，站立，用一種氣滿乾坤，博大精深的眼神望著大家。

「今天與各位有緣，相遇在姑蘇寒山寺，與大家研究一下中國書法，是我的光榮。」他說話清楚深沉。

導遊女的酒渦開得像花兒般爛漫。她在旁邊插嘴：

「我們單位用了很長的時間，幾經周折，邀請到大師來這古蹟展示書法，大家應當趁機會讓大師寫幾個字留念。」

她繼續：「曾經有領導跟他學寫毛筆字。大師平時寫一個字要收幾千元。今天由於與我們合作，僅收些少墨汁紙張費。不信，請你們立刻上百度查詢。」

「哦！還有，大師一分鐘之內能作詩一首，你們可以寫上四個字，大師即興作藏頭詩送給你，多有意思。」

事不宜遲。旅遊巴士在外邊等著，還有一個景點要去。只見導遊女把一張張已經裱好了的宣紙，由細到大高舉，展示在人們眼前。價錢不等，小的一九九，大的六九九。

滿座默然。我的童心未泯，區區一九九，何樂不為。我決定打破彊局。

「老師，請你試試這四個字，是我的兒子名字。」

父親遠在天涯海角，也想到兒子，永遠是兩條「煙屎」先行。

「哦！天倫兆倫，好名字！」

不到一分鐘，老師用鉛筆寫了四句給我：

天道酬勤瑞章承，

倫理綱常藏心中。

兆逢春和潤偉業，

倫澤華作兄弟情。

他邊念邊解釋。我用廣東話在心暗唸，暗覺詩不押韻，而且詩句也不好，什麼東西！我寫詩比老師強。

我感謝他的吉祥話，說：「那麼請老師寫一九九那張吧。」

身旁的壽星仔說：「這怎樣可以，我爸爸朋友送的字畫都是很大張的。這樣小，掛在你書房不好看。」

導遊女報我友善的微笑：

「是咯。大張的好，兒子頂呱呱。」

老師即席揮毫用大紙寫字。只見他彎腰鼓氣，大墨筆揮舞，全神貫注地一口氣把作品完成。

「先生貴姓？」

「小姓陳。謝謝老師。」

大師：「好！我多送你一個印章。」

他拿起印章用力印上去，殷紅顏色的字跡深深地印在黑字旁，倍覺有中國味。

朋友們爭先恐後要求老師作詩寫字。導遊女忙得不可開交。

我手拿墨寶走出門外，心裏總是忐忑不安。這一百多元美金來之不易，我有受騙嗎？

同行一大學教授模樣的老者對我笑：「字是寫得不錯。」

我急問：「那麼人呢？」

「人的名字也聽說過。」

我鬆了一口氣：「哦，那就好了。」

「說不準，人可能是假的。」

紅樓夢太虛幻境對聯：「假作真時真亦假，無為有處有還無。」

嘩！咁都得？

二零一四年七月九日

祖屋重光

　　大仙崗祖屋重光。新宅掌門人南海塵噹攜幼扶老，與妹妹，湖北強人妻子進行碌「碌柚」剪綵儀式。一串大炮仗連放188.8響，震驚沉寂鄉村，更想把祖先「紮醒」。

　　拜神儀式繁鎖，一步步地照村人風俗。有一鄉下老嫗從中指點，點香燭小弟誠心拜。預備了五盤元寶拜五神，續盤燒成灰燼。依次序，神桌上貢奉燒肉白切雞水果，功夫茶杯載茶與酒各三杯，每杯灑落地下三次，先敬茶後敬酒。對著天井向天神拜，反轉頭入廳，同樣地，先飲茶後敬酒，對著祖先牌位拜大神。然後灶君，門神。最後跑到大門口拜拜那土地公公，不需敬茶酒，也能夠保君出入平安。

　　僅希望拜得神多神保佑。先人在天之靈，「睇住下」。別無他意。

　　念先人，淚盈眶，詩興發：

　　　還鄉
　衣錦還鄉流水意，
　炮竹隆隆祭祖情。
　攜幼扶老仙崗聚，
　故里尋根赤子心。

二零一六年十月二十九日

一蓑煙雨任平生

祖地詳和

美國好友愛寫詩。幾年前，他寫了一首，詩云：

昔覓蝸居走徬徨／今幸陋屋變洋房／祖地祥和能安穩

一句「祖地詳和」引起反響。廣州有朋友經常重覆念這詩句，大有取笑之嫌：「哥哥，有冇咁厲害？」。

我看詩人是有感而發，也有祝願家鄉越來越好，大家平安快樂過日子的意思。

這「祖地祥和」是什麼意思呢？讓我解釋。

祖地祥和是廣州的親人過得很不錯。年輕人都有工作。大伯爺來了，打一聲招呼，他們就用汽車接送。吃飯，他們幫大伯爺搶單。年長親戚都過著美滿的退休生活。經濟能力強的，可以去外國旅行，遊船河。差一點的，國內或省內遊，減價促銷，他們聯袂去清遠浸溫泉，旅遊景點還送隻清遠雞他們帶回省城，不亦樂乎。上一輩的姨媽姑姐，安居在老人院，兒孫孝順，逢年過節必在老人院餐廳大吃一頓。

祖地祥和還表現在兒時一起長大的老朋友，老同學。他們生活安定，兒孫滿堂。每年回廣州他們的熱情招待，倍感故人情。

祖地祥和還表現在廣州的硬體建設，從河北到河南的過江「海珠橋」，我已經數不清有多少道。地下挖通了，十多條地鐵四通八達。廣州城內從十年八年前的沙塵滾滾，到如今是建設完工。珠江水似是清了，可以游泳？

祖地祥和還表現在廣州的軟體建設。共享單車，優浩叫車，微信支付。今日廣州，如果少了智能電話，便會成為落後老人。

祖地祥和還表現在年輕人衣著方面。時髦穿搭，好像都走在時尚的尖端。他們坐在星巴克咖啡店，打開萍果電腦，在「做工」？

祖地祥和還表現在人們的體育活動。清晨的大媽廣場舞我不懂欣賞，但恆大足球隊的主場，天河體育中心，那兒有幾十個標準的網球場向公眾開放，退休人士可以在此免費打球。

祖地祥和還表現在故鄉大仙崗，鄉人的封建迷信習俗，比較以前是有過之而無不及。仙崗村隔條公路便是祈福南灣半島別墅，旁邊的高爾夫球場，山明

水秀，美國佬與土豪和諧揮桿。

祖地祥和還表現在「食在廣州」。進步了！除了舊時的家鄉味道，還有新派粵菜。豐儉由人。

祖地祥和還表現在「粵曲茶座」，每天下午，長堤愛群大廈十三樓，老廣州一盅兩件聽大戲，消費平宜。老人家心情好，踏著蹣跚碎步，臉無表情，上前給歌者小費表示道謝。

祖地祥和在春節期間表露無遺。市政府有銀子張燈結綵，盡放祥和之氣。年夜飯，行花市，拜年，派紅包。孩子們歡天喜地，成年人身壯力健，老年人笑口常開。

當然，就像所有地方，廣州也有少數不大祥和的好友。這些人天生有埋怨的因子。友人旅遊美國，回來說美國什麼都好，廣州不行。他肯定沒有參觀過洛杉磯五街的乞兒竇，一千幾百個乞兒在那兒過冬，似是劉備下江東進攻孫權，紮連營百里。

知足常樂。吾友才子說，「不枉餘生在五羊」。那還不是他的祖地呢。

二零一八年二月十七日大年初二

故鄉的回憶之「對掌」

前言

兩舊時相識，為不同政治觀點而爭吵，互相文字攻擊。一位是針鋒相對高人列大俠，一位是激情客家漢子寇公公。吾友才子用技擊小說的「對掌」形容。

群友正樂於看二人「吵架」。突然，有舊日如花美女同學「聖姑」跑出來勸架。聖姑退休後學粵劇，練就了玩雜技彎腰搭「拱橋」的功架。

有如此妙事，令我文思發作。決定執筆寫〈技擊篇〉，突出「拱橋」所起的作用。

對掌

話說寇公公和列大俠在周莊拱橋上比拼掌力。如來神掌對詠春尋橋。

公公氣憤：「老朽年過七十，還未遇見過你這如此尖酸刻薄之人。」

大俠冷笑：「寇公公，客家人艱苦勤勞，默默耕耘。只有你吵吵鬧鬧，整天演悲情。」

是可忍孰不可忍。公公大喝一聲：「我妻！」他把內力移到腳下，橋上青磚頓時裂開。大俠一招順水推舟，真氣激蕩。

鑼鼓聲響，對掌開始。周莊的富商巨賈，民工子弟，聞風而至。他們仰望橋頭，圍著四邊觀戰。

在這危急關頭，聖姑在人叢中閃出，輕飄飄切入二人中間。說道：「友誼第一，暴力第尾。不准打架！」

好聖姑！瓜子臉上一對登圓鳳眼，薄薄的脂粉，紅紅的口唇。她是柔軟體操高手，駛出一招雙曲拱橋，雙腳倒掛在地成橋墩，小雞可從中間走過。美人秀髮飄飄，頭往外伸。二人內力氣流也把聖姑的裙子吹起來，露出均勻雪白的小腿。

二人恐懼聖姑，急把真氣回收。奈何真氣已把小橋下河水燙熱了，只見流水黑煙裊裊，如煉鋼洪爐的鋼水滾流，翔游淺水的魚兒翻肚了，似是游在污染了的河水中，魚兒慘遭暗算。

好聖姑！她向二人眨眨眼睛，又眨眨眼睛，用了迷你眨眼術。突然間聖姑變臉，一字馬旋風腿，把兩人逼退數步，公公與大俠都覺聖香蕩漾，心中烏氣頓然消失，舒暢無比。二人立刻跳起來high 5。觀戰者掌聲雷鳴，喝采聖姑拱橋勸架，化敵為友！

聖姑大喜，拖著公公清唱冼星海的《黃河大合唱》，再拿出笛子，為列大俠伴奏劉家昌名曲「梅花」。

剛巧書聖王羲之路過此地，目睹這場不朽的對掌。即席揮毫，寫下自從《蘭亭序》以來最為世人稱道的八字墨寶：

左邊橋墩簡體字：「圣姑拱　　」，掛共產黨五星紅旗。

右邊橋墩繁體字：「聖姑拱橋」，掛國民黨青天白日旗。

橋中間留下了寇公公與列大俠的掌印痕跡。與現今在荷李活大道上，明星們留下的掌印無異。

暮春時節，江南水鄉煙雨淒迷。一輛輛大巴士載著興致勃勃的人們，旅遊浙江周莊，參觀拱橋。在拱橋的橋墩石牌，人們還可以看到大書法家王羲之留下的字跡。但橋中間的掌印已在泥濘中淹沒，只看到遊人凌亂的腳印，寇公公與列大俠對掌的痕跡，已經無人注意了。那永遠的拱橋，勾起了塵噹深情的回憶，它仿佛在講述，這兒曾經發生過一場曠世的對掌，聖姑在橋頭金雞獨立，光彩照人。

那些年，那些事。已經成為遙遠的絕響了。

二零一七年四月三十日

二零一五中國行：巴音善岱廟

（一）進廟

烏拉特後旗是內蒙古自治區的一個城市，人口六萬。比較珠江三角洲的城鎮，雖然有欠繁華，但這兒人稀地廣，空氣清新，風吹草低見牛羊。

二零一五年世界華人網球賽，初賽在呼和浩特，決賽在「後旗」。決賽後，主辦單位盛意拳拳，帶領我們參觀著名的「巴音善岱廟」。

警車開路，五部藍色的大巴士，一部載記者的中巴，一部救護車，離開京藏公路，搖搖晃晃的在泥沙道路上行駛，向「巴音善岱」古剎進發。

我坐在汽車前排，草原上天蒼蒼野茫茫，只見遠方一道山脈，延綿不斷直至天邊。

俯身問司機師傅：「請教師傅，前邊的山是什麼山呢？」

煙抽多了，師傅沙啞聲音回答：「先生，那是陰山。」

我心振奮。啊！陰山腳下，我踏在古老大漠之地。

王昌齡塞外名詩：

秦時明月漢時關，
萬里長征人未還。
但使龍城飛將在，
不教胡馬度陰山。

師傅：「過了山不遠便是外蒙古，往西二百里是賀蘭山。」

賀蘭山？我想起岳飛的《滿江紅》：「……駕長車，踏破賀蘭山闕。」

這些詩詞，氣勢磅礡，激盪人心，凡是熱愛中華文化的人都喜歡。

環顧車窗外，不時看見一群群羊兒在山坡上吃草。草是枯黃色的，看來許久未有下雨了。我最愛見到小黃花青草地，更愛見到牧羊姑娘。

王洛賓那美麗的歌詞：

在那遙遠的地方，有位好姑娘。

人們走過了她的帳房，都要回頭留戀地張望……

往哪找那位好姑娘？文人的想像空間是無限的。

（二）拜佛

二小時半車程之後，來到了「巴音善岱廟」，漢名「永覺寺」。我進寺拜佛。

寺廟在清初乾隆皇帝期間開始興建，據說這地方有十二條龍尾纏繞，吉祥如意，在扇形的山坡上坐北朝南，山泉流淌，是風水寶地。

這寺廟最輝煌時代，有千五僧侶，佛事活動範圍遠至五台山。

曾經是西部第二大的古剎不古，是新的。二零零八年開始重建，到現在修復工程還在繼續。

文化革命時，紅衛兵的一把火，把「巴音善岱廟」燒成灰燼。

新建的巴音善岱廟，巍巍然屹立，紅牆黃瓦，上邊建有一個高高的金色佛塔，頗有藏傳佛教的風格，在藍天白雲的映襯下，好像一幅美麗的風景畫。

緩緩地踏上高高的臺階，邊走邊拍照留念。入大雄寶殿，見佛就拜。添些微不足道的香油錢，為重建盡些心意。

這兒香火不盛，今天來的朋友僅有那五部大巴士的「網球運動員」。對比羅省的「黃大仙」，這廟實在清靜。

偶遇二位友善的喇嘛，我要求拍照留念，他們欣然接受。兩人手握智能手機，且有耳機連接。我心裏想，僧侶也趕上潮流了，他們在聽佛經，還是鄧麗君。相信絕對不會是革命歌曲，因為世界在進步。

（三）蒙古包

中午，主人家宴客，「烤全羊」。宴會設在蒙古包裏。十六個蒙古包建立於山坡上，招待十六隊從世界各地來的網球隊。

我榮幸地受邀在「主席包」。絲竹管弦唱歌跳舞助興。烤羊推出，主人上

香燭，喃喃對着香噴噴的羊兒說話，感謝天賜肥羊。

主人贈送「哈達」對遠方的來客表示敬意。

我恭敬地低頭接受哈達。按照藏族傳統，與主人互灑烈酒行禮。

領隊們陸續發言致謝。輪到加州隊長。

我用不能過關的普通話說：「加州隊感謝烏拉特後旗政府的招待安排……」。

我繼續說：「我今日有些感想，你們的祖先，成吉思汗，在這草地上發跡，聽人說，這兒連礦產也沒有。我看到的是羊和馬和草。他怎樣能夠在這貧窮地區興起？金戈鐵馬，橫掃世界呢？奇蹟！」。

「只識彎弓射大雕，是文人墨客的說話而已。」

我最後說：「希望旁邊那寺廟早日修復完工。」

全場鼓掌。

二零一五年十二月二十日

二零一五中國行：藏女賣藏茶

我們去了一個藏區茶莊，走進了間小小的茶室。室內古色古香，紅木傢私擺設，字畫書香溢然。

賣茶藏女介紹自己，她受訓於台灣「慈濟全球」工程，學習普通話的老師是台灣尼姑，故所講普通話有濃濃的閩南口音。藏女娉娉裊裊，窈窕美人。我懷疑她從阿里山來，《高山青》的歌詞：「高山青，澗水藍，阿里山的姑娘美如水呀……」就是在唱她。

文成公主攜帶茶葉入藏，教了藏人飲茶，從此把藏族人民的平均壽命由四十歲提高到六十。此刻藏女用新潮方法賣茶葉，DVD講解，並帶領四丫環泡茶任君品茗，向漢人遊客推銷茶葉，大談茶文化。

藏女身懷四招絕技賣茶，招招厲害。

四招乃：媚，嬌，迫，淚。

西方世界也用「媚，嬌，迫」技倆賣東西，但用「淚」我則是未曾見過。前三招我在「睇戲」，無動於衷。最後一招，「淚」把我挑落馬下。

賣茶女動情：「深山裏兒童課室破爛，交通阻塞，上學困難。」

繼續：「我們賣茶所得的錢，有一部份交山區貧窮兒童基金。」

含淚水慷慨解囊，八百人民幣奉美人。我所買非「武夷大紅袍」，也非「洞庭碧螺春」，我得二塊「蕃甲朗卡」出品「金芽貢磚」名茶。

賣茶藏女美人說，此茶能醫許多病，專清腸胃，為那些在中國「亂食」的人預備。

我說：「知道了，我就是。」

回旅遊車後座休息。欣賞剛剛買的那塊「金芽貢磚」。包裝確實好，中國出品的包裝，已非吳下阿蒙，與三十年前無可比擬。

車子正在發動。突然間，賣茶藏女出現在車廂裏，站在我面前。

「媚，嬌，迫。」懇求陳先生再多買二盒金芽貢磚。我投降了。

同行友人壽星仔感想，如果我的 sales 能學到她一半，賣鍊奶如此拼命，公司將會發展到非洲。

打油詩贈藏女：

年輕貌美，狐仙無尾。
陰聲細氣，問你暈未？
不論產地，茶都好味！

一蓑煙雨任平生

二零一五中國行：成都買玉

前言

很多人都有這樣的經驗。我要把事情描形繪影，詳實道來。

成都買玉

那一天，天府之國大雨滂沱，旅遊車在成都橫街的泥濘馬路上打轉。車子轉入了一個玉石展覽館。在展館工作人員帶領下，我們走進展覽廳。展覽廳燈火通明。每一櫥櫃站立一態度恭敬的穿旗袍售貨員，參觀者僅有我們十來人。

「我的一家人，連爺爺奶奶在內，全在汶川大地震中遇難。我幸運活了下來。」

一位樣貌普通不過的女孩子，向我們介紹這公司。這是她的開場白。

「我們公司的老闆是善心人，收留了我，讓我成為員工。還教我玉石知識。」

她向我們介紹公司的歷史，教大家如何分辨玉石的真偽。

突然間，廳堂地板嘀躂作響，那是高根鞋走路的聲音。見一「經理」型年輕婦人走來，落落大方，態度誠懇地向我們鞠躬。

她說：「你們好，各位稍候，我們的老總要見見你們，希望和你們交個朋友。」

二分鐘，老總駕到。

老總是四十來歲「年輕人」，五十年代油脂型打扮。短靴窄褲，黃色緊身恤衫反高領直蓋耳朵，梳油頭飛渡。最顯眼的是那珠光閃爍的二吋皮帶，猶如玉帶環腰，把他切成兩截。

他的名片：「ＡＢ集團，美術總監。Ｃ郎。」

他介紹自己是這公司設計師，玉石雕刻家，不管生意。

「今天與各位有緣，得知你們從美國來，想和你們交個朋友。小兒子即將要到史丹福大學旁邊那間小學讀書。對！就是華人籃球名將林書豪讀過那間。」

「我希望多個朋友多個照應。」

一時之間難分清此人是老實還是狡黠。

「各位，你們應該聽得出我的普通話有台灣口音。我是在台灣「成功大學」美術系畢業的。」

「我是少數民族。祖宗幾代都在雲南深山採玉。很不幸，我家在文革時期受到迫害，父親把我送往台灣讀書。」

他把聲音提高，加重語氣：「聽著！賣玉石是暴利生意。我的哥是這兒的大老板，他是暴利商人。我不是，我搞藝術，我熱愛藝術。」

眾人為之動容。

他隨手從櫥櫃內拿出二隻翠玉鐲。一標價四十二萬人民幣，另外一隻三十九萬。高舉雙手，把一對玉鐲相碰，發出叮叮響聲音。他又拿起二片玻璃相碰，聲音是沙啞的。

「明白了嗎？真玉相碰是有聲的。假玉無聲。」

他用一把鋒利小刀割玉，玉石分毫無損。割玻璃則是如切瓜菜。

「小妹，拿些小禮物送給大家，我要和他們交朋友。」

小禮物是小貔貅，用玉做。貔貅辟邪，身懷只入不出的天賦，可招財進寶，最受歡迎。

售貨員展覽金片，金片雕十二生肖像，鑲在玉塊上，包裝在紅色的裏盒，送禮佳品甚可愛。價錢二百八十元一生肖，眾人大感興趣。

我走到另外一邊的櫥櫃參觀，準備溜出大門觀雨。櫥櫃放有一條條的綠色珠項鍊，精美奪目，標價九百元。

我招手召喚美術總監Ｃ郎。

「這是真的？為什麼這樣便宜？」

他大笑。把手伸入櫃內，拿出一條珠項鍊：

「拿去玩玩！我送你。」

這怎樣好意思呢？我立刻買了兩片屬羊和屬狗的金片送兒子們。

同行友人壽星仔夫妻愛購物。夫愛吃肉，妻愛戴玉。妻唱夫隨走入了貴賓室，C郎茶水咖啡招待。

我離開，經過大門口時見一頑皮小童在學掃地，我想，他應該是C郎的兒子。

急步躲進旅遊車內聽雨聲，我與四川司機大談三國演義。他用四川國語講蜀國，趣味性強。

一小時後，團友陸續回車，有買的也有空手的。我再看不見C郎了，他沒有送行。

壽星嫂告訴我，她差點買了那四十二萬元的玉鐲，由於顏色不配她的新衣裳，作罷了。

問壽星嫂：「玉鐲有減價嗎？」

「當然有。價錢從四十二萬降到萬二元。」

哦！這是全世界最大的商品減價促銷，歐美國家望塵莫及。

後記

我的大兒子把貔貅掛在車頭作裝飾物。小兒子說他的貔貅掉失了。

二零一五年十一月一日

一蓑煙雨任平生

二零一五中國行：廣州開車

我的故鄉在廣州，那是一個終身難忘的地方。我剛剛拿到故鄉的駕駛執照，開車入鄉隨俗。

在廣州市區開車，有點兒像晨運的「慢跑」。參加運動的人真多，為了跑到目的地，人們你閃我避，「慢跑」擦肩而過。

車子開得慢，有些司機邊跑邊問路，有些在看城市風貌，很多數司機在打電話。他們隨時會把車停跑，停在馬路中央，跟本不把別人放在眼內，你有你跑，我在休息。「沒關係」，「不生氣」，大家繞過他繼續「慢跑」。的士司機盡可能開得快，他們想「快跑」。

我是廣州開車新手。這兒開車新手多。我的姪女拿到駕照大半年，利用「優步Uber」軟件，休息日做司機賺取外快。

由於不熟路，我喜歡塞車，這樣子我可以看清楚往哪跑。手機上GPS帶路的姐姐講話嬌滴滴，（據說是林志玲聲音），什麼叫「輔路」？她的普通話我不全懂，我聽到「腐路」，「豆腐」的「腐」。姐姐警告，前方三百米有監控攝像錄影，拍攝運動員「亂跑」行為，這我聽得最明白。廣州的攝像頭比交通燈多。

車子多是國產的。也有寶馬，平治，甚至法拉利，它們無用武之地，反正都在「慢跑」。泥頭車，大卡車，公交車是車霸，私家車要讓它們先行。

「慢跑」人是盡量遵守交通規則的，行人是不遵守交通規則的。由於車多行人也多，司機經常「被迫」違規，違規過綫；違規跑入專車道；甚至違規掉頭。我希望政府對這樣的違規「隻眼開隻眼閉」。建議政府首先整頓行人的行路規矩。

廣州城區少有重大交通意外，原因是：一，車速慢；二，重典治醉貓。皮肉傷是經常發生的。我不怕，反正我開的是老爺面包車。

在舊城區最繁忙時段堵車。綠燈亮，交警哨子響，車輛開始鬆動。一時間，「馬啼聲碎，喇叭聲咽。」私家車，貨車，公交車，匯同摩托車，單車，三輪載貨機動車全在移動着，更有幾位把自己當作「車」的行人橫過馬路。轉左轉右的，掉頭的，直駛的，真乃「車如泄蟹人如蟻」。炎炎夏日，灰塵茫茫，夕陽餘暉灑落在六二三路的人民橋上，交織出一幅奇特的景象。

辛棄疾《青玉案》詞：「東風夜放花千樹。更吹落，星如雨。寶馬雕車香滿路。風簫聲動，玉壺光轉，一夜如龍舞。」

「東風夜放花千樹」我同意。「寶馬雕車香滿路」？那就要看司機的心情了。

我的心情美得很。

二零一五年十一月

一蓑煙雨任平生

二零一五中國行：入九寨溝記

一行十四華僑，從加拿大，墨爾本，羅省會合四川成都，十小時車程進入有「人間仙境」之稱的九寨溝。

「仙境」受到凡人打擾了。導遊說，這國家公園遊人每天只限四萬一千遊客，上月某日人數超過極限，對不起，公園落閘，人們在旅遊車上睡一晚、明天請早。

導遊是大學畢業生，自稱為「團長」。他不喜歡我們叫他「導遊」，因為廣東音可變成「道友」。

主席「更喜岷山千里雪」。我們沿岷江上山，江上波濤洶湧，山川翠綠葱葱。二零零八年汶川地震災難，重建之快，無可比擬。

新路有山石泄下阻塞交通，大塞車。四川司機機警，立刻掉頭行舊路。慘矣，蜀道難行好驚險。首先迎接我們的是一個黑沉沉的隧道，黑呼呼路茫茫，汽車從黑暗走向光明。雙向車道往大山深處彎曲蜿蜒。山中人家霸了一邊路用來「曬辣椒」，汽車需要繞道。這也是，人家的家園人家的山，何來那麼多汽車阻止曬辣椒。

「團長」大談藏人的葬禮風俗，有點兒煞風景。更煞風景的是他在「教人做人」，整天「我」「我」「我」掛不停口。他教人們如何教仔，我想教他獵狐，不成敬意。

「團長」介紹了入西藏的一段「茶馬古道」，據說是文成公主所修。經過了「羌族」古堡村，孔明「深入不毛」是在這地方嗎？

中午受到「喂飽」待遇。眾人大讚菜式清淡，連續兩餐成都「麻辣油」浸everything，I can't take it no more。

停車休息，洗手間需要收費。看門老伯手中挾著的一元人民幣，有葡京賭場百家樂柏上的幾副撲克牌那麼高。

黃昏時分。車子經過一處，見一英雄人物雕塑站立山坡上。這是當年紅軍會師的地方。那英雄似是在遙望遠方的「江山如海，殘陽如血」。他在笑，笑老蔣幾十萬兵剿不到我，讓我殺出血路，在此地勝利會師。日後「鐘山風雨起蒼黃，百萬雄師過大江」追窮寇。

第二天清早，終於來到九寨溝國家公園，大門氣勢非凡，有點兒像迪士尼樂園的入口。

團長說，今天進入九寨溝的遊客接近四萬人。入場券是三百元人民幣，老人家七十歲以上特價。

　　五條排隊的「人龍」佔據了整個大門的廣場，每條人龍又分為三四條「小龍」，絕不規則，大家慢慢地移動。我與團友們一隊。走著走著，我發現自己與團友越離越遠。我被愛護子女的父母親，用「碎步」，「胸迫」，「斜插」把我擠在後面。華仁神父所教的禮貌與斯文深入我的神經，但此情此景，我有一肚子烏氣。

　　突然之間，有一年輕人把「斜插」「排隊」遊人擋開。喝道：「讓他先走！」

　　「謝謝你。」

　　在中國，希望在年輕人身上。

二零一五年十一月

二零一五中國行：拿車牌記

前言

每年返鄉，必有一事困擾著我：「沒有中國車牌開車」。

中國的公路交通發展達世界水準，莫說珠江三角洲，就算全國各地，高速公路已經是四通八達，如果不能開車，實屬憾事。自駕遊覽湖光山色，是在西方久住陪養出來的文化。

友人勸告，在國內駕駛情況復雜，你年過六旬，道路不熟，開車會有危險，坐的士地鐵，叫uber為妙。

我偏不服老，總覺得自己才三十出頭。趁在廣州逗留十天的機會，我決定辦手續拿中國車牌。

手續

早有了解，政府有一項「外國駕照更換中國駕照」的服務。無需路試，只要申請人考筆試過關，立刻發駕照。

大清早，召喚一部「白牌」到市橋的車管局問個清楚。拿籌排隊資訊，一問之下，原來走錯了地方。叫司機反方向往另外一車管局去，番禺的另外一邊。

女同志把我的護照和加州駕駛執照看了許久，差不多要用放大鏡看。

「請陳先生上三樓，問我的領導，我不能決定。」

領導好禮貌：「陳生，你的護照與駕照名字不同，護照的名字中間多了，pakling，公證翻譯起來會有問題。」

「哦。」

「我們要請教領導，我們的領導是在廣州岑村交管局。」

我有點兒無奈，把脾氣壓著。

「不必了，讓我明天自己去岑村請教領導。」

岑村交管局離開廣州市區約四十五分鐘車程，是廣州所有交管局的「皇上皇」。我從來沒有見過如此龐大的 DMV 辦公地方（Department Of Motor Vehicles）。人頭攢動，有點兒像那一天，奧巴馬總統開放無居留證人士申請加

州駕駛執照的DMV。

早上九點，朋友開車陪伴光臨「車衙門」。拿籌問問題。這兒好，有專門窗口為外國人辦理駕照服務。

女警同志領導的相貌是旺夫益子相，且有威嚴。她與前邊問問題那位印尼華僑吵得不可開交，華僑要調攝像找領導討公道。

終於輪到，我把證件遞給女同志，解釋在番禺不能辦手續的原因。

她看了兩眼，不假思索：

「有乜問題啫，你就叫他們把你的名字翻譯成『陳柏齡』。」

窗柏上放有一個「滿意否」機器。我滿臉笑容，立刻給她按「非常滿意」。

貴人

「先生，我幫你。」

那人坐在我後排許久，彪形漢子，生得圓頭大耳，手戴一用木頭做的黑珠手鍊，黑珠似石硤龍眼，用紅線穿著。胸口掛大塊寶玉闢邪。

我問：「點幫法呀哥哥？」

大漢開懷回答：「我在對面條村，開了間駕駛學校。人家學校讀一千題，我給你二百題讀搞掂。仲有，公證翻譯，我幫你做埋。」

「幾銀？」

「五百元全包。但你自己去影相，要存發票。」

我立即心動。要知道，在廣州找公證翻譯可以煩死人。

堂堂男子漢不怕受騙。恕我見識少，江湖騙子我未曾見過。

大漢駕駛電單車截二人，雄赳赳橫越寬廣的大馬路入村。

「陳先生，這是我間屋，下邊是學校。」

一棟三層高的石屎樓就在眼前，樓下掛大招牌「實得駕駛學院」，內裏有十枱電腦，有數人正在學習。

「你不必急，先食中午。我們村好多嘢食。」

朋友請我，三十元一盤酸菜浸魚確實好味道。飽餐一頓之後上學讀書。

讀書

打開電腦，一課課sample考題慢慢地做。題目不簡單，對於我這老華僑，不懂得中國交通術語，更是難上加難。

課室准許抽煙，茶水供奉。這兒有一位年輕男老師，穿拖鞋講鄉下話。大漢的小兒子在我腳下爬行嬉戲。大漢很驕傲，他養育一仔一女。

問老師：「交通事故，如有死亡發生，逃跑。點解有些三年到七年徒刑，有些七年以上？」

老師：「撞到人，人未死之前逃跑，七年以上。這叫見死不救！」

「明白。」

交通符號圖片令我眼花繚亂。例如：過火車隧道，有圖片表示此處有人看守，另一圖片表示無人看守。唉，真是不讀不行。

大漢欺騙了我，他給我的不止二百條題目，我起碼讀了過千題，用了二天時間。

考試

一切文件全準備好了。在大漢帶領下，步入岑村交管局考場，付費八十元，工作人員將資料輸入電腦，發准考證參加筆試。

心有惻惻然。問大漢：「你話我得唔得？」

「我估計你考九十一分，剛剛過關。」

考試題目共有一百題，中八十九題也肥佬。

試場在六樓，電梯供工作人員用，考生徒步登樓。首先考考你有無「腳骨力」，如果沒有，無需進考場了。廉頗老矣，「捱」到六樓，已感「索氣」。

大廳有幾十枱電腦，監考阿姐幾名，她們的態度和善。許多人正在考試，年輕考生居多。每人有機會考二次，如果不合格，請君十天後再付八十元重考。

我把號碼輸入電腦，資料立刻顯示。更有一視頻鏡頭對準我，出貓不行也哥哥。看視頻照鏡，看到自己很老，超過三十歲。

考第一次。題目似曾相識，輕率選擇。如果選錯，正確答案電腦顯示。時間不限，你可考到他們下班。當我考到六十題的時候，已經錯了七題，當考到八十

題時，考試停止。對不起，你不合格，請再來一次。

我精神沮喪。再不合格，要等明年再來此地，真不想重返岑村交管所。

監考官走來安慰：「先生你慢慢做，想清楚才選擇答案。」

我嘆氣：「姐姐，我已經幾十年未考過中文試了。」

考第二次。我匍伏前進，小心翼翼。考到第五十題時，僅錯一題，考到九十二題，電腦說：「祝賀你筆試過關」。

不必考了。獎勵你坐電梯下樓取駕照。

感想

走出岑村交管所，站在高坡上，只見傾盤大雨，把酷熱沖洗，涼風陣陣。我心中有無限舒暢。朋友，我有自豪感，這已經不是拿到駕照的問題了，這證明我還有「讀書」的能力。

廣州親朋讚我「厲害」。我感謝大漢，他騙我有功，迫我讀書，迫我讀中國交通規則。

二零一五年九月二十五日於LA

燕塘拜山

父親與爺爺的山墳在烈士「銀河公墓」對面，三號地鐵「燕塘」站。他們葬在「基督教墳場」。

多年前，父親的墳墓從香港「歌連臣角」遷回廣州，與他的父親同葬一處。這是我的主意。

廣州的親人迷信透頂。他們清明掃了墓，就不可以再掃一次。所以我年年都是單獨一人拜父親山墳。

父親的山墳難找。我每次都在墓碑排中走來走去，上下左右尋覓。心懷歉意，恐怕打擾了他人的安寧。在逝者叢林中的石碑上尋找父親爺爺的名字，越膽顫越難找，越心急越找不到。我會懷疑，他們不在這裏。

墓碑如牌九牌，一隻一隻排列整齊，面對著前方的白雲山。那家鄉山如莊家，山明水秀好風水。

今天是農曆七月十五的中元節，人間陽氣升。孤魂野鬼遊蕩的假期「盂蘭節」已經完畢。這兒空蕩蕩的無一生人，更無鬼影，連往日煩擾我的「山狗」也不見蹤影，這裏真安靜。

今年與往年不同，陽光普照。我僅走三兩步，父親赫然站在我的面前，磁燒褒呔相片向我微笑，像是說：「仔，我在這裏。」

我撫摸著他的相片，悲從中來，淒然落淚，跪地三拜。我空手拜山，沒有攜帶花束祭品。我知到父親豁達大度，不理世俗。

爺爺嫲嫲的山墳不好找。打電話問親人，他告訴我從前方偏右上。

拜爺爺不傷心。我記下老人家出生與去世的年份，一八八九——一九八九。壽星公活了一百歲，享盡人生。

走出墳場。心中有「搞掂」的感覺。我約了堂兄弟去吃乳鴿。

回頭望，耳朵中響起父親常常對我說的話：「仔，你今次玩夠未？」

二零一五年八月二十八日於廣州

二零一五中國行：樂山大佛

我遠道而來，在江風吹拂下，獨立船頭，抬望眼，見光霞照耀山崖。我心中懷著無限敬仰，合掌慕拜這有二十幾層樓高的彌勒佛。

大佛臉孔慈祥，莊嚴肅穆。千百年來，波濤在他腳下洶湧，遠眺山川河泊，閱盡人世間的春夏秋冬。到而今，世界上的文化人也在看他，他們為大佛喝采，選了大佛為「聯合國教科文組織世界遺產」。

這兒是巴蜀地帶，曾經是劉備的地盤。長江的支流：岷江，青衣江，大渡河，三江匯合。古時舟楫如梭，急流險阻風波惡，江水無情，每有翻船事故發生。

千多年前，唐朝時候。為了保佑商旅平安，「易暴浪為安流」，海通大和尚決定籌募善款，在此地開山劈崖，刻一大佛。工程歷九十年，三代人，在峭壁上刻鑿出一龐然大佛，頭與崖齊，腳踏大江。

「仁者樂山，智者樂水。」這城鎮名叫樂山，離開成都約一小時車程。這裏有山有水，民風純樸，應是鄧麗君小姐唱的《小城故事》。

可惜，這城鎮被地產開發商建立了高層商品房，隔江望佛好風景。Good view！

有「智者」勸導，此地建築高樓不能高於大佛，否則會有不測。開發商人心存破除迷信的進步思想，忠言逆耳，多建兩層多賣錢。更有「不信邪」買家入住頂樓二層。結果是生意失敗遭劫難。至今最高二層空空蕩蕩無人夠膽入住。

抗日戰爭時期，我父母曾經入讀成都的「華西壩」大學。成都離開樂山不遠，我想他倆必然來過看佛。像我一樣，敬仰一番。那時候，他們的愛情在開花，唱一曲《小城故事》最合適。

今天這兒的碼頭，人們排長隊，有五條渡船輪番開出，半小時一次。人們穿上救生衣，在江上觀佛。你也可以去坐小型摩托艇，開足馬力穿插其間。

船上人仰頭望佛，同時也看到在山上的遊人參觀大佛，他們猶如活在「小人國」裏，像螞蟻般在巨人旁邊移動。

來參觀樂山大佛之前，我在峨眉山伏虎寺抄到一正能量對聯，彌勒佛勸人笑：

開口便笑嘆古笑今凡事付之一笑

大肚能容容天容地於人無所不容

二零一五年八月十六日於四川成都

一蓑煙雨任平生

225

一蓑煙雨任平生

第四章
美國美國

英文名──格利哥利

　　黃姓朋友人過中年，喜得一麟兒，為兒子起英文名字事情傷透腦筋，來電徵求意見，要求我能出些主意，他希望名字要特別一點，不能是 Peter，Bill，那種到處有的普通名。我建議Gregory。

ABCDEFG
HIJKLMN
OPQRSTU
VWXYZ

　　給孩子取一個英文名字並不是件簡單的事。外國人的名字一把數得完，在這異國它鄉之地，王、黃和汪三姓歸一，最易混淆，隨時可能有 misidentify 的無妄之災。朋友有信心，認為自己的兒子將來必成大器，害怕別人把他兒子應得 credit 佔據。如果不給兒子取個少人有的名字，他兒子的命運就跟阿蟲一樣，學校可能把兒子的學生證名字後面加一串阿拉伯數字。

　　朋友靜靜地想了幾天。覺得我的建議不錯，Gregory 好，少人有，讀起來響亮。即時報備太太。朋友太太是祖國媳婦，英文電影雖然看得不多，但 Gregory Peck 大名了不起。太太懂得「格利哥利」這荷里活大明星，認為名字有個性，可以。朋友急忙指出；這英文，僅有兩個音節，gre 和 gory，並不是四個音節。教了太太幾次，反覆演示還是毫無進展，太太老是說「格利哥利」，四個音節有次序而發出。如果講快了就會絞舌頭，咕咕嚕嚕的，不清楚。朋友終於作罷，放棄了我的建議。唉！「Poor Gregory」！

　　不久，朋友的北京佬生意伙伴，也喜得貴子，跟他商量為兒子取英文名字事宜。朋友不假思索，奉上 Gregory。並且耐心解釋，講述 Gregory 的出處、緣由。北京佬聽後默默無言，想了一下，不能接受，說：「名字是好名字，我喜歡，但萬一兒子嘴笨，三歲亦說不出自己名字，這如何是好？？？」朋友告訴我。其實這只是理由之一，關鍵是北京佬的老爸，小孩的爺爺，他老人家混跡美國廿年，退休之後，憑藉身形清瘦，五柳長鬚，仙風道骨之模樣，在大公

司謀了個太極拳教練Part time工作，每日大清早帶領群魔亂舞。老爺子為了保持「Chinese Kong Fu Master」形象，講的依然是京腔十足，捲舌英文。這萬一哪天有人問起：「你乖孫叫甚麼名字啊？」老爺子可能血壓升高，回答塞住喉嚨，哥、哥、哥半日哥不出來。唉！「Poor Gregory」！

　　朋友最終為兒子取名Ryan。

二零一二年五月十二日

長春藤大學見聞

我們一家四人，開車到達了 New Hampshire 州，一個名叫 Hanover 的小鎮，參觀長春藤名校 Dartmouth。

午飯時候，媽媽和孩子們繼續 school tour 行程，我覺得既然已經聽了 infos session。對學校有所了解，我不需再步行深入認識了。

我單獨一人在學校的「downtown」大街漫無目的遊蕩。在這盛夏時節，突然之間，有幾聲旱天雷，跟著風雲變，下起了暴雨。我匆忙中走進一間 Diner，避雨兼醫肚。

Diner 內燈火通明，顧客如雲。Diner 外天昏地暗，雷電交加。

我排隊等待有十五分鐘，坐下在角落的小餐桌。有一白婦侍應，年齡六十來歲，上前招呼，她手腳利落，一看就知道是那種做了幾十年 waitress 的人。

「What do you want to have？Honey.」

我回答：「I have the reuben sandwich, an iced tea.」

「You got it. Hon.」

她一頭銀髮，眼帶假睫毛，濃裝艷抹，皺紋處處。我心裏想，歲月不饒人啊，她當年必是一位標緻的美人兒。

前邊餐桌來了三位白人，中等年紀。其中一人特別引起我的注目，此人臉紅如棗，梳陸戰隊平頭，濃眉大眼，身材健壯，戴大圓金耳環，穿藍色的吊帶工人褲，沒穿上衣，胳膊露出黝黑結實的肌肉。他的目光呆滯，神情覷腆，像是要受人呵護的女人。其餘兩人穿白色網球鞋，整齊的短打裝扮；斯文有禮，紳士風格。他們對大個子恭敬有加，極盡伺候之能事。我一看就知道他們跟我的性趣不同。

我一向尊重斷袖分桃人士，原因是在半工半讀做企堂的歲月裏，我招呼過這等客人。他們的小費特別好，也特有禮貌。但這眼前景象，我心中也感詭異：「嘩！咁都得？」

旁邊餐桌坐了師徒兩人，年齡大的像是個教授，年輕的好像是個講師。他們在小桌子上用紙筆討論物理。所講我一句不懂，他們在講量子力學？

我邊吃邊注意周圍環境，我赫然發現，這餐廳內竟然僅有一位有色人種，我是「非我族類」。

這地方的工作效率非常高，從收拾盤碗到侍應、收銀，到開放式廚房，全

部是清一色的白種人。也是偶然，在這一刻，餐廳內的顧客也全部是白人。我像置身「外國」。

我在此地四十年，也算走過東南西北。就是沒有遇見過這樣的環境。

顧客有老師，但多為學生。他們的舉止談吐，自有一番風度。我心想，在這國家的頂尖學府，在這diner，我看到了這國家的將來精英。確實不同凡響。

我突然感覺，自己仿佛進入了電影《Shining（閃靈）》一幕。人們正在笙歌燕舞，一派祥和。我聽到老Jack和酒保Roy的對話。

老 Jack 開懷痛飲，對 Roy 說：「White man's bourbon, white man's bourbon.」他在享受Jack Daniel。我和老Jack一樣，也愛喝Jack Daniel。

我的思緒萬千；假若能如小兒所願，進入了這長春藤大學讀書。他的前途是否無量？他能真正地打入精英的圈子嗎？他能繼續炎黃嗎？他可能遇到個鬼妹仔女朋友，一發不能收拾。我則是「兒婚女嫁神保佑，配錯生番淚兩行。」不想了。我已經失去對他的控制，仔大仔世界。我的任務完成了。

雨停了。走出diner，轉往街口，看到一穿舊款軍裝的行乞人坐在中國式草蓆上，身邊擺了個洋琴，一頭長髮披肩遮臉，額頭有紅巾捆綁白髮，如神風敢死隊，此過氣嬉皮士的樣子也真入格。五官生得特小，小眼睛炯炯有神，小嘴巴露出一排疏落的抽大麻煙牙，臉色白裏透紅，健康得可以。他的相貌令我想到金庸筆下的周伯通。我看這乞兒的日子過得不悽涼，他還霸佔了街角靚位搵食。有一遊客，提長短火攝影機侍候他，想要獵影這性格巨星臉孔。乞兒右手掩臉，左手伸長，攤開手掌：「Five dollars please.」

迎面走來兩個亞洲人，一老一少，看來也是到此參觀大學的。大人向我問路，正所謂：「停船暫借問，或恐是同鄉。」一開口，我已經知道是家鄉來客。

朋友從廣州來，他是他鄉遇故知，我相反，我剛從外國回來，我是鄉音無改。

也真正是可憐天下父母心，我這次帶小兒子參觀東部大學，所見都是這樣的配搭，父子，父女，母子，母女。當然還有父母一起的。

鄉里說；「我帶兒子已經參觀了三所大學，果然名不虛傳，都是十八世紀時代創建，真古老，真漂亮。」

我仔細打量他的兒子，好一個聰慧少年，眼睛明亮透澈，滿面英氣。

我認真地對告訴他：「這邊不是那邊，沒有後門可走。除非你的兒子在運

動方面會飛天，或音樂方面有朗朗的天份，有可能另當別論。但十之八九，能進入到這類學校的孩子，都是聰明兒女。公平競爭。能否得到錄取，要看他們自己的造化。」

他回答：「我知道。我又不是布殊總統。做父親的，盡力而為吧！」

老婆和兒子們已經走完了 school tour。我們重新上路。下一站，New Haven，Connecticut，耶魯大學。

後記

月圓之夜，紫禁之巔。一劍西來，天外飛仙！

塵噹躲在牆角，陰陰濕濕地用彈叉彈人。
首先彈鬼，然後彈人。

二零一二年中秋節於美國西岸

遊船河

灣區行與農民的一席話，題目「遊船河」。

我和他聊起由我組織的二零一零年阿拉斯加行，旅途相當成功。就算最懂 finer things 的德爺，也很滿意。

我驚嘆；年輕時，大家為學費和女朋友擔憂。年壯時，大家為生活和兒女奔波。現在步入老年，一切鬆綁。是遊船河的時候。

白天看千里冰封，萬里雪飄。在繁星流動的夜晚，大家站在船頭，等待美麗的北極光劃空而過。那源源不絕的美食，每一天都有多少變化。吃完可以再吃，令我想起非洲還有吃不飽的人。郵輪不時開到海港，大煙囪嗚嗚聲響，泊船上岸，看風土人情，走動走動。我懶惰，有可能房間蒙頭大睡，上岸都懶。

以上些都不是成功的主要原因。舊時求學期間的一班朋友，找個地方聚會幾天。不必做飯，不必洗碗。更不必行到喊救命。大家天南地北地聊天，講笑。談悶了，打四圈麻雀，下盤棋，玩橋牌，打乒乓球。晚上，看看表演，在酒吧飲兩杯，就算飲到啤啤呼。也不害怕警察抄牌。講句老實話，我們這班老鬼，同老婆的荷爾蒙只剩幾滴，與老婆的交流也超越了頂峰，這時候夫妻倆在船上，可以各適其所選擇自己的愛好，女的學習插花，烹飪，時尚。男的學習影相，電腦，藝術。或跟着才子，在餐廳繼續「大食」。

不妨嘗試，自己一人躺在甲板的長椅子上，欣賞碧海藍天，海鷗飛翔。正當在詩情畫意，心曠神怡的時候，大自然忽然玩嘢，風雲突變，聽到驚濤裂岸，狂風激起海浪有如雪擁。翻讀江紹倫教授的新書《中國詩人不朽句》，讀到杜甫〈旅夜書懷〉的英譯。

細草微風岸，危檣獨夜舟。
星垂平野闊，月湧大江流。
名豈文章著，官應老病休。
飄飄何所似？天地一沙鷗。

Reflections in an Inn

Short grass thrive on riverbanks cooled by breezes

一蓑煙雨任平生

233

Alone a tall mast stands on a boat in darkness

A sky decorated by low stars sets the plain wide

The bright moon heaves up the river's rolling tide

My fame is not built by my writings at will

Retirement from public office is natural when old and ill

How free it feels doing little I wonder

Like a water bird between sky and land hovers

　　有一隻海鷗，獨自在昏暗的天空上翔翔。我會想，哈！杜甫這唐朝偉大的詩人，你這《旅夜書懷》不合我用。你這首詩無病呻吟，自嘆自憐。首先，我不是「危檣獨夜舟」，我坐在豪華的輪船上，穩妥得很。再且那句「官應老病休」更大有問題，我沒有當過官，身體還健康，現在有錢遊船河，文章是寫給兒子看的，希望他們繼續炎黃。在這海天茫茫之間，這八句詩僅有「飄飄何所似？天地一沙鷗。」可以應景。

　　農民對我說：「我未遊過船河。」

　　我回答：「下次有機會你參加吧，值得去。」

　　農民：「我一定考慮，我現在已經到達『做又得、唔做又得』的超然境界了。」

　　這幾十年的工程師朋友，辛勤耕耘一輩子。今天兩女兒已經大學畢業，進入了社會。一在傳道，一做教師。我真替農民開心。

　　回憶父輩，他們那有機會和金錢享受遊船河。最高級的是飛到星馬泰旅行。或者，爬山大半天，登上泰山頂看日出。我有老翁富豪網球朋友，他也坐過輪船，漂洋過海到金山。他不是遊船河，他是被賣豬仔。

　　最近與德爺通電話，又提及遊船河事，他想去南美。我告訴德爺，我們要找到大家同意的地方才行，不能是我要去歐洲，你去南美，他去澳洲。這樣就永遠不可以成行了。

　　有一地方我想去遊船河，那就是中國的釣魚台。

　　我和老婆商量此事，consensus，今年到明年，在小兒子進入大學之前，都不能去太遠的地方。我們希望多聚天倫。明年就不知道他跑去那裏上學了，在此之後，天涯海角都同老友去。

　　在我組織這樣的活動之前，還是要贈諸君兩句，引用我們的咸濕對聯：

「昂首向天，家法從嚴。」

男兒可以論事深入肺腑，
後宮不容問政各不傷肝。

這就會減少了一半的意見。老子前老子後的話：廣東話又好，客家話又好，國語話又好。都是我喜歡聽老婆說的好話。

再說悲情，比較起杜甫的《旅夜書懷》，我更喜歡瘦皮猴 Frank Sinatra "My Way" 的最後幾句：

For what is a man，what has he got?
If not himself，then he has naught
To say the things he truly feels and not the words of one who kneels
The record shows I took the blows and did it my way!

二零一二年十月三十一日

聖誕義演

昨天晚上，與小兒Adam在星巴克飲嘢渡過。小兒要寫文章申請大學，年初一交卷。他希望父親給予意見。星巴克裏面燈光柔和，環境溫馨。父子情篤，有說笑，有商量。

小兒寫我也寫。受朋友來信鼓勵，有話喜歡讀塵噹的古靈精怪。塵噹的文章能為他們的煩悶生活，平添一點笑意。

我腦袋空洞無料，但陰濕好笑東西特多。感謝華仁老校長鼓勵寫作，自己慶幸生活在言論自由國度。所以膽子越來越大。

送兄弟姐妹笑話文章，取名〈聖誕義演〉。祝福你們聖誕節快樂，新年進步。大家的友誼地久天長。

聖誕義演（二零一二年十二月二十四日）

槍民國近年飛機大炮替天行道不成，反而槍口對內，傷殺廿條兒童生命。聞者傷神，氣憤加眼淚，兼而有之。黑人總統與國會吵架多，坐埋食飯少。兩條路線的鬥爭，你死我活。過幾天，如果仍然硬頸，「財政懸崖」危害全世界。

二零一二年歲末，雅馬人的末日預言已過。死不了。在這普天同慶，火樹銀花微雨紛飛的聖誕前夜。世界人民感恩緬懷偉大的聖人耶穌誕生。

南海塵噹攜來百侶前往世界最豪地段。洛杉磯比華利山。一眾百爺公婆，帶領兒孫，穿上最見得人的冬天飲衫，站在Rodeo Drive街口。一字排開，表演節目。

學士挑選自己最靚港式西裝。孔太醫穿唐裝，Tommy穿湖人隊球衣，聖姑便裝，夫婿拿利林打傘追隨左右。德爺工人褲。巨爺和詩人智黑色中山裝，逸仔不怕寒冷，年輕短打出場。農民頭農民裝，穿長筒水靴子，頭上捲起北方村莊男人白頭巾，有如一大白兔。國威兄是員外，當然戴有玉器護身。塵噹穿費特拿最新款式NIKI網球服。小家伙是可愛，祖國媳婦幫他打扮成小財主，瓜皮帽大紅長衫，與聖誕老人相影成趣。

我們發誓做了槍國公民，義不容辭，幫助槍民國教化大國shopper。今日我們槍民國一時運滯，揸頸就命，做生意始終行頭。意大利名牌店主人，在門口

一蓑煙雨任平生

俯身哈腰。普通話：「歡迎光臨！」

　　高尚的比華利山，大國民橫行，他們用人仔更換美金，腰纏萬貫高調過市。那些人滿口蒜味，隨地吐啖，連最有家鄉情的塵噹也「頂不順」。大國男人都穿一套黑色 Louis Vuitton 西裝，Armani 黑皮鞋，配著白色襪子，那正是天皇巨星米積信裝扮。大國女人打扮得顏色鮮艷，極高檔能事。有幾位大國民走累了，在馬路邊吸蒸剝瓜子。有黑人清潔工幫助撿垃圾。他們身旁放了大包細包掃貨物資，猶如在廣州火車站等候春運班車。

　　妹妹陳珊珊領唱，先來個下馬威，一曲激揚頓挫之Hark! The Herald Angels Sing，她標準的英文發音，可以與紅鬚綠眼亂真。無他：證明我們是精忠移民。怒海餘生投靠自由槍國。在此地生兒育女，已經把這塊肥沃的的土地和善良的槍民，當作吾土吾民。

　　才子第二位出場。他穿著永遠整齊得體。夏天是色彩繽紛的夏威夷衫。冬天是呢絨大衣。手中拿着一張免費的《大紀元神經報》，此報紙在大國被禁，不可多得。

　　才子唱一曲毛潤之的《廬山仙人洞》，當他反覆唱到「天生一個仙人洞，無限風光在險峰」時。才子的眼睛溫柔千萬，腦海風光綺麗。他運用唱腔最高技巧的「震聲」，去表達攀登險峰之「心驚膽震」。才子絕唱：「蘭香一縷沁蟬衣，九重天外有幽思。輕解羅裳隨風舞，枯木寒岩笑我痴。」在此表露無遺，大國民連聲叫「好！」槍民只懂欣賞表情。

　　農民清唱《霸王別姬》，一開喉嚨讀白，就震撼人心。「呀！呀！呀！何仇霸王無妃嬪，患難登榜棄孫山！」是農民名句，現在放進歌詞，更是動人。農民做霸王，德爺反串，生串旦做姬妾，她雙眼楚楚半個梅蘭芳，令人可憐。

　　塵噹最後出場。他拿出大國文藝節目的終極好戲：「朗誦」。

　　聽眾就算鐵石心腸，也會受朗誦者的悲情，作者美麗與煽情的文字感動。聽眾或黯然流淚，或熱血沸騰。他們接受「洗腦」。

　　塵噹用澳門特首「吹世安」的驚人普通話「朗誦」。朗誦好朋友舅父近期佳作《白雪皚皚的冬天》。他拿出長長的白色圍巾往頸後一拋，白圍巾風雨飄飄。他頭戴紳士帽，帽子遮掩了那把幾個月未染的白髮。塵噹變臉，霎那間變得瀟灑英俊，有一點像上海灘的許文強。霎時間又滿面蒼然，有一點像大文豪魯迅。

　　只見塵噹右腳向前踏出一步，再上一步，雙手攤開，渴望芝加哥的冰雪來

臨。昂首面對兩大國民，一字一句，咬緊牙關，歌頌冬天：

瞧，那潔白無瑕、
千姿百態的雪花
猶如頑皮的小精靈到處亂竄……

瞧，一座座大大小小的房屋
像被施了魔法似的
屋頂變成了白皚皚的一片……

瞧，雪花，悠悠然地降落在人間，
你像天使的翅膀一樣潔白，
你像嬰兒的心靈一樣純淨，……

邯鄲驛里逢冬至，抱膝燈前影伴身
想得家中夜深坐，還應說著遠行人……

恭祝聖誕快樂，快樂新年！！！

塵噹朗誦完畢，滿頭大汗「日照香爐生紫煙」。他舒一口氣，感到平生自從牙牙學語講說話，這次是講得最順暢的。湖北女強人妻子上前熊抱塵噹，她雙腳掂起，深情一吻。四處手掌聲雷鳴，同學們當場為兄弟驕傲，也為舅父大作喝采。雀躍，一起跳起韓國江南style跑馬舞。

多謝各位大國民。祝願世界人民都過一個平安夜。

明年有約比華利山莊，不見不散。再做義演，為人民服務。

二零一二年十二月二十七日

新春趕鬼

　　好友寇富，以作客家人為驕傲。年輕時好勇鬥狠。退休後愛晨運。天未亮，拖小狗行街。近日晨運見鬼。

　　他是這樣描述給我們一班朋友的：「一隻白色的 COYOTE 就在前面，站著不動，兩隻眼散發青綠光束死死盯著我，可怕的是一中等身材，穿紅色運動短褲的男『人』，看不見腿、身體前傾四十五度，左擺右晃在漂行。『人』消失後，我沒有看到鞋的痕印。」

　　我替寇兄捏汗：枯藤老樹，夜靜，晨霧，寒冷，獨行，狗吠，狼眼亮晶晶，紅衣短褲漂浮「人」，腿less……就像是恐怖電影大師 Stephen King 的場面。

　　結果是客家勇氣落敗於當時環境，寇兄抱住小狗急步歸家轉。

　　才子漏夜翻查各門派驅魔寶典。找到了花費最便宜的偏方。他告訴寇兄：「戴金頸鍊配木質十字架，全身由內到外穿紅色，拿著一瓶黑狗血晨運，以防不測。」

　　子不語怪力亂神。華仁仔 what man horse，我寫打油詩送寇富。

《新春趕鬼！》

早春二月放狗行，
豺狼當道晨運人。
紅衣短打無腿客，
魑魅魍魎入凡塵？
客家精神從天降，
幽靈妖氣了無痕。
今日歡呼張才子，
茅山道術治鬼魂。

二零一四年一月二十四日

一蓑煙雨任平生

239

跑馬

朋友，你熱愛跑馬嗎？我敬愛的老師跑了幾十年馬，從香港的跑馬地跑到多倫多的Woodbine。我的好同學是馬主，他當然也愛跑馬。

我曾經每星期光顧馬場三次，當聽到馬匹出場的號角，精神立刻抖擻。

廿多年前在荷里活馬場認識一位老伯，乖孫推着輪椅送他進場賭馬。有一天，老伯長嘆：「唉，當我瞓低，人們把我的棺材吊落棺材坑的時候，我希望聽到這號角聲音，dadadedadadada……送我一程，我心足咯。」

老伯的話常在我心，是淒涼？是樂觀？是幽默？我不大清楚。廿多年了，老伯應已乘鶴西去。我希望在他的靈堂之上，老伯的兒孫會為他播出此振奮人心的號角令，用嘹亮之聲，送他一程，dadadedadadada。

有人說，馬是畜生，畜生可賭？我說，人利用各種畜生賭博，中外皆然：鬥牛、鬥狗、鬥雞。中國人多了一樣，鬥蟀。

跑馬的樂趣在handicap，因為數據多；賭馬人要跟據自己的心得選馬，兩仔爺心水可以不同。要「做功課」：馬匹往績、宜長途或短途、宜泥地或草地、馬房、騎師、天氣……都是要考慮的。當然，你也可以亂點駕鴦，勝出的機會可能一樣。

中！你的馬跑出了，派彩其次，「眼光好」的滿足感是不能用筆墨形容的。從出閘，直路，到最後衝刺，那一分鐘左右的刺激，有「由頭帶到落尾」的喜悅，有「後來居上」的驚險。雖然這不是「春風得意馬蹄疾」的郊遊快樂，但其中滋味，十分「過癮」。

今天我看了Baltimore的Preakness電視直播，美國賽馬Triple Crown的第二站。加州三歲馬王，California Chrome大熱勝出。這駿驥已經贏了第一站的Kentucky打吡。三星期之後的紐約Belmont stakes，它能勝出嗎？三十六年前，一九七八，馬王之王Affirmed勇奪此蓋世無雙榮譽。之後，共有十二匹名馬嘗試，最終都要飲恨在這Belmont一里半路程：last leg of Triple Crown。

人間永遠有佳話，三年前，California Chrome的馬主，僅花八千美元買來了一匹mare，此馬女名不見經傳，但確生下了一匹會飛的千里馬。

我知道那七十七歲的愛爾蘭練馬師，Art Sherman，因為我曾經買過他馬房的馬。他老了，我也老了。拿獎杯時，Art開心到老淚縱橫，感謝父老鄉親。我也替他喝采。

一蓑煙雨任平生

240

我是美國人，也是加州人。我捧場加州馬。

當然，我也是中國人。近年中國越來越多人移民美國。悠悠歲月，你可以選擇在華人的圈子內「玩」一世，就像是沒有離開過家鄉。我則認為應該融入這社會，愛上這兒的文化。美國文化有多樣：美式足球、棒球賽、狩獵、滑雪、開車旅行、麥當勞、可口可樂、德州牛扒、Jack Daniel、July 4 BBQ……多看美國電視新聞，偶爾參觀一下博物館，了解這國家二百多年的歷史。

對於我來說，跑馬，看Triple Crown是美國文化。

二零一四年五月二十二日

一蓑煙雨任平生

空中壓迫

華仁同學慶祝會成功結束。從多倫多飛往洛杉磯的途中，我受到了「空中壓迫」。

當今世界，越發達的國家，坐飛機越像坐巴士。交通工具目標明確，把乘客從這邊送到那邊，便大功告成了。

飛機客滿。商務艙與經濟艙全爆。生意人發明新方法賺錢；行李托運要收費。乘客全都手提一件行李上機。因為上機遲，頭頂的cabinet已經不能再「塞」東西，與許多人同樣命運，我的唯一行李要臨時check in，放進飛機肚子裏。

我的座位是經濟艙15A，接近機前的窗口位。

走近座位，我驚嚇發現，迎接我的是一位三百多磅中東包頭巨婦，她坐中間位置，腿如象蹄，臉色沉重，對我苦笑。

我說聲sorry，小心翼翼對號入座，好不容易躲開aisle seat那位年輕人，繼續深入，我盡最大能力，小心翼翼，把自己一百八十磅身軀，橫向貼前椅進入座位。這是個「不可能任務」，我的「上三吋，下三吋」還是碰到巨婦之膝蓋。我心有戚戚然。

飛機騰空萬里。我把臉孔緊貼機窗，眼睛呆望藍天白雲。我把雙腳斜擺，矜持優雅post有如模特兒的坐姿。我把膊子收縮，上演失練多年的「縮骨功」。我甚了得，身體碰觸不到巨婦。

這四個多小時的飛行旅程，我睡了一小時。

可憐巨婦是Hyper人。她不能入睡。三番四次要求拿免費茶水。那位「廉頗老矣，尚能飯否」之「空中老嫗」採取equal opportunity服務原則，分先後有次序，服務乘客。巨婦舉手多次無人理會。她口渴，手心額頭同時出汗也無奈何。

突然，巨婦要上洗手間。身旁的年輕人急忙把電腦，耳機，智能電話，可口可樂收拾讓路。只見巨婦向左轉，搖搖晃晃，艱難地往頭等倉走去。她推開紗簾，直闖頭等倉的洗手間。我趁機會起身往右轉到機尾，放鬆筋骨排隊小解。

完畢。有「空中小姐」長大成為「空中老嫗」的服務員攔路。她推車收垃圾，小通道狹窄我不可以飛越回坐位。

一蓑煙雨任平生

遠見巨婦在路邊等待我回位。她站立看著站在遠方的我。

　　我終於回位。連聲 sorry. 巨婦不發一言，顯然，她沒有接受我的道歉。站太久了令她生氣，眼神凶惡。這中東包頭婦人，是伊朗？是埃及？是巴勒斯坦？我看她滿臉蒼涼，飽經滄桑，堅決的眼神顯露一股無人能欺負的力量。那龐大臃腫的身體是身不由己。由她吧，我惻隱之心油然而生。繼續緊貼窗口，看晴空萬里。

　　看到了 Hoover Dam 離洛杉磯僅一小時了。

　　飛機停定。啊！Thank you，終於能夠解除「壓迫」，我鬆了一口大氣。

　　出人意料，巨婦向我揮手示意，讓我先行。並且向我報以友善的微笑。

　　先生好走。

二零一三年十一月七日

一蓑煙雨任平生

寫字

雖然我不像雀王 J 兄，每星期天去老師那裏學習寫毛筆字。但我也愛寫字。週日，我六點鐘起床寫字。拿起鉛筆，對住自己喜歡的唐詩宋詞亂抄一通。

去年花了十五美元，買了一本啟功的《行書技法》，臨摹他的筆法。啟功說，字的重心在偏左或偏上的位置，我至今未能體會到其中奧妙。他寫的一篇《千字文》，我只從「天地玄黃，宇宙洪荒」抄至「金生麗水，玉出昆崗」。我重複抄寫這一小段四十八個字，一千個不同的字？咪搞阿Sir！

我是寫字初哥，但有興趣，故而不覺累。寫十張八張紙，開始時寫正楷，後來寫潦草。字體有大有小。寫完了，讀詩人的詩句，欣賞自己的字，好壞不關別人事。正如文章完成，自己讀兩遍，微笑發自內心。我自得其樂。

清晨幽靜，天還黑，檯燈亮著，我伏案寫字。不時用鉛筆刨刨筆。慢慢地，曙光乍現，聽到窗外小鳥的叫聲。我從黑暗寫到光明。

小時候，和許多小孩子一樣，我練習過毛筆字。中學時，沒有大人「迫」我，那就不寫了，終究拿著支網球板比拿著支毛筆好玩多。工作的時侯，更不必寫字，學會簽英文名就可以了，重要的是打電腦鍵盤要快如鋼琴家的手指，那是家計之道。

許久以前，我在西雅圖拜訪父親的朋友。世伯的書房擺滿文房四寶，牆壁掛滿了他寫的字，地下還鋪了一張未完成的。書房凌亂不堪。我暗想，將來退休，我也可以搞搞這玩意。

退休後，我又沒心機了。寫毛筆字真麻煩，又墨汁有墨筆，將會把我的書桌弄到髒亂。朋友告訴我，不必用毛筆，有專門教寫鋼筆字的書。

聽到雀王 J 不想向書法老師請假，而缺席雀局。我下定決心，用鉛筆練字。我用一本厚厚的筆記本一頁一頁地寫。大半年過去了，我發覺「練習」竟然帶來「進步」，覺得自己的字有了「美」感。

討論書法，當然要提到晉朝王羲之的《蘭亭序》。這是「天下第一行書」。據說當時書聖與文友聚集在會稽山蘭亭，進行消災祈福活動。他們在飲酒賦詩，二十六位才子寫下蘭庭詩三十七首。王羲之即興揮毫寫序言，寫下了二十八行，三百二十四個字。那是中華不朽墨寶，後人評他的行書如：「清風出袖，明月入懷。」梁武帝評：「如龍跳天門，虎臥鳳闕。」吾友才子評：

「就像他的一次香艷戰鬥，此生不能再作『龍跳天門，虎臥鳳闕』之舉。」

　　世界上有許多「好字」的人。我選擇學習啟功的書法，因為此滿族「胡人」老頭幽默風趣，才氣縱橫。他到處寫字，來者不拒，寫區題字皆可。笑說：「我就差公廁沒寫字。」試看老頭的打油詩《墓志銘》：

　　中學生，副教授。博不精，專不透。名雖揚，實不夠。高不成，低不就。癱趨左，派曾右。面微圓，皮欠厚。妻已亡，並無後。喪猶新，病照舊。六十六，非不壽。八寶山，漸相湊。計平生，諡曰陋。身與名，一齊臭。

　　這種人，在文革期間一定被鬥到臭。他有入八寶山嗎？

　　各位，寫字不同打寶齡球，打寶齡會把我的右手弄得笨笨的，我是用右手打網球的。雀王J可以告訴你，寫字絕對沒有影響他打麻將「摸牌」。

　　多謝雀王。

二零一四年九月二十七日

一蓑煙雨任平生

絲綢之路

二零一三年十月飛多倫多加九龍華仁同學會三十週年慶，順道Evanston的西北大學，探望兒子。

兒子跟我講述「絲綢之路」故事。

故事發生在他的大學，就在他所住的宿舍。

開學不到一星期，FBI入屋拉人，逮捕了一位韓裔新生，上手鐐歸案。西北大學開除了這位新學生。

兒子：「Dad, you know what is the Silk Road?」

「Of course，絲綢之路，old trading route. East to west. In Hang dynasty a man named 騫 led 100 men opened up the route.」

「It is an amazing story.」

兒子說：「No, Dad, the Silk Road is a national organization that distributes drug. He belongs to the organization.」

哦！我讚嘆，What a name！犯罪人為他們的暴利生意起了個好名字。絲綢古老且美，穿著身上，令人有飄飄忽忽的感覺。這是廣告學的精髓，marketing課曾教過：「subliminal seduction」。東方古國盛產鴉片，西方新國愛如珍寶，要通過絲綢之路運回來。

西出陽關無故人。「絲綢之路」引人想像萬千。風沙渡口，戈壁高原，駝鈴聲遠去，勇敢的生意人長途拔涉東西走。他們扎營休息，駱駝吃草，人吃乾糧。

借古喻今。白居易的「遠芳侵古道，晴翠接荒城」有新詮釋。今日那兒戰火延燒，荒城連接。

可惜透了。這年輕人的父母一定傷心極了。能夠考上這大學的莘莘學子皆是才俊。兒子與這同住一宿舍的同學交流過，humble guy 云云。

這韓裔學生公平競爭入學，在功課學習之餘，抽空搞搞副業。他還能夠有好成績中榜，肯定是一匹駿馬，循著道路跑，前途無量。想不到入了歪道，學不了一星期就要出校。他何時才能重新做人呢？

我想到多年前華倫比提一部電影，「Reds」。講一群美國共產主義理想人鬧革命。電影中有一段話，好像是：「In those days，the fxxxx was as much as now.」今天一樣，丸仔同過去一樣多，有可能更多。

一蓑煙雨任平生

我想到耶魯大學，北京大學，清華大學，香港大學……。在那兒，這些事情同樣可以發生。

　　我同意西北大學沒有把家醜外揚，這對聲譽不好。

　　正擔心兒子初出家門，在外交到不良品行朋友，我們經過一間「Barnes and Nobel」。兒子突然對我說：「Oh, I love this store. I love to be surrounded by books.」

　　我的心裏升起了一絲絲寒意。兒子呀你不可以做書蟲，「絲綢」不盡在書本中。

　　「快陪我去街角的酒吧飲啤酒，那兒好像有一隊 Hells Angels，Dad 愛看他們的 Harvey Davidson 摩托車。」

二零一五年二月十六日

　　最後定罪消息：

　　News item 2015/2/4: A jury has ruled Ross Ulbricht, the 30-year-old who founded the black market website Silk Road, guilty on all counts.

浴足師傅

袁枚詩：

莫唱當年長恨歌，
人間亦自有銀河。
石壕村里夫妻別，
淚比長生殿上多！

"How many please?"
"Foot massage 20 one hour, combo 25, one and half hour."
"Sit down please."

Peter 一邊與客人按腳，一邊抬起頭來與進門的墨西哥夫婦打招呼。他所學的英文剛夠用，不多也不少，足夠打理這「唐朝浴足」。

這浴足店僅有六張按摩椅，中央牆壁裝置的大電視，只能播出幾個本地台，矇矇雪花就如七十年代僅有一根天線的電視機。兩邊擺設大花瓶插上假花，還有一個掛上帳簾而沒有門的房間，用來做全身按摩。大書桌放在門口收錢登記。

Peter 是東北漢子，身材高大，一表人才。長一道劍眉有橫掃千軍之勢。老婆在哈爾濱，未能出國。他轉業了，從保家衛國的士兵轉業，成為異鄉浴足師傅。

打球累了，周身酸痛，這時候給 Peter 按幾下足部，肩頸，腰背是高級的享受。他的穴位拿得準，還會把你的手腳翻來覆去伸展。他是湖人籃球隊的軍醫不成？他會開賽前把球星們放在地下扭來扭去鬆筋骨？

Peter 愛聊天。天南地北任何題目皆可。能與客人聊聊天是這種職業必須有的。正如人客把頭髮交理髮師整理，從黑髮變白髮到越來越少頭髮，想要把客人留著，不成朋友行嗎？Peter 從種花、烹飪、時事……都可講。客人不想聊時他不出聲，讓客人安靜。他的專家話題是軍事知識。

不知何時，Peter 從揚州師傅那邊學會修腳。揚州的三把刀：菜刀，理髮刀，修腳刀，他偷了一把。身懷這「肉上雕花」手藝，Peter 相當忙，他把客人的毛病腳當作象牙處理，細心雕刻。需要修腳的客人兩星期內必見他一次，否則雙腳就有感阻滯，如有刺入骨，不能大踏步走路。

美國有講東北話的揚州技師，Peter 就是。他工作在一個僅有四萬人口的華人聚居城鎮，這兒有九十多間浴足店，比七仔店多，養活了許多新移民。不久之前，浴足師的牌照容易拿，現在困難了，欲進這行，必須通過英文考試，在課室考。

Peter 說，做浴足師傅收入不錯，月進三千美元不難，重要是能放下面子。試想，大男人恭恭敬敬地與人洗腳，一般人做不了。

在這大熔爐國家，物以類聚，人以群分。菲律賓人佔領這兒護士行業的半壁江山，印度人愛開七仔店，墨西哥人做花王……我們的東北老鄉大媽包攬了浴足這行業，肩負為人民洗腳的重任。

曾有不法者把浴足店變成狐狸穴。現在已經被執法人員掃蕩乾淨。東北大媽很多，狐仙免問。

希望 Peter 敬業，把浴足與修腳好好地做下去，直到退休。

二零一五年三月十三日

一蓑煙雨任平生

Old Joe – My gardener

引子

七十年代未禁煙，世人還未視吸煙乃洪水猛獸，醫生還未把所有絕症歸咎於抽菸。某煙草公司創造了一個卡通人物，Old Joe Camel，駱駝Joe戴黑眼鏡，抽香菸，全身散發着一股smooth character 氣質。市場競爭者要用 Old Joe Camel 與 Marlboro Man 牛仔鬼一較高下。萬寶路人勇敢粗獷，Wild Wild West 墾荒人是美國人心目中的英雄。市場調查結果：駱駝Joe大勝萬寶路人，Joe的形象深入民心，尤其年輕人，看到Old Joe是桌球高手，香車美人且擁有私人飛機，無憂無慮地享受醇酒佳餚人生，大多數人想當Old Joe，那有心機做翻山涉水，用牛仔繩圈捕野馬的萬寶路「英雄」。

（一）

我是在那時候搬進這兩房一廳的房子，也是那時候認識Old Joe的。房子小，但前園大，非要花王打理不行。Joe是以前屋主的花王，他便順理成章地做了我的花王。

墨西哥人在加州的歷史久遠流長。Joe是墨裔美國人，講一口流利的墨西哥音英語令我尤其喜歡。無它，Joe講英文有口音，我講英文也有口音，與他聊天倍感親切。

Joe當時五十來歲，中等身材，混身力量。開一部雪佛蘭舊truck，車上擺滿整理花園的謀生工具。他頭戴噸帽，留二撇雞鬍子修理整齊，一副飽經風霜的臉孔似是看透世情明瞭人生。Joe是駱駝Joe的形象，他開工，手拿麥當勞咖啡一杯，口咬大雪茄，腰部捆上大馬力blower呼呼地響，把花園的落葉吹得乾乾淨淨；用剪草機幫草坪推草。動作之快，工作之認真。我想，整條街的花園都應該由他打理。

每個月的一號，Joe必把賬單放入信封內，擺在我家門。信封上印著：「Joe's Gardening & Landscaping」字樣。我把支票放進信封，擺在郵箱裏。夫妻早出晚歸工作，不必見Joe。

(二)

寒來暑往。娶妻生子是人生應有階段。八十年代末，我們借錢把房子重新裝修擴建成四房一廳的溫馨家園。前花園變小了，Joe的工作量減少。

一九九一年，大兒子出生。從醫院接小寶寶回家，我路經七仔店買了一支雪茄給Joe，表示勝利。三年後，小兒子出生，我受迷信思想驅使，同樣動作。從幼稚園到中學，夫妻接送兒子。Joe看著他們成長。有時候見到Joe，大家招手道好。

那一年我的運氣特壞。對正家門那棵老柚子樹無端端枯死了。Joe找來幫手，把老樹連根拔起砍掉。在屋子旁那桂花樹是我後父用幼樹苗種的，長得確很茁壯，有姚明般高，桂花香飄滿園。

每週的星期一，Joe風雨無阻必到。以前是早上八時開始工作，這幾年他的開工時間越來越早，未及天亮就到，工作時間也越來越長。他手腳慢了，況且老人家愛早起，睡不著覺。

人生路程多變化，但是我所住的房子沒更改，花王也沒有更改。

Joe老了。首先，Joe的記憶力漸漸地衰退。開始會發脾氣，說我們忘記把花園路燈開著，讓他摸黑；說我們不付錢；說清除雜草要另加費用。他每把未喝完的咖啡留在前園，把未抽完的雪茄亂扔。

Joe已經沒有力氣背blower清掃花園，也不能推草了。他把這工作判出去，請了墨國年輕團隊。每月兩次，四人機械化操作，剪草的剪草，掃花園的掃花園，不用半小時，工作完成。

冬日清晨的五點半，晨霧茫茫。Joe摸黑在慘淡的燈光下，猶如鐘樓佗俠的幽靈，在前園尋尋覓覓，佝僂的身軀匍匐在草坪上清除雜草。喃喃自語：「a day worked; a dollar earned.」他總會在花園逗留三小時，磨磨蹭蹭地收拾雜草。

好久沒有與Joe聊天。近日談了一次，我赫然發現，他留了肯德基炸雞創始人的山羊鬍子，雪白無瑕。蠟黃的牙齒吊著短雪茄，他的面孔像是那新種白蘭樹的花朵一樣蒼白。白蘭樹由於水土不服或者澆水過多，日漸凋零。

我「趕」他走：「Joe, please go home now, don't work no more.」

Joe換了一架全新的雪佛蘭。有一天，退車時把路邊的垃圾桶全撞倒了。

夫妻商量，懷疑我家是Joe僅剩的一位客，Joe應該退休了。如果不幸摔倒在花園裏，我們有責。

前個月，花園的落葉無人清理，草越長越高鄰居來埋怨。Joe的墨人兵團沒

有來。了解之下，Joe 忘記給他們工錢。

我生氣了，決定解雇 Old Joe，對大家都有利。

「Mr Chen, you want to let me go?」

「I have been here longer than you. I treat every piece of soil here as mine.」

「I don't want to stay home and watch TV.」

Joe 搭著我的脖子，像是父親跟兒子說話：

「Don't worry about the mule going blind, settle down and hold the line.」

「What? Say it again, Joe.」

他的話又滑稽又有點兒哲理，我無語動容。當晚夫妻共識，以後不要再提 Joe 事了，他要做多久就多久吧。

三十年彈指一揮間。Joe Camel 已成歷史，Old Joe 常在。

P.S. Joe 的兩個兒子已經成家立業。大的是藥劑師，小的在移民局工作。女兒嫁富貴人家，做家庭主婦。Joe 說，女兒的房子是豪宅，花園很大。他去探望女兒，進門需要把鞋子脫掉。

二零一五年四月三十日

The Beatles LOVE by Cirque Dusoleil

表演者甫一出場，便大鑼大鼓，一曲「Get Back」招魂。

首先把故人John的魂魄召回來，沒有了他，如何成戲。

The show is called "The Beatles LOVE by Cirque du soleil"。

用披頭四唱片songs配合歐洲雜技：舞臺幻燈設計特別；七彩顏色costume；印度阿差點香燭盤膝吹簫玩蛇；陝西黃土地的高腳大媽走廟會；苦海孤雛般孩童行乞；小丑是Benny Hill 的兒子，Benny Junior 講外星人話，時而像獅子吼，時而像獼猴上樹摘果子尖叫。

最便宜的飛機位是最好位置，因為有古靈精怪的空中飛人在面前飛過。

披頭四的名歌差不多都聽到了。就是沒有聽到我的最愛「Long and Winding Road」。一家四口常常起立喝采。前座六十外的華人夫妻，更是搖頭晃腦，回復青春。

「Help!」黑人苦力拉著大型黃包車出場。比君身材高大，就像是「Old Man River」的男低音歌唱家Robeson。他會玩四兩撥千斤，把那黃包車玩弄得如風車般轉動，一絕！

尋夢園，尋找「Yesterday」。令人有「當時明月在，曾照彩雲歸」的感覺。法國性感金絲美人兒擁抱黑俊男跳芭蕾舞。仿佛重回故園，哀怨感人。

一少男穿白色睡衣，睡在台中央的雙人床上掙扎呻吟，似是鬼上身。場境就是電影「驅魔人」的人鬼決鬥。

Hey Jude, don't make it bad

Take a sad song and make it better

Remember to let her into your heart

Then you can start to make it better....

滿街嬉皮士邊抽大麻邊遊行反越戰，黑衣警察拉人。是佔中反佔中？在這環境當然要請 Beatles 慷慨激昂唱「Revolution」。

撥開雲霧是太陽。一曲「Here comes the sun」將革命踢走。金色太陽從台底慢慢地升起，是吉祥徵兆。但確有幾個日月神教神經人裸足露體做瑜珈膜拜太陽。

一蓑煙雨任平生

突然間，眼前一亮見天外飛仙，一少女珠光寶氣，霓裳羽衣徐風而來。Oh, my dear, she is：Lucy in the Sky with Diamonds。漫天飛絮，紅色的confetti灑滿場。我想起香港近日有錢執，執番三幾萬做麻將本，與三大軍閥重開戰。

時常有個可憐蟲，手持一束鮮花，跑到台中央茫然若失。我想他是「Hey Jude」。

The show ended with the song "All We Need Is Love"。

全場起立鼓掌，給表演者十個「讚」。

掌握時間教仔：

「仔呀仔，All We Need Is Love 有幾種解法：有講行善事，有講和平反戰，有講對老人家有心，有講夫婦愛到地老天荒。有其中一種，叫做「有情飲水飽」please don't try！千萬莫試。」

「Your dad tried. 用了好多愛還是吃不飽。」

We saw a wonderful show. I am glad that my two sons love Beatles as much as I do。

音樂是永恆的。

二零一四年十二月二十八日

《皮雅士──新年義演》

　　皮雅士,是我班的乖孩子,今天他已經是大會計師,活躍於此地的香港同學會,屬半個L省社會賢達。多年來他和我生活在同一城市,各自奔波,同學會活動我少有參加,故而少見面。他是我和華仁的唯一連絡,我能和各人相聚,首先要感謝他。

Extracts from 華仁的回憶 Don Chen 二零一一年十二月

　　改唐朝大詩人劉禹錫詩:「衣香鬢影裏善舉,聞郎台上唱歌聲。東邊日出西邊雨,道是無情確有情。」

　　每年聖誕前一週,在L城downtown五星級大酒店舉辦的香港同學會annual ball,冠蓋雲集,賓客眾多。華仁仔,拔萃仔,喇沙仔,培正仔,乜仔物仔,所有精英港人歡聚,少許強國人民穿插其中,令晚會平添「包容」色彩。在這種以粵語為主英文為副的場面,我像是置身多倫多華仁同學會,倍覺親切。大醫生,科學家,大投資家,大會計師,文化人,議員,想選議員的全到(隱士與撈唔掂者缺席,餐券起步價一百五十美元)。

　　當晚真乃星光燦爛,女士們更是一年一度盛裝鬥艷。隆冬時節,貂皮大衣可派用場。本應該寒風刺骨,可惜天不作美,今天下午突然沙漠熱風吹到,天空艷陽高照,氣溫上升人出汗。這一年一度的盛會,「為悅己者容」者也管不了那麼多,把熱風當作冷風處理,穿著貂皮大衣開胸更顯性感妖嬈。

　　我十多年前參加過這盛會,今年受好同學皮雅士邀請,夫妻二人手拖手恭臨。只見桃花依舊人物依舊,遇到了不少老朋友。歲月催人,男的多白髮斑斑,女的全部變姨媽了。

　　唯有七一界九龍華仁同學皮雅士是例外。好個皮雅士!他就像奧斯卡頒獎禮身穿黑色燕尾服的大司儀,揸咪輕鬆出場。過千雙眼睛聚焦皮雅士,皮雅士英俊瀟洒,紅唇白齒,一頭茂盛的黑髮梳理得整整齊齊,身體沒有半分多餘的肉。近六十歲人是年輕,歲月在他臉孔上不容留下半點痕跡,他是一首青春之歌。

　　香港同學會今晚的主題,是義舉為香港貧困學生募善款。某名流夫人獻上一枚家傳火鑽,由皮雅士操盤,開價五千美元起bid。

　　「一萬!」這邊廂舉手,想雙倍錢一舉拿下。

一蓑煙雨任平生

「萬七！」那邊廂雀躍高呼，食懵你，咁就想奪得？

「一萬七千七！」

皮雅士：「有冇萬八？好靚架！戴上包你身體健康。」

名媛戴火鑽於無名指上，胭紅的指甲油把火鑽戒青光托起，閃爍生輝。她穿一件白色的旗袍，胸口掛上一朵紫色玫瑰花，冰肌玉骨，容貌華貴，身材高挑而且豐滿，愛作狀，有一點像五十歲以後的名模林志玲。皮雅士將她的玉手高舉，兩人在台上來回走動，把鑽石戒指炫耀。

「二萬！」

「二萬五仟！」

「三萬！」

「仲有冇高過三萬？」皮雅士額頭出汗，左篤右指製造緊張氣氛。

競投激烈，動魄驚心。好心人叫價不甘後人，越叫越高價。

我夫婦叨陪末席大堂的門口位，（餐券最便宜），用千里鏡看貴賓席的主席台。

我神經緊張，手震，手心出汗，身不由己地握住老婆手往懷裏揣，手尖碰到了她那不夠一卡拉的戒指，那是我們的結婚定情物：「嘩！Honey，好闊佬啊！好好心啊！點會有咁多錢？」

以下一段全屬虛無想像，如有雷同，實在巧合。

我天生愛觀察，使用千里鏡四圍觀望，望見一肥胖婦人在咬坐身邊男人的耳朵，我是順風耳，隱約聽到婦人說：「傻佬，如此大場面，你還縮手縮腳，想做議員就要大方D，豈能孤寒，快舉手啦，買買買！把鑽石買給我！」

想做議員男人心想：「大丈夫不可一日無權無勇，小丈夫不可一日無銀紙，今日我有銀紙，尚無權勇。銀紙閒事，最近地產股票狂飆，我每天的身家在漲。我擁有那十幾棟 apartment 唔憂租，最近世界大城市流行「劏房」，我一棟apartment可劏出幾百個床位，強國人民如潮湧。」

肥胖婦人說：「衰公，我提醒你，從唐人街間幾張凳仔粥鋪開始，我幫你揸了好幾十年。此刻你有機會做政治家，我一世人最愛出風頭。X夫人前X夫人後的參加紅白喜事，上台頒獎給小朋友，我最鍾意。」

那男人被她煩死了！心裏暗想，黃面婆愛吃燒肉和cheese cake，最近又重多幾磅。嘻嘻，有金錢有權力就有林志玲。驟然之間腦海中的黃面婆，美女，政治家影子在浮動，令到他善心爆發，舉手高呼：「十萬！」

一蓑煙雨任平生

全場轟動，掌聲如雷。

皮雅士大數三聲之後舒口氣，提高聲音：「多謝 X 先生，投得火鑽送嬌妻，祝福你政治前途無量，旗開得勝。」

從現在開始，故事回到真實。

皮雅士：「在凌波小姐和胡錦小姐二位大明星為大家唱黃梅調之前，容許我做表演。我受華仁書院文化薰陶，受番鬼佬唱大戲黃展華老師影響，我將會和 Y 女士合作一曲英文《帝女花》，給我五分鐘時間，讓我跑到後台化妝，然後粉墨登場。我做任劍輝，Y 做白雪仙。」

獨白：

Y：This was never meant to be.

皮：Sorry it's my fault, forgive me.

Y：If you doubt me, don't play me.

皮：One more chance, darling. Come on, listen to me please…

Y：Since the day we said goodbye, tears are falling from my eyes. I just can't sleep all the time, thinking of you all the while. Why O Why, can't we try? Why did you did you ever leave? You made me so sad, when I thought I'd have to go on without you by my side.

皮：Oh I know I am not a lucky guy. Though I know love is blind, never thought that you don't mind, truly I know it was so wrong of me to go and lie…

有黃展華老師大名做promotion，觀眾更為熱烈。我的妹妹是音樂人，她評皮雅士歌喉：音質洪亮，表情掌握恰當，唱得好，如果唱英文歌更好，在大場面對着那麼多人唱，確實不容易。我告訴她：「皮雅士的舅父丁羽是著名香港甘草演員，皮兄有表演基因。」

隱約中想到那肥胖婦人，她必定沒有看皮雅士表演，低頭看着手中新買的鑽石戒指，好像在嘆不值，如果在九龍女人街買，可能便宜一百倍。

曲終人散。香港同學會新年募款完滿結束。夫妻倆步出酒店，發覺天氣變了，微雨紛飛，朔風凜冽。這一來好了，女士們的貂皮大衣終於可派用場了。

二零一四年十二月五日

頭廚

新年過後，我約了相識近廿年的滿哥飲咖啡。沒見面有大半年了，見面時洽談甚歡。他喜歡問我在中國吃了什麼新菜式，而我卻愛打聽他的出身，對他如何進入做廚師這行很感興趣。

臨走前我說，要寫一篇文章講他，作為二零一六年的開篇之作，題目〈頭廚〉。

滿哥年過花甲，與我們九華七一屆同學的年齡相若。他身體健朗，笑容可掬。對食品特有興趣，侃侃而談，絕不含糊。

滿哥幼年家景清貧，兄弟多。十三歲輟學，為幫補家計投身餐飲業。由於年齡尚小，身體瘦弱，不可進入廚房工作。

他的人生第一份工作是在深水埗北河街的北河茶樓賣點心。早上三點上班，磨米漿；包糯米雞；包燒賣；做牛肉球。六點鐘開始賣點心，工作至下午五時下班。起薪一百一十元，全年休假七天：春節四天，中秋三天。

第一次拿工資那天，興高采烈地搭巴士去元朗告訴母親。母親含淚：「乖仔。」

滿哥說：「時代進步了，今日富士康打工的後生仔點算辛苦，濕濕碎。」

十七歲那年，滿哥母親用二枝白酒一隻雞的禮物，托朋友送兒入廚做打雜，開始廚房生涯。少年人穿木屐上班，那是深水埗民天茶樓。

悠悠歲月莫蹉跎。從打雜到油爐；從打荷到炒鍋；從砧板到小師傅；從大師傅到頭廚；一步一個腳印走來，始終不渝。到如今，餐飲業同行稱呼滿哥為「肥仔滿」，這城市的粵菜界無人不曉。

那些年我與朋友開粵菜餐館，週末假日必然在廚房幫忙，與滿哥「合作」。週末生意好，廚房如戰場，手腳慢的人請勿進來，免得滿哥罵。夏日炎炎廚房如蒸籠，火氣上升。領頭人眼觀八方，隨時有脾氣。保證品質是頭廚的責任，不過關的出品怎可以出街，倒入垃圾桶！

在美國做頭廚，許多也兼職餐館買手。每天上班之前，他會到海鮮市場走走，挑選合適的魚蝦蟹，為晚餐準備佳餚材料。

餐房小費分進廚房來，滿哥集腋成裘，每年必為廚房工友燉貴價燕窩四次。確保工友青春永駐。

時代改變，人們的飲食習慣已經不再大魚大肉了，喜歡吃清淡的菜式。滿

哥的雞蛋白炒銀芽，美名曰「銀針素翅」，正是與時共進。要吃齋嗎？他可以幫廟寺煮出滿堂蔬菜，另加金針雲耳冬菇白果腐竹花生，色香味俱全上桌，為社團活動服務。

凡是美味的，有口感的食品，多對身體健康有害，掃興之至。鹹魚無益，因為會引起癌症。問滿哥：「我愛吃煎霉香鹹魚，他們說鹹魚無益。怎麼辦？」他說改吃豆類。他的腦袋無時無刻都圍著飲食文化打轉。豆腐，豆漿，綠豆糕……也許真會讓他創造出更多的健康食品。

會增加膽固醇的菜式是最好吃的！滿哥的「風沙豬手」，「八寶鴨」，「豉油雞」，「煎釀土鯪魚」，「紅燒元蹄」……是精緻的佳餚美饌。啊！還有用來泡製製鮑魚的那些材料，那濃郁鮮味的汁。

「陳Sir，試用來撈飯，好正。」滿哥對他的鮑魚信心無限，我口福無限。

優秀的廚師要有心思，要聰明，要推陳出新。我把食譜擺在眼前，按步就班處理任何一道菜，都不及滿哥煮得好味道。

問滿哥為何移民美國，他說：「唉，自己讀書少。不懂英文，移民是希望兒子們學識英文，找到更好的工作機會。」他是在海景假日翠亨村工作時申請移民，用專業人士資歷來美工作的。

滿哥廿三歲結婚，廿四歲做父親。從來沒有讀過烹飪學校，一切全靠自己的努力。現在兒孫滿堂。休息日打理花園，海邊垂釣，站立在安寧滿足的境地。.

二零一六年一月二十六日

《釣魚郎》

（一）漁村

Sitka，Alaska 是當今世界上釣魚最佳的地方。那裏是一個寧靜的近海小城，無污染少遊人，星巴克還沒有在此地開店。下榻在這專營釣魚生意的旅館，人們夜不閉門。每戶分配小車一部，車鎖匙就放在司機位，無需鎖車。

想當年，俄國人在這裏橫行霸道。到而今，有海盜血統的維京人在經營 sport fishing 生意。

（二）釣魚郎

釣魚郎同船五人，年齡最小六十過外，包括十年磨一次魚桿的釣魚嚐；最大七十七歲，他是年年有魚年年釣的健壯台山華僑。

領隊是港人 Raymond，一個年過七十的「中年人」，身材中等，太陽的光輝把他的臉孔曬得青春健康，熱愛野外生活的人，一身都會發出自然的氣息。此君是精明人，談吐幽默，且無架子。狩獵與釣魚是他人生最大的興趣。二年前，他的妻子臨終遺言，囑咐他不可再殺生。念妻心切，他果然放棄狩獵，現在獨孤一味，釣魚。

問：「釣魚不是殺生嗎？」

答：「不是，因為魚兒自己上鈎。」

Raymond 禁止釣魚郎買蕉吃。這迷信的習俗與西方人一樣。有一年，他在阿拉斯加釣魚三天，四人僅收穫一條三文魚。那一次，他的朋友吃了一條香蕉。

（三）出海

這兒夜短晝長，晚上十點天黑，早上四點天亮。釣魚郎睡懶覺，太陽升起一小時後才出發。二十五呎快船的船艙僅容四人雙對而坐，蝸在艙內，轉身不得。是聊天講故事的好時候，開始時，眾人談人生，講舊愛。這些話題沉悶得可以讓人暈船浪。釣魚嚐把話峰一轉，發問題，引領 Raymond 講打獵經歷。他的故事吸引人，星島日報記者長曾經寫長篇文章介紹，圖文並茂刊登。釣魚嚐兒時與父親打獵，父親說，獵人無不吹噓自己的戰績。釣魚嚐觀察入微，Raymond 沒有言過其實。

船長是三十來歲的年輕人，deckhand 是來做暑期工的小伙子。他倆靠海吃飯，是駕輕就熟的專業人士，全是 Minnesota Viking 足球隊的擁躉。

Deckhand 在船尾忙碌地預備魚桿。這一個半小時的航程，船長緊掌船舵，眼望前方，乘風破浪，往大海進發。

（四）釣三文

三文魚往哪找？船長集中精神，尋尋覓覓，冷冷清清，顛顛簸簸在茫茫大海中找。船長絕對不大海撈針，超音波機器可以告訴他，三文魚或在一百呎深處成群結隊而來，又或者，它們游上水面，在三十尺左右地方。

船停。船長一聲令下，釣魚郎各就各位，揮魚桿，拋出魚絲，等三文魚「咬」，釣魚嚐眼睛緊盯魚桿頭，喃喃自語：「魚兒魚兒你快上鈎。」

腳踏長筒水靴，身掛漁檔大媽那滴水不漏雨衣，釣魚郎們也真個似模似樣。風聲雨聲浪聲，那是海洋的聲音，他們完全忘記斗大的雨點打在臉孔上了。

船長：「Reel, reel it in.」

銀三文上鈎那一刻的心情興奮，只見百呎之外，魚兒飛起與汪洋共舞，風口浪尖，Raymond 像是在蒼海放飛劍，銀魚白浪，起伏翻騰，魚兒越近小船，搏鬥越是猛烈。此時，他拿著魚桿從船頭折騰到船尾，他在「戲弄」三文，三文在「戲弄」Raymond。

「Excuse, step back!」船長呼叫。

Raymond 的魚桿從人們的腰邊過，從頭頂過。此情此景，有人仰馬翻的可

能。Deckhand 手拿魚鈎幫助，手法之熟練，少有不一擊鈎中魚兒的。

是拍照留念的時候。

拍照師數：「一，二，三，舉起！」

如舉重健兒，Raymond 咬緊牙關把四十五磅的勝利品舉高拍照。那帝皇三文又滑又濕又有利牙，很難入手。釣魚噹只能舉到半身，iPhone 咔卡！立刻把魚扔在甲板上。

（五）釣鱈魚

釣黑鱈魚完全不是這樣一回事。

父親詩句：「長江飛瀑不倒流，漁郎不為水深愁。磨刀霍霍男兒志，等閒白了少年頭。」

釣魚噹千里迢迢飛來阿拉斯加州釣黑鱈魚，它們游曳在一千二百多尺的深海里，我正為「水深愁」。至於那「男兒志」，留給兒子們用吧。

釣黑鱈魚，人為釣法行不通，要用機器。否則這把年紀，扯它一小時也扯不出水面。

Raymond 有辦法。幾年前來此地的經驗告訴他，非用 electronic gear 釣鱈魚不行。從此之後，跟Raymond 來的釣魚郎都買了這機器。這種魚具花費不菲，對於十年釣一次的釣魚噹，借Raymond 的最經濟。他每年釣好多次，有三幾套這樣的魚具。

Deckhand 拋錨已是大費周章。然後他把那些非silver也非King 的三文魚，切成方塊做魚餌，掛雙鈎，一塊一塊猶如肥豬肉，黑鱈魚最喜歡。

輪到釣魚郎放長線釣大魚。釣魚噹施施然坐在船邊，等待魚餌沉海底。

有了？只見那魚桿頭微動。船長搖頭，不是的。請勿食詐糊。又有了，這次魚桿動得急速，似是感冒人在打冷震。立刻按電動鈕，魚吱吱聲響，發熱，時急時緩，線輪轉動得時快時慢。釣魚噹抽出一根萬寶路，那一根煙的功夫，黑鱈魚就會拉上船了。

釣魚噹鴻運當頭，這樣子上上落落，僅一小時就釣到五條。有一次還是一箭雙雕，一條廿多磅的黑鱈魚，一條大眼紅雞。買叉燒搭塊豬頭肉矣。

（六）第三天

第三天是最後一天出海，大家已經筋疲力盡了。收漁獲那只是三文魚和黑鱈魚，釣魚郎們還釣到 Ling cod，halibut，rock fish……全到極限。

這天也是商業釣魚郎進場的日子，只見海上多了六七十條「大船」，政府讓他們用排鈎，不許用網。他們也有限制，釣三幾天就要離開了。老實說，這些船有點兒煞風景。

這天的風特別大，浪特別高。改主席詞：「大雨落斯加，白浪滔天，Sitka島外打魚船，一片汪洋都不見……」

釣魚噹從海底扯上來一條魔鬼魚。他放生魔鬼。

「How are you doing, Donald? Are you ok, Donald?」

七十七歲的釣魚郎 Phillip 最關心釣魚噹。他腳步蹣跚，移動緩慢。每晚都把釣魚噹的電池充飽。早上Phillip 彎腰穿長筒水靴困難，釣魚噹跪地幫忙友人穿靴子。

釣魚噹躲進船艙內，累得不行。看手機，好友傳來信息：「攞苦來辛。」他心裏想，好友說得有點兒道理。

望艙外，見到七十外的釣魚郎毫無歸航意向，佩服啊！大闊佬們起早摸黑，受風吹雨打，揰那吞不下口的番鬼三文治，在顛簸的小船上，勇敢地迎戰那濤濤白浪，釣「寒江雪」。

（七）送魚

帶回來三大盒魚肉，每盒五十磅，急凍抽真空，包在保鮮紙內。釣魚噹當晚立刻「派魚」，與友好分享戰果。

選擇性送禮。所送友人多是要行街市買菜的，懂鮮魚價，更識「廚藝」的家庭婦男。

在洛杉磯頂級海鮮酒家，把釣魚照片給經理看。

「陳 Sir，呢種大眼紅班，我地來價都要十五皮一磅。你D 魚有幾多磅呀？」

「廿磅有多！」

經理驚嘆：「嘩！來價都要二百五一條。你仲有幾條添。」

經理搶生意：「你拿來，我同你搞掂佢。順便同我訂隻燒豬仔食下。」

（八）後記

Raymond 兩星期後，將飛加拿大釣魚。這次他從溫哥華乘包機到Langara Island，再坐直升機到達目的地。他是如假包換的釣魚郎。

釣魚照片發上微信，朋友多說這是值得的經歷。好友更寫了幾個字並撰詩一首評論，釣魚噹感謝萬分。

「昔日梁山好漢大碗喝酒，大塊吃肉，大秤分金銀。今有釣魚噹豪擲三千五金，釣罷歸來。大包分漁獲，正斗！！！」

風雨汪洋弄扁舟，
釣翁不為水深愁。
絲牽海魚隨浪舞，
人共乾坤日月浮。

二零一六年七月六日

體育王國

求學時期曾經做過酒保。從服侍酒客的工作經驗中，我獲得二個心得，其一，美國人不能無酒喝。其二，美國人不能無球賽看。二可缺一，否則週末難打發。

小兒即將與同學去墨西哥Cancun的海灘渡春假，NCAA大學籃球邀請賽，三月瘋狂，March madness，也立刻開始。

我把觀感告訴他：「There are two things the Americans can't do without. 1, Alcohol. 2, sports.」

兒子回答：「Agree.」

他當然要同意，因為他是美國人。

Spring break 是美國大學生年度狂歡減壓假期。飲酒增加快樂，令人忘我。詩仙李白說：「舉杯邀明月，對影成三人。」李白看到三個人影，不知道那一個是自己的，要尋找。小兒與男女同學「劈酒」，飲墨西哥 Margarita，忘記父親何許人也。

如果你熱愛籃球運動，March madness NCAA 比 NBA 決賽還精彩。六十四隊學生隊，單淘汰一場定生死。

今年的NCAA有些特別，小兒的西北大學，七十八年來第一次，歷史性地被邀請參加，全校師生雀躍，ESPN 作頭條新聞報導。NW vs Purdue 的主場勝利，小兒發來照片，他衝入籃球場慶祝擁抱。我把照片放大，看到他擁抱著個鬼妹仔。

"March madness 三月瘋狂"時候，全美國的 recruiter， 姑且稱之為「睇馬佬」，雲集「睇馬」。他們要幫職業球隊老闆選人材。這可不是在馬場買馬賭鬥快，這是生意大事，幫老闆選錯良駒，球隊名次會跌落谷底，十來年不能復生。

美國的體育運動，春夏秋冬，週而復始。讓我簡單介紹。

美式足球，新年依始，學生足球賽，橙碗，玫瑰碗，棉花碗……最後來個超級碗，全世界注目。

棒球，三月職業棒球春季訓練，四月開賽，經過炎炎夏日，十月決賽，泡制出 Mr October，十月先生。今天的棒球票價還是所有運動比賽最便宜的。父攜子去看棒球，熱狗可樂花生米，是美國文化。我試過一次，感受良好。

籃球，當棒球在十月份決賽完畢，職業籃球聯賽開鑼。運動員可辛苦了，從十月打到明年，六月決賽。三十隊球隊，每隊要打八十二場常規賽。

冰棒球，在籃球季節時，也有冰棒球聯賽。他們的球場與籃球隊交替共用。真不明白，這加拿大人的玩意，在從不下雪的洛杉磯也有很多球迷。洛杉磯皇帝隊曾經拿過史丹利盃。

幾十年前，在美國大學的球場上踢足球，參加同學多從香港或亞洲來，絕無白人同學落場。我們對陣墨西哥移民流浪隊，被人家踢到落荒而逃。後來，聽說美國出了一群 soccer mom，母親帶兒學踢波。到而今，美國足球隊可以與世界勁旅較高下。美國的職業足球聯賽共有廿二隊球隊。觀眾年年增加。球隊老闆下重金邀請世界巨星來美國踢球。現在聯盟內各球隊的平均價值為1.57億美元。誰敢說英式足球在美國不行。

講一下「高尚」運動。

每年九月底，網球四大滿貫之一「美國公開賽」在紐約舉行。從三月份開始的大小賽事無數，近日加州棕櫚泉的比賽，高手如雲。我又看到贊助人甲骨文老闆帶著狐仙觀賞球賽，他想看到費天王再下一城。

高爾夫球的四大滿貫，有三個在美國舉行。甚麼「澳洲公開」，「法國公開」，「溫布頓」，不必了，遠方的球手請過來。春暖花開的四月中，我們在 Augusta National Golf Club 舉行 Master Tournament。夏天的六月和八月，我們舉辦 US Open 和 PGA Championship. 留下一個滿貫賽給英國，在大西洋海岸揮桿，懷念故人，觀看帝國的夕陽餘暉，那是 British Open。

講句公道話，乒乓球，羽毛球在美國不流行。但此二項球類運動有我們偉大的中港台移民支持，除了打太極拳之外，乒乓和羽毛球在華人社區變成了中年人練身體的首選運動。所住小城附近，建立了「俱樂部」，廿九元月費，廿四小時七日，乒乓球羽毛球任君玩到夠。

在美國育兒廿多年，申請大學時有 SAT 補習班。但我從來沒有見過什麼「補習天皇天后」，也沒有見過什麼私人補習先生教數理化。這兒有體育運動補習先生，或私人教授或夏令營，收費可以比美天皇天后的補習價錢。美國的體育夏令營就像是夏天的太陽花，到處向家長們招手微笑。

滿城家長帶領那些欣欣向榮的孩子們做運動。我看到 Soccer mom 一大群，我太太做過 basketball mom，朋友中有 swimming dad，體操 mom，ski dad，我則做過 tennis dad。

家長們啊！毫無疑問，我們生活在一個體育王國。

二零一七年三月十六日

老人與小孩

初夏黃昏，夕陽西沉。麥當勞餐廳門外的沙灘傘，圓石桌，圍坐著四個花甲翁，老李，老黃，老趙，老陳。

老李是大哥，年過七旬。老黃與老趙是他的小弟弟年齡直追七十。老陳近日因為戒煙壞了事情，整天想吃東西，邊聽討論邊咬薯條。他們的身體健康狀況良好。老人咖啡添加免費，他們已經飲到第二杯。

家事國事天下事，事事不關心。談談琴棋書畫？沒有那學問，更沒有那閒情。

老李，老黃，老趙三人正在討論一個比較特別的題目：「送小孩上學」。這題目觸起了老陳深情的回憶。曾幾何時，在這學區，他也帶仔上幼稚園呢。

老李：「不要走二街，那裏最塞車。」

老黃：「我必經二街。我喜歡幫襯柬埔寨妹妹花的 donut 店，早上聽到她們叫阿伯早晨，銀鈴聲音，特別悅耳。」

老趙：「我有同感。」

他們討論如何省錢過生活，他們討論如何利用 coupon 買東西，他們討論如何向政府申請救助……他們已經失業，老黃與老趙的太太不知去向，老李的太太勤力打工幫助家計。

近日有華仁七一屆同學抱孫，千里迢迢從溫哥華飛到澳洲抱。大家都為他高興。六十幾了，有孫子不奇怪。恭喜恭喜。

老陳發問：「你們送上學的，是男孫還是女孫呢？男仔比較頑皮。」

老李，老黃，老趙三老把音量收細，同聲回答：「不是孫！是兒子！」聽得出，這是充滿父愛的聲音。

「What!」老陳驚奇。但立刻之間，他的同情心猶然而生。

「Let me tell you. 你們要珍惜這些日子，一轉眼他們就會長大。不要讓那些，「嚇人」話搞到不安。什麼孩子那麼小，有得你「捱」。告訴你們，船到橋頭自然直，什麼學費？到時自然會有！……」

他們惶恐的眼睛望著老陳，似乎是在寒冷的冬夜裏感受到一點溫暖。好久沒有聽過這樣安慰人的說話了。

一星期後，在同一麥當勞，老陳與 P 君聊天。

P 君剛剛過六十五歲生日，即將要退休了，紅光滿面，神采飛揚。

P 君處世謹慎，頭腦清醒。多年來在中國大陸尋找伴侶，至今未覓佳偶。

還是王老五一名。

老陳與他談起那些情花已經結果的朋友，那些帶孩子上幼稚園的朋友們，老李，老張，老趙。

老陳知道，P君曾與他們在中國南征北戰，尋找伴侶，是戰友。

「老陳，帶小孩子上幼稚園請加多兩個人，老何和老孫。這些人都是時代的產物。」

P君大發言論，為「老人與小孩」族作出愛祖國美籍華人的中肯評語。

（一）大國崛起佳麗多，她們響往外國生活。

（二）從早做到晚，茫茫人海，勞勞碌碌到中年未娶老婆。或是婚姻觸礁想再娶。寂寞啊！

（三）佳麗移民不久，利用社交媒體交朋友，找同鄉，朋友圈東西兩岸大展拳腳。

（四）中國人勤勞。年輕夫人不想做家庭主婦，要出外打工，工作地方越做越遠。

（五）慢慢地，她們覺得老李老黃老張……有點兒老。

（六）佳麗看得準，這些「老翁」是老來得子，對兒子疼愛，絕對有愛心把她們的孩子照顧好。母親們放心得很。

P君一席話，教育老陳棄「愛情」取「實惠」說，聽得老陳進入雲霧山中。四十年的改革開放，風雲際會，造就了一批送兒子上幼兒園的華僑老翁。

P君似是明瞭人生，有「我一早就話佢地知」的高人氣。

「唉。十年八年前，這班人取笑我：選老婆挑剔。又說我慳吝，沒有同情心。」

「他們又說我不懂省錢。建立小家庭在家煮食最經濟。比天天在餐廳吃個碟頭飯，經濟多了，衛生多了。」

……

老陳看著P君趾高氣揚的樣子，有點兒受不了。P君那似是而非的道理，老陳越聽越迷茫則是事實。

但將來呢？這群「老人與孩子」或許笑在後頭。因為後生可畏。

老陳的事非感從來不強。他覺得，審議人間對與錯，比戒煙還難。

二零一八年五月十六日

異族婚禮

吾友寇富（新春趕鬼，賭城記）在矽谷娶新抱。夫妻驅車上北加州酒莊參加婚禮。

曾問寇富，新娘子何許人氏？寇富答，總之是人。

今日揭盅，新娘子是黑人。七年前，新郎哥經過公司的長廊，驚艷佳人。在芸芸貝殼中掘出一粒美麗的黑珍珠。

從來沒有參加過異族婚禮，這是人生一大經驗。我夫妻倆留下了美好的回憶。

這是一場大型的西式婚禮，花費不菲。鄉村風雨後，天氣清新。賓客來自四面八方同慶。

首先出場的是一對女花童，天真可愛的黑女孩蹦跳而來，新郎魏仕強，牽著母親瑪利上結婚發誓台，新郎雄姿英發，母親雍容華貴。親家 Mr Cayenne 拖著新娘 Andrea 上結婚發誓台，親家風度翩翩，新娘楚腰纖細。

證婚人是新郎的好朋友，他不是牧師但擔任了牧師事務，婚禮台上念起了預先準備好的《聖經》筆記，莊嚴隆重。一對新人深情相望，把《聖經》所教的夫妻之道銘記心中。最後，在父母親和眾賓客前訂山盟，擁抱接吻，證婚人宣告他們成為夫婦。

全場鼓掌喝采。

他們投身化工行業，都有很高的學位。我對寇富說：「As educated as me.」寇富笑著回答：「Yes, as educated as you.」

據介紹，新娘子愛烹飪，是美食家。這點我不大相信，讀書時餐廳打工的經驗告訴我，他們喜歡吃炸雞，pork fried rice，shrimp chow mein ……替寇富開心，兒子居屋隔父母兩條街，他可以享受媳婦的住家菜了。

菜色包括沙拉，牛扒，三文魚等。那是全世界人民喜歡吃的東西。

酒席正酣，DJ 把全場氣氛搞到如慶祝節曰。他號召人們到中央舞池跳舞。hip hop 樂起，男女老少隨歌狂舞，黑人對音樂的節奏感，是無人能及。見一對年輕女雄獅，一肥壯，一輕盈，跳到香汗淋漓，獅子搖頭，跳躍，黑髮飛蕩。我站在牆角，與一老者聊天，共同欣賞此 Dancing with the Stars 一幕。此君盛裝出席，打扮特有文化，像是在參加紐奧良 Bourbon Street 的嘉年華會。一套黃色西服吊幾條金鏈，綠色解放帽。他邊聊天，邊搖頭晃腦，雙手隨節奏打起拍

子，雙腳跟著音樂跳起來。文化不同，我無此能耐與他共舞。只有看著他，和他一起開心。

友人告訴我，在此美麗酒莊舉辦婚禮，需要五百元一個賓客。所以啊，報名不參加的人確實浪費主人家的心意與金錢。這不是中國人的酒席，十人一桌到時加多兩雙筷子，變成十二人一桌。

寇富是工科出身，轉型在矽谷開酒鋪創業。多年辛勞後退休，現在頤養天年，晨運拖狗，料理花草，利用賣酒時所積累的紅酒知識，享受紅酒。

曾記否，這客家漢子為了保住店鋪不受損失，為了幾本「花花公子」雜誌，捨命衝出門口追賊。那賊仔是黑人。

俱往矣，種族歧視是進步社會的最大敵人。今天，帶領我們消除歧視是我們的下一代。寇富兒子的婚姻是一個好例子。

正是：

黑海明珠龍傳人，
日朗風清五彩雲。
異族精英連理樹，
佳餚美酒水陸陳。

二零一八年三月十一日

誠實陪審員

神聖職責

去年九月，我第一次行使大國公民的神聖職責，如約應召到羅省高等刑事法庭做陪審員。

刑事法院保安嚴密，過了安檢，大樓內有十部電梯，僅有六部可供普通人使用，電梯前人頭湧湧，刺青幫派朋友和西裝筆挺朋友同在。大家等候電梯，秩序井然。

早上八點，在陪審團的五樓大堂已經坐了三四百人，能有幸入坐的，條件一是要滿十八歲，二是要做了公民。

八點半，白人大法官出場，法官一頭銀髮，精神飽滿。他和大家上一堂政治課，所講無非是大國法律如何公正，在法律面前人人平等。如果犯了刑事罪，沒有錢打官司，政府也會為被告配備公家律師。他又說，大國現在窮，削減法庭預算，法庭在裁員，人手少，案件堆積如山，但法院上下，同心協力，勤奮工作，大多能如期完成任務云云。大法官演講有半小時，我聽了十分鐘，已經不能忍受，打開蘋果ipad，重讀三國，看第四十三回〈諸葛亮舌戰群儒，魯子敬力排眾議〉。三歲定八十這話沒錯，我在少年時候，聽講話已不耐煩，總是耽天望地，耽天想女仔，望地看泥沙。現在高級了，改為看三國，讀唐詩。

十點半，有生意做，十九樓法官要人，十三樓法官也要人。喇叭叫了兩批人去，每一批大約三四十人，我不在其中。繼續讀三國。

十二點，是午飯時間，出到法庭門口，看到有很多人在圍觀看熱鬧，有電視媒體，搭起棚架，準備開機。大國的電視名嘴雲集，我問人為可如此大場面，答：「天皇巨星米高積信的醫生開審。」我少理會，在門口搭五毫公交快車到唐人街鳳城餐廳懷舊。快車方便便宜，心裏讚羅省downtown公共交通搞得好，和香港有得比。

下午一點半，準時返回陪審團大堂，繼續看小說，我與時共進，這次看的是祖國香艷言情短篇。捱到三點，喇叭再響，十一樓法官要人。我知道每次大約召四十人，也想到如果這次不被點名，很快就四點了，可以交差，完成大國公民義務。Rodriguez，Thomson，Wong，Martinez，Jackson...，我跟住人名

數手指，一，二，三，四，五……數到三十五，以為可以過關，但也不知道幸運還是不幸運，第三十五個，也是最後一個，叫「Chen, Donald」我大聲回答，「Here」，我被選中。

法庭

我們每人被配上號碼，我是113號。準備就緒，陪審員魚貫入庭，我們分四排坐下，每排有十人左右，我坐最後一排。主審法官是黑人，他高高在上，相貌嚴肅，臉黑，眼睛更黑，圓碌碌的，遠望去就像個包公。起訴席上坐著三個墨裔青年，坐首席的一人梳陸戰隊平頭，頸有刺青，我經過他的時候，他用冷酷而且怨毒的眼神向我掃射，想要取我性命。疑犯每人有一位公眾辨護律師，起訴官是一年青亞裔，說話響亮有力，雄姿英發，眉宇之間，自有一派為民除暴安良的氣慨。

案件是持槍打劫銀行，我們在大國旗下舉手發誓，不講大話。

包公首先開講，他不講耶穌，他講的是大國法律上的技術性問題，然後輪到辯護律師講，他們要求我們能做到有良心，要有一人對抗十一人的膽量。起訴官最後發言，他告訴我們，在大國，有法律條文講到明，看風的和開車逃走的，與持槍進入銀行打劫的匪徒同罪。

下午四點半，包公宣佈收工，命令我們下星期一早上九點再見，到時從我們這班已經接受教育的人中選擇十二個，控辯雙方都能接受的，組成此案的陪審團，還要挑選兩個後補，共十四人。來決定這三位墨裔青年的命運。

挑選陪審團

星期一早九點，文書，庭警，律師，起訴官，疑犯，陪審員，一干人等全部入坐，挑選十二人陪審團開始。

包公升堂，叫聲早晨之後，開始發問，他從第一排右邊開問，認真地一個一個問，他第一問題是問你能否做到公正。如果你說可以，他會再問你家庭，工作，是否有認識警察朋友，是否有打過官司，有沒有被人打劫過等問題。包公問完，輪到辯方律師問，最後是起訴官問，法庭上只聽到問答之聲。確實有肅靜迴避的氣氛。我坐在後排，聽各人故事，感觸良多。

差不多每人都說自己可以做到大公無私，能夠看證據做人。當問到是否曾經做過犯罪的受害人，眾人的故事一筐筐。車子被打破偷東西，小兒科矣。車子被偷被搶的，被入屋行竊的，被破門而入五花大綁的，行路被人用槍指著搶劫的，被非禮的，各形各色。我計算，一半人有這樣不幸的經驗。我的腦袋被迷惘，到底那邊的治安好還是大國的治安好，到底是我加州的家安全還是廣州親戚間屋安全，我心中有數。我又懷疑，這班朋友不願當陪審員，在法官面前講大話，扮可憐，但看來又不可能，因為大家都發過誓，包公眼碌碌，耐心盤問，應該不會胡說八道。

人不可貌相

有一墨裔女子，在律師樓做秘書，長相楚楚可憐，嬌滴滴，看上去是一位有同情心，容易寬恕人的小姐。她的弟弟三個月前因為強姦罪被關十年，包公問她，對法庭的判決有沒有異議？她回答：「法庭好公道。」噹評：「同弟弟有仇乎？」

有一中年白種婦人，穿著端莊，談吐得體，是一位受過高等教育之人，她自稱是退休小學校長，告訴包公，一生打過三次官司，全部是醉酒駕駛，有一次還撞死人。我暗笑：「醉貓校長。」

再有一白猛男，身材高大威猛，他為了尊重法庭，穿西裝，打領呔，道貌岸然。在庭外，他口水最多，和人高談闊論，手中拿住書本，有空就溫習。當包公問他的教育程度，他回答，小學畢業，好朋友全是警察。我聽後立刻對此君蕭然起敬，再看他手中那厚厚的書，心裏想，此人在看警匪大戰連環圖。

誠實陪審員

幾十人被挑選進入法庭，僅有兩人是在第一個問題之後就被踢出局，其中一人是我。

前排坐有一黑人老者，穿黑色西裝，白襯衫，打紅色煲呔，身高而瘦削，佝僂龍鍾，握拐杖走路，包公問他第一個問題，對話如下：

包公：「你能做到公正嗎？」

黑人老者回答：「不可能！」

包公：「為什麼？」

答：「因為我三十年前，被洛杉磯班差佬害過，他們把我弄到雞毛鴨血。至今還有陰影，洛杉磯班差佬全是賊佬，沒有好人。」

包公立刻停止老者再說下去：「謝謝你的誠實，你免除做陪審員。」

已經是接近午飯的時間，終於輪到我的問話，我的心情有點緊張，不想被選中，因為包公告訴我們，案件要審十天，時間太長了，我希望立刻甩身。但真真假假，瞞天過海不行。我決定絕對誠實．用流利的廣東音英文，鎮定回包公話：

包公：「陪審員113，你能做到公正，不偏不倚嗎？」（Juror 113, can you be fair and impartial?）

噹：「我不能。大人，我恐怕對這三位年輕人不公正。」（I cannot, Your Honor, I am afraid I will be unfair to these 3 young men.）

包公：「為什麼？」（Why?）

噹：「我不喜歡他們的面孔，雖無過犯，面目可憎。」（I do not like their faces; they don't look good to me.）

包公：「為什麼？」（Why?）

噹：「四十年前，我剛移民到美國，住BELL Garden，那個城市，時時有人搶劫銀行，警察有時抓住疑犯，有時讓疑犯逃脫，我看過那些疑犯，他們就像在坐的三位年輕人。」（40 years ago, I moved to America, lived in Bell Garden, robberies often took place in that city, police sometimes caught the suspects, sometime let them get away, I saw those suspects, they look exactly like these 3 young men.）

包公：「謝謝你的誠實，你免除做陪審員。」（Thank you for your honesty. You are excused.）

感想

離開之前，先到門口把名字登記，報告已經完成任務。陪審員的報酬是十元一天，這些錢不用扣稅。

走出法院，有人為米高積信醫生開記者會，很多人在圍觀。在大國，搶劫銀行沒有資格上電視，碎料矣。米高積信的官司新聞可賣錢，同在十一樓的三位匪徒，不能相比，醫生有錢打官司，他當然請了大國頂尖律師團幫他脫罪。

大國是公道，亡命之徒，也有公家律師幫他們說話，但不要錢的律師怎能和要錢的比？一分錢一分貨也。

我踏踏蹣蹣的腳步，邊走邊想，腦海裏全是包公和三匪徒的影子，我認定刺青人是三人的首謀，不用審，他一定是持槍進入銀行之人，其餘兩位，一看風，一開車。大國在浪費金錢和時間。我又想，十天之後，被挑選進入了陪審團的十二位仁兄仁姐，只要有一人到時舉棋不定，這些危險人物就可逃離法網，重出江湖，危害社會。

我的家鄉，那裏有刁民和貪官，能否行大國的陪審團制度呢？那裏的公安，他們能有被黑人老者大罵於公堂的度量嗎？

還有還有，家鄉近年來出了幾個壞鬼書生，嗡嗡叫，他們羨慕大國的一切。不要多講，請他們來大國捱四十年，從收拾盤碗做起，再在大國的世界五百強公司做廿多三十年，了解人家的企業文化，看看裁員風潮來時，那風聲鶴唳，你死我活的政治鬥爭，或者，自己做點生意，開餐廳彈子房，體驗下江湖的險惡。這叫深入社會，如果能夠瀟灑走一回，再跟我說。

忽發奇想，如果這世界的法官全是包青天，每個包公配有京城四大名捕，再加南俠展昭，他們有本領快而準地把犯人捉拿到案，有罪打靶，無罪釋放，那不是更慳水慳力，不用煩我，天下太平。

不經不覺，行到停車場，開車走人，我慶幸甩身.

正是：

戾氣邪風中外同，
司法何曾盡秉公？
律政官民忙不斷，
酌情推理辨黑紅。
道高一尺魔一丈，
劣性無改萬法空。
相由心生今靠估，
偷得餘閒此路通。

二零一二年二月於洛杉磯

一蓑煙雨任平生

275

LA賽龍奪錦

鑼鼓喧天，由遠而近。一龍舟飛馳在大河中央，浪花四濺。只見一人在船上搖旗吶喊，錦旗繡「衝天龍」三字。此人短小精悍，赤膊露身，展示出中國南方農民朱古力色的皮膚。啊！那是周錦昌同學。去年朋友為他徵婚是「泥牛入海無消息」。也好，昌兄已經決定，大丈夫何患無妻，只要有龍舟運動消耗精力，日子好過。

中國人農曆五月扒龍船吃粽子紀念屈原，外國人一年四季扒龍船旨在運動，紀念nobody。

七月廿七日，星期天。我決定帶領妻兒到Long Beach觀看同學「龍舟仔」昌兄的龍舟比賽。昌兄熱愛此運動多年，從三十歲扒到六十歲，練就一身好本領，到而今，已經由「船員」升級為「skipper」。

LA七月，熱浪迫人。我們攜帶沙灘傘，礦泉水，小凳子，搽上護膚油，把活動當作夏日郊遊。正是：

烈日當空照，
番鬼佬扒船。
龍舟昌媾女，
塵噹渡天倫。

這裏一片假日氣氛：退休白人一雙一對，開著心愛的classic car到草坪上展覽，他們在懷念過去，老夫老妻無甚心得可言。父母帶領小孩子在沙灘嬉戲。情侶手拖手享受這週末的美好時光。

此情此景，我仿佛聽到Chicago樂隊名曲：「Saturday in the park, I think it was the 4th of July ...」

昌兄見我們到來捧場，不勝感激。我一家人齊聲喊：「咚撐，咚撐，咚撐，龍舟長，龍舟勁，阿昌龍舟一定醒，Yeah！」

昌兄介紹，比賽分二百米與五百米男女混合，這次有二百條船參加，參加費一千元。龍舟全是made in China，八千美金一條船。大會採用世界最先進的

開閘袋，船入閘袋，就像是跑馬開閘。一、二、三吹雞，這樣子最公平，嚴防偷步搶先，因為勝負之間，有時候只差 0.01 秒。我問昌兄：「是不是中國人扒得最快？」

「不是。德國是勁旅，菲律賓去年冠軍。」

世界杯，龍舟杯，全是德國人。怪不得人家做出寶馬。

昌兄繼續介紹，扒龍舟運動是世界性的，希望有一天能夠納入奧運會項目。

參賽船隊全有贊助商。昌兄代表 Aerojet，英文船名：AeroDragon，中文：衝天龍。那是國防工業隊伍。還有 Panda Inn，Insurance company，Architect firm 等，不勝枚舉。扒龍舟當然要有純中國人的隊伍，否則成何體統，台灣醫生隊，天津醫生隊是其中例子。

參賽選手以亞洲人，白人，黑人居多。我看到一個紅番。

公司補助，讓員工週未參加這有益身心活動，比他們坐在沙發飲啤酒看足球健康多了。

巧遇兒時朋友富豪巨一家人於賽場。富豪的女兒代表世界五百強建築公司做女健兒，進入了決賽。

看到他青春亮麗的女兒，也看看自己的兒子，孩子們都長大了，我們也老了。

只有「龍舟昌」同學，遠遠望見他蹦蹦跳跳地與年輕人拍集體照，舉手 OK sign，做鬼面，簡直是細路哥一名。我想，不必「徵婚」了，他的人生路途才剛剛開始，少年郎還未到達結婚年齡。

晚上，我收到昌兄來郵：

"My team AeroDragon finally won 1 gold, 2 silver. Thanks Don & friends for coming. Hope you day. Rob"

二零一四年七月二十八日於洛杉磯

一蓑煙雨任平生

愛麗詩

吾友史提芬、愛麗詩婚姻紀念宴會。親友到賀，滿堂觀樂，席間愛麗詩高歌以娛賓客，史君手抱吉他率領樂隊伴奏，柔情洋溢。吾與拙荊恭逢盛會，感同身受，謹誌如下。

舊雨新知，今宵洛城相會。人們在舞池中翩翩起舞，如痴如醉，他們在追尋那青春輕盈的腳步。

舞臺上樂隊領班是史提芬，主歌手是愛麗詩。婦唱夫彈，丈夫在愛妻鞍前馬後保護，吉它伴奏，配搭得十全十美。

懷舊的音樂：從Glen Campbell 的「Rhinestone cowboy」到許冠傑的《梨渦淺笑》到崔萍的《相思河畔》……

愛麗詩梨渦淺笑：「自從相思河畔見到你，好像那春風吹進我心裏，我要輕輕地告訴你，不要把我忘記……」

那柔和圓潤的歌聲把聽者催眠，把他們催進了尋夢園；毋忘那學習飛翔的火紅日子，毋忘那墮在愛河的年代。

愛麗詩是天生的唱家，才氣縱橫，全情投入，時曲腰，時舉咪，時與觀眾互動。傾間，她藏着天涯歌女的滄桑，轉身一變！她又是歡天喜地的快歌手。愛妻三小時連續地唱，氣定神怡。夫婿三小時不停地彈，永遠陪伴。

聲色藝。表演者有聲有藝更有色。人到中年，嬌俏麗質難棄。愛麗詩今晚束一頭短髮，就像是出賽的奧運游泳女健兒。花樣年華打扮，身穿白短裙，裙配黑花，黑色上衣。讖巧的鼻子，櫻紅的嘴唇。一雙明媚的眼睛泛起無盡的友愛，送給全場人士。

夫妻慶祝結婚紀念日，舉辦晚會，情意非凡，與眾同樂，為此盛事譜上完美的音符。

二零一六年三月三十日

香港士碌架波王——姚錦慰（肥B）

前言

才子曼殊詩云：

名譽東方號波神，
星殞洛城香港魂。
丈夫有志衝霄漢，
男兒傲岸立不羣。
辛勤創業終歸靜，
一桿懸空未能伸。
廿載孤獨憐兄弟，
群英薈萃少一人。

　　當香港還未有「神奇小子」傅家俊，當中國還未有「東方之星」丁俊輝，在香港的士碌架界出了一位明星，名叫姚錦慰，渾號「肥B」。近日人們在紀念鄧麗君逝世二十年，我懷念我的朋友兼生意伙伴肥B。逝者如斯，倍感浮生若夢。他黃泉路上已經走了二十年。

（一）神童

他是上海作曲家姚敏的小兒子，歌唱家姚莉是他的姑姐。圓圓嘟嘟的臉孔長得與父親一樣。自從呱呱墜地，他就是一顆閃爍的幸運星。出生後父親在香港的事業慢慢地好轉，佳作連連，《三年》，《情人的眼淚》，《我有一段情》等名曲譽滿香江。

此子為姚家帶來了起色，更因有乃父基因，繼承了父親的音樂天份，故而得到父母的寵愛。又因生長在音樂家庭，耳濡目染，結他，鋼琴，笛子，無師自通，樣樣皆精。

克紹箕裘沒有他的份兒。小孩子愛上了一項運動，英國人發明的士碌架：在十二呎乘六呎鋪上綠絨布的大枱上，把紅黃綠啡藍粉黑七種顏色的小球兒按次序打入小袋子。兄弟倆喜歡流連在尖沙咀的「樂宮」波樓「督」波。

母親打電話來波樓找兒子，她的口音就是王家衛電影《花樣年華上海女人的廣東話：「David 在嗎？」

櫃檯回答：「肥B說他不在。」

「他哥哥呢？」母親再問。

「什麼哥哥？肥B的朋友？」也難怪，兄弟長相不一樣。

從尖沙咀金巴利道家步行到「樂宮」波樓，喇沙書院學生肥B短袜波鞋，數著數著用心算，日久能數出走多少步。

在那龍蛇混雜之地，由於家教得宜，上海少年待人彬彬有禮，尤其得到叔伯們的喜歡。「波樓」從來是betting 的好地方，也是培養臨危不亂，心狠手辣的好地方。笑臉迎人，深藏若虛是「揼雞」的必備。肥B從打「波鐘」到打錢，贏多輸少。

當時明月在，七種顏色的桌球猶如七道美麗的彩虹照耀肥B的少年時代。他找到了與生俱來的天賦，不必在鍛鍊身體的球場上操練，不必在尋找知識的圖書館裏奮鬥。他在撲克牌的智鬥中沉思，在音樂薰陶中成長，在那煙霧彌漫的波樓中磨練。日後造就了一代香港波王。

（二）朋友

人生在世，喜歡的東西分階段。有一段時期，我沉迷打橋牌，茶飯不思。

放工後打錢，週末打比賽。我是在橋牌桌上認識肥B成為好友的。

打牌講究牌品。肥B就是風度翩翩，君子一名。個子高大穿著得體，上海仔品味獨到。眼睛墨亮深沉，隱隱藏着要作一番事業的堅定。我們打橋牌的朋友是梁醫生與羅醫生。打橋牌之前，他總愛與梁醫生操幾盤十三張，五元一注當時是相當大注碼了。

輸錢時他會說：「哈哈哈，你個乞人憎！」他笑得那麼開心。

兩個醫生都打得好，尤其羅醫生是香港大學橋牌高手。我與肥B都是初學，出錯牌時被罵到「眼眨眨」，肥B從來不「駁嘴」，他虛心接受批評。

他剛剛從加拿大大學畢業來美國，在銀行工作順利。開一部綠色的六字頭寶馬，看上去就是天之驕子。天之驕子結婚了，他娶了密宗黑教大師林雲的標緻女弟子為妻。

鳳凰于飛不到半年就飛落地下。妻子為「挽救」婚姻，纖纖玉手往床底擺放紅豆，黑豆，符咒。

肥B：「噹，嚇死我咩。」

我：「嘩！我都驚。」

多年以後他返香港發展。我到灣仔一家波樓見他，他正在「鋤弟」。他再婚了，婚姻美滿。一子一女，兒子長得如肥B一個模樣。

他在「健牌」香港邀請賽中，與「泰國之虎」華達拿打足九盤敗落。他也是首位華人球員，在世界業餘大賽中奪得季軍的。那時候我才知道他是士碌架波王。

「噹，有朝一日我要在美國開間波樓。」

他再說：「波樓好玩。一邊玩一邊賺錢。沒有比這門生意更好了。」

我唯唯諾諾：「做自己喜歡的。我爸說，賣鹹脆花生都要做老闆。」

這鼓勵話果然成真。多年以後，他在美國開了一間成功的波樓。肥B考慮的美國partner，第一個是朋友阿噹。

（三）創業

一九九四年初，我與肥B站在一個一萬多尺的廢墟裏，仔細打量。這地方是一處空置多年的雪佛蘭車行，殘缺不堪，已經成為野白鴿的巢穴，野鴿子象蝙蝠一樣飛來飛去，我們就像進入一個蝙蝠亂飛的山洞。

他有點兒茫然：「噹，這地方行嗎？」

我說：「David，我與你一樣，仔細老婆嫩。我老婆大肚還拖住個三歲的。我敢搏！」

「你看過 Kevin Costner 的電影 Field of Dreams 嗎？」

「未看過。」他不喜歡看這類電影。

「男主角要建造一個 baseball field，希望有人來打球，他講了一句話。」

「什麼話？」

我充滿憧憬：「If you build it, he will come.」

「哈哈哈！」他又笑。

世上無難事，只要肯登攀。這話說來容易，攀起來困難。開波樓，從與業主商議租約；向政府申請特別牌照；把舊車行裝修；把 snooker 枱船運來美；請香港師傅來裝枱……無一易事。

我問他：「你下午跑到哪了？」

「我去釣魚。」

我跟他去了一次。開車二小時到到市郊的湖邊釣魚。開玩笑，何來魚兒上鉤？他是在「孤舟蓑笠翁，獨釣寒江雪。」他要自個兒想東西，靜下來。

美國流行的桌球運動是「九波」，這兒的 pool hall 只放一張不標準的士碌架枱，用來應付稀客。我們這樣大張旗鼓地開一間有二十張大枱，十張細枱的波樓，本末倒置，會有客人嗎？

他表面有信心，其實猶豫。

「香港算命先生說我會行十年大運！」他說。

裝修之前，我們請來了風水先生看風水。風水先生拿起羅盤在廢墟中來回「測量」：這兒是大門，這是辦公室，辦公桌子放在這邊，那邊做酒吧……

他問：「老師，如果生意好。此地必然是三山五嶽人馬雲集，如何保證平安呢？」

風水先生：「擺放『和合二仙』在收銀機旁邊，包保你十年和諧氣氛，財源滾滾。」

我突然想到京劇樣板戲「沙家濱」。

「David，讓我唱句京戲你聽聽。」

我唱：「開茶館，盼興望，江湖義氣是第一樁。」

再唱：「壘起七星灶，銅壺煮三江，擺開八仙桌，招待十六方，來得都是客，全憑嘴一張，相逢開口笑……」

「哈哈哈。」他又笑，笑得多麼的開心。

在那段日子，我經常陪他到本地的 pool hall 打九波，目的是廣交同行朋友，希望將來開張有人捧場。那些地方有電單車黨聚集，咖啡十五仙一杯。人一坐下，就有朋友過來邀賭。

他也經常參加比賽。雖然沒得到過冠軍，但是他打球的風度，甚得冠軍們的喜歡。畢竟，九波與士碌架真有分別，九波開波要用另外一枝cue，士碌架單cue上陣。

一九九四年十二月三十日中午，「樂宮」波樓新張。我與懷孕的妻子來慶祝。我們約了醫生下午三時剖腹取子。

良辰吉日，元寶蠟燭香，燒砲仗喜氣洋洋。他終於放下一口氣，為這店辛苦了一年半，是開始大展拳腳的時候了。

懷孕的人不准許進入新張的波樓。怕衝撞。下午四時，我親愛的小兒子誕生。

（四）波王

If you build it, they all come。肥B打造了一個高尚的娛樂場。波樓的生意氣勢如虹，士碌架愛好者聞風而至。香港留學生；泰國留學生；印度留學生；凡是有英國人足跡遍及的地方，都有來客。

香港移民寫公找到了家，舊雨新知同唱電視劇「Cheers」的主題歌：「You wanna go where people know, people are all the same, you wanna go where everybody knows your name.」

不肖子弟找到了逃學的好去處。他們流連「樂宮」波樓，歡度快樂時光。

泰國仔成群結隊，禮貌恭敬，不卑不亢，合掌道謝。

他們衝著肥B的大名而來？也不盡然。流落他鄉的移民生活太沉悶是原因之一。

肥B笑臉相迎。陪客人打「波鐘」每天七八小時。他還幫助客人修理 cue，換 tip 頭，在酒吧洗杯。

我初學，也陪打球。他教我，這叫「圍場」，要這樣子做，生意才會上去。在那日子裏，我每天睡眠五六小時，早上九時到清晨二時，一在「政治正確」的大企業工作，一浪跡在「人在江湖」的波樓。江湖好漢的「噹叔」稱呼，我深感榮幸。

我勸他：「David，不可太累了。小心身體。」

他告訴過我，經常感到胸口作悶，正在吃藥。

「沒辦法。需要把他們的興趣提高。」他嘆氣。

世界上有一種人，天生是在這種場合出人頭地，才子們望塵莫及。肥B滿臉威嚴之氣，而且和善可親。「鋤弟」，「麻將」，「牌九」，「百家樂」，「打機」項項全能。更兼會把小球兒用棍打進小洞口。

保齡球的滿分是300分，士碌架的滿分是147。我無福份看過他打147，但130我見過。已經是神乎其技了。

球迷們愛看肥B打球。我對他說：「滿堂花醉三千客；一劍霜寒四十州。」

他問：「什麼時候學那麼好的中文。」

我笑：「學你。不愛讀書愛打波。我則是不愛讀書愛看武俠小說。」

波樓從來是 hustler 聚集之地。偉大的美國 hustler Minnesota Fat 是其中表表者，此君進入了 Billiard Congress of America 的名人堂。保羅紐曼的經典電影 Hustler 就是講他。

「David，你將來必定是東方人的 Minnesota Fat。」

「哈哈哈。」他大笑。

那夜晚狂風暴雨。波樓進來二人，一黑一白，歐洲口音。他們要打「比賽」，肥B無任歡迎。歐洲人要求打九波，肥B要打士碌架。由於盤口談不攏，與肥B的「比賽」不成事。但他們找到了波樓的其他高手「比賽」。

連續兩天晚上，外面雨打芭蕉，室內硝煙瀰漫。這是君子之間的較量，但絕不友誼。pool cue 挑戰 snooker cue，人們重重圍觀士碌架「波王枱」，歡呼驚嘆緊張，下了注的比賽最是精彩。

「嗰，要有這樣的氣氛才行。」

暴雨過後，花落知多少，黑白雙煞是最終的贏家。肥B以勝利者的姿態站在站在大門歡送。歐洲人講bye bye不再回頭。人在征途，下一站是何處的pool hall？

肥B辛勞的工作正在開花結果，一切欣欣向榮。我心裏想，他要行十年大運，我要行二十年！

（五）哀歌

波樓開張僅僅四個月。1995年四月三十日，晚上兩點半，我與肥B一起關鋪，滿身疲倦歸家去。

人稀路闊。我的車子停在山谷大道和聖蓋博大道的十字路口，等待綠燈。

突然間，一部嶄新的黑色平治從後面駛來與我並行，他左我右。那是肥B的新車。

他把車窗打開，大聲對我說：「嗱，明天分紅。」

我回答：「那麼快。」

「哈哈哈。」紅燈轉綠，他踩盡油門，揚長而去。

當天晚上我輾轉反側不能入睡。破曉時分進入夢鄉，朦朧中我見到他在晨霧繚繞中飄然而至，站在後窗，祥和的臉孔向我微笑。

早上八點接電話，噩耗傳來，肥B心臟病突發走了。

出殯那天Forest Lawn陽光明媚，風和日麗。除了親友之外，他的粉絲全來參加葬禮，人們心情沉重。我幫肥B扶靈。他的妻子和一對兒女相隨在後，兩歲女兒拖著媽媽走，她知道發生了什麼事嗎？

哀歌一曲我心底唱，唱的是淒風苦雨愁煞人。僅有四十二歲，英年早逝，英年早逝啊。

一枝跟著他南征北戰的 John Perry cue 與他長眠在荷理活山頭。青青綠草如茵，我仿佛看到肥B昂昂七尺，站在「波王枱」的綠絨布上，猶如常山趙子龍，手拿長槍，傲視群山。

後記

幾年前我遇見肥B的哥哥。問候肥B的一對子女。他告訴我，都很好。小女兒代表美國到首爾參加「打機」比賽。我回家告訴兒子們，他倆齊聲：「Oh, all the kids know her. She is famous.」想來，她今天應該大學畢業了。我絕對相信遺傳基因這回事。

二十年後，我攜鮮花一束重臨肥B墳頭。念一首蘇東坡的《定風波》憑弔故人。

莫聽穿林打葉聲，何妨吟嘯且徐行。竹杖芒鞋輕勝馬，誰怕？一蓑煙雨任平生。

料峭春風吹酒醒，微冷，山頭斜照卻相迎。回首向來蕭瑟處，歸去，也無風雨也無晴。

二零一五年五月二十七日

一蓑煙雨任平生

網球教練

六年前的暑假，在我家後山的公園教兒子們打網球。每天的清晨，拖著一籮網球上場，首先要求兒子跑圈，做預備運動，再而一對二，父親「餵球」。

公園有公家網球場。我們經常碰到兩個亞洲男人在打球。穿短袖恤衫，長褲，懶佬布鞋缺襪。他們從超市的買菜袋子裏，拿出十個八個已呈黑色的脫毛彩球，左揮右抽起板，力度大而欠準，自得其樂。

打累了，他們喜歡看我們父子練習。看得出，他們是在觀摩，從中學習。

網球不像羽毛球，羽毛球初學者容易上手，網球這玩意難學，尤其對初學的成年人，更有點被「球兒」戲弄的感覺。把小圓球打到滿天神佛，正所謂「執波多過打球」。學球者要有恆心，非一段日子練習，很難領略到網球的趣味。

早晨見面互道 "Good morning" 是做人的基本禮貌。但禮貌歸禮貌，他們老是把球打到這邊的場來，我們需要幫忙撿球：

二人舉手作揖連聲："Sorry."

我真心話回答："Don't worry."

見得太多了，初學者不容易把網球控制，這事情是絕對無心。

從不相識，幾次之後成了球友。

原來二人來自東北，一是中年人，一較為年輕，身體都十分健朗，是那種打半天還有力氣的人。他們稱呼我陳先生，我暗地裏叫他們老趙和小沈。原因是他倆看上去像是師徒，酷似中國大明星趙本山與小沈陽。但趙本山眼睛大，這網球趙先生看上去有點兒滑稽，那小眼睛眯眯成一線，留著恰似電影 "Pirates of the Caribbean" 船長的鬍鬚，邪正難分。趙本山與小沈陽在央視春節聯歡晚會，扮演東北老鄉唯俏唯妙，我遇到的這對寶貝，東北網球老鄉，確是貨真價實。

以下對話，請用普通話念。

「您的兒子可打得真棒。從小學？」趙先生濃濃的東北口音問我。

「對。他七歲開始。還可以。」我回答。

「陳先生，咱們剛學球，可以指導一下我的正手嗎？正手是啥樣子打的啊？我的正手太差勁了，真糟糕！老是把球打歪。」他恭敬地向我請教。

「唉！學打網球比學種莊稼更困難。」

我說：「當然可以，正手我懂得一些，反手不行。」

我細心指點，告訴他們打正手的要訣。我還說現代網球，打正手要用點手腕力。

「你要 follow through.」這教網球的英文術語我從來不懂得怎樣用中文講。我要舞動舞動，擺出姿勢示範。

每一次在球場相遇，我都會送幾個舊球給他們，買菜袋的練習球越來越新了。到最後，他們要用幾個膠袋裝球。

暑假轉眼過去。我的東北朋友網球技術大進。我覺得他們的球技比我的兒子更有進步。二人對打，正手抽擊十幾下來回不失誤，球也少有打到我們這邊來了。

三年前，我在一越南餐廳吃午飯。門口進來一體育家人物，全身網球裝束，Niki outfit 套裝紅白藍配襯，白帽子上掛上大大的黑眼鏡，像個飛行員。我心想這人似曾相識。啊！想起來了，雖然他把鬍子刮掉，我認得這是網球朋友，東北佬趙先生。

趙先生見到我，上前握手：「陳先生，您好！」

「好得很！你現在幹啥啦？」

他有點兒不好意思：「我在教打球。」

「啊！這樣子太好了。您喜歡打網球，現在又可以打球賺錢。」

他謙虛地說：「業餘的，我在餐廳打工，二點才上班。」

我問：「您的朋友好嗎？」

「啊！他挺好的。他在『唐朝沐足』幹洗腳活。」

再過了一陣子，我路經後山公園的網球場，見到老趙在教球。我停車看看，老趙把一部職業教練裝球的手推車，放在場中央，裏面放滿了黃澄澄的網球。

東北話教授，他耐心地「餵球」。

「眼睛看著球！」

「拉後時放鬆！」

「側身！」

「碎步！」

「Follow through！」

好傢伙！老趙把我所教的全用上，就連那句英文也用上了。

他的學生是一個中國婦人，網球衣著時尚，講普通話，開一部新寶馬。我立刻明白，老趙是找到了market niche。近年中國多富人移民。二奶或闊太也要鍛鍊身體，找個同鄉學學網球，聊聊家鄉，打賞幾個銅板，大家都好。

最近一次見到老趙，是在我週末打球的地方。他跟一學生在打單打。週末球場人多，有人提議與老趙打雙打，他沒有答應。那當然，網球教練怎可以隨便跟別人打球，要收錢的。

臨走前，老趙問我的兒子是否還有打球。

我告訴他：「少打了，他現在愛上籃球。」

胡亂抄襲網絡上讚美華人的說話：「真了不起！每一分錢是流汗掙來的。世界上每一角落都有華人的蹤跡，這是他們勤勞的象徵。

我同意，老趙就是一個好例子。草根新移民各施各法，勤勞工作，他們必定能站穩腳步，在此地開花結果。

二零一四年五月五日於洛杉磯

第五章

球場春秋

「南海之龍」網球隊沙漠紀行

"History repeats itself"多是講大事情，但也可以發生在小小的網球場上。

連續三年，「南海之龍」老人家華人網球隊都殺入「元老杯」決賽，連續三年，都是在與對手各勝一場之後，在第一雙打的 10 分 super tiebreaker 中決定出冠亞軍。世事也真奇妙，網球場上歷史可以重複。

從二零一三年開始，每年的三月底，我必領隊參加這在加州棕櫚泉舉辦的「元老杯」比賽。「南海之龍」是賽事唯一的亞裔隊伍。

從星期一開始打預賽，星期四決賽。預賽場地在棕櫚泉的各個鄉村俱樂部進行，每天享受不同的一流網球場。比賽分組別，有六十五歲以上的超級老人隊，也有五十歲以上的。不許用假身分證。

二零一三

二零一三年，「南海之龍」第一次參加比賽。二零一三年三月二十二日我寫下一些筆記給校長與同學：

南海塵噹帶領「南海之龍」老人家網球隊，在加州棕櫚泉沙漠大戰三天，艱難進入決賽。

今日，三月廿日 high noon，與加拿大「White Rock」白人軍團狹路相逢。黃沙渺渺，艷陽高照。「南海之龍」決戰「White Rock」於世界十星級大酒店 Desert Spring JW Marriott resort & Spa。

「南海之龍」隊員來自五湖四海。塵噹成軍，不論階級，不談政治，不講宗教。只看球技。Equal Opportunity Employer。

隊伍有陳水鞭同門兄弟綠營大佬；有口號派「一定要解放台灣」過氣國防科大解放軍；有不懂三民主義為何物只識上教堂香港喇沙仔；有香港大學退休醫生；有壽星公煉奶除了講錢乜都唔講生意人；有越南漂洋過海到金山難民；有純血統德國裔五十二歲「年輕人」；更有哈佛出身英國佬紳士大律師。

個個意見多多，自以為是。塵噹領隊，沒有民主。

今日與加拿大白人軍團在加州沙漠決一死戰。求事在人，成事在天矣！

海峽兩岸同胞，愛喊口號：「Dragon, dragon, go, go, go!」華仁神父培養出來的學生，會寫打油詩，不喊口號。

南海之龍，沙漠稱雄。
生擒白石，拜祭先賢。
塵噹領隊，和諧社會。
明年舉刀，沙漠之狐。

今日沙漠之戰，南海之龍金線釣白芙蓉，絕地反擊。One match all 之後每人眼睛聚焦「解放軍」與「陳水鞭細佬」的第三雙打配搭。結果他們在Super tie-breaker 落後4:7，5:8 之下，鹹魚翻生，反超前11:9拿下冠軍。「解放軍」與「陳水鞭細佬」擁抱慶祝。噹偷笑：夠運。

二零一四

二零一四年三月，「南海之龍」再度進入決賽。

打油詩：

南海之龍，再闖虎穴。
廉頗未老，問鼎稱雄。
沙漠衛冕，汗灑嬌陽。
明朝決戰，天佑英豪。

也是在各勝一場，第一雙打 one set all 之後的 super tiebreaker. 這次我們輸了，9:11。「明年舉刀　　沙漠之狐」失敗，那有心情寫筆記呢？

二零一五

二零一五年，興趣來了。二零一五年三月二十六日首先一篇「南海之龍殺入決賽」筆記送給校長與同學：

甲骨文老板 Larry Ellison 熱愛玩帆船，也熱愛網球。近年他全力支持 BNP Indian Wells Open，要把這 ATP1000 賽事升級成第五大滿貫。

Larry 觀賞球賽，必有年輕漂亮仙姑相隨。Seniors 觀賞球賽，多有老伴同行。

費天王決賽不敵小德。賽後曲終人散，輪到到830位老人家打比賽。這是世界上最大的老人家網球賽，朋友來自全國各地，也有從加拿大來的。大家來沙漠渡假看網球，然後自己打比賽。

我已經是第三年做隊長參加五十歲以上的「高級組」。二零一三年拿下冠軍，二零一四年拿亞軍。

二零一五年呢？同樣驚險，我們艱難地進入了決賽。今天正午十二時對陣加拿大「白石」兵團。

加拿大今年有兩隊球隊參加，妄想自己人打自己人，把決賽與獎杯搬回溫哥華自己玩。

怎知道美國有沙塵噹。有沙塵噹領隊的「南海之龍」。你過關斬將，過一過我這關先。昨天我們2:1險勝，讓他們失去自己決賽機會。

打油詩一首鼓勵士氣：

南海之龍，天神之龍。
加國強隊，襲棕櫚泉。
妄想二隊，決賽稱雄。
沙塵噹王，橫刀立馬。
開壇作法，排陣英明。
三條行頭，同花順尾。

放棄中路，誓奪二盤。

眼噴火焰，老馬迴光。

將士用命，淚灑沙場。

無言感激，各位隊員。

來之不易，珍惜今天。

渺渺黃沙，決一死戰。

求事在人，成事在天。

盡力而為，今生無悔。

「決賽日」！

艷陽高照。沙漠今天正午的溫度超過一百度。

兄妹情深，吾妹陳珊珊開二小時車捧場哥哥。

我們贏了第三雙打：

台灣大總管／解放軍6:4，6:3。

輸了第二雙打：自己睡／古銅色人6:7，1:6。

我在第一雙打，one set all，7:6，3:6。拍擋是五十二歲的白人「年輕人」Russ，他背著我爬山，邊背邊唱，"He ain't heavy，he is a Chinese...."。

Playing a 10 points tiebreaker，比分咬著上，我們領先10:9。

全部人圍觀，為自己的隊伍打氣喝采。

珊妹形容最後一分給會友：「Donald won the deciding championship match point with the backhand slice, untouchable by his opponent.」

所以說她不夠哥哥鬼馬。同一件事，我會這樣寫：

對手一僧一道，一肥一瘦，一高一矮。最後一分，我們領先10:9。四者英上網短兵格劍幾回合。突然間，塵噹單邊救主（賭牌九？），猶如士碌架打中袋，一招「慢流」，反手volley把網球輕輕一托，只見那球兒不快不慢地徐徐斜落小角。兩只鬼似老僧入定。網球不知去向。廣東話：摸都冇得摸。

五秒，僧道相顧而笑，上網握手：「Good play. It is a pleasure playing with you, Don.」

作謙虛狀：「Lucky. Yeah, still have a few shots left.」

「年輕人」Russ跳高用胸膛與我high five，差點把我弄到跌倒。其實日照

一簑煙雨任平生

焚香爐，把我的頭髮都燒焦了，多打幾分也會跌倒。如果不幸，人生時間表可能更改，提早拜見Fin神父，與他談網球去。

全場雷動喝采。慶祝「南海之龍」再度奪冠。

怎會是如此巧合，連續三年，每次都是各勝一場之後眼光聚焦在第一雙打的tiebreaker。而且都是11:9或者9:11。歷史在重複，History repeats itself!

加拿大人在寫《嘔血譜》，「南海之龍」在奏《凱旋曲》。

這玩意是西方人發明的。在人家地頭，連續三年非冠則亞，殊不容易。我明年不玩了，老氣橫秋，急流勇退，見好即收。

二零一五年四月四日

International 網球名人堂

郵輪經過 Newport， Rhode Island， 這兒有一座國際網球名人堂，International Tennis Hall Of Fame， 建立於一八八零年，真乃歷史悠久。我參觀了。

博物館在二樓，二點半才開門。我來早了，找緊時間一頭走進網球場。環境果然了得，彷彿重回舊中環渣打道木球會打比賽，中環木球會已不復存在，在這兒又見到了。只見一片片綠色的草地球場，穿白色球衣的球手正在打球，白綠相襯。教練在訓練一班少年學員。恕我見識淺，今世還沒有到過溫布爾頓，這樣子的草地網球環境是人生第一次看到。

走近場邊，問一對白人情侶球手：「請問這裏是私人會所，還是公家球場，外地人能打嗎？」

那人看看我，上下打量：「可以的。但上場要穿白色球衣。收費是每小時一百二十元，你也可選擇打半小時，六十元。」

「哦！明白了。Thank you.」

博物館的講解員是一位耆紳，年過八十，精神矍鑠，高挑的網球身材，黝黑的手臂揮動介紹，似是要拿回過往那光輝歲月。

就在不久之前，會所二樓是男人的地方。打完球，他們在那裏抽雪茄，玩撲克，打士碌架，講女人，樂在其中。女性不准上樓。

老者帶領大家參觀各展館，從古老至現代，從法國宮廷發明的無彈性網球，講到亨利第八是網球高手；從木球板到鋁製板，從白球到黃球；從業餘網球精英年代轉型至職業網球年代；從瑞典球王波格講到今天前無古人的費天王。當今網球已經發展成國際性運動。
看到瑞典波格名言刻在銅牌上：「我打球的策略，是每一分要比對手多打一球。」

能夠被選入國際名人堂是一件不容易的事。想要千古流芳，在網壇上佔一席之位，將會越來越難，非要在大滿貫中拿下冠軍不可。

張德培與李娜還未進入名人堂。遲早的事。

二零一八年進入名人堂的是捷克雙打女將 Helena Suková 和德國溫布頓冠軍 Michael Stich。我記得 Stich， 這位過了廿八歲才拿冠軍的球手，當年是名噪一時，人們讚他十八歲棄踢足球轉打網球也能奪冠，讓那些後學者有希望。

七十年代初，香港網總請來了一位澳洲教練，Ken Fletcher。此君曾經拿過數次大滿貫的男雙和混雙冠軍。他在南華會教過我打球。最令我難忘的是，他用金錢鼓勵，誰家孩子發球發得快而準，私人獎五港元。我多次得獎。讓我領悟到「重獎之下必有勇夫」的道理。

參觀完畢，我禮貌地上前詢問老者：

「Do you know Ken Fletcher?」

「Of course. A very good double player.」

「Did he get inducted here?」

「No, it ain't easy to get inducted.」

我非常失望。上網搜尋 Ken Fletcher。二零零六年斯人逝去，澳洲為他造了銅像，選他入了澳洲的網球名人堂。

郵輪泊岸多處，對我來說，Newport，Rhode Island 這網球名人堂是最值得參觀的，極力推薦給熱愛網球運動的人到此一遊。不信，可以遊覽它的網站，評論人給予四粒半星，最高五星。

二零一八年八月十八日，於Oceania cruise ship

費天王（Roger Federer）

平生愛見，娜姐辣妹，生擒女魔。費持天王，獨立網壇。

天王未老

自從二零一二年拿下溫布頓冠軍，費特拿與大滿貫絕緣。今年的美國公開賽，他的勁敵全遭淘汰，奪冠機會大增。可惜他在準決賽中敗北，輸給了年輕選手。

上月上海舉辦的ATP1000大師級賽事，費特拿雄風依然奪冠，重上世界排名第二。

三十三歲的他，費天王是曇花一現？他明年能夠再拿一個大滿貫嗎？身攬十七個大滿貫已是登臨絕頂，他欲要獨立雲端？

網球評論家把他近日的成績，歸功於他的新球拍，原因是拍子大了，sweet spot也大了，來順手。我許久沒買新拍子，用的都是兒子的舊拍。既然是天王的粉絲，那就買一支天王新拍吧。事後發覺這新款球拍對我毫無作用，我還是沒氣。

天王球技

少年時在香港打網球，網總聘請了澳洲高手教練。這西人的打法有點兒像天王。時代進步了，就連手拿「武器」的材料也從木改成鋁，打法也改變了，用雙手反手。

天王是單手反手。他是classic與新潮混合的最佳樣板。

學習體育與藝術不同學醫，學醫者記憶力要超人。體育與藝術則要天份。

天王的天份爆棚。看他出場，猶如蛟龍出海；底線抽擊像是在跳芭蕾，舞姿美妙；追起球來似是燕子貼水飛翔；放短球時是蜻蜓點水；扣殺時是鷹擊長空。近期，天王打球的戰術改變，少在底線長抽廿幾板。他古法新用，掌握機會上網攔截，速度之快，角度之刁鑽，令人嘆為觀止。

一蓑煙雨任平生

長跑好手的心跳得特別慢，天王的脈搏也是。加上打球姿勢自然，所以他從來沒有什麼主要傷患。唏，這也是天份啊。

天王垂淚

費特拿馳騁網壇，從不欺場。他在球場上風度翩翩，君子一名。歷史上所有球王，從過往的Nastase，Connors，McEnroe 到今天的Nadal，Djokovic，比賽中少有不用脾氣與小動作而拿好處的。這也難怪，沒有心中燃燒的求勝烈火，何來稱霸。費特拿比賽時外表平靜，心中也是一樣熊熊火焰。痛打落水狗時一分不讓，力挽狂瀾時奮勇追趕。

決賽結束，火焰熄滅。二零零九年澳網，苦戰五盤敗給如日方中的Nadal，踏上獎台說感言，他忍不住流淚了。同年六月的法網公開賽，直落三盤，奪得這躲避他多年的四大滿貫之一，他立刻倒在紅土場上痛哭。二零一四年溫網決賽，激戰五盤輸給了Djokovic，邊上網握手邊哭。

男兒有淚不輕彈，何況天王？我認為他心中的火，燃燒得比任何球王都猛烈。

天王孖寶

費特拿娶了同鄉女子Mirka 為妻，Mirka 雖然不是一個成功的職業球手，但她確是一位旺夫益子的女人。婚後把丈夫的事業推上一層樓，且為丈夫生下孖女一對。二零一四年再接再厲，生下了可愛的孖仔。

大醫生們說，這樣子的連環孖寶，機率約是3000 到70000分之一，比較丈夫連續高居網壇一哥237 星期更是難得。

一家六口，樂也融融。舉世網球迷無不喝采。費特拿說：「This is the best time of my life.」

我想，一位易落淚且愛孩子的男人，必然是愛心無限。果然，一片冰心的費天王建立了「Roger Federer Foundation」，在非洲派錢，受益的貧窮兒童不下十三萬六千個。

他的職業生涯至今，共贏了八千萬美元獎金，比起那些大貪官，大地產

商，網絡大亨，這「血汗錢」是微不足道。前陣子，有中國富豪在美國當街派錢行善。用飲酒來比喻兩行善者的品味：費天王品嚐的，是世界上最貴路易十三黑珍珠白蘭地，那位仁兄喝的，充其量是才子最愛之土炮，低價紅星二鍋頭。

波王之王

多年前香港電視劇「千王之王」是我的至愛。每晚追看翻版帶如痴如醉。片中的「千王」尤令我羨慕。當然那是虛構人物，世間上不可能有這樣的賭王。

可是，費特拿這「波王之王」確是活生生的讓我看到了，毫無虛幻。這位前無古人，後無來者的球王獨立綱壇十多年，球迷有機會看到他真幸運。他對球迷說：「I already have 17. It's not like I need another one. But it would have been awfully nice to have it. I think that's what the feeling was of the people, and I felt that... I know they love tennis. They love tennis after we're all gone.」

生在這個年代，欣賞到這樣的網球員，是我的福氣，這福氣還在繼續。

二零一四年十月二十六日

一蓑煙雨任平生

費天王雞年奪冠：丹鳳來儀、金雞報曉

費天王雞年奪冠

丹鳳來儀，金雞報曉。

費天王一九八一年八月出生，屬雞。三十五歲的他大年初一坐在太歲頭上動拍，勇奪生平第十八個大滿貫。是前無古人。後無來者？

這是一場不可思議的冠軍賽。二零一七年的第一個大滿貫，澳洲公開，地點在「火箭」Rod Laver 老前輩的球場上。爭奪冠軍寶座者是十七號種子瑞士 Roger Federer，對陣第九號種子西班牙 Rafael Nadal。

世界前四名高手，英國 Murray，塞爾維亞 Djokovic，加拿大 Raonic，瑞士 Wawrinka 全遭淘汰了。如果是尋常日子，舉辦者必然大失所望，電視台老闆更是淚汪汪，因為除了發燒友球迷外，普通網球愛好者都不會有多大興趣，不竟，九號種子和十七號種子的決賽，缺乏明星效應。

但這二位選手可不是普通人啊！一位是休息半年，傷癒復出的費天王，一位是天王剋星 Nadal。這二位網壇巨星，第一次相遇是在2004年，那時候費天王年僅廿二歲，Nadal 十七歲。二位都未成氣候。年輕小伙子在邁阿密比賽。那一次 Nadal 贏了。之後的十三年，他們一共打了三十四場比賽。Nadal 廿三勝十一負。怪不得費天王說。"He's caused me the most problems in my career. Rafa definitely has been very particular in my career. I think he made me a better player. It remains for me the ultimate challenge to play against him."

這是一場「夢之賽」。

打入決賽的路途荊棘滿布。做十七號種子選手，一開始就遇到前十名的高手。費天王過關斬將，第三輪勝十號種子，捷克 Berdych，十六強五盤勝五號種子，日本 Nishikori；準決賽五盤勝同鄉四號種子 Wawrinka。

他還有體力在決賽中力挽狂瀾，再打五盤嗎？

擁躉們懷抱希望，希望心中偶像再下一城。賭城大亨最是清楚，開出盤口是天王 100 賠 115，Nadal 130 賠 100。Nadal 被賭城稍為看好。

決賽時間是在洛杉磯半夜。一改早睡早起身體好的習慣，我把鬧鐘上好，年初一與太太說聲新年快樂，零時起床看球。時光不能倒流，長江後浪滾滾來。轉眼之間二位巨星就會謝幕。怎可錯過機會看一場偉大的網球賽。

果然，讓我看到了一場神奇的比賽。

ESPN 用最強的網球講解員，McEnroe 兄弟。John 的評論中肯，深入，而且幽默。讓觀賞比賽更加精采。

高手過招比分咬著上。費天王少與 Nadal 對抽十多板，他用高危速戰法，一有機會就起板上網，直取要害。今日天王的反手打得特別順，反手斜線得分比正手還多。

Nadal 那左撇子上旋球，落地後彈起來比人頭高。我當時覺得，如果天王的反手今天可以應付上旋球，他有機會。

那有容易的事情。如跑馬，叮噹馬頭在直路拍著上。他們似天兵，Nadal 是二郎神，越戰越勇。Federer 是哪吒，猛力纏鬥。

終於來到了定生死的第五盤。2 sets all. 往日明星，德國 Boris Becker 曾經說，大比賽競技到最後時刻，已經不是拼球技……是拼幸運之神降誰家的時候了。

天王剋星名不虛傳，賭城開盤人眼光獨到。Nadal 首先破發球，領先 3:1. 眼看費天王大勢已去。突然之間風雲變，幸運之神降臨天王家，Nadal 把一記十拿九穩的取勝球打失了，立刻，賽情改變。費天王一步一腳印，從廢墟中站起來，6:3，連贏十分，連取五局，四年半之後重奪大滿貫，獨立雲端。

龍虎兄弟上網握手擁抱。一如過往，天王垂淚。

在決勝局的緊張時刻，電視鏡頭經常對著費天王的妻子。她愛夫心切，神情溢洋於表。

冠軍獎金是三百七十萬美元。對於費天王來說，金錢不是最重要，名留青史才是力量的泉源。

這場網球爭霸戰，澳洲電視台的收視率是十年來最高的，歷史上排第三位。電視台老闆笑開顏，網球粉絲笑開顏。

賽後的記者會，費天王檢討自己決勝盤的心情與打法：“I told myself to play free; you play the ball, you don't play your opponent. Be free in your head, be free in your shots, keep going for it, the brave will be rewarded here.”

我的翻譯，自由飛翔，隨心所欲，來去自如。對球不對人。勇者無懼，當有回報。

就如高爾夫球需要 Tiger Wood，職業網球是需要 Roger Federer 的。

　　二零一七年一月三十日，大年初三，向老師和同學拜年，雞年吉祥。

一蓑煙雨任平生

初學高爾夫球

每逢禮拜四，必與一班高幾班的過去「精英」飲茶。培正的，聖保羅的，英皇的⋯⋯我是唯一的華仁仔。「殘渣」學生叨陪末席。

他們是退休工程師，醫生，科學家，生意人⋯⋯為美國社會貢獻良多。今天衣食無憂，每星期圍繞在滿桌子蝦餃，燒賣，腸粉，叉燒酥，炒粉，炒面，前高談闊論，講本地時事；港澳新聞；神洲大地；保健常識；最平美食；現代佳人；討論iPhone新系統的功能⋯⋯他們懷舊，懷念往日的風彩。

他們的所有題目，我皆可「加把嘴」，throw in my two cents，唯有談到高爾夫球，我立刻「收聲」。

朋友們眾口一致鼓勵我學打高爾夫。懇切之情打動我心。

「Don, you don't need to buy golf clubs, I have an old set for you.」兒時友人黃醫生說。

「Don，我教你。」上海老教練主動請纓。

「Don，你有網球根底，容易學。」他們都這樣對我說。

究其原因，退休人士在尋找有共同語言，共同興趣的人一起做有益身心的活動。

凡是有關體育運動的消息，我必關心，尤其球類。看老虎 Wood 和 金熊 Nicklaus 在電視上打十八個洞多次，但是自己從來未曾踏入高爾夫球場，更無走足十八個洞。

我決定跟著朋友們，坐上電動車，花四小時觀摩高爾夫球的十八個洞，感受一番。

未學揮桿，先學衣著。我學懂了入場打球，不能穿牛仔褲，T-shirt。

感受果然清新。遠望青山隱隱，近見綠水悠悠。亭臺、樓閣、小橋、點綴在這綠草如茵的高爾夫球場上，有山崗有沙圈也有水塘，微風吹拂，一群群鴿子飛翔在這早春二月的晨光下，生機勃勃。

這是一個市政府建造的高爾夫球場。平民價格。離開我家僅有十分鐘車程。唏！何必參加九十九元旅行團，跑去欣賞大自然的山川河泊。誰說人工建造的景色風光俗套。大觀園也是人工造的。

喜見一墨裔球手揮桿。此人酷似我以前的花王Joe，咬著半截雪茄推草。他是咬著半截雪茄打球：拉後，左手筆直，雙腳微曲，轉身，follow through！他

把白球兒打得很遠，球兒與孤鵠齊飛，秋水共長天一色。啊！他把球打歪了，掉落在水塘里。網球怎可咬著半截雪茄打，this is my cup of tea。

華仁同學不乏高爾夫球愛好者。他們來信鼓勵我學球。

LA Pius：「Don, if I can do it, you sure can.」

Toronto Edmond：「I am there to enjoy the nice scenary.」

HK Albert：「Golfing is great fun. Can play until you are 90......Quite a lot of people have changed from tennis to golf.....」

我決定學打高爾夫。在上海老教練的指導下，學習基本知識：左手伸直，頭不能動，腰部要自然地轉……。

從來知道，球類運動需要 ball sense。曾經與吾友才子打籃球，他老是接不住那個籃球，他棄手用臂接球，傳給他的球稍快，籃球必然打中他的胸口。他是一個無可藥救，ball senseless 的寶貝。少年時愛「食波餅」，直到花甲。自信 ball sense 爆棚。那小小白球動也不動放在綠色的地毯上，左眼睛看著它的右臉珠，對準揮桿。

我就是打不中！不是打空，就是剃球頭，就是打在地毯上，手也弄痛了。

心中咕嚕：「啥玩意？網球是動的，飛來飛去，高低無常，球動人動，我可以把它打在球板正中央，為何我打不中這靜止的小小高爾夫球？」

偶爾也會打中。那小球兒像是洩了氣的氣球亂串，彈出幾丈遠。

有二十多年高球經驗的同學，雀王John 發表意見：「To me, golf is the most frustrating sport. When u think you have mastered the woods, then you have problems with the irons and when you have sorted out your irons, the chipping and putting go stupid. After you have sorted out your chipping and putting, all of a sudden, the woods and irons would come back and haunt you.」

我是新手，完全聽不懂雀王的話，但隱約中，感覺到「frustrating！」

How frustrating?

雀王舉例說明：「我激到打斷兩枝桿。」

「I hate the sport but as Albert rightly said, you could play until u r 90. I still prefer swimming, both wet and dry.」

年近七旬的友人，高爾夫球發燒友黃老板說，他建議過了六十歲的人不學打高爾夫球，理由不詳。

老教練借我一枝七號桿，給了我一舊手套，我單桿練習，絕不氣餒，誓要

一蓑煙雨任平生

把那小白球打中。南加州風和日麗，無論何時，我都可以獨自走進此中來揮桿，自得其樂。四元一小籃子，有五十個小白球，八元是大籃子，有一百二十個。自由自在地擺好架式揮桿，揮累了，咬半截雪茄休息，欣賞籃天白雲，鳥語花香。這樣子揮之，退休金難揮盡。

幾次練習之後，我開始有感覺。我打中了白球兒，球兒越飛越遠。我愛上了這運動。

有一天，在球場上遇一日裔老伯，他全副武裝，精神矍鑠。我們用英文聊起天來。

我問他貴庚：「How old are you? Sir.」

「I am 73.」

「When did you start playing？」

「Half a year ago.」

了解之下，老伯的老伴半年前走了，無人陪他往湖邊垂釣。他獨個兒走來學打高爾夫球。

「This is a good game, my friend.」

青山在，人未老。我倆邊走邊聊，健步走入了那車輛稀少的停車場。

二零一六年二月八日，猴年年初一拜年

初學高爾夫之「新手落場」

(一)

所住城市有一個高爾夫球場。每月的會費$29.99。可以每天在 driving ranch 打二百個球，等於一天一美元。

我在這球場認識了許多新朋友，他們都是我的師傅。

古龍筆下，絕代雙驕中的主角小魚兒，在惡人谷學功夫，師傅全是惡人，李大嘴，哈哈兒，杜殺，屠嬌嬌……，古龍也真會起名字。

我不是小魚兒，我的師傅們更不是惡人，他們是善心人。我受各門派功夫指點，倒有點兒像在惡人谷學藝。

我的師傅有越南仔，日裔老人，香港過氣紳士，大陸無牌醫生，鬼，墨西哥貨車司機。還有以前波樓的江湖豪傑現為退休人仕，還有看 YouTube 上的 PGA 教練。我就是沒有女人教，缺了屠嬌嬌。

好多朋友建議，初學高爾夫，需找職業教練，或者參加訓練班。我不聽從，想，到了這把年紀，但求多一樣有益身心的活動。我絕對不會浪費一分錢請教練。

萬變不離其宗。高爾夫球要用「腰」打。我還未學會，可能永遠不會。

至於其它東西，與打任何「波」差不多。放鬆……，eyes on the ball...follow through。

Tempo 重要，timing 重要。

拉後打出！你可以念念有詞，有節奏地說：

「一……二，三！」

或者：「我……愛你。」

又或者：「ＸＹＺ……。」

我會進步，會enjoy。

(二)

兒時愛聽粵劇名角文覺非唱《拉郎配》：「學過兩個月，識得八個音……。」Driving ranch 練習三個月之後，在師傅們的鼓勵下，我決定落場體

驗。

朋友Steve選擇了一個十八洞的高爾夫球場，陪伴我試試。

懷著緊張的心情，有一點兒像小孩子打人生第一次網球賽，戰戰兢兢上場。可惜我無家長帶著。

三個月來站在地毯上揮桿，穩穩妥妥。突然間站在草地上，那些樹，那些湖，那些飛鴿，那些沙丘……環境完全不同。

揮桿只有一次的機會，不像練習，打完可以再打。

打人生第一個高爾夫球洞，紮穩馬步揮第一桿，已經出現大問題。

揮第一桿：打不中！打空了。

揮第二桿：打在草地上，把草連根拔起。

揮第三桿：剃球頭，小球兒在草地上打滾，猶如在香港木球會玩草地滾球，香港人叫做「番鬼佬轆嘢」。

這標準桿par 4的第一洞，我用了十一桿才打進去。

慢慢地，開始定下心神。球也可以打高打遠了。

經常會把小白球打得很低，球兒在草上飛。我大喊：「轆，轆，轆……。」當然，「轆」得越遠離洞口越近。這與一記漂亮揮桿的效果是相同的。「有實際無姿勢」這實用主義精神在高爾夫球場用得上。

把球打進沙坑時候，記得臨離開前把沙子掃好。這是公德心，祖國游客應該學習。

這玩意沒有對手，是自己挑戰自己的「運動」。雖然不是挑戰珠峰，更不是登陸月球，但在心里裏，永遠都希望「百尺竿頭，更進一步」。

高爾夫球運動真正好。老少咸宜。你可以選擇坐電動車，也可以選擇背著沈重的球袋步行；我別無選擇，我愛杜牧之「停車坐愛楓林晚，霜葉紅於二月花」；邊欣賞景色，邊吞雲吐霧，邊飲麥當勞老人咖啡。

打了三個多小時，到達第十八洞，par 4. 突然間，賭癮發作。

「Steve，我們打餐Lunch如何？」

「好。」

學會了一個英文生字：「mulligan」，意思是如果球打壞了，容許再打一次。

「你給我些少handicap。如果我的大碌竹開波打壞了，容許我再打一次。」

「好。」

每人都是五捧上 green。然後進行把白球兒推入小洞的比賽。Steve 推第三次，那球兒在洞口中洩氣，停了下來。我推第三次，只聽到那球兒在小洞中打滾，咕嚕咕嚕地響，發出了勝利的鐘聲。

二零一六年五月十三日

女波王

塵噹的文章不是文學。塵噹在塗鴉。

女波王

與老媽子一起觀賞電視直播的澳洲網球公開賽。

今天八強賽事；小威廉對陣新進黑人小妹妹 Stephens，芳齡十九，廿九號種子。

威廉姊妹雄霸世界女子網壇十多年。她們一共拿了廿二個大滿貫、四塊奧林匹克金牌。

小威廉威風八面，技術已臻化境。她的正反手抽擊如男人。發球則勁男自嘆不如。

小威廉四肢發達，頭腦並不簡單。她已經不單靠暴力與速度取勝。懂得慳水慳力，是全面而且成熟的球手。她的「波路」刁鑽，落點佳。時勁抽，時短球，時吊高，時上網攔截，時高空扣殺。真乃十八般武藝俱全。

披紫戰袍。著檸黃緊身迷你短裙。橙鞋兒配橙頭巾。極五顏六色能事。未曾出手。裝扮已佔上風。再看；黑濃眉圓豹眼，束一頭刺蝟型戰鬥格頭髮，染了棕色的刺根根豎立。令對手感覺心有千千刺。

渾身力量。她的身軀龐大結實，毫無女性嬌媚可言。波王就是波王。戰事正酣時候，汗流如注，胸前掛著兩座沒有頂峰的大山，有山崩地裂之勢，山泥傾倒塌下來。胸口裝不下。追起球來，豪乳成災，搖晃搖晃的最是負累。我敢保證，如果兩座大山換成玲瓏小山丘。小威廉可以多拿兩個大滿貫。

和所有波王一樣，小威廉在球場上自有一種與生俱來的爭勝心。王者氣焰，最會給予對手「乞人憎」的態度。二零零九年美國公開賽，她衛冕失敗，

輸給網球迷最愛的比利時師奶 Kim Clijsters。 緊張時候，有台山（我猜）睇界婆舉手叫她開波踩界。她立時爆粗怒罵：「I swear to God I'm [expletive] going to take this [expletive] ball and shove it down your [expletive] throat, you hear that? I swear to God. 」人們當然為老實的台山婆不值，Boo聲四起。小威廉此一不當行為被網總罰坐一年波監，兩年守行為。另加罰美金無數。

電視球評員個個前輩先進，對她讚美吹捧有加。我是小人，深知道撈世界要政治正確。她們的真正諗法，要她們撫心自問。

九十三歲的老媽子時空錯亂，但仍然千里眼順風耳：「嗱，佢好肉酸，可唔可以睇第個打？有冇Sharapova？」

我回答：「唔得，e度係美國。」

比賽結束。小威廉在二零一三澳洲公開賽中四強止步。二人上網握手。近距離對比之下，Stephens益見纖秀輕盈，此女是含苞待放的黑牡丹。她的職業網球前途無量。 我誠心祝願她能代替小威廉，在世界網壇一眾女強人王中脫穎而出。為美國女子網球續爭風采。

賽果告訴我們，打波會爆冷。識波者如塵嗱都會看錯。大家唔好賭波。學何Sir，賭馬。

突然間，我想到偉大的黑人網球明星 Arthur Ashe。七零年代他在香港作表演賽，我做過他的執波仔。此君在場上的翩翩風度，是現在網球人應該學習的。

金蛇狂舞。猩猩拜年。

二零一三年一月

此看球觀感，發給何Sir娛樂。聲明不能上網。何 Sir回覆：「句句Ace。」他希望文章上網讓成熟的讀者分享， 我說不可行。很多句子是「double fault」，先讓我刪除了「乞人憎」的敏感句子吧。

現在可以了。我微笑著，勇敢地，開波「上網」。

李娜奪冠

平生愛見，娜姐辣妹生擒嬌娃，費特天王獨立網壇。

深夜澳網女子決賽直播，與朋友在微信邊看球邊評球。

十年磨劍踏上墨爾本球場。我一口咬定，李娜必奪冠軍。她開局打得緊張，正手失誤頻繁，第一局僅能險勝。朋友毫無信心，懷疑奪冠機會。第二局，李娜心情穩定後，反手打擊有如讓子彈飛。結果一馬平川，以6:0的比分到達終點。

任何運動項目都要重小訓練。網球這玩意也不例外。我佩服當年把她的天份發現，再而幫助她把天份發揮的人。今天阿根庭教練居功至偉，這十分明顯。但這洋教練「伯樂選馬」，相中匹千里馬來訓練，加上馬匹本身勤奮，這也是真的。

自從二零一一年法國紅土賽之後，李娜再度會登凌絕頂。每一位愛網球的中國人甚至亞洲人都會為她驕傲。可惜是，她退休後，中國在很長的時間內不可能再出一個李娜了。這事比登月更困難。花開一朵，後有來者嗎？

網球聖地，溫布爾頓乃四大滿貫之首。英國人用了七十七年的時間，才出了蘇格蘭好漢Andy Murry，為大英帝國重登寶座。五十年代，Roache，Rosewall，Newcombe，Laver，澳洲球手橫掃全世界。美國人從六十年代開始獨領風騷三十年，Ashe，King，Connors，McEnroe，Evert，Sampras……。中間還冒出了一個華裔小子張德培。舞榭歌臺，嘆滾滾英雄何在？今天美國男子最高的球手世界排名十三，在澳網第一輪已經讓些無名小輩轟出局。女子僅剩小威廉苟延殘喘。她也老了。

朋友說，這事情與國運有關。我不同意。今天網壇四大天王之首，Nadal來自西班牙，西班牙何強國哉？排第二，花名Joker者，我也不知道他來自什麼國家了。

有人說，李娜世界一流的雙手反手是舶來品，正手才是真正的中國貨。我心想，怎會呢？網球是世界性的運動，又不是踢毽子。

有人說，這次李娜奪冠是僥倖，因為她在奪冠的路途上沒有遇到任何高手。怎會呢？她已經拿到兩次大滿貫，更有兩次殺入決賽的紀錄。這樣的成績作不了假。

李娜奪冠後說，感謝自己的團隊，令到她變有錢。這是真情流露。不久之

前，她打球受到某種壓力，打得不開心，差點放棄。

這湖北女子身上流淌着楚人血液，有「人傑鬼雄」的剛強性格。

我明白她。因為我平生害怕，禮教道理主義教人做人。平生更怕，世界國家民族泰山壓頂。

奪冠後，她的世界排名有機會升到第二，這樣她就不會與排第一的小威廉狹路相逢了。

李娜今年三十一歲。我希望她再在球場馳騁兩年。退休後做母親，生一個會打球的小寶寶。

癸巳蛇年除夕

Game 7 NBA Western Conference

今年NBA季後賽，西部決賽第七場之生死戰，由金州勇士(GSW)對陣OKC雷霆。結果，在落後1:3的情況下，勇士隊力挽狂瀾，勝利出線，進入NBA的總決賽。

喜歡體育運動的人，往往會被一些前塵體育盛事，喚起那些年代的回憶：那是越戰年代，那是拳王輩出爭霸的年代。偉大的拳王阿里給了人們 Rumble in the Jungle and Thrilla in Manila，讓人一時忘記越戰。

一九七三年夏天，女權運動者 Billie Jean King 在網球場上挑戰老冠軍Bobby Riggs，世人無不喝采。那是我來美國第一個學期，正在大學上夜課，小休回來，那「男人婆」會計老師高興地向學生報告，Billie Jean 摧毀了Bobby。

一九七九年，魔術強生（Magic Johnson）剛剛出道。NBA 總決賽第六場，洛杉磯湖人隊的中鋒天鈎節巴（Kareem Abdul-Jabbar）受傷，強生代替天鈎打中鋒。在費城，他的一記小天鈎，把七十六人隊 J博士（Dr. J）氣走，勇奪冠軍。那晚我在一家專做猶太人生意的中餐館做企堂，生意慘淡，客人都留在家中看比賽了。員工則躲到廚房裏，用黑白小電視看球，磁帶收音機大聲播放紅線女的《昭君出塞》，餐堂只有那位對運動無興趣，但有興趣買柏文收租的台山老華僑林伯看守。我與頭廚long shot King 賭了十元買湖人隊輸。心痛至今。

二零一六年，與華仁舊同學隔山過海，用 whatsapp 討論 game 7。在家中大廳看大電視，即時報告賽況。多位同學是籃球迷，「go OKC go!」「go SF go!」各佔一半。有如此的隔洋娛樂，實乃拜同學會與科技之賜。

雷霆隊的巨星 Durant，下季將會是 NBA 身價最高球員。身高六呎九，左右開弓氣勢如虹，雷霆隊領先 3:1，眼看就要代表西部出線了。既生瑜何生亮，勇士隊也有巨星Stephen Curry，在巨人群中是個小個子。他帶領勇士們後來居上。這位破三分球命中率紀錄的帶球後衛，身輕如燕上籃，似會凌波微步；百步穿揚投籃，出手快如閃電；飛劍般的三分球四面八方來。大反攻讓球迷瘋狂了，對手那十多分的領先優勢，那二場的領先優勢，轉眼之間不見了。團隊精神加三分球定乾坤。

這七場四勝的比賽，賽前賭城開出的盤口是金州勇士大熱門，買三百賠一百。

博彩娛樂，最經濟實惠是下注五十元籃球賽，在賭場的大螢幕電視上看足

三小時，玩廿一點太快了，三分鐘會輸光。

賭徒輸起來的理由多。最流行的說法是「做波論」與「陰謀論」。「做波論」不提也罷。今年的陰謀說是 Oklahoma 只有一隊職業球隊，那地方經濟欠佳，失業率高，必讓它贏無疑。

Game 7，我下注金州勇士，與友人賭了一餐午飯。打破了「做波論」與「陰謀論」。

多年經驗。只知道拉斯維加斯的Bookmaker 很「神」。天曉得他們用什麼「科學」方法計算，開出來的odds每每與賽果接近。

這國家最沒有種族歧視的行業，是職業球隊。唐朝詩人劉禹錫《陋室銘》：「山不在高，有仙則名。水不在深，有龍則靈。」。對於職業球隊的老闆，山水其次，「膚不在色，有波則行。」

塵噹：「安得職業球隊千萬隊，但願天下打工仔俱歡顏。」

二零一六年六月五日

一蓑煙雨任平生

世界杯憶當年

　　二零一八年，四年一度的世界杯足球賽進行得如火如荼。七一屆同學千里之外，不分晝夜網上飛鴻，也討論得熱烘烘。講當代球皇，從阿根廷的梅西，葡萄牙C朗，到巴西的內馬爾……談到往日的香港球皇，姚卓然，胡國雄，張氏兄弟……在香港長大的男孩子，少有不喜歡足球的，回憶引起了當年情。這足球討論就更有意思了。

　　多倫多的 Fred 葉同學，每天都會在比賽前，發出簡訊：對陣隊伍，時間。賽後，更有簡短評論。英文報導精準且毫無偏幫，比 ESPN 好多了。今屆世界杯，由於美國不能入圍，這體育王國把世界杯消息放在第二位。墨西哥電視台，「goal goal goal………」震耳欲聾，此起彼伏，這是我唯一懂得的墨西哥話，如果多懂幾句墨語，我會轉台看世界杯。

　　同學們讚揚Fred 的報導，有人更把他比作當年香港電台的足球報導員，葉觀楫與盧振煊。

　　這比較引來了葉同學一段深情的回憶：「少時侯，在澳門，不單止沒有電視機，連收音機也沒有，一有波打，只得跑去樓上一對長者家裏聽波。正如你們所說，評述員乃係葉觀楫與盧振煊，尤其是同宗『大聲葉』，講起波嚟，非常肉緊投入，加鹽加醋，十分引人入勝，非一般後來者能及（包括林尚義在內，他當時也正在踢波，打中場）。還記得當時有一支巴西隊到訪，好像是山度士，父母知我是波痴，也肯出資五大澳元讓我獨自（我當時是十歲左右）到蓮峯球場睇波，父母愛子之心，銘記難忘。

　　「話說同宗「大聲葉」，據聞是港華仔，在港府任職工程師，講波是業餘兼興趣，退休後來了溫哥年，在星島日報（當年只有星島，沒有明報）副刊有一份專欄，除之談及波經和生活點滴之外，也經常教人如何修理房屋，寫了十多廿年，直至去世為止。」

　　太好了。父母愛兒子，五大澳元送仔去看足球。

　　洛杉磯岑學士 Tom 同學立刻回答：「Fred 是老資格球迷，我聽收音機講波也是從葉、盧開始。五大澳元睇波不便宜，可能是對外隊關係。記得我第一次入大球場睇對外隊賽事是六七年的亞洲杯中區預賽，香港對南越，香港贏2-0，港隊有盧德權、龔華傑、張耀國、廓演英等，忘記何祥友是否在陣了。」

　　香港的雀王 John 突然出聲：「當年家父和足總高層熟絡，我幾難求一票的

賽事都有入場券，worst scenario是扮執波仔在場館龍門後面睇波。」

又是父親帶兒看足球。龍門後面看球更是羨煞人也。

九龍華仁書院的足球場綠草如茵，在鬧市中心猶如放了一塊翡翠。

Fred記得：「我還記得在華記第一年（一九六六），霍英東便來到我們的草地打『元老波』，有口痕友話：『千祈唔好踢襯老細。』」

九華的美好校園培育英才，九華的足球場教出了一大批懂足球的學生。幾十年後，他們對世界杯的評論絕對一流。

當然，也有對足球不甚了解的同學。香港文膽同學Arthur回憶：「梁教授祥海說，成班傻佬追住舊嘢踢來踢去，we wa鬼叫，唔知點解咁high。」

溫哥華劉狀元說：「中一時我同你都有在沙場追住舊圓形物體，但沒有人傳給我們踢，得個追字。」

塵噹評論，欠缺體育基因的人打球永遠得個「追」字。圓形物體是女仔，越追，女仔走得越遠。

曾記否？香港是亞洲的足球王國。多名港腳代表中華民國出戰亞洲杯。香港球員有姚卓然、黃志強、莫振華，黃文偉、張氏兄弟。

那是香港足球最輝煌的年代，港腳可以橫掃亞洲無敵手。

一九五四年亞運足球，由球王李惠堂擔任教練領軍的中華民國隊拿下金牌，開啟以香港球員為主的中華隊稱霸亞洲多年的「足球王國」時代。

一九六零年，中華隊第三次參加奧運足球的世界大賽，未滿十七歲的黃文偉入選代表隊，有「神童偉」之稱。

五十年代香港球壇的南巴大戰。那是當年最哄動的戲碼，每次都吸引無數球迷通宵輪候購買球票。六十年代南星（星島）爭雄。五六十年代，南華球壇稱霸，有四條烟士的姚卓然、黃志強、莫振華。擺出雙牛陣，二人司職左右翼，雙翼齊飛，水銀瀉地。更有君子「肥油」何祥友。他被踢不還腳，罵不還口，被踢倒後，眼也不望對手，起來繼續踢。這樣的體育精神今天已經絕跡，英女王叫好，授予君子勳銜。

同學們總結，當年在香港球場上叱咤風雲的球星，晚境多潦倒。原因是許多人小學都沒有畢業，踢球過了顛峰期，工作無着落。

也有例外的，郭家明在La Salle讀完F5，去英國考了個教練牌，後來當上香港隊教練，他是最懂得為未來打算的一位香港足球明星了。

家父當年說：「仔，打波搵食不行。要讀書，要學一技之長才是長久之

計。」

「萬般皆下品，唯有讀書高？」

這往日的封建思想已經不合時宜。當今世界，職業運動員是受人尊敬的，收入更是勝人一籌。

馳騁球場，過關斬將，勁射破門掛角，搏得全國歡狂，贏得金靴美人歸。我突然間想做C朗。

二零一八年六月二十八日

網球——天王費特拿

（一）

I was speechless.

二零一七年七月十六是個星期天，熱愛網球的人都在看這場溫網決賽。書房的電視上，我看著他站在溫布頓中央場，熱淚盈眶，雙手高舉，右手揮拍，左手揮拳。這次奪冠天王沒有倒地慶祝，「笑臥草場君莫笑」，成為草地滾人。

賭場開出的盤口是 600 賠 100，天王勝。那二三個勁敵全遭淘汰了，尤其是那位麻煩人 Nadal 不在對面，他感到毫無威脅，就像今天的 NBA，金州勇士隊碰到洛杉磯湖人隊，大可如取如攜。

爭冠對手是第六號種子，克羅地亞的 Cilic。他曾經在二零一四年的美國公開賽，直落三盤勝費特拿。不知怎的，今天他確如見天神，表現完全失常。第二盤換場時，坐在樅上，毛巾包頭痛哭，傷了？還是無力應付。

太過輕鬆了，6:3，6:1，6:4 直下三盤勝出。最後一記 Ace 球，乾淨俐落，全世界天王球迷在喝采。黑夜中，友人和一班球友在內蒙古草原看比賽，缺電視的他們用手機看，在茫茫草原上喝采。

（二）

十九年悠悠歲月，我的兒子從牙牙學語到大學一年班，我的妻子從上班幫補生計到今年底退休。無數球壇精英來來去去，有些曇花一現，有些因傷退出，有些則從沒打入過大滿貫的第二輪。

與他在決賽場上爭霸的英雄，必感嘆，「既生瑜，何生亮」。

1998，十九年至今，自從溫網少年冠軍開始，此君一共拿走了十九個大滿貫。十四年前，他第一次拿溫布頓冠軍，最近一次是五年前。今日重登寶座，他一共捧杯八次。他是草地王。

還有些前無古人成績，讓我簡單列出：

一：闖入大滿貫決賽廿九次。

二：闖入大滿貫準決賽四十二次。

三：四大滿貫全拿了。其中有三年，全部進入決賽。

這一次，他過關斬將未輸一盤，網球歷史上少見。

（三）

超過134里時速的發球，被他輕輕一撥，猶如四兩撥千斤，竟成致命回擊。

他發球方向無痕跡可尋，落點習鑽，對手根本不知波落何方。

我總覺得，對比其他高手，天王多了幾板球，短球，削球，吊高球，羚羊掛角，古靈精怪。

腳步與anticipation，是任何球類運動的致勝關鍵，天王特好。那天生的「猜對手往哪打」的能力，總比別人勝一籌。

三十六歲的人，氣力當然不可與壯如牛的十八歲相比。故此他兵行險著，快刀亂麻，機會一到，必上網攔截或底線抽刀致勝。

美國人喜歡數據，用「率」最多，第一發球率，第二發球率，失誤率，勝球率，回球率……把數據分析研究，找出勝敗原因。天王的數據科科拿A，還不勝出，請把數據扔進垃圾桶可也。

天王是人，不是神。他也會錯誤百出，有時候打起來，也不得心，也不應手，那是他的勁敵封王之時矣。

（四）

體育明星是藝人，行走江湖賣藝，娛樂觀眾。他們的榮耀是由刻苦訓練，由血淚賺來，他們更受到人們尊敬。

兒時回憶，街頭藝人表演武功賣藥：「伙計慢打鑼，打得鑼多鑼吵耳……」時代變了，但造勢技倆是異曲同工。

費天王是另外一層次的藝人。他有美好家庭，從來沒有負面新聞。接受訪問無數次，回答真誠，謙虛，接地氣。不論老中青，一棵仁慈心是人們愛戴他的原因。有可能，狗仔隊也受感動。

今次溫網，有二位很優秀且懷天份的年輕選手，賽後埋怨，說不打了，準備退出網壇。比賽的壓力與練習的辛苦人們了解，他們真的要向天王學習學習。

一蓑煙雨任平生

318

（五）

　　二零一七年溫網男單冠軍獎金是2.2m 英鎊，票價是 2667 英鎊，貴賓席上冠蓋雲集，皇氣迫人來。近期，凡有費天王比賽，舊天王，左撇子火箭 Rod Laver 必在場鼓掌。皇室貴族觀看，
威廉王子行年三十五，與天王同齡，牛山濯濯，看上去老多了。王妃美麗尊貴。希望王子與愛妃白頭偕老，不可步父親後塵。最可愛的是天王那一對五歲孖生兄弟，他們也在，小手指放進小嘴內，不了解為何那麼多人看Daddy 在下邊打球。

（六）

　　當今的職業網球生涯，是越來越辛苦了。一個接一個，一年四季都要到世界各地比賽。自從年初的金雞報曉，拿下了澳洲公開賽，費天王選擇了「休息」，避開法國紅土，回草地狀態大勇。看來，他會繼續這樣子的「養生」法，今年九月的美國公開賽有機會。
　　我拭目以待。
　　同學陳瑞文詩讚《網球天王費特拿》：

球技超群丰度好，
姿態優雅效率高。
溫網八番稱王霸，
男單史上領風騷。
三十五齡創紀錄，
十九滿貫獨占鰲。
力行仁愛濟貧病，
劍膽琴心真英豪。

二零一七年七月十九日

一蓑煙雨任平生

一蓑煙雨任平生

第六章
吾友才子

葡京沙圈行（二零一一）

以此文章，獻給我親愛的朋友才子先生，祝福他一生快樂，永遠健康。

詩云：

中國南陲港城西，
葡京買醉紙金迷。
沙圈艷色亂人眼，
風情自古賦詩題。
神女有心嫣然過，
蕩夫遊目渾忘妻。
但願紅顏休薄命，
免隨花落逐塵泥。

一簑煙雨任平生

楔子

　　這是我三年來第二次到澳門，每次都喜歡去舊葡京，主要的原因不是那裏有世界聞名的沙圈，而是我有懷舊之情。記憶中父親帶我到澳門葡京，給我五十元進賭場，我戰戰兢兢在大細檔贏了三十元。那時候上岸不久，是鄉下仔一名，鄉下仔好奇心重，左顧右盼，眼花瞭亂，在賭場到處亂竄，賭場內人頭湧湧，賭客吞雲吐霧，吆三喝四，骰子聲、敲鐘聲、嘶叫聲……混雜在一起。那是我人生第一次經驗到這個世界，竟然有如此繁華熱鬧的地方。我看到五花八門的賭博遊戲，全部都不大了了。簡直就如劉姥姥進大觀園。

　　回程船上，父親諄諄善誘對我說：「玩下可以，不能搏命。」我永遠記住父親的警世箴言，想到這些年來小賭給予我的刺激快樂，又想到了賭到身無分文的朋友，父親的話不是很精采嗎？多年後，我番攤、牌九、百家樂、賭狗賭馬，全部通曉。將葡京作為我愛賭人生的啟蒙地，確不為過。

良友

　　進入沙圈，要有志同道合的人相隨。我四十年朋友David，筆名曼殊，我稱他才子，良友也。

> 春雨樓頭尺八簫，
> 何時歸看浙江潮。
> 芒鞋破缽無人識，
> 踏過櫻花第幾橋。

　　蘇曼殊這四句詩也真攝人心弦，這民國初年大詩人，行跡放浪形骸，喜歡沉湎於情慾之間。

　　才子愛慕蘇曼殊，也自認有多少蘇曼殊的才華和遭遇，故用曼殊為筆名。他畢業於UCLA。標準工程師，服務波音公司凡廿年，專門修理太空穿梭機的黑盒，本以為應循規蹈矩，就可做到告老歸田，可惜時運不濟，一個裁員波浪，成了下崗工人。命運弄人，這下子失業把才子的才華全部激發出來，天生我材必有用，怎能讓他浪費生命，整天看住個黑盒子。柳暗花明，才子找到最

合適自己的工作。他在Y城華人電台深夜開講，科學知識，歷史故事，鹹鹹淡淡，風水算命，無所不講。聽眾多為三姑六婆，廚房佬，車衣工友，也有夜晚失眠者，包拗頸者……都能從善如流，故收聽率逐日增長。但人行起衰運，頭頭遇黑。他甚麼東西不好講，講陳水扁粒子彈是假嘢，得罪了綠營朋友，有台灣惡婦到電台鬧事。電台主管為息事寧人，下了個封殺令，才子黯然收檔歸隱。

「芒鞋破缽無人識」，近年，才子悄悄然移居東莞樟木頭，悠然自得，樂不思米國。閒時做起占卦先生，幫人睇相算命兼測字，拿起羅盤，看陰宅，陽宅，指點迷津。時有此地社會賢達，知識分子，要暗渡陳倉者，貪樟木頭地方不起眼，也需人探路作伴，才子好客好食好行煙花地，做枝盲公竹，賺番餐晏仔，何樂而不為呢。將蘇曼殊那句「踏過櫻花第幾橋」改為「踏過胭脂第幾橋」，放在才子身上，更為恰切。

有才子禪修一詩為證：

人生苦短欲何求，
風月無邊一色秋。
禪心欲達真如境，
神女遙指樟木頭。

我和才子有緣，當年求學，和崩牙德三人蝸居G縣，才子給我的見面禮物是表演一套詠春拳，拳風虎虎，令我對這一位香港同學刮目相看。之後，我發現此君非常特別，好多男孩子的愛好他都不會，他既不愛運動，也不打麻雀；既不玩紙牌，亦不會下棋；既不看球，更不賭錢，做男人何樂之有？匆匆幾十年過去，我恍然大悟，人生不需要興趣多多，也可快樂。才子在性方面，永遠走在時代的最前面。他把天賦的男性雄風，發揮得淋漓盡致，賽龍奪錦，現在才子好像在貽笑大家，你們興趣多多，浪費金錢，我一樣運動奪標就可以。

我這幾年，也經常返鄉。每次都和才子一起，他呼之則來，永遠有時間。因為他是香港人，大陸朋友無多，我介紹了他很多親戚朋友，飲飲食食無數次。才子為人和藹可親，且健談。大家都喜歡，他們經常問我：「肥仔點樣，他好嗎？」我和才子行街，我行頭，他跟隨，才子心廣體胖，近看如笑佛，遠望像國寶大熊貓，走起路來，上氣不接下氣，還拿住大包細包書，好論盡。朋

友笑說，David是阿噹的書僮。我心裏想，都有三分相似。才子一生，沒有體驗過內地的政治運動，到處要買大陸禁書。才子一介書生，是知書識禮之人，要是他手瓜起展，說話炒蝦拆蟹，那就不是書僮而是保鑣了。一世朋友，今日我的環境較好，行街睇戲，我出大份，有什麼計較呢。

才子有掌上明珠，長得亭亭玉立，皮膚雪白像才子，身材高佻像媽媽。她去年USC碩士畢業，現在已服務於醫學界。我問才子，女兒有沒有男朋友，答：「有個台灣仔追求，長相像陳水扁。」我話：「唔係掛，咁橋！」

一進沙圈

這次去葡京，和過去有不同，我有個華仁老同學，任職IT經理，手下一百幾十人做工，他邀我遊葡京，費用全包，有如此好事，我第一個想到關照的是才子老友，急電才子，問一句：「去不去？」才子反應敏捷，腦海中立刻盤旋著沙圈美女和免費美食。才子答：「去，去，去！」我還警告才子，因為我同學多年不見，我不知道他們的喜愛，所以提醒才子千萬要言行謹慎，不能三兩下，就談風月，才子答應：「好，好，好。」於是乎，兩兄弟各自出發，「葡京沙圈」見。

「沙圈」本來是賽馬場的地方，馬匹在開跑前，被馬夫拖出沙圈來回踱步，讓騎師上馬，也好讓馬迷們在近距離評頭品足，看馬匹毛色，再作出決定。香港人鬼馬，稱葡京此地為沙圈。

進入葡京沙圈有點像入了迷宮，如果你好久沒來，很容易在迷宮內兜起圈子，不知怎麼的，東轉西轉，還是走回原地。你不能不佩服賭王何先生想留住客人的心意。沙圈則在謎宮的中心地帶，在賭場入口對面有一茶餐廳，名叫樂宮，葡京沙圈就是在樂宮外面的一圈大約三十米左右的半圓弧走廊上。二年前，我和才子來過，這次故地重臨，我們還是選擇了同一個餐桌，餐廳用的是落地玻璃，對外一覽無遺。我們施施然坐下，我叫咖啡，才子用茶，咖啡不能再添加，茶壺可以加水，水熱，不妨用冰淇淋沖暖，用才子的話，眼睛吃冰淇淋，他可以吃上幾個鐘頭。

群鶯亂飛

「暮春三月，江南草長，雜花生樹，群鶯亂飛。」沙圈內的鶯鶯燕燕，確井然有序，沒有亂飛。鶯燕們就在這三十米半圓弧走廊上，來回走路。她們大多獨行，但也有姊妹雙人挽手而行的，頂多是三人行。走廊窄，文明社會不能阻街；她們走路的步伐速度一致，不快不慢，除非有客人，她們絕不能停步，很多會邊走邊打電話，看來是向老家的爹娘問候，或者是與男友情語綿綿（我當年在辦公室也愛打電話同朋友聊天，工作有時候是好沉悶的）。

才子有愛心，老是對我說，她們如此這般不停地來回走動，好辛苦啊。我們看一女，長有修長美腿，皮膚白皙，樣貌清秀，性感打扮，腳踏二吋高跟鞋，行了二個鐘不停，沒有發市。她勾起才子憐憫之情，搞到要起身，猶豫一下，又坐下來了。我注意到一位，好像在匆匆地趕上班，她舉止端莊，臉上略施脂粉，穿著一套黑色套裝西服，是窈窕靚女，看上去就像大老板的秘書，如果諸君今世未做過老板，或者做過老板沒有用過靚秘書，一千幾佰可以圓夢矣。

我欣賞鶯燕們的穿著打扮，尤甚於她們漂亮的臉孔。紅黃藍白黑，色彩繽紛，配搭得相當完美，而且款式時髦，如果她們的穿著是自己的品味，沒有接受高人指點，我又要讚嘆祖國進步神速了。才子愛把她們分門別類，這是小公主，那是小白兔，小仙女，這個密實裝，是秘書，那邊高佻體形，煙視媚行的，是模特兒。他又把她們分成各種look，這個是范冰冰look，那個是張曼玉look，鞏俐look，鍾楚紅look，很多才子說出的香港明星，三級藝員，我都不懂，無從考究。

鶯鶯燕燕走累了，茶餐廳可供休息，她們坐在餐廳門口的圓桌子上，笑盈盈，鶯聲燕語，蹺起了玉腿，飲茶抽煙，儀態撩人。這時候看她們，又是另外一番滋味了。

我在餐廳坐了半個鐘頭有多，開始感到悶。賭癮發作，留下才子獨自一人欣賞，我三兩步，一頭鑽進賭場去。

賭場

同學告訴我，何生做生意，有自己一套，他要舊葡京盡量保持舊日作風。所以他的賭場和拉斯維加斯不同，美國賭場燈火光明，這裏是燈光幽暗，美國

賭場打做家庭式娛樂，客人斯文有禮，這裏的賭場是搏殺地方，是人民賭場，吆三喝四，粗言俗語，在所不計較。同何生賭錢，要有到大檔賭的感覺。要知道，何生要你來賭，不是來看風景。同學說，如果不是這種環境，大陸同胞肯定不喜歡。同胞是澳門的救命恩人，要好好招待照顧。

我做塘邊鶴，四處啄食。玩了一個小時，吾老矣，玩得縮手縮腳，在百家樂檯贏了七百港元，不夠一百美金，已經好似執到寶，決定同何生再見。

狂想曲

出了賭場，遠望才子，我見他還是一如故我，坐在那裏，沒有行開半步。他脖子轉來轉去，就像在看賽馬，看久了，脖子會疲倦，要做一下頸部運動。才子是君子，君子目不斜視，但此情此境，君子都死。才子看女人，頭部可以不動，眼睛確鎖定目標移動，如此一來，他就有偷吃的感覺。人們說，男歡女愛，最高境界是偷情，我不怪才子，我為他開心。

他閉目沉思，旅遊夢幻仙境，才子沉睡在春夢笙歌裏，在微笑，在朗誦詩篇......

有才子禪修第二首詩為證：

夢幻樓台抱二嬌，
愛恨情仇一夕消。
欲保心中無恨境，
踏遍煙花廿四橋。

雲遊太空歸來，一切回到現實，俏麗嬌娃近在咫尺，我看到才子在數手指，八百，九百，一千，要一親香澤，花費不菲。才子有節約美德，不管過去現在將來，對別人和對自己，都一視同仁，買東西永遠要抵食夾大件。請繼續看吧，不要起身，用一壺茶錢，眼睛吃上幾個鐘頭冰淇淋，這世界沒有更便宜的地方了。

一蓑煙雨任平生

二進沙圈

何同學在氹仔家庭餐廳請食晚飯，吃葡國菜，他特別訂了葡國燒乳豬，開上等紅酒助慶。另外還有陸、梁二位同學，從香港下班趕來相聚，大家把酒言歡，好不快樂。飯後，何同學說：「今晚，我把肉叫多了，想不到，大家開胃，全部食清光。」我心裏明白，同學你有所不知，我今天帶來了何方大食客，我的朋友能不動聲色，食態自然，假以時間，多隻豬仔都幫你食埋。同學提議，我們談得那麼好，不如回葡京飲咖啡繼續如何？眾人舉手贊成，一行五人又往葡京茶餐廳去了。這是我二進沙圈。

夜晚的沙圈，人聲鼎沸，大陸、香港、黑鬼、白鬼、阿差、東南亞……世界民族共聚一圈。走廊行人熙攘，鶯燕傾巢而出，穿插其間，我看她們的口形，知道她們在用普通話跟行人說：「去不去？」

我們五人坐落，大家好像對鶯燕不感興趣，大談時事、經濟、命運等正經話題。在坐有梁同學，帶金絲眼鏡，文質彬彬，學者格局；此君研究紫微斗數，任督二脈，才子與他討論這等題目，竟然旗鼓相當。據同學說，如能打通任督，對身體的好處和樂趣，比吃飯和房事更大和更高。我忠告才子，你千萬不能練這門子功夫，不性不食，你如何做人，不如死去。

三進沙圈

大清早，天還沒有亮，我已經醒過來。隔離床，才子用鼻鼾聲唱歌，此人有福，一日廿四個小時，沒有白天和黑夜，就算天塌下來，他都能隨時睡著，又能隨時睡醒。我把他弄醒，告訴他我要下去餐廳吃碗白粥清腸胃，才子確實是春眠不覺曉，矇矓中說：「太早了，邊度有女睇，D女要瞓。」

我獨自來到餐廳，發現才子錯矣。

餐廳客人稀少，但沙圈確美女如雲，我耐心觀察，她們這時候特別容易發市，因為通宵搏殺的賭徒有人要回房睡覺，也有很多想食早餐。贏錢的，一千幾百無所謂，輸錢的，袋裏剩下一千幾百，不如把它用光。

我想到幫中國經濟把脈的學者張五常的話「中國人刻苦耐勞，中國改革開放的成就，是用艱苦血汗錢堆成」，看到女孩們的辛勤工作，印證這話，可見一斑了。

四進沙圈

　　何同學為我們準備了十一點鐘的香港船票。我和才子拿住行李，我行頭，他跟尾，走出葡京門口，我告訴他剛才沙圈所見，他甚驚訝，看上去神情有點失落，我知道他對沙圈依依不捨。才子用哀求的口吻對我說：「阿噹，可以回去坐多陣嗎？」我回答：「可以，但我杯咖啡你要請，我們回去再坐，你食碗雲吞麵，我飲杯咖啡，埋單要六七十元，你想好。」他仰頭想了想，下定決心地說：「去！」這是我四進沙圈。

　　這次我們挑選門口位坐，掌櫃的看我又有幫襯，走上來搭訕：「老細，靚唔靚？」我回答：「阿伯，你話呢？青春無限，青春無價啊！」掌櫃微笑：「我睇左多年，冇乜感覺……」

　　旁邊的餐桌突然飛來一鶯燕，此女行動明快利落，身段嬌巧健美，束一頭烏黑色的短髮，娃娃臉，嘴唇微微蹺起，牙齒雪白，那雙精靈水滴的眼睛會笑，一身紅彤彤的緊身連衣裙，酥胸半露，玲瓏浮動。才子慣技重施，頭是對著女孩旁邊的桌子，好像在看一對老人家正在吃麵，但眼睛西移，偷吃也。我向女孩問好：「你好嗎？」她操一口純正京片子，不假思索，習慣性回答：「去不去？」我心想，好一個辣椒女！我立刻捲起舌頭，用流利的廣東音國語告訴她：「我沒力氣。」她花容燦爛，嬌嗔：「我有力氣！……」

回程

　　澳門下起了雨，天空黑沉沉的。水翼船碼頭起錨，乘風破浪，往香港飛去，船艙外煙雨迷濛，看不到岸，這一切都無礙我心中舒暢。我到是有點「潮平兩岸闊，風正一帆懸」的感覺。

　　這次澳門一日遊，有良友同行，旅途完美，和同學聚了舊，品嚐了美食，贏了小錢，且再到沙圈，夫復可求？我沒有遺憾。再看旁邊的才子，他又在數手指，自言自語，跟著向我的好心情潑冷水，抱怨現在物價高漲，美金越來越不值錢。前年來澳門，八百元一親香澤，今年升到一千。我勸解他，我們是乘坐著改革開放的最後一班平價船，你我已經佔盡便宜，到鶯燕們的兒子那代，沙圈可能搬來Ｙ城，到那時候，她們兒子欣賞的是高頭大馬，滿身汗毛的金髮女郎，聽不到京片子了。

一蓑煙雨任平生

329

有學者論「性」，學者所論當然不是些三腳貓做愛招式，他們從高層次解釋，認為推動社會進步的力量是性慾、慾念。從古至今，偉人豪傑，多為好色之徒。我目瞪口呆，如此說法，才子豈不是成為社會精英，國家棟樑？

諸葛孔明六出祁山，無功而返；朱毛紅軍四渡赤水，逃出生天。他們的事業驚天地，泣鬼神。我陳阿噹區區庶民，當然不能同他們相比。但我能夠在二十四小時之內，四進四出沙圈，而坐懷不亂，自問也屬半個柳下惠矣。文章如實寫出，準備留給二乖仔，他們有一天如果能明白文章內容，便已長大成人了。

我告別沙圈，「輕輕的我走了，正如我輕輕的來；我輕輕的招手，作別西天的雲彩」。我感覺好瀟灑。

後記

去年，趁華仁同學會的召開，我路經深圳。寫下了這段跳皮文字：

今冬十一月，遇後宮三千佳麗統領才子曼殊，天下託兒所富翁大總裁崩牙德於深圳灣（德的新老婆為他產下麟兒已三歲」，三舊時蝸居同學，摸杯底回憶往事。晚上，與才子下榻羅湖香格里拉，居高臨下，時華燈初上，遠望萬家燈火，俯視行人如蟻，我感慨時光流失，一轉眼三十八年，不禁嘆一句：「三十八年好同窗，David，可以幫我加上幾句，概括我們三人的近況嗎？」

才子曼殊，在床上蹺起雪白的二郎腿，口中念念有詞，跟著秀口一吐，吐出佳句連連，字字珠璣：

三十八年好同窗，
回首前塵鬢已霜。
雄風依然還舊國，
贏得美眷又從商。
騰蛟起鳳今朝事，
筆走銀蛇憶同窗。
風流才子成佳話，
不枉餘生在五羊。

新版聊齋——才子佳人

朋友才子告訴我在大陸酒店遇女鬼。

我現在整理了一下，天馬行空，想做華仁蒲松齡。寫成講鬼笑話文章，新版聊齋——才子佳人好讓大家輕鬆一下。

客棧

去年的一個晚上，才子下榻大陸四級客棧，地點是在廣州三元里附近，離火車站不遠的地方。不久前這兒是農村，屬於廣州的郊區。歷史上發生過自發的武裝抗英鬥爭。到而今，這裏已是高樓大廈林立，人潮滾滾，民工聚集之地了。才子進入客棧，他聽不到半句廣東話，人們全部使用普通話交流，這地方他以前住過，見怪不怪。

房間裏面蟑螂爬竄，廿五火燈泡沒有廿五火火力，這令房間更覺幽暗。黃色的燈光照在天花板上，看到幾灘雨水的痕跡。天花板角落掛著一張的蜘蛛網，有唧唧喳喳聲音，明顯是老鼠在牆角嬉戲，愛國如我者，都頂不順（國語）。列位看官，才子不怕蟑螂只怕蚊，幾隻中國大蟑螂，何足懼哉。

村姑已經收了一百二十元人仔，才子也算闊綽，打賞了二十元小費。她才剛剛離開。劣品花露水香味還沒有在枕頭散去。才子累，沉沉入睡，一隻蟑螂在他的大腿上爬行，幫他撓痕。

朋友從舊金山帶來了力度猛的正牌Pfizer偉哥，此春藥價錢昂貴，醫療燕梳不保，才子一開二食，這樣最省錢。時藥力已散，了無春夢。朦朧中腦海全是壯志豪情，手握拳頭，lock lock 作響。他在被窩內打咏春。拳打南山猛虎，腳踢北海蛟龍。

女鬼

那是一個冬天的夜晚，北風瀟瀟，窗戶緊閉着。夜深人靜了，隱約聽見橫街上還有勤勞的人民在叫賣雲吞麵。這地方，好像廿四小時都有人在做生意，

永不打烊。

忽然，有一團黑影，穿玻璃窗而入，快速飄飄至床頭，才子登眼一看，好家伙！來者是個肥女，穿文革時代綠色時髦軍裝，闊袍大袖，解放帽上小紅星燦燦，面孔青白，怒目睜圓，像是紅燈記中女主角鐵梅對鳩山唱歌的樣子。才子大嚇一跳，醒來，原來是南柯一夢。

第二晚，才子吻別村姑之後，他立刻預備：鬼劃符貼在胸口，床頭擺了用兩條柴釘好的十字架，還放有一小杯狗血和幾粒生蒜頭。他手拿雞毛掃作木劍，假沉睡，真等待。才子有預感，這鬼夢可能成真，他準備要同女鬼搏鬥。

列位看官。當年才子被波音公司裁員，失業之後曾經學習捉鬼。為了打開西人市場，他落足本錢。買了道袍道冠，布料靴頭鞋，還買了一把天篷尺。也真個似模似樣。但事與願違，搵錢路沒有成功。

三更人靜時，陰風從門縫吹入。房間溫度即時下降。女鬼果然飄然而到，陰森森地站在床尾，樣子憤怒。

才子立刻起身，大喝：「何方幽靈，膽敢在此撒野？本座情僧張曼殊，此刻正在禪修，冤魂野鬼，不可造次。」

才子手拿雞毛掃直指女鬼，胸口鬼劃符閃爍。大義凜然。

女鬼道：「哈！原來是你這個肥佬，怪不得是似曾相識。」

才子：「無聊！我不識你。我一生人未見過鬼，何況是肥婆女鬼。」

閱兵

女鬼的臉目變和善，像紅燈記鐵梅對奶奶說話般恭敬：「前晚我路經樟木頭胭脂街，臘月天時下着微雨，特別凍。洗髮妹們懶洋洋的站立門口招客，有些則在裏面挭高腳玩鬥地主。有些則剛剛坐火車到步，媽咪還來不及給她們起英文名，也真是可憐，街上行人稀少。哪來恩客？唉！美人被困筲箕灣。不知何日上中環。她們何時才可以升級至葡京沙圈搵食呢？我遠見一人，施施而行走來。那人腹大便便，黑鳥鳥的頭髮，晢白的皮膚，大眼睛，臉色紅潤，右手背著手提電腦，左手抽住一大包書。一看便知道是那種越夜越精神的夜遊人。他每經過洗髮店前必定停步，檢查有無新女。他向鶯燕招手，鶯燕們見到他，如見首領。

她們齊聲歡呼：「首長好！」

肥人回答：「女同志們好，女同志們辛苦了！」

鶯燕：「為國家民工服務，不辛苦。」

現在想起，那肥人正是你。

才子心中突突跳，暗地裏想，好厲害，咁你都知？

哀歌

天陰風瀟聲啾啾，不知從哪裏傳來二胡聲音，是阿炳的《二泉映月》，這位無錫道士盲炳，民族音樂巨人，竟然創作出世間上最淒涼的音樂。女鬼哭泣，淚珠滿臉，她用京腔國語唱歌訴。才子混跡北地胭脂叢林多年，但普通話還是澳門特首崔世安的水平，他心地慈善，作白居易琵琶行狀，細心聆聽情由。

鬼哀歌：「小女子本是王洪文行宮東莞支部的露潤私雞（Lewinsky），我的主子是四人幫最英俊，最聽主席指示的人。四人幫倒台之後，我被客家開國大元帥葉劍英手下強姦，然後推出村邊斬首，現成孤魂野鬼，遊蕩田野。每晚尋找知心人傾訴心聲，有不從命者。立刻將其吸血。現在生親人無社會關係，失去上綫，不能貪污，他們沒有錢買金銀衣紙拜祭我。剛才離去的靚女，就是我的妹妹。我要報仇！」

那女鬼淚如雨下，血紅淚水灑落，化成紛飛花瓣片片。她口中吐舌，舌頭長而闊，才子一看，舌頭是面鏡子，鏡子裏有人頭閃動，那人正是當年不可一世，站立在天安門城樓檢閱千萬紅衛兵的王洪文。

才子在似懂非懂之間，鎮定。急急如律令，口中念念有詞，他反覆朗誦自創禪修詩句：「德心慧眼埋神劍，明日沉星斬巨龍。德心慧眼埋神劍，明日沉星斬巨龍。」跟住改口：「依本蠻夷我客家。依本蠻夷我客家。」

超渡

我聞鬼哭已嘆息，又聞此語重唧唧。才子像是是聽到了杜鵑啼血。罷了！他熱愛小貓小狗的善心悠然而生。

才子使用唱K操練多年的歌喉，唱粵曲回女鬼：「好吧！請勿鬼喳咁噪！我一世人遇到妳這樣的麻煩女人也真不少，白天哦，黑天哦，嫦娥。讓我來開

解你這一冤魂，或許也能超渡你。」

「就是你這樣的『嫦娥』，弄到我雞毛鴨血，被家庭法院包公派展超追斬，迫使我著草鞋逃亡。」

鬼驚奇：「啊！你也有不幸的遭遇。」

「也算是家山有福，回首當年讀書時，結交了一班『大圈』狐朋狗友，他們個個拼命做工交學費，我則是偶爾在荷里活成人戲院帶帶位而已，哈哈哈！」

鬼羨慕：「你好幸運。」

「五年前我在洛城遇難，幸虧有良友獻計，跑到大陸的『香港人之家』，東莞障木頭暫時謀取一個棲身之地，真沒想到，這五年是我人生最快樂的時光，我這港人，在不經不覺間，竟然投入了祖國的懷抱。風流才子成佳話，不枉餘生在五羊。]

鬼祝福：「祝你幸福！」

贏晒

才子繼續唱，他話匣子一打開，停不了：「曼殊不管興亡事，躲在東隅伴客情。花開花落幾十年了，到今天，我環顧四圍朋友，他們的經濟環境比我好多了，但又有誰人比我更快樂呢？嘿！禪心欲達真如境，神女遙指樟木頭。」

鬼同意：「說得也是道理。」

「我的朋友們，許多也被嫦娥所累，有一半夫妻，玩田雞過河，結完婚再結婚。另外一半，如不分開，也貌合神離，北字咁瞓也。恩愛者鳳毛麟角。贈他們班傻瓜兩句：鳳凰雖美味，無膽做英雄。」

鬼駁嘴：「你此言差矣，人各有志呢。」

「哈哈哈！我一世人做正經工作最多十七年，付出不算多，今日有此享受，真乃造化。其實，一切講心境，不滿足者自斃。人食魚翅我食粉絲，人帶真金鍊我帶朱義盛，因為自我感覺良好，我行出來也是一樣威風。最緊要有女人。」

鬼敬佩：「嘩！這是很深奧的人生哲理，世間又有多少人能領悟呢？」

「我曾經用紫微斗數計算，我乃『天同坐命』，呢條命生性好色好食，雖然沒有多少銀紙。但勝在唔多駛捱。吹吹！各位認命吧。最近此地慶祝春節，

狗肉平賣，酒肉穿腸過，佛祖心中留。俱往矣，煮狗論英雄，長途我贏晒，冇人夠我跑。」

好男

鬼發問：「啊！我還是不了解你，你到底是什麼樣的人呢？」

才子道：「你真麻煩，你還生活在過去，以為現在是文革時代，要向共產黨交心。好！今晚就滿足你這囉嗦鬼，聽住！」

才子開大喉嚨唱：「我實質乃一介家庭婦男，喜歡行街市買菜煮飯，週末在自家屋企釘釘鎚鎚，修修補補，到女人街之類的市場掃平貨，買小玩意，買得越多越平我越有快樂感，放工後在自家小花園嘆啤酒吟詩寫日記，教女兒數學，是我最愛做的事情。」

「我是香港人，小學就讀真光女子學校，自小就在異性堆中成長，所以那些男孩子遊戲，我都不懂得。什麼籃球麻雀，操橋牌打檯波。我毫無興趣。我愛童話故事，愛故事中的小白兔，大灰熊，白雪公主和七個小矮人。我愛打詠春拳，舞大關刀，和女人做愛。這三樣嗜好有陽剛氣慨，是我最感驕傲的。我一生人最威武者，是舞關刀，今晚正好，以雞毛掃作木劍，以木劍作刀，和妳搏鬥。」

鬼贊許：「很好的男人啊！」

中國

才子停唱，使用不鹹不淡普通話正式地對女鬼說：「冤冤相報何時，我點條路你行，你不如去露潤私雞的家鄉，西方極樂美國，投胎做臭鼬鼠，又可發洩報仇，又不傷人，計算也好讓我有功德一件。」

鬼唱歌：「恕小女子不能從命。因為陰曹地府主席告訴我，中國會行五十年大運，這世界的未來是東方壓倒西方。你這肥人，加州明媚陽光不享受，千里迢迢，跑到這鹹濕污穢之地，著草？你為什麼不跑到墨西哥？你精，我也不笨。我不要到異鄉做洗腳婆，十五皮美金一個鐘，又沒身份，又不懂番話，移民督察會拉人。我有朋友夫妻二人，到貴國三年，老公僅僅開了半年工，很難找工作啊。我不如在此地節省一點過日子。這鄉下地，還有十皮人仔的叉燒飯

食。寧為東莞大蟑螂，不作加州臭鼬鼠。」

才子問：「你晚間魂遊，但白天在做什麼呢？」

鬼道白：「我白天躲在黑洞，上網絡尋找千奇百怪新聞，寄給朋友共享。」

鬼繼續唱歌：「情勢嚴峻，中國網絡上又有謠傳，比上次的考古重大發現更為神奇，上次僅有二三張圖片，去證實考古學者在非洲找到巨人骸骨，骷髏頭如圓檯般大。這次有幾百張圖片，證實中國新款式AK47可以打落飛行的鬼魂，此槍已經流入墨西哥毒販子手中。我最相信謠言，我害怕到時連鬼都冇得我做。」

美國

才子就如在夜總會碰到愛講話的小姐，她不服侍客人，老是在說話。

女鬼論國：你來的那個地方，又沒有空氣污染，又沒地溝油，又沒有貪官污吏，又沒有奸商。」

才子：「飲食衛生要小心。但也不雖太緊張，否則十三億人食死晒也。」

女鬼：「那個地方，有世界上最好的教育制度，醫療制度，司法制度。OJ唔死得算夠運，因為他沒有食死貓的待遇。他們的法官對女人仁慈，離婚案件女人一定分一大半家產。從廚房的碗碟起分，一直分到瓦坑頂的磚頭。」

才子：「離婚我有親身經歷，其它僅知道醫療燕梳越來越貴。」

女鬼：「至於槍支氾濫，那是牛仔文化，決鬥要槍，隻抽，英文叫 mano-a mano，此乃是英雄本色。人家打獵，要等開獵季節，不像我們，晚黑用大網網禾花雀，那樣是集體謀殺。講到幫派份子打家劫舍，碎料矣，他們見到高大威武的警察，必定會落荒而逃，因為警察配帶槍支，對罪犯從不手軟，不像英國倫敦的警察開水喉趕人都要上級批准。]

才子：「我不玩槍，我玩關刀。」

女鬼：「唉！那種族歧視問題，最多是叫你講少句怪話，人多地方不要叫人肥婆，肥佬。唔會拉你去鬥，最多炒你魷魚。林仔打NBA事，是由於年輕人不懂得拍馬屁。你自己中國人都喜歡走在一起，不喜歡跟人家玩。試試你的乖女嫁個印地安人，看你是否受得了？」

才子：「你講錯。我有親身經歷，我同波音公司兩個越南同事有矛盾，兩

人夾計向老闆告狀，結果將我趕走。」

女鬼：「這國家軍火充足，高舉替天行道大旗。只有他打人，沒有人打他。」

才子：「一旦開戰，我行路都要返回加州惡人谷。」

女鬼最後說：「你說這國家好不好？資本主義社會主義混合，你不能像海明威《老人與海》中的老人，咬緊牙關搏鬥度晚年嗎？」

才子越聽越生氣：「你這八婆，好心叫你去美國你不聽從，反彈取笑我回歸祖國，道理似是而非，我超渡不成被駁嘴。」

才子臉色開始變紅，額頭青筋露現，緊拿雞毛掃，鼓丹田，預備發作：「他媽的，X九七你個臭八婆。」

列位須知，才子躲藏樟木頭禪修有五年，道行漸入佳境。他已經到達了不慍不火，不懂得「脾氣」為何物之境界。才子更是文明人，從來不講一句粗話，這次真動肝火了。

聖姑

突然之間，門外仙樂飄飄，好像是貝多芬的第十四鋼琴奏鳴曲，《月光曲》，大師朗朗鋼琴獨奏。正呀！和剛才的二胡聲音，是中西不調和。朦朧中他看到身前飄浮祥雲一片，把女鬼遮蓋，祥雲過後，才子赫然發覺，床邊坐着自己多年夢寐以求的聖姑任盈盈。

聖姑穿GUCCI湖水綠性感外套開鈕，戴深綠色翡翠耳環，熱褲露出修長美腿。那兩片濕潤的薄口唇，最是誘惑。她薄施脂粉，十指纖纖塗上胭紅的指甲油，一雙玉手交叉地放在雪白的胸脯上，身體散發芬芳，那是香奈兒CHANAL#5香水，才子離婚多年，好久未聞過西方香水味道，也真的和花露水有分別。聖姑儀態覷腆，未曾真箇已銷魂，是欲拒還迎時候。

聖姑道：「曼殊君。我最近渡東瀛留學，向日本AV女優學習。專修習取悅男人的床笫功夫，你整天向人宣傳東莞十八式，連坐在香港地鐵也高談闊論，搞到旁邊個伯爺公聽得津津有味，個伯爺婆就叫：『睞！』現在告訴你，那是東瀛A貨。你不要以為性行為就沒有假野，那東莞十八式正是假野。」

才子整個人傻了。

聖姑嬌嗔：「其實呀。女人的床笫功夫，最是重要。楚霸王，唐明皇，克

林頓，……無數歷史英雄，功夫好的女人都可把他們擒拿於千里之外，讓他們臣服。你們班男人老狗，有好此道者，在變鬼之前，一定要到東瀛一行，那裏才是十八款式的發源地呢。班喫仔喫女也真會諗……」

才子就是有福。任憑聖姑使用渾身解數，天體相見打真軍，十八招式用盡，無奈何才子偉哥藥力已去，他的眼睛只有看着天花板上的蜘蛛網，長嘆：「天亡我也！聖姑，I am sorry！我無懼吞食三屍腦神丹，我就怕偉哥斷市。」

親情

天光將近。

此誠危急存亡之秋也，女鬼已不耐煩，軟功不行上硬功，她張開小嘴，露出獠牙，吸才子血。在這危險關頭，才子聽到有人喊他。那是他的女兒，這世界上唯一最親的人。

才子女兒最近和台灣仔男朋友在感情上發生磨擦，男友陳水鞭讀完天文學博士又再讀地理學博士，從來不尋找工作做，要才子女兒供養，才子心痛之極。

「爹爹，爹爹，陳水鞭在欺負我，他近來與一鬼妹碩士研究生鬼混，經常告訴我今天不回家，學的東西又搵唔到食。我看他愛情是假，謀大國身份是真。爹爹，你要我如何是好呢？」

聽到女兒的呼救，才子頭腦一下子清醒了，天地良心啊！人世間最偉大的情是親情，甚麼男女情，風情，慾情。都是過眼雲煙。

荷爾蒙

才子一肚鳥氣，陳年往事逐水流：韋小寶身世，真光小學玫瑰崗中學，UCLA苦讀，畢業後建立小家庭，一生節約，錢都供在女兒身上，把女兒培養成十級鋼琴高手，名校碩士。到而今家庭破碎，自己浪跡天涯，懷才不遇，確實傷感。他眼泛淚光。想了想，決定做民主競選，改用香港話發表如下演講：

各位街坊：小弟情僧張曼殊，苟全性命於亂世，不求聞達於諸侯。我學貫中西，除了那些小孩子遊戲不懂，我什麼都懂。就連最新的神舟九號飛船我都有研究，唔到你唔服。我參加過保釣運動。我要教育你們這班愚民，在這滾滾

紅塵世界，一切都是荷爾蒙這小子在作怪，不管是男性荷爾蒙或者是女性荷爾蒙。吳三桂引清兵入關是，溫莎公爵不愛江山愛美人是，查理斯親王同個醜婦夜半無人私語是，例子舉目皆是，他們全部是荷爾蒙的俘虜。世間親情是人的至性，女兒能把我在淫慾中叫醒，是親情。其次是友情，夫妻有命相處幾十年，最後成為朋友，是友情。它們不受荷爾蒙影響，那些狼心狗肺之人，生一大堆，丟棄兒女不顧，自己去滾。他們沒有人性，豬狗不如。請把選票投給我吧！我將會為你們指點迷津。」

演講結束，掌聲疏落。聽眾好像不大明白他在說甚麼。

搏鬥

才子大叫：「乖女，我來救妳！但我首先要搞掂眼前這冤鬼，她纏住我。」

聖姑變臉，她再次成為恐怖女鬼，《月光曲》沒有了，房間成冰櫃。她的頭顱在打轉。從慢到快，就像風車般的轉動。一時間，那鬼頭又變化成為兩張幻燈片，一張是青臉女鬼，一張是靚仔王洪文。才子也不示弱，妳快我也快。急急如律令，禪修詩句有節奏地跟隨頭顱轉動。

才子汗流浹背，氣力有感不足。暗想，此事宜快不宜慢，不能再等，他鼓起勇氣，對女鬼大聲疾呼：「你停頭！天堂有路你不去！葉劍英乃國家天神，客家佬英雄，四人幫禍國殃民，你跟隨四人幫，死有餘辜。阿彌陀佛，amen，眼閉吧！去！你給我滾！」

好才子張曼殊，駛出了詠春拳的尋橋招式，我妻！我我妻！我妻妻妻！雙掌一推，才子手掌碰到女鬼胸部，發覺兩包豪乳原來是用台式刨冰添加壽星公煉奶堆積而成，奇冷無比。冰寒透心。才子感到受騙，一楞之後大怒。用勁力再推。肥女鬼淒厲慘叫，化作一縷縷黑煙，飄出窗外。

後記

時晨曦已至，太陽出來了。才子吐一口悶氣，入洗手間沖涼，對着花灑吭唱哥哥的首本名曲《倩女幽魂》，「人間路，快樂少年郎。路裏崎嶇，崎嶇不見陽光……」。他倒也快樂，他的性格就是這樣。不會受任何事情影響。

行出洗手間，才子見一蟑螂在地下爬行，他脫下拖鞋，俯身，拍！把蟑螂打死。

　　才子自言自語念毛主席詩句：「善哉善哉！借問瘟君欲何往，紙船明燭照天燒。臭蟑螂，討厭之極。」

　　大清早，才子坐火車返港，他參加了佛山美食團。食家們從香港出發，每人團費五百元港紙。

　　一星期後，才子飛美探望女兒去了。

二零一二年七月十六日

　　作者聲明：文章所引詩句，多為好朋友才子作品。

舌戰——才子激辯大師

三人茶座，我是聽眾兼提問者。

我的問題：「點解 Adam 仔要讀咁多數學，讀極都有，佢讀文科，又唔係要做科學家。」

才子首先關開，大師禮貌地望著才子：「你先，你先。」

工程師口吻：「係咁嘅。」才子有電台講古佬聲線，聽者順耳。

「世界上有好多理論，要用數學去證明。用數計出嚟，有準確答案，講出關係。」

「例如，做架飛機。理論上係用空氣浮力，但點浮法？那就關係到流體力學。要計數。講就容易，計起來複雜。唔能夠得把口講嘢。」他講話有板有眼，唔諗女人時頭腦清楚。

大師開講：「啱，數學訓練人的邏輯思維，理解能力，小孩子尤其需要。」

「但聽住！有D嘢數學係計唔出嘅。」

嘩！我洗耳恭聽。

「嘩，有個數叫做infinity，大到無邊無際，虛無到科學家都唔知係乜。」

哦！我以為大師在講日本仔車。

才子：「那當然，中國祖沖之把圓周率計到小數點六位數，後來的人再算，現是3.1415926535897932...水蛇春咁長。科學家將後面的數索性切咗佢。好似切咗條長蛇尾巴一樣。剩番個頭。」

嘩！斬蛇數學！巴閉。

大師繼續：「有好多大科學家。例如牛頓，愛因斯坦，未死的霍金，到後期都要回歸學哲學，因為有好多嘢冇數計，諗唔掂。」

「阿里士多德，海德格爾，沙特，這些聰明透頂之人一早就同我哋諗過晒。仲有乜好諗？」

才子反擊：「唔好成日將D科學研究解釋成禪學。乜都要數學。有得計，就係女人個心冇得計。現代的科學已經把哲學全部打敗。」

才子奇人，百計不離其宗，永遠有女人蹈（dau）住。

大師用鄙視的眼光望著才子。說道：「你的層次唔夠高，同你講你唔明白。你又喜歡脫離題目。」

「我哋e班人，冇人接觸過如此高深的數學。就算是柏克萊學科學個班友仔。」

才子正經地回答：「你成日諗埋呢D嘢係冇用嘅。現實世界。乜都要有個實數。今早我檢查血糖，醫生話乜乜乜指數係120，係實數。我在糖尿病邊緣。上街市買棵菜都講幾錢一斤啦。」

大師超然：「我經歷過嘅嘢，見過嘅嘢係你哋未曾有嘅，唉……」

才子笑道：「你講見鬼？」

他搬出科學理論：「鬼係中子，這世界只有中子可以穿牆而過。」

哈！這是我頭一回聽聞到此種解釋。

我插嘴：「乜嘢係量子力學？」

大師答：「可以咁講，量子力學係研究宇宙萬物嘅，最細微嘅嘢嘅最新物理學。」

才子答：「暫時冇乜用。太過深奧，有D無釐頭。」

大師：「唔係。宜家有好多formula，計算完之後再加量子力學，令其完美。」

才子：「從化學上嚟講，質子正電，電子負電，中子冇電。物質反物質。邊度搵帶負電質子。如果搵到，兩樣嘢相撞，能量可以爆開個地球。」

「搵到了負質子。歐洲人起咗個大圈圈，廻旋加速器，高速用兩樣嘢鬥撞。這世界級工程，搞到美國佬果個工程要收皮。」

才子：「冇咁事。」

大師拍案：「我同你賭一百皮，睇下邊個啱。」

「我唔賭錢。」

我雙眼迷惘看著倆位老友，臉孔的皺紋「翁」住。如果旁邊人睇見我，一定以為我的年齡有七張幾嘢。

大師嘴不停，手也不停，一邊講話一邊搞搞震個智能手機。「係咁先。唔同你講咯，我今朝早入左一百股ＸＹＺ公司。宜家 Dow Jones 升咗二百點，我要返屋企上網出咗佢，搵番一千幾百。袋袋平安。」

詩云：「半心時俗半心禪，歷歷紅塵未了緣。出入百家尋本我，願證菩提法自然。」

大師愛入山見性，也鐘意在紅塵炒股票。他的電腦技巧是炒股得來的。

我同才子說：「睇住，佢一陣間仲會返嚟，帶住本書證明你錯！」

半小時後，我的電話響，是大師來電。

「你哋走咗未？」

我說：「未。講緊女人。」

他帶來了兩本中譯書。一本是「x」一本是「y」，我全無興趣。

大師打開本書，用手指著第幾頁第幾行：「哪！你自己睇。」

才子認真讀，微笑：「又係噚。但你本係舊書。科學研究快到冇人信。」

大師常常勸才子，讀書要用功，不可以一知半解。這樣只能欺騙無知人。

大師贏晒！

才子評大師：「唔實在。諗埋D攞苦嚟辛嘢。學佛學佛，學出個大頭佛。」

我對住兩老友，擘大個口得個窿.

二零一四年三月十一日

獵狐

白頭人到莫愁家，
寄語兒童笑莫嘩。
若道風情老無分，
夕陽不合照桃花。

清袁枚（一七一六至一七九七）

到了這把年紀，很多同學朋友都開始退休或者考慮退休了。退休後各人找尋自己的興趣，有喜歡打高爾夫球的，有喜歡唱戲的，有喜歡研究烹飪的，有喜歡晨運行山的，有喜歡寫字畫畫的，有喜歡閱讀的，有喜歡寫文章的，有喜歡種花的，有喜歡做公益的，少數有幸者抱孫作樂。

吾友才子，退休在中國樟木頭。他的興趣比較特別，他沉迷狩獵，專門獵狐。

狩獵乃是高尚的運動，也是平民化的運動。上至太平紳士，中至知識分子，下至販夫走卒，都有愛好者。

當今地球暖化，世界生態失衡。龍虎豹三種動物，龍已成歷史洪荒化石，虎豹也瀕臨絕種，唯剩狐狸存在。牠們修身成精，穿著豹皮斑點襲衣，遊蕩於城市森林讓獵人追逐。才子每喜獵之。

古人狩獵用弓箭，今人狩獵用獵槍。才子謙卑節儉，自攜水槍一枝外，並買了鳥槍配散沙彈獵狐，力求散沙硬幹。瞄準！散沙四射，幸運時，一槍可傷及兩隻狐狸。

狐狸分層次，高級艷狐非用獨行俠奇連依士活的magnum不能致命。散沙槍火力有限，固才子所獵的狐狸，多為低級貨色。

皇家獵狐，達官顯貴騎馬成群結隊，放狗追逐。平民獵狐，膽戰心驚上幽暗樓梯按門鈴，持槍以待。

一蓑煙雨任平生

344

獵狐無分季節，春夏秋冬皆宜。才子的獵衣，春夏季節穿「的確涼」夏威夷恤，秋冬穿呢絨大衣。才子一款獵衣用兩季，永不過時。當然，雨衣是常備的。

獵狐是刺激性運動，時常會遇到危險。才子說，獵人不單要有「獵心」，而且要有「獵膽」。有心缺膽的人不獵狐。很多狐狸有毒，且會咬人。

古人云：「山不在高，有仙則名，水不在深，有龍則靈。」對於獵狐人來說，古人的佳句需要修改：「山不在高，有狐則名，水不在深，有狸則靈。」狐狸的洞穴多是一狸一穴，也有數狸一穴的。獵人懷緬過去千狐出穴，「任打」的好日子。那時候，森林還未遭伐採，江河還未受污染。人，總是覺得過去比現在美好。

宋朝大詞人柳永詞：

擬把疏狂圖一醉，
對酒當歌，
佇樂還無味。
衣帶漸寬終不悔，
為伊消得人憔悴。

民國初年蘇曼殊大師詩云：

生憎花發柳含煙，
東海飄零二十年。
懺盡情禪空色相，
琵琶湖畔枕經眠。

我認為，大詞人與這半個和尚曾是獵狐人。

獵狐需要翻山越嶺，涉水渡江，消耗體力。對年過六旬的男人，這運動確實苛求。人們獵後必然身心勞累，需要休息。這時候，獵人有立刻睡覺者，有煲老火湯補充體力者，有聽音樂養神者……，方法許多。才子採用禪修入定補氣，進入高層次的心靈生活。

才子獵狐詩：

夢幻樓台抱二嬌，

愛恨情仇一夕消。

欲保心中無恨境，

踏遍烟花廿四橋。

獵狐人高見，狐狸從來存在，當老虎絕種，狐狸還活著。

二零一五年一月六日

PS才子讀了文章之後，萬里微信評論：「見怪不怪，奇怪自敗。狐仙不凋，金剛不壞！」

【近日《獵狐行動》消息，絡繹不絕。作者遠念好友才子，有感而發。】

才子生日

今天是什麼日子？Yes，快而準。是聖人耶穌基督的生日。

但我沒忘記，今天也是我寶貝友人才子的誕辰。才子與聖人同日生，他有可能比聖人出生早幾個時辰。

據考證，才子祖籍湖南，與毛主席同省，他本姓蔣，與蔣委員長同姓。才子名德明，用了國父的族譜名字；才子取洋名大衛，大衛是聖經舊約的一位王者；自封筆名曼殊，因羨慕蘇曼殊之情才。

耶穌，毛澤東，蔣介石，孫中山，大衛，蘇曼殊，這些古今中外有影響力的歷史人物，有聖人，有梟雄，有窮寇，有國父，有文豪。才子海納百川。

嗚呼！「行到水窮處，坐看雲起時。」命運啊命運，你捉弄我的蝸居朋友。光陰荏苒，轉眼已過花甲之年。聖人的神光他沒感覺到，大王們的福澤他沾不到，枉有曼殊筆名，實無曼殊之名氣，這大衛洋名，退其行之，實「大胃」也。

才子從來樂觀，洞察世情明瞭人生。今天才子行不改姓，坐不更名。大名大姓：張德明，洋名大衛。筆名：曼殊。

文人莫言說：

如果男女都很安分，
作家還有什麼寫頭？
如果文學不寫酒色，
作品還有什麼看頭？

慶祝生日應該做自己喜歡的事。

早上起床，首先轉載幾篇文章上微信，什麼「笑噴了」，「轉瘋了」，「太有才了」......這些我們不會講的，也不會用的字眼在文章開頭出現。啊！他何時學了這種話？我懷疑才子回歸做了祖國同胞。

跟著，吃一些昨晚街市收檔時買的跳樓嶺南佳果做早餐。水果營養，可減肥。

再看了一兩集中國歷史／玄學DVD。看著看著，不知不覺間在沙發椅睡著了，肥下巴低垂，如老僧入定。不久，鼻塞聲大作。朦朧中，才子夢裏抱孫。

小寶寶臉蛋兒酷似陳水鞭，牙牙學語吐出台南國語叫爺爺。小寶寶突然長大了，才子發覺自己抱著的是被馬帥哥玩殘，在牢房中的阿扁。嚇醒。

下午二點。坐一元村巴到下邊港式茶餐廳食隻鹹肉粽，用白粥餸。

才子說：「鳳凰雖美味，無膽做英雄。」

才子想：「班傻瓜唔知在美國幹啥？」

才子絕唱：「蘭香一縷沁蟬衣，九重天外有幽思。輕解羅裳隨風舞，枯木寒岩笑我痴。」

二點半，樟木頭「ＸＹＺ酒店」艷舞開始。才子含笑獨上青樓月如鈎。今日要回憶少年威猛時，生日乃大事情，為紀念父母養育之恩，為消除仇恨，多花費三幾百「夢幻樓臺抱二嬌，愛恨情仇一夕消。」才子決定放棄點火藥物，做愛乃心理學，生理次要。重要是如何參透歡喜禪，參禪無非冥想，想入非非，想同那位玉人親近都可以；中港台所有女藝人，lady Gaga，Jenifer Lopez……人鬼全收拾。出盡渾身解數，大戰三百回合等閒事，最後俯仰咆哮三聲，以勝利者姿態收場。

正是：「數風流人物，還看今朝。」

晚飯慶祝。約了幾個香港美國大陸最佳損友：

一：香江物流專家。

二：香江安全退休江湖豪傑。

三：美國離婚失業歸僑。

四：加拿大石油工程師。

五：本土佗地有飲有食必到「傍友」。

六：：油麻地舊時雜差。

當然還有兩個賣衣服，賣地產婆娘，她們穿時尚衣裳抹花露水，講半鹹淡廣府話，齊齊來慶祝。叫了部麵包車，開到近郊最平最底食大雞三味檔，開了幾瓶從香港帶來的紅酒，越飲越開心。

正是：「醉後不知天在水，滿船春夢壓星河。」

什麼空氣污染，H9N10，干卿何事？。我有我玩，你有你毒。

我在慶祝生日。善哉善哉！

才子兄，我有沒有「瞎說」？不中不遠矣。

先祝吾友才子生日快樂，再慶祝耶穌誕辰。

才子 response：

本姓蔣，與蔣公同，名德明，與國父孫文同，祖籍湖南，與毛主席同，生於聖誕夜，變成四不象，學了蔣公的屢戰屢敗，主席的風流，孫大砲的火銃，耶穌的專背黑鍋，食死貓，最後還被釘在十字架上，不過我學了禪宗的本來無一長物，不惹紅塵煩惱，化解了愛別離，怨憎會，從白骨觀中參透了女人不是白骨，而是黑洞，一個沒有時空，不合乎一切物理定律的地方。最終找到了禪修好去處樟木頭。

二零一三年十二月

一蓑煙雨任平生

尾聲

愛妻頌

我的妻子是湖北人。姓胡名揮，指揮的揮。

皮膚白皙，臉色紅潤。相士：你倆乃夫妻相，旺夫益子云云。

一九七八年，中國恢復高考的第二年，胡揮考進了武漢華中工學院，主修計算機硬體。

她告訴兒子，你媽所讀的大學至今仍然是全中國前十名，你如果進不了美國的前十名大學，你就不及媽媽了。

「天上九頭鳥，地下湖北佬」是半對半錯。「地下湖北女」是全對。自從下嫁陳家，胡揮不愛指點江山，只愛指點丈夫。

光陰似箭，婚姻生活三十年，開始時實行一家一制，再而行一家兩制，再而行一家一制，到最後掉亂行駛，時一制，時兩制，同時進行。發展到今天，已經證明這是最適合本人家庭民情的制度。

小弟三十多年來辛勤工作，做兩份工作，捱到金睛晶火眼：一份工作是番鬼佬企業世界，一份工作是餐廳彈子房連按摩院。兩完全不同的工作環境，一要政治正確，一要江湖義氣。夫妻二人共建美好家庭，尚算力爭上游，偶有風浪，合力撐船，每能渡過急流險灘。

究其原因，有愛妻相助。

衣：愛妻節儉。從來不愛買名牌包包，服裝，手錶。法國香榭大道上的名牌店，只會在櫥窗外觀看，無膽入內。曾經買名牌包包作她的生日禮物，搞到不開心。以後不敢。

食：愛妻愛吃清淡飲食。粵菜與楚菜大有分別。楚菜油濃較辣，粵菜注重少油少鹽，鍋氣與鮮美。多年以後，她已經深諳此道；煲湯，蒸魚，豉汁排骨，蒸水蛋……是拿手家常菜。

住：愛妻學電腦硬體。家中電器水龍頭，由她修理。屋子裝修設計特有心德。走進 Home Depot，開心啊！眼睛會發亮。愛花草，前院後院繁花盛開，所種者皆是 Home Depot 減價促銷花苗。

行：愛妻愛拖狗行街，走得越遠越好。愛妻愛旅行，有廿年了，無論家庭經濟如何困境，暑假都會安排一次出外旅遊，四人同行，或飛機或郵輪或自駕。

後記

今年初愛妻提早退休。她希望陪丈夫遊山玩水去。應該啊！她也辛苦了三十年。

二零一九年元旦

書名：一蓑煙雨任平生
系列：心一堂香港文學系列‧散文卷‧雜文類
作者：塵噹
編輯：心一堂香港文學編輯室

出版：心一堂有限公司
通訊地址：香港九龍旺角彌敦道六一0號荷李活商業中心十八樓0五-0六室
深港讀者服務中心：中國深圳市羅湖區立新路六號羅湖商業大廈負一層008室
電話號碼：(852) 67150840
網址：publish.sunyata.cc
電郵：sunyatabook@gmail.com
網店：http://book.sunyata.cc
淘宝店地址：https://shop210782774.taobao.com
微店地址：https://weidian.com/s/1212826297
臉書：https://www.facebook.com/sunyatabook
讀者論壇：http://bbs.sunyata.cc

香港發行：香港聯合書刊物流有限公司
香港新界大埔汀麗路36號中華商務印刷大廈3樓
電話號碼：(852)2150-2100　　傳真號碼：(852)2407-3062
電郵：info@suplogistics.com.hk

台灣發行：秀威資訊科技股份有限公司
地址：台灣台北市內湖區瑞光路七十六巷六十五號一樓
電話號碼：+886-2-2796-3638　　傳真號碼：+886-2-2796-1377
網絡書店：www.bodbooks.com.tw

台灣秀威書店讀者服務中心：
地址：台灣台北市中山區松江路二0九號1樓
電話號碼：+886-2-2518-0207
傳真號碼：+886-2-2518-0778
網址：www.govbooks.com.tw

中國大陸發行 零售：深圳心一堂文化傳播有限公司
地址：深圳市羅湖區立新路六號羅湖商業大廈負一層008室
電話號碼：(86)0755-82224934

版次：二零一九年四月初版

平裝

定價：港幣　　一佰四十八元正
　　　新台幣　六佰八十元正

國際書號　978-988-8582-70-9

心一堂微店二維碼　　　心一堂淘寶店二維碼